KB085985

완전무결한 웨딩 1

완전무결한 웨딩 1

이여운 장편소설

Terrace Book

Vol.1

[Contents]

Vol. 2

chapter 1

신부 없는 결혼식

"신부 없는 결혼식이요?"

처음 그 말을 들었을 때 수연은 분명 자신이 잘못 들었다고 생각했다. 하지만 놀랍게도 그건 전부 사실이었다.

회장 비서실 윤서영 과장은 한숨을 내쉬며 말했다.

"회장님이 칼을 뽑아 든 거지."

아들의 결혼식 날짜를 먼저 잡아버린 것이었다. 그러니 그 결혼식 때까지 신부를 구해 오는 게 태무진 사장의 임무였다.

"만약 태무진 사장님이 결혼식까지 신부를 못 구하면 결혼식은 취소되는 건가요?"

수연은 태무진 사장의 비서였으니, 당연히 사장님이 사람들 앞에서 웃음거리가 되는 일은 없었으면 했다.

"글쎄, 회장님 마음에 달린 거겠지. 작정하고 아들을 망신 주실지, 아니면 마음 약해져서 결혼식을 취소하실지."

윤서영 과장이 직접 웨딩홀을 예약했기에 이게 그냥 장난이 아니라는 건 확실했다. 날짜, 예식장, 손님 명단까지 준비되고 있었다. 태준석 회장은 이 결혼식에 아주 진심이었다. 아들인 태무진 사장이 어떻게 하느냐에 따라 그날의 결혼식이 전쟁터가 되느냐, 평화로운 결혼식이 되느냐가 결정될 터였다.

"그러니까 천 대리가 평소보다 더 신경 써서 태무진 사장을 케어해야 할 거야. 결혼식 소문 안 나게 조심하고."

가장 확실한 케어는 태무진 사장의 신부를 구해주는 것일 테지만 그건 불가능했다. 왜냐하면 그녀가 태무진 사장을 짝사랑하고 있었으니까.

아무리 그에게 인정받는 비서가 되고 싶어도 신부를 구해주는 것으로 인정받고 싶지는 않았다.

설마, 결혼식에 쫓겨서 맞선 본 여자 중 아무나와 결혼하게 되는 건 아니겠지?

하긴 태무진 사장이 맞선 보는 상대는 다 대한민국에서 내로라하는 집안의 딸들이었다. 그녀가 감히 '아무나'라고 칭하면 안 될 정도로.

"그래서 정확히 날짜가 언제예요?"

윤서영 과장은 한숨을 쉬며 말했다.

"5월 31일. 이제 5개월 남았네."

오월의 신부는 가장 축복받은 신부라고 하는데, 과연 이 결혼식에도 축복이 있을지 모르겠다. 수연은 우울한 시선으로 자신의 다이어리를 내려다보았다.

5 / 31	태무진 사장님 결혼식

태무진 사장의 비서로 4년을 일하면서 참 많은 일을 겪었지만, 설마 그의 결혼식 업무까지 맡게 될 줄이야.

이런 걸로 사표를 쓰면 모두의 비웃음만 살 것 같았다.

수연은 차를 내가며 조심스럽게 태무진 사장의 상태를 살폈다. 겉만 보아서는 평소와 똑같았다. 분명 태준석 회장에게 결혼식 통보를 받았을 텐데 말이다. 역시 괜히 북극 호랑이가 아니었다. 사생활에 그런 폭탄이 떨어졌는데도 일할 때만은 절대 티를 내지 않았다.

수연은 그를 처음 봤을 때를 떠올렸다. 그녀가 성년이 되어 처음으로 가게 된 파티장에서였다.

온몸으로 바다를 품은 듯 짙은 블루 톤 슈트를 입고 시원하게 머리를 넘겨 매끈한 이마를 드러낸 태무진의 모습은 그녀가 상상하는 어른 남자의 완성품 같아서 보는 순간 시선을 빼앗겨버렸다.

길고 쌍꺼풀 없는 눈은 살짝 올라간 눈꼬리로 인해 고결하게 도도했고, 정교하게 깎은 듯한 높은 콧날과 섬세하게 뻗은 날렵한 턱선은 여자들을 매료시키는 남성미로 가득했다. 그럼에도 단정한 입술은 그를 신사로 보이게 했다. 슈트에 둘러싸인 늘씬한 몸은 상상력을 자극하는 탄탄한 실루엣이었다.

이런 남자와 자면 어떤 느낌이 들까.

그런 위험한 생각을 하게 만든 첫 번째 남자였다.

결국 그 한 번의 강렬한 마주침으로, 그녀는 대학을 졸업하고 아버지 회사가 아니라 태성 그룹 입사를 선택했다. 어차피 아버지 회사에는 오빠가 있으니까. 그녀는 대기업에서 일해보고 싶다는 이유로 아버지의 허락을 받았었다.

사실은 태무진이란 남자한테 반해서였는데…….

"천 대리."

태무진 사장의 부름에 수연은 화들짝 현실로 돌아왔다.

"네?"

태무진 사장은 두 손을 깍지 끼고 그녀를 쳐다보고 있었다. 그 시선과 마주치면 꼭 검은 바다에 빠진 기분이었다.

"전화 옵니다."

그녀도 못 느낀 진동을 태무진 사장이 알아채고 알려주었다. 신부 없는 결혼식이 잡힌 그도 멀쩡한데 그녀가 넋을 놓고 있었다는 게 너무 창피했다.

"죄송합니다. 나가보겠습니다."

수연은 서둘러 집무실에서 나와 문을 닫으며 주머니에서 핸드폰을 꺼냈다. 전화를 건 사람은 아버지 회사에서 일하는 장 실장이었다. 왜 아버지나 오빠가 아닌 그녀에게 전화한 건가 싶었다. 수연은 의아하게 생각하며 전화를 받았다.

"여보세요."

[수연 양, 놀라지 말고 들어요.]

그 말에 이미 그녀의 심장이 철렁했다. 마치 지독히 나쁜 일을 예감하듯이.

[천 대표님께서 교통사고를 당하셨습니다. 지금 한국 병원…….]

툭―.

너무 놀라서 들고 있던 핸드폰을 떨어뜨렸다. 수연은 다시 핸드폰을 주울 생각도 못하고 덜덜 떨리는 몸으로 집무실 문고리를 잡았다.

병원에 가려면 연차를 써야 했다. 그럼 상사의 허락을…….

이젠 뼛속까지 직장인이었는지, 이 상황에서 가장 먼저 생각난 게 그것이었다. 앞으로 걸음을 떼려는 그녀의 몸이 힘없이 아래로 무너져 내렸다.

탁―.

무너지는 그녀의 몸을 떠안는 단단한 팔이 있었다. 수연은 창백한 눈으로 고개를 들었다. 태무진 사장의 얼굴이 시야에 들어왔다. 그가 당황한 표정을 거의 처음 보는 것 같았다.

"천 대리, 괜찮아요?"

소리는 나오지 않고 온몸이 떨렸다. 수연은 태무진 사장의 팔을 꽉 움켜잡았다. 지금 당장 아버지한테 가야 했다. 아버지가 돌아가셨을까 봐 너무 겁이 났다.

운전기사가 그 자리에서 즉사할 만큼 큰 교통사고였다. 그러니 아버지가 목숨을 구한 것만도 다행이라고 의사는 말했지

만, 그녀는 전혀 동의할 수 없었다.

아버지는 뇌 수술을 받고도 일주일째 의식을 찾지 못하고 여전히 중환자실에 입원 중이었다. 자는 것과 죽은 것의 중간, 그 어느 쯤의 상태인 듯 보였다.

"가온 주식이 계속 하향세를 타고 있습니다. 천 대표님께서 깨어나시지 않으면 더 나빠질 겁니다."

장 실장은 무거운 목소리로 수연의 오빠인 수민에게 보고했다.

"아버지는 일어나실 거예요. 강한 분이니까."

수민은 영혼 없는 목소리로 말했다. 지금은 천태진 대표가 스스로 눈을 뜨는 것 말고는 달리 방법이 없었으니까.

의식이 없는 아버지를 바라보던 수연이 무겁게 입을 뗐다.

"난 내일부터 출근해야 해."

수연의 말을 듣자마자 수민이 발끈했다.

"넌 지금 그게 중요해!"

수민은 아버지 회사에 다니니 누구도 쉽게 어쩌지 못하겠지만, 그녀는 다른 회사에서 월급을 받는 입장이라 멋대로 결근할 수가 없었다. 아버지 사고 소식을 처음 들었을 때는 정신이 없었지만, 이젠 이성을 많이 되찾은 상태였다.

아버지를 포기할 생각도 없었지만, 그들의 일상도 포기하면 안 되었다.

아버지가 의식이 있었다면 분명 그리 말씀하셨을 것이다.

"오빠는 가온 주식 떨어지는 거나 막아. 그게 오빠 일이야."

그녀는 단지 수민이 해야 할 일을 말했을 뿐이지만, 그는 참을 수 없다는 듯이 화를 내며 나가버렸다.

장 실장이 대신 그녀에게 사과했다.

"천 대표님 사고랑 회사 일 때문에 예민해서 그러니 수연 양이 이해해요."

수연은 수민이 나가버린 문 쪽을 보다가 힘없이 장 실장에게 물었다.

"저라도 사표 쓰고 가온으로 옮길까요?"

그녀가 간다고 위기의 가온이 갑자기 우뚝 설 리는 없겠지만, 그래도 태성 그룹 태무진 사장 비서 4년 짬밥이 있으니 뭐라도 할 수 있을 것이라고 생각했다.

"아닙니다. 아직 그 정도 아니니까, 태성으로 출근하세요. 어차피 병원에 계속 있어도 할 수 있는 일도 없으니까."

그리 말해주는 장 실장이 너무 고마웠다. 수민과 그녀 둘만 있었다면 분명 더 힘들었을 것이다.

장 실장은 괜찮다고 했지만, 수연은 사직서를 들고 회사에 출근했다. 아버지와, 아버지가 평생 일군 회사 모두 힘든 상황에 빠지니 그녀가 태성 그룹에서 일하는 게 죄책감이 들었다.

— 그래, 넓은 물에서 큰 사람으로 자라봐.

그녀가 가온이 아니라 태성을 선택했을 때 아버지는 그리 말하며 그녀를 응원해주었다. 그녀가 속 좁게 남자 하나 때문에 태성을 선택한 줄은 꿈에도 모르고. 그땐 아버지가 평생 가온을 든든히 지키고 계실 줄만 알았다. 그랬기에 망설임 없이 태성에 올 수 있었던 것이다.

오랜만에 출근한 사무실은 평소와 똑같았다. 그녀가 없어도 태성 그룹 사장실은 잘 돌아가고 있었다. 대한민국에서 내로라하는 유능한 인재들만 모아놓은 곳이었고, 이곳의 보스인 태무진 사장은 혼자서도 일당백이었으니까. 그녀 하나 없다고 구멍이 생길 리가 없었다.

"천 대리 없는 동안 사장님이 커피를 안 마셨어. 다 퇴짜였다니까."

사장님의 커피만 빼고.

태무진 사장의 입맛이 까다로워서 신입 때 일부러 단골 카페 바리스타에게 배우긴 했지만, 그녀도 전문적인 솜씨는 아니었다. 오로지 포기를 모르는 끈기로 사장님이 그녀의 커피를 다 비우게 하는 데 성공했다.

그녀는 가장 먼저 커피를 준비해서 집무실로 가져갔다.

달칵―.

그녀가 문을 열자, 태무진 사장은 재킷을 벗다 말고 고개를 돌렸다. 두 사람의 시선이 잠시 허공에서 마주쳤다. 둘 다 무슨 말을 처음 꺼내야 할지 몰라 어색해하는 상황이 2초 정도 흐른 후, 수연은 평소처럼 단정하게 고개 숙여 인사를 했다.

"덕분에 아버지가 위기를 넘기셨어요."

말하고 보니 이상했다. 수술은 의사가 했는데 왜 태무진 사장 덕분인가. 입에 붙어버린 직장인의 언어 예의였다.

모든 공로는 상사에게 넘기기.

그래도 태무진 사장이 그녀의 연차 보고서에 사인을 해주어서 그녀가 계속 병원에서 아버지 옆에 붙어 있을 수 있었으니, 태무진 사장의 공이 아예 없었던 건 아니었다.

"가온 일은 누가 처리하고 있는 겁니까?"

역시나 사업가였다. 아무도 안 물어보는 걸 태무진 사장이 물어왔다.

"오빠가요."

태무진 사장도 더 이상 질문이 없어서 그녀는 물러가기 위해서 고개를 숙여 인사했다. 그 순간 태무진 사장의 길고 단정한 손가락이 커피 잔의 손잡이를 잡는 게 시선에 잡혔다.

우아한 손이었다. 보고 있는 것만으로도 위안이 될 정도로.

그녀와 눈이 마주치자 태무진 사장의 눈매가 살짝 가늘어졌다. 수연은 서둘러 몸을 돌려 집무실을 떠났다.

훔쳐보다 들킨 나무꾼이라도 된 심정이었다. 그럼 태무진 사장은 커피를 마시는 선녀란 말인가. 너무 말도 안 되는 상상력에 현기증까지 올라왔다.

회장 비서실 윤서영 과장이 그녀를 따로 불렀다.

"아버지 일 들었어. 괜찮아?"

"걱정해주셔서 감사합니다."

수연은 고개를 숙여 감사 인사를 했다. 머리 위로 윤서영 과장의 한숨 소리가 들려왔다.

"천수연 대리가 믿음직해서 결혼식 일 맡긴 거였는데, 지금은 무리겠네."

아! 그러고 보니 아버지 사고가 났던 날, 태무진 사장도 다른 의미로 사고를 당했었다. 바로 신부 없는 결혼식.

"정말 그대로 진행되는 건가요?"

"하객 명단에 정치계 거물들도 포함되었어. 장난 같아?"

전혀 아니었다. 너무 진짜 같아서 무서울 정도였다.

그녀는 사직서를 내고 가온으로 가려고 했는데, 궁지에 몰린 태무진 사장의 상황을 깨달으니 또 망설여졌다. 그녀가 이 일을 안 맡으면 그 누구도 태무진 사장의 완벽한 편이 되어주지 못할 것이다. 회장님이 무서워서 말이다.

그녀는 어차피 사표 쓸 몸. 막 나갈 수 있었다. 이 한 몸 던져 태무진 사장의 보호막이 되어주리라.

"그럼 한 달만 제가 맡을게요. 후임은 그때까지 천천히 정하세요."

그녀의 말에 윤서영 과장은 안도한 표정을 지었다.

"그래 줄래?"

수연도 생각했다.

딱 한 달, 짝사랑을 정리하기에 적당한 시간이겠지.

그녀는 자신의 아버지도 어서 깨어나고, 그녀의 짝사랑도 안전하게 끝이 나길 바랐다.

아버지가 창립한 가온은 가방을 만드는 건실한 중견 기업이었다. 평생 좋은 자리에 들고 갈 수 있는 품격 있는 가죽 가방이 가온을 대표했다. 해외 명품 브랜드가 강세를 띠는 대한민국에서 가온이 다져온 입지는 아주 각별했다.

수연은 퇴근하고 아버지가 입원한 병원으로 향하면서 가온의 대차대조표를 살피기 시작했다. 가온에 가기 전에 미리 가온의 상황을 잘 알아두어야 할 것 같았으니까.

아버지는 아직 깨어나시진 않았지만 일반실로 옮길 수 있었다. 수연은 간간이 아버지를 살펴보며 일을 할 수 있었다. 내일은 회사 안 가도 되는 주말이라 아예 병원에서 밤을 새웠다.

오빠는 늦은 밤에 잠깐 병실에 들렀다가 그녀가 있는 걸 보고 집으로 돌아갔다. 아버지 일을 대신하느라 살이 쑥 빠져 오빠마저 쓰러지는 게 아닌가 걱정이 되었지만, 지금은 그것까지 챙길 여력이 없었다.

수연은 밤늦게까지 가온 주식을 어떻게 하면 다시 올릴 수 있을까 고민하다가 새벽에 기절하듯이 소파에서 잠이 들었다.

드르륵—.

잠결에 병실 문이 열리는 소리를 들었다.

저벅저벅.

남자 구두 소리인 것을 보니 오빠 같았다. 의사와 간호사들은 가벼운 슬리퍼를 신고 다녔다.

발걸음 소리는 소파 앞에서 멈추었다. 그녀가 엉망으로 자는 모습을 보고 불쌍해서 보고 있는 건가 싶어서 눈을 뜨고 싶었지만, 몸이 너무 무거웠다. 누가 때리기라도 한 것처럼 온몸이 뻐근했다.

스르륵.

무언가 그녀의 몸 위에 덮였다. 따뜻해진 것을 보니 이불인가 보다. 요즘 자신과는 제대로 말도 안 해서 마음이 안 좋았는데, 오빠가 챙겨주니 마음이 편해졌다. 아직 그녀에게 가족이 남아 있는 게 안심이 되었다.

저벅저벅.

발소리는 침대로 향했다. 아버지한테 가나 보다.

수연은 까무룩 잠이 들었다가 나쁜 꿈을 꾸고 눈을 떴다. 막 병실을 나가려는 남자의 뒷모습이 보였다. 오빠보다 키가 더 크고, 오빠보다 어깨가 더 넓은. 그럼에도 너무 익숙한 뒤태. 그녀는 놀라서 벌떡 일어났다.

"사장님!"

그녀의 부름에 문 앞에서 태무진 사장이 고개를 돌렸다. 얼굴을 보니 남아 있던 잠이 확 깼다.

어떻게 사장님이 여기 계시지?

"죄, 죄송합니다. 오셨는데도 모르고 제가 자고 있어서."

수연은 허둥지둥 소파에서 일어났다. 그녀의 몸을 덮고 있던 담요가 바닥으로 떨어졌다.

태무진 사장의 시선이 떨어지는 담요에 닿았다가 다시 그녀의 얼굴로 돌아왔다.

"괜찮습니다. 연락하고 온 것도 아니니."

그러게 말이다. 모든 스케줄이 한 달 일정으로 정해져 있는 사람이었다. 그런데 스케줄에도 없는 문병을 와주다니.

감개무량해하던 그녀는 뭔가 이상한 점을 깨달았다. 그녀는 태무진 사장의 비서이니까 그보다 더 그의 스케줄을 줄줄 외우고 있었다. 분명 오늘 태무진 사장의 스케줄이 하나 있었다. 수연은 벽시계의 시간을 확인하고 믿을 수 없다는 눈으로 다시 태무진 사장의 얼굴을 보았다.

"설마 맞선 안 가시고 여기 오신 거예요?"

아무 표정 없던 태무진 사장의 얼굴에서 한쪽 입꼬리가 그린 듯이 올라갔다. 눈은 전혀 안 웃고 있는데, 입술에만 미소가 보이니 그 표정이 참으로 해괴했다. 그런 그의 입에서 나온 말은 더 엄청났다.

"앞으로 맞선 파업입니다."

파업? 파업!

누가 사업가 아니라고 할까 봐 그걸 맞선에다 갖다 붙이냐!

당황한 수연은 그대로 가버리는 태무진 사장의 뒤를 쫓아갔다. 왜냐하면 아직은 그녀가 그의 신부 없는 결혼식 담당이었으니까. 그러니까 태무진 사장이 맞선에 불참하면 그에 대한 책임도 그녀에게 있다는 소리였다.

수연은 태무진 사장의 뒤꽁무니를 쫓아가며 간언했다.

"사장님, 지금이라도 맞선 가시는 게 좋을 거 같습니다."

이건 결혼식을 잡은 회장님한테 개기는 것밖에 안 되었다. 어차피 지금껏 잘 봤던 맞선, 그냥 평소처럼 하면 되는 것이었다. 그래야 협상의 기회라도 생길 수 있었다.

"가온 서류는 왜 보고 있었던 겁니까?"

우뚝.

그녀는 놀라서 걸음을 멈추었다.

우뚝.

태무진 사장도 걸음을 멈추고 그녀를 돌아보았다. 마주쳐 오는 눈빛이 눈부셔서 수연은 고개를 숙이며 변명했다.

"오빠가 혼자서 힘들어하는 거 같아서 보고 있었던 것뿐이에요."

사표를 쓰기 전까지는 굳이 말하고 싶지 않았다. 곧 떠날 사람처럼 쳐다보는 게 싫었으니까. 다행히 태무진 사장도 더는 묻지 않았다.

저벅저벅.

태무진 사장을 더 이상 쫓아갈 수는 없었다. 멍하니 멀어지는 그의 뒷모습을 쳐다보던 수연이 다급하게 물었다.

"사장님! 맞선도 안 보시면 결혼식은 어쩌시려고요?"

태무진 사장은 멈추지 않고 걸어가며 말했다.

"아무도 나한테 강요할 수 없습니다. 난 내가 선택한 일만

합니다."

와, 겁나 멋있다.

이러니 그녀가 어떻게 안 반하겠는가.

그런데 4개월 뒤 신부 없는 결혼식에 혼자 서 있을 태무진 사장을 상상하니 너무 무서워졌다.

진짜 그 개망신을 감당하겠다고?

그렇게 태무진 사장을 걱정하며 병실로 돌아온 수연은 서류와 이불로 난장판인 소파를 보고 무언가 불현듯 깨달았다. 그녀는 서둘러 욕실로 뛰어 들어가 거울로 자신의 상태를 살폈다. 막 깨어나서 세수도 안 한.

"꺄아아아아아아악!"

그녀의 비명이 조용한 병실 안에 울렸다.

Rrrrrrrr— Rrrrrrrrr—.

전화벨이 울리자 무진은 병원 로비를 걸어가며 핸드폰을 꺼냈다. 주위 사람들의 시선이 거미줄에 걸리듯이 그에게 향했지만 그는 개의치 않고 전화를 받았다. 전화를 건 사람은 M&A 부티크(인수합병 전문 중개 소규모 엘리트 집단) 트레이더 조정현이었다.

"가온 주식 얼마나 샀습니까?"

[15% 정도입니다.]

"그럼 더 사요. 팔려고 내놓지 않은 주주들 것까지."

그의 요구에 조정현은 난감한 내색을 했다. 그는 항상 태무진 사장의 의견을 존중했지만, 이번엔 아니었다.

[아직 천태진 대표가 사망하지 않았고, 아들 천수민이 있어서 가온이 M&A 시장에 나올 가능성은 불명확합니다. 그리고 나온다고 해도 아르노 쪽이 너무 강력합니다. 붙으면 매수가가 턱없이 올라갈 겁니다.]

조정현의 부정적인 의견에도 무진은 뜻을 굽히지 않았다.

"계속 사요. 무조건."

뚝―.

전화를 끊은 무진은 앰뷸런스 소리를 듣고 멈추어 섰다.

삐뽀삐뽀삐뽀삐뽀―.

여기가 병원이라는 걸 새삼 실감시켜주는 소리였다.

무진은 그 자리에 서서 앰뷸런스에서 환자를 급하게 내리는 구급대원과 의료진의 모습을 가만히 지켜보았다. 교통사고 환자인 듯 온몸이 피투성이였다. 그 환자의 모습에 다른 이의 모습이 겹쳐 보였다.

그의 팔 안에서 눈물을 보이던 그녀의 모습은 두려움에 무너지는 인간의 모습을 적나라하게 드러냈었다. 천태진 대표는 그녀의 삶을 지탱하는 기둥이었다. 그 기둥이 무너졌으니 그녀가 괜찮을 리 없었다.

무진은 다시 차가 있는 곳으로 걸음을 뗐다.

괜히 왔다는 생각이 들었다. 무력감만 실컷 느끼고 돌아가는 길이었다.

무진은 곧장 집으로 돌아갔다. 이번엔 피하고 싶어도 피할 수 없는 이를 상대해야 했다. 태준석 회장은 마치 그를 기다리고 있었다는 듯이 응접실에 앉아 있었다.

"나한테 반항하려고 맞선 자리 안 나간 거냐?"

어머니의 빈자리는 이럴 때 더욱 크게 느껴졌다. 대기업 총수께서 왜 맞선에 대해 저리 심각하게 이야기하고 있는 건지 무진은 이질감이 느껴졌다.

"아버지가 결혼식장 예약할 때 제 신부도 이미 골라놓으신 거 아닙니까?"

분명 비꼬는 말이었기에 태준석 회장의 얼굴이 구겨졌다. 그가 자기 아들을 모를 리 없었다. 신붓감을 정해주어도 안 할 게 뻔했기에 결혼식 날짜만 정한 것이었다. 결혼식 전에 신붓감은 원하는 여자로 직접 고르라고. 그 정도면 굉장한 페어플레이라고 태준석 회장은 생각했다.

"내가 사람들 눈이 무서워서 결혼식을 취소할 거라는 생각은 버리는 게 좋을 것이다. 난 이번에 끝까지 한다."

"네, 마음대로 하세요."

"결혼식 날 도망갈 생각, 하지도 마."

"네. 그럴 생각 없습니다."

그때 집사가 다가와서 조심스럽게 태준석 회장에게 말했다.

"사장님이 회장님 잘 드시는 꼬리곰탕 사 오셨습니다. 지금 준비해드릴까요?"

태준석 회장이 잘 먹는 꼬리곰탕은 장례식장 갈 때만 먹는 것이었다. 왜냐하면 병원 근처에 있었으니까.

"너 도대체 어디 갔다 온 거냐?"

"가온 천태진 대표 병문안 갔었습니다."

천태진 대표는 태준석 회장도 아는 이였다. 천태진 대표는 맨손으로 회사를 시작해서 지금의 가온을 완성했다. 그렇게 회사를 키웠으면 돈 버는 것에 미치는 게 보통인데, 그는 오히려 사회에 공헌하는 일로 발을 넓혀서 기업가들 사이에서는 예전부터 유명인이었다.

가방 하나에 담긴 뚝심이 꽤 올곧은 사업가였기에 태준석 회장도 흥미가 생겨서 먼저 밥을 먹자고 청하기도 했었다. 물론 딱 밥 한 끼뿐이었다. 태준석 회장과는 뿌리부터 다른 인물이라 더 이상 섞일 수 없었다.

천태진 대표의 딸이 무진의 비서라는 건 이번에 처음 알았다. 4년이나 일했다는 말을 듣고 어이가 없어 웃어버렸다.

"죽을 거라더냐?"

"글쎄요."

무심한 대답같이 들렸지만, 걱정이 되지 않았다면 병원까지 갔을 리가 없었다.

"천태진 대표가 걱정돼서 간 거냐? 그 딸이 걱정돼서 간 거냐?"

"맞선 보기 싫어서 갔습니다."

이 자식.

태준석 회장은 걸어가는 아들의 뒷모습을 노려보았다. 그래도 결혼식장 예약했다는 말을 들으면 조금이라도 동요할 줄 알았더니만, 더 막 나가고 있었다.

이건 기세 싸움이었다, 먼저 꼬리 내리는 쪽이 지는.

그는 절대 결혼식을 취소할 생각이 없었다. 올해 내로 이 집에 새 식구를 들이고야 말리라.

수연은 수민에게 그녀가 생각한 사업 제안서를 내밀었다.

"새로운 사업을 시작하면 주식 떨어지는 건 멈출 거야."

수민은 그녀의 제안서를 보지도 않고 손으로 이마를 짚으며 한숨을 길게 내쉬었다.

"아버지가 일어나지 않으면 바뀌는 건 없어."

"그래도, 뭐라도 해봐야……."

"내가 뭘 하려면 아버지를 대표 자리에서 끌어내리고 내가 그 자리에 앉아야 해!"

수민이 소리치자, 그녀의 말문이 막혔다.

"가온에서 천태진 대표가 없어진다는 게, 그게 어떤 의미인지, 너 알기나 해?"

그녀도 알았다. 그게 어떤 의미인지.

아버지를 버리고 가야 한다는 뜻이었다.

"그 방법밖에 없으면 그렇게 해."

그녀의 말에 수민은 믿을 수 없다는 눈으로 쳐다보았다.

"뭐?"

수연은 병상에 누워 있는 아버지한테 시선을 주었다가 고개를 돌려 다시 수민을 보았다.

"아버지라면 우리가 이렇게 손 놓고 아버지가 깨어나시기만 기다리는 걸 원하시진 않을 거야."

아버지가 깨어나셨을 때 가온의 대표가 다른 사람이라면 실망하실 수도 있지만, 그래도 그들이 가온을 위해 애썼다는 걸 알아주실 것이다.

"가온을 지키자. 그게 아버지도 원하시는 걸 거야."

수연은 단단해진 눈으로 오빠 수민을 바라보았지만, 수민의 눈동자는 이 현실을 받아들일 수 없다는 듯 흔들렸다. 버팀목인 아버지가 쓰러지시자마자 그의 바닥도 같이 드러난 것만 같은 기분이었다.

그는 너무 무서웠다, 아버지가 안 계신 가온이.

그녀가 사표를 쓰기로 정한 한 달은 금세 흘러가고 있었다. 아버지는 여전히 의식불명으로 병원에 누워 계셨고, 그녀는

아직 태성 그룹 태무진 사장 비서였다.

수연은 연정우 대리에게 커피 만드는 법을 가르쳐주었다.

"배워서 나중에 여친한테 해줘요. 그럼 좋아할 거예요."

사실 그녀가 그만두고 나면 사장님 커피를 대신 만들라고 가르쳐주는 것이었다. 비서실에서 그녀가 막내였고, 그다음이 연정우 대리였다. 새로운 신입이 들어오기 전에는 연정우 대리가 해야만 하는 일이었다.

"그럼 난 필요 없을 거 같은데."

"왜요?"

"내 여친이 만들어주면 되니까."

그리 말하면서 연정우 대리가 씨익 웃는데, 싱그러운 훈남의 기운이 물씬 풍겼다. 연정우 대리가 여직원들한테 인기가 많은 건 그녀도 알고 있었다. 그러니 커피 잘 타는 여자로 고르겠다는 소리인 것 같은데, 여기서는 통하지 않았다.

"안 돼요. 연 대리님이 직접 만들어줘야 의미가 있는 거죠."

네가 사장님 커피를 타야 한다고!

"그런가?"

그녀의 감언이설에 속은 연정우 대리는 커피 한 잔을 열심히 만들었다.

두 사람이 커피 만드는 모습을 지나가다 본 비서실장이 둘이 사귀냐고 놀렸다. 그 말에 연정우 대리가 실실대자 수연은 집중하라고 혼을 냈다.

"마셔봐."

"사장님 가져다드릴게요."

그녀의 말에, 연정우 대리는 질색하며 말했다.

"내가 만든 커피를 왜 사장님 드려?"

"사장님이 안 드시면 불합격이에요."

수연은 서둘러 커피를 트레이에 놓고 사장 집무실로 향했다. 연정우 대리가 뒤에서 당했다는 눈으로 쳐다보는 것 같았지만 무시했다.

달칵―.

평소처럼 커피를 책상 위에 올려놓고 수연도 살짝 긴장했다. 커피를 한 모금 마신 태무진 사장이 잠시 멈칫하자 그녀의 눈이 커졌다.

설마 이걸 눈치챘다고? 그럴 리가 없어.

같은 원두였고, 그녀가 옆에서 만드는 법까지 다 가르쳐주었다. 만든 사람만 다를 뿐이었다. 더군다나 그녀가 들고 왔으니, 영락없이 그녀가 만든 커피였다.

탁―.

태무진 사장이 커피를 그대로 찻잔 위에 내려놓았다.

"커피 맛이 오늘은 별로인가요?"

그녀가 조심스럽게 물어보았다.

"아닙니다."

대답은 그렇게 했지만, 더 이상 커피에 손을 대지 않았다.

이 남자의 혀는 도대체 뭐에 불만을 느낀 것이란 말인가?

나중에 다 식은 커피를 들고 나와서 마셔봤지만, 그녀는 도저히 알 수 없었다. 이리되면 특훈이다. 연정우의 커피를 태무진 사장이 다 마실 때까지.

태무진 사장이 밤늦게까지 집무실에 있을 때는 비서실에 적어도 한 명은 남아서 대기하고 있어야 했다. 이것도 태무진 사장이 정한 원칙이었다. 한 명이면 충분하다고. 그래서 비서실 직원들은 돌아가며 야근 당번이 되었다.

그녀는 아버지 일 때문에 지난 한 달 동안 계속 면제였다.

"오늘은 제가 있을게요."

수연의 말에 비서실장이 괜찮겠느냐는 듯 그녀를 처다보았다.

"병원 안 가?"

"네."

예전에는 태무진 사장을 '일벌레'라고 욕했지만, 이젠 그것도 못 하게 될 것이라고 생각하니 아쉬웠다.

"병원 안 가면 집에 가서 쉬어. 내가 있을게."

연정우 대리가 그녀를 걱정하며 대신 있겠다고 하자 수연은 정색하며 말했다.

"그럼 저랑 같이 남아서 커피 만드실래요?"

연정우 대리는 바로 가방을 들고 퇴근 인사를 했다.

"저 먼저 가보겠습니다."

비서실장과 과장님 두 분까지 떠나고 비서실에는 그녀 혼자 남겨졌다. 간만에 태무진 사장과 둘만 사무실에 남게 된 수연은 파티션 너머 집무실의 문을 바라보았다.

이제 정말 내 짝사랑이 끝나가는구나.

가온에 가면 당분간은 짝사랑도 사치였다. 죽어라 일만 해야 했다. 아버지가 대표일 때보다 가온의 주식을 더 올려놓고 말 것이다. 그럼 오빠도 우울한 마음이 덜해지겠지.

요즘 오빠 수민이 너무 힘들어하는 게 아버지의 몸 상태보다 더 걱정되었다. 그래서 그녀도 더 이상은 가온으로 가는 걸 늦출 수 없었다.

밤 10시쯤 차 한 잔과 간단하게 먹을 샌드위치를 들고 집무실 문을 노크했다. 미간에 깊은 주름을 만들며 서류를 보고 있던 태무진 사장이 그녀를 보고 놀란 표정을 지었다. 태무진 사장도 당연히 그녀가 병원에 갔을 것이라고 생각했나 보다.

그래도 다른 사람들처럼 병원에 안 가냐고 묻지 않는 게 오히려 고마웠다.

"내일 해외 영업 부장과 미팅 몇 시에 가능한지 알아봐요."

그의 지시에 수연은 바로 대답했다.

"네, 알겠습니다."

뺄 수 있는 시간이 언제인지 머릿속에 스케줄표를 그려보는데, 하필이면 중요한 사장단 회의 시간 전밖에 없었다. 어떻게든 사장단 회의 뒤로 옮길 방법은 없을까 궁리하고 있는데 태무진 사장이 먼저 해결책을 내놓았다.

"사장단 회의는 몇 시부터죠?"

"오전 10시입니다."

"9시로 옮기죠."

"네."

그럼 지금부터 각 계열사 사장들의 비서에게 연락을 돌려야 했다. 당장 처리해야 할 일이 생긴 수연은 집무실을 나가는 걸음이 바빠졌다.

수연은 밤 11시 30분이 되어서야 태무진 사장과 함께 사무실을 나섰다. 이렇게 늦게 퇴근할 때면 이 넓은 회사에 꼭 그와 그녀밖에 없다는 착각이 들었다. 그것만으로도 낭만적인 기분을 느꼈던 적이 있었다. 그러나 오늘은 어깨가 너무 무거웠다. 요즘 잠을 통 못 잔 탓이었다.

"어디로 갑니까?"

"아! 저는……."

당연히 병원인데, 이젠 태무진 사장 앞에서 '병원'이란 말을 쓰기가 싫었다.

"집이요."

그래서 사소한 거짓말을 했더니, 엄청난 후폭풍이 이어졌다.

"그럼 태워다줄 테니까 내 차 타요."

"아닙니다! 전 택시 타면 됩니다!"

목소리가 너무 커서 오히려 말한 그녀가 더 놀랐을 정도였다. 수연이 놀라서 커진 눈으로 올려다보자 태무진 사장은 촘촘한 속눈썹을 내리깔며 물었다.

"내 차가 택시보다 덜 안전할 거 같습니까?"

"그게 아니라, 택시가 더 편해서……."

수연은 입술을 깨물었다. 그 말은 태무진 사장과 함께 차를 타는 게 불편하다는 뜻이었으니까.

"불편해도 타요, 오늘은."

고개를 숙이고 있던 수연은 그의 말에 이상한 점을 느끼고 머리를 들었다. 태무진 사장은 엘리베이터의 계기판을 쳐다보고 있었다.

오늘은? 무슨 뜻이지?

곧 엘리베이터가 도착해서 문이 열렸다. 그녀는 태무진 사장의 뒤를 따라 엘리베이터에 올라타 그와 거리를 두고 섰다.

"……그런데 오늘 커피 왜 안 드신 거예요?"

보완점을 찾아야 하기에 수연은 조심스럽게 물어보았다.

"기분 나빠서."

에?

생각도 못 한 대답에 수연은 다시 고개를 들어 태무진 사장의 옆얼굴을 보았다.

"제, 제가 사장님 기분을 상하게 하는 행동을 한 건가요?"

도대체 언제?

그녀는 왜 까맣게 몰랐을까? 비서 4년 차나 되는데 그런 엄청난 실수를 하고도 모르다니!

"떠날 겁니까?"

태무진 사장이 고개를 내려 그녀의 얼굴을 똑바로 보았다. 시선이 마주치니 여지없이 그녀는 검은 바다에 빠져 허우적댔다. 그녀는 돌아가는 것이라고 생각했는데, 그는 떠날 것이냐고 묻는다.

"아직은 아닌데."

곧이지만, 오늘은 아니니까.

내일도 아니니까, 거짓말이 아니다.

태무진 사장은 고개를 들어 다시 앞을 보았다. 그녀의 말을 믿는 건지, 믿는 척해주는 건지 모르겠다.

수연의 심장이 쿵쿵 뛰어댔다. 뭔가 처음으로 태무진 사장의 속내를 들은 것만 같아서.

내가 떠나는 게 기분 나쁘다는 뜻인 것 같아.

수연은 용기를 내서 물었다.

"사장님은 왜 절 비서로 뽑으신 거예요?"

태성 그룹 사장 비서실의 인턴 비서였다. 경쟁은 치열했고, 그녀가 붙을 가능성은 희박했다. 그런데도 그녀가 붙었다.

"천태진 대표의 딸이라면 아버지 반의반만 닮아도 쓸모 있겠다 생각했습니다."

결국 아버지의 후광이었다. 그녀의 아버지는 태무진 사장한테도 인정받을 정도로 대단한 사람이었다. 그게 자랑스럽기도 하고, 실망스럽기도 하고, 울컥하기도 하고, 마음이 복잡했다.

"그럼 비서 천수연은 괜찮았나요?"

그래도 떠날 때는 단지 천태진 대표의 딸이기 때문만은 아니길, 그녀도 조금은 그에게 인정받고 싶었다. 그녀 인생의 4년을 그를 위해 바쳤으니 그 정도 바람은 욕심이 아니라고 우기고 싶었다.

"나의 비서 천수연은……."

'나의'라고 말해주었다. 그것만으로도 수연은 충분했다. 행복한 마음으로 사표를 쓸 수 있을 것 같았다.

"아름다웠지."

떵―.

엘리베이터 문이 열리고 그가 먼저 내렸다. 하지만 그녀는 내릴 수가 없었다.

방금 뭐라고?

"안 내립니까?"

마치 꿈에서 깨우듯이 태무진 사장이 그녀를 보며 무뚝뚝하게 묻고 있었다. 방금 그녀가 아름다웠다고 말한 사람이 아닌 것만 같았다.

설마 내가 눈 뜬 채 잠이 들었었나?

그럼 도대체 어디서부터 꿈인 건데!

수연은 엘리베이터에서 허둥지둥 내리며 여전히 혼란스러워했다. 분명 그렇게 말한 것 같은데. 그런데 앞서 걷는 남자의 절도 있는 걸음걸이와 칼 같은 어깨에서 '아름다웠지.'라는 말과 어울릴 만한 건 부스러기도 찾을 수 없었다.

내가 너무 듣고 싶은 말을 환청으로 들은 것이란 말인가.

"정 내 차가 불편하면 택시 타요."

역시 그녀의 환청이었나 보다. 수연은 오히려 안도했다. 그녀를 아름답다고 말하는 태무진 사장은 그녀가 감당할 수 있는 범위가 아니었다. 재확인하는 순간 바로 졸도할지도 몰라서 다시 묻지도 못했다.

"그럼 저는 택시 타고 가겠습니다."

그녀는 꾸벅 고개를 숙여 인사하자마자 몸을 돌려 서둘러 택시 정류장으로 걸어갔다.

멀어지는 그녀의 뒷모습을 바라보던 무진은 고개를 툭 아래로 떨어뜨리며 한숨을 내쉬었다.

"시인 나셨네."

살면서 가장 부끄러운 순간이었다.

chapter 2

대표가 된 비서

　수연은 밤새 잠을 설치다가 새벽이 되어서야 겨우 잤다. 그래서 아침에 일어나는 게 너무 힘들었다.

　Rrrrrrrr— Rrrrrrrr—.

　그녀한테 어서 일어나라고 재촉하듯이 전화가 울리고 있었다. 힘겹게 손을 뻗어 핸드폰을 가져오니 발신자에 '장 실장'이 찍혀 있었다. 그녀는 바로 전화를 받았다.

　아버지 일이거나, 가온 일일 테니까.

　[수연 양, 지금 가온으로 좀 올 수 있습니까?]

　"무슨 일 있어요?"

　[신임 대표 선임안으로 주주 총회를 열 겁니다.]

　그녀도 그래야 한다고 말했던 일이지만 막상 그리된다고 하니 가슴 한쪽이 서늘해졌다. 이제 정말 가온에서 천태진 대표의 자리는 사라지게 되었다.

　"네, 저도 동의하니까 너무 걱정 마세요."

　[그런데, 그 일 때문인 거 같습니다.]

중요한 일이 그게 아니라고?

[천수민 상무가 사라졌습니다.]

"네?"

수연은 기겁해서 침대에서 벌떡 일어났다.

"오빠가 사라지다뇨? 병원에 있는 게 아니고요?"

어제 너무 정신없어서 그냥 집으로 와버린 게 이제야 후회가 되었다.

[천수민 상무가 수연 양에게 남긴 쪽지가 사무실 책상 위에 있었습니다.]

수연은 자기 눈으로 직접 확인하기 위해서 서둘러 가온으로 향했다. 차 안에서 회사에 전화해 연차를 쓰고 싶다고 급하게 알렸다.

[설마 아버지 갑자기 안 좋아지신 거야?]

연정우 대리가 걱정하며 묻는 말에 수연은 제대로 설명할 수가 없었다. 지금은 그녀도 믿을 수 없는 사실이었으니까.

"그게 아니고요, 회사 일인데……."

[회사? 아! 아버지 회사.]

"하여튼 저 대신 연차 보고서 좀 내주세요."

[그래, 걱정 마.]

멀리 가온의 건물이 보였다. 오랜만에 와보는 건데 기쁜 일이 아니라 나쁜 일을 확인하기 위해서 왔다는 것에 눈이 붉게 달아올랐다.

— 아름다웠지.

그녀의 현실은 전혀 안 아름다웠다. 그래서 태무진 사장의 그 말은 정말 꿈속의 말이 되어버렸다.

수연아, 미안해. 나를 찾지 마.

수연은 믿을 수 없다는 눈으로 수민이 남긴 쪽지를 바라보았다.

"천수민이 안 돌아오면 황 전무 쪽에서 신임 대표 선임안 무조건 부결시킬 겁니다."

"회사 주식이 곤두박질치고 있는데, 어떻게 이 상황에서 사라진단 말이야!"

수민의 실종으로 아버지 쪽 사람들도 난리가 났다. 만약 이대로 신임 대표 선임안이 부결되고 황 전무 쪽이 세운 사람이 대표가 된다면, 그들은 회사를 아르노에 넘기려고 할 것이었다. 그 뒤에 천태진 대표가 깨어나면 아무 소용이 없었다.

꾸깃.

수연은 수민이 남긴 쪽지를 쓰레기처럼 구겼다. 가온이 이대로 다른 사람들의 손에서 아무렇게나 휘저어지는 걸 보고만 있을 수는 없었다. 수연은 정신을 차리고 장 실장에게 말했다.

"장 실장님은 오빠를 찾아주세요. 제가 우선 주주들 만나볼게요. 주주 명단 좀 주세요."

수민에 대한 믿음을 주주들에게 어떻게든 심어주어야 했다.

"그런데 최대 주주가……"

장 실장이 어렵게 말을 꺼냈다.

"태성 그룹 태무진 사장입니다."

수연은 순간 자신이 잘못 들었다고 생각했다.

"누구라고요?"

어떻게 그 이름이 여기서 나올 수 있단 말인가.

태무진 사장이 가온의 주식을 사들인 건 천태진 대표가 교통사고를 당한 뒤 가온의 주식이 곤두박질치기 시작할 때부터였다.

자료를 보고 있던 수연의 손이 툭, 아래로 떨어졌다. 그녀가 회사와 병원을 오가며 고군분투하고 있을 때 태무진 사장은 가온의 주식을 싸게 사들이고 있었다고 생각하니 배신감이 치밀었다.

그래도 그의 밑에서 4년이나 일한 비서였는데, 그한테는 돈 몇 푼의 값어치보다도 더 하찮았던 건가 싶어서. 그러면서 병원까지 왜 왔던 것이며, 그녀 앞에서 그런 말들은 왜 한 것이란 말인가!

수연은 두 손으로 붉게 충혈된 눈을 꾹 눌렀다. 지금은 이런 감정에 휘둘릴 때가 아니었다. 냉정하게 태무진 사장을 설득해야 했다. 천수민이 가온의 새로운 대표에 적합한 인물이라는 걸.

지금의 그녀도 불신하고 있는 걸 태무진 사장이 믿게 해야 했다. 그 불가능한 걸 반드시 해내야만 아버지가 깨어났을 때 그녀가 부끄럽지 않을 수 있었다.

그녀가 사장실에 나타나자 다들 의아한 눈으로 쳐다보았다. 집안 사정으로 연차를 신청한 사람이 사무실에 나타났기 때문이었다.

"천 대리, 오늘 쉰다고 하지 않았어?"

수연은 얼굴에 미소를 지으며 평소처럼 말했다.

"사장님께 긴히 드릴 말씀이 있어서요."

연정우 대리가 걱정스러운 표정으로 물었다.

"설마 사표 쓰는 거 아니지?"

아버지 회사에 일이 생겼다고 연차를 썼는데 갑자기 와서 사장님과 할 이야기가 있다고 하니 좋은 쪽으로 생각할 수가 없었다.

"그런 거 아니에요."

그녀의 말에 연정우 대리가 안심이라는 듯이 웃었다.

수연은 직원들을 뒤로하고 집무실로 걸어갔다. 그제야 그녀의 표정이 심각해졌다.

이제 북극 호랑이를 상대해야 할 시간이었다.

똑똑.

노크하고 천천히 문을 열었다. 사무실로 가득 쏟아진 햇살에 둘러싸여 앉아 있는 태무진 사장이 보였다.

남자는 이 순간에도 참 눈부셨다. 태무진 사장은 태성 그룹 안에서 그리스 로마 신화의 신 같은 존재였다. 아름답고 전능하고, 그리고 사는 세상이 다른.

그런 신적인 남자를 지금 그녀가 일대일로 상대해야 했다.

"가온 주식, 38%나 왜 사신 겁니까?"

사실 수민에 대한 이야기만 할 생각이었는데, 입을 열자 이 말이 먼저 나와버렸다. 그래도 혹시나 다른 이유가 있을 수도 있지 않을까 하는 일말의 기대를 하고.

태무진 사장이 고개를 들어 그녀의 얼굴을 보았다. 지독히 잘생긴 얼굴이지만 지독히 표정 없는 얼굴이기도 했다. 무슨 생각을 하는지 읽을 수 없을 정도로.

"싸게 나와서 샀죠."

그의 대답을 듣고 수연의 표정이 일그러졌다. 확인 사살이 더 아팠다. 수연은 이를 꽉 물었다. 이제부터가 중요한 이야기였다.

"주주 총회에서 천수민 신임 대표 선임안에 찬성표 던져주세요."

태무진 사장은 입꼬리를 비틀며 모니터로 시선을 돌렸다.

"내 비서로 4년이나 일했으면서 내가 청탁 제일 싫어하는 거 모릅니까?"

역시 그녀의 착각이었다. 이런 남자가 그녀에게 아름답다는 말을 했을 리가 없다.

"청탁 아닙니다. 오빠는 신임 대표가 된 뒤에 신규 사업으로 가온을 다시 일으키려고 준비 중이었습니다."

수연은 자신이 만든 사업 제안서를 수민이 만든 것처럼 꾸며 태무진 사장에게 보여주었다.

"가온에서 생산된 가방을 리폼하자는 사업 제안서예요. 요즘의 레트로 열풍과도 맞아떨어지고, 옛날 제품을 요즘 트렌드에 맞추어 리폼하면 잊혀가던 가온 가방이 다시 사람들의 시선을 받을 수 있을 거라고 생각합니다."

"……"

"가온 가방을 가지고 있던 고객들의 관심도 끌고, 가온을 몰랐던 사람들의 관심도 끌 수 있는 사업 아이템입니다. SNS, 소셜 네트워크를 활용해서 사업 홍보도 적극적으로 할 계획입니다."

수연은 어떻게든 태무진 사장의 마음을 움직이기 위해서 신규 사업에 대해 설명했다. 하지만 태무진 사장의 표정에는 변화가 없었다.

"이걸 천수민이 직접 와서 설명하지 않고, 천수연을 보냈다는 것부터 틀린 거 같군요."

그의 입에서 나온 말은 지극히 냉소적이었다.

"오빠가 신임 대표가 되지 못하면 아르노 쪽에서 가온을 공격적으로 인수하려고 할 겁니다. 아르노한테 필요한 건 가온의 브랜드 가치일 뿐이지, 가온에서 일하고 있는 직원들이 아니에요."

"주주한테 중요한 것도 돈이지, 가온의 직원들이 아닙니다."

태성 직원들이 왜 그를 그리스 로마의 신 같다고 했는지 그녀는 오늘에서야 깊이 절감했다. 지금 그는 그리스 로마의 신처럼 아주 높은 곳에서 그녀를 내려다보는 듯했다.

그녀는 무능한 인간이었고, 그는 전능하고 냉혹한 신이었다.

수연은 입술을 깨물었다. 주주 총회에 천수민이 나타나지 않는다면 그가 모를 리가 없었다. 천수민이 겁쟁이처럼 도망쳤다는 걸.

수연은 마지막 끈을 붙잡듯이 그에게 사정했다.

"제가 4년이나 사장님 밑에서 일했잖아요. 그 정도 도움은 주실 수 있는 거 아니에요?"

하지만 돌아오는 건 더욱 냉정해진 태무진 사장의 경고뿐이었다.

"회사 일을 정에 호소하지 마요."

이런 비정한 사람을 그리 오래 짝사랑하다니.

그 시간들이 너무 후회되었다. 과거로 다시 돌아갈 수만 있다면, 그녀는 태성이 아니라 가온으로 갔어야 했다. 그리고 아버지의 옆자리를 지켰다면 지금 그녀에게는 가온을 지킬 수 있는 자격이 주어졌을 것이다.

남자 얼굴에 홀린 대가를 그녀는 처절하게 받고 있었다.

수연은 태무진 사장이 쓰는 만년필을 멋대로 가져와서 앞에 있는 종이에 휘갈겨 썼다.

사직서

그녀가 함부로 쓴 사표를 말없이 처다보던 태무진 사장이 물었다.

"분풀이입니까?"

수연은 붉게 달아오른 눈으로 그를 노려보았다.

"아뇨. 제 마음이에요."

이제 태무진을 짝사랑했던 천수연은 더 이상 없다.

결국 수민도 못 찾고, 태무진의 찬성표도 못 얻은 채 주주 총회 날 아침이 밝았다. 수연은 화장대 앞에 앉아서 기계적으로 화장했다. 그래도 사람들 앞에 아버지 대신 나서는 자리였으니 모자란 모습을 보일 수는 없었다.

오빠 수민이 정신 차리고 늦지 않게 도착할 수도 있다는 일말의 희망도 품어봤지만, 거기에 모든 걸 걸기엔 그녀 자신이 수민에 대해 너무 잘 알았다. 그녀가 이렇게 주주 총회에 가기 싫다면 수민은 백배는 더 싫어서 도망친 것이다.

"망할 자식. 혼자 많이 행복해라."

그녀는 덤덤하게 혼자 지옥으로 걸어 들어가기로 작정했다. 피할 수 없다면 인정하는 수밖에 없다.

수연은 모든 사람의 시선이 자신에게 집중될 수 있게 강렬한 레드 원피스를 꺼내 입었다.

오늘만큼은 무대에 오르는 배우라고 생각하자.

그녀는 오늘, 히로인이었다. 그러니 절대 초라해질 수 없었다.

"도대체 천수민은 언제 오는 겁니까!"

"이게 말이 됩니까! 주주 총회에 늦다니! 이런 사람을 어떻게 믿고 대표 자리를 맡깁니까!"

"더 볼 것도 없습니다. 당장 표결 붙여요."

사람들의 모습이 아귀처럼 보였다.

이 회사와 평생을 함께하면서 가족을 먹여 살리고 부를 쌓았으면서 아버지에 대한 의리는 조금도 없는 듯했다. 장 실장이 나서려고 하자 그녀가 손을 들어 저지했다.

"조용히 해주세요. 제가 설명하겠습니다."

분명 그녀의 말이 들릴 텐데도 일부러 무시하며 더 큰 목소리로 떠들었다. 이건 주주 총회가 아니라 시장판 같았다. 아버지 없이 처음 열린 주주 총회가 이리 엉망이라는 게 수연은 견딜 수가 없었다.

벌컥!

그 순간 문이 활짝 열리며 한 남자가 주주 총회장 안으로 들어섰다. 그러자 시장판처럼 시끄럽던 사람들의 입이 일제히 멈추었다.

수연은 남자의 심연 같은 먹빛 눈동자와 마주친 순간 희게 질렸다.

태무진 사장이었다.

그는 마치 그녀의 목숨을 앗아가려고 온 저승사자처럼 보였다.

주주 총회가 시작되어도 안 보이기에 조금은 안심했었는데, 다 헛짓이었다. 결국 그는 천수민 신임 대표 선임안에 가장 강력한 반대를 날리기 위해 등장했다. 태무진은 주주 총회장 안으로 걸어 들어오면서 그녀의 얼굴에서 눈을 떼지 않았다. 그 시선에 그녀는 꽁꽁 갇히는 기분이었다.

갑자기 등장한 태성 그룹 태무진 사장의 존재감 때문에 장내도 순식간에 조용해져 있었다. 모두 태무진을 바라보았다. 오늘 무대 위의 주인공은 그녀가 아니라 그였다.

"가온 최대 주주로서 건의합니다."

마치 나는 너희들의 왕이라고 선포하는 듯한 목소리였다. 남자의 목소리는 차분하며 권력이 실려 있었다.

"신임 대표에 천수민이 아니라, 천수연을 추천합니다."

천수연은 바로 그녀의 이름이었다. 천태신 내표의 딸이면서, 태무진 사장의 비서로 4년을 일한.

태무진 사장의 발언은 그 자리에 있던 모든 사람의 혼을 빼놓는 말이었다. 당사자인 수연 역시 믿을 수 없는 눈으로 태무진 사장의 옆얼굴을 바라보았다.

이 남자는 그녀를 잡아먹으러 온 저승사자인가? 아니면 구원자인가?

혼돈 속에 남자의 우아한 얼굴은 여전히 독보적이었다.

태무진 사장의 추천은 주주들의 마음에 들 리가 없었다. 아니, 아주 큰 재앙이나 마찬가지였다. 천수민도 마음에 안 드는데 천수연이라니!

"하, 하지만 천수연은 여자인데."

반대하고 나오는 황 전무를 태무진은 서늘한 시선으로 쳐다보았다.

"그게 반대 이유가 된다고 생각하신다면 늙은 것도 퇴직 사유로 충분하겠군요."

넌 늙었으니 자리를 내놓으라는 태무진의 말에 황 전무의 얼굴이 하얗게 질리다 못해 검붉게 타올랐다. 지금껏 가온에서 이런 막돼먹은 혀는 없었던 것이다.

수연은 구경꾼처럼 태무진과 주주들이 싸우는 걸 바라보았다. 몇 명이 덤벼도 끄떡없다는 듯이 태무진은 여유가 넘쳤고, 주주들은 하나둘 전사하기 시작했다.

"하지만 천수연은 경영이란 걸 해본 경험이 없습니다."

그건 수연도 반박할 수 없는 사실이었다. 그녀의 회사 경력은 태성 그룹에서 태무진의 비서로 일한 게 전부였다. 그런데 태무진은 그걸 또 말이 되게 만들었다.

"천수연은 제 비서로 4년을 일했습니다. 천수연이 옆에서 보고 배운 경영은 바로 저입니다. 그 말은 제 경영 능력이 부족하다는 겁니까?"

모두가 꿀 먹은 벙어리가 되었다. 세상 그 누구도 감히 태성 그룹의 북극 호랑이한테 일 못한다고 말할 배짱은 없었다.

　"천수연은 이미 가온을 위한 신규 사업 계획을 가지고 있습니다."

　수연이 돌아간 후 무진은 그녀가 놓고 간 사업 계획서를 살펴보았다. 누구나 처음 사업 계획서를 쓰면 큰 그림을 그린다. 자신이 대단하다는 걸 입증하고 싶은 게 인간의 당연한 욕구이니까. 하지만 수연은 그러지 않고 철저하게 가온에 어울리면서 지금 당장 실현 가능한 사업 계획서를 만들었다.

　그건 수연이 천태진 대표가 부재중인 가온의 정신을 변질시키지 않고 지켜낼 수 있는 대표라는 뜻도 되었다.

　지금 가온에 가장 필요한 대표는 가온을 큰 회사로 만들 대표가 아니라 천태진 대표가 다시 돌아왔을 때 지금의 가온과 크게 달라지지 않은 모습으로 지킬 수 있는 대표였다. 그러니 무진은 천태진 대표가 반드시 돌아올 것이라는 걸 전제로 아직 경험이 없는 수연을 대표로 만들려는 것이었다.

　그러나 이 자리에서는 일부러 천태진 대표의 이름을 거론하지 않았다. 그저 믿음과 희망은 주주 총회의 승패를 결정하는 데 아무 소용이 없었으니까.

　"여기 있는 분 중 그런 걸 가진 분이 계십니까?"

　이번에도 손드는 사람은 아무도 없었다. 태무진은 더 들어볼 것도 없다는 듯이 결론을 내렸다.

　"그럼 천수연 신임 대표의 선임안 표결을 시작하죠."

표결이 시작되었다.

수민은 여전히 사라진 상태이고, 그녀는 여전히 한 게 없는데, 그녀의 신임 대표 선임안이 표결되었다.

수연은 믿을 수 없다는 눈으로 태무진 사장의 얼굴을 바라보았다.

꼭 불가능한 걸 현실로 만들어내는 전지전능한…….

힐긋.

그때 고개를 돌린 태무진과 시선이 마주쳤다.

수연은 얼굴이 붉어지는 걸 느꼈다.

탁, 탁, 탁.

수연은 주주 총회가 끝나자마자 떠나버린 태무진을 쫓아서 계단을 빠르게 내려갔다. 하이힐을 신고 이리 빨리 달려보긴 처음이었다.

"잠깐만요! 사장님!"

그녀의 높은 목소리에 차를 타려던 태무진이 멈추어 서서 몸을 돌렸다. 차 유리창에 비친 태양의 강렬한 빛이 그의 몸을 감싸자 온몸에 흐르는 귀티가 더 고결해졌다.

"헉헉, 오늘…… 헉헉, 고마웠어요."

헉헉대는 숨소리 때문에 감사의 인사가 꽤 민망해졌다.

태무진은 그런 그녀를 무덤덤한 눈으로 내려다보다 차갑게 맞물려 있던 입술을 떼었다.

"고마워할 거 없습니다."

그는 이게 잘한 일이란 생각이 별로 안 들었다.

"힘들라고 올려놓은 자리니까."

그녀는 지금보다 더 힘들어질 것이었다. 수많은 직원을 매일 어깨에 올려놓고 살아야 할 테니까. 그들을 지키기 위해 무슨 짓까지 해야 하는지 그녀는 아직 모른다.

"곧 내 비서 했던 시간이 그리워질 겁니다."

그의 말에 그녀의 얼굴에 그제야 미소가 번졌다. 그리고 눈물도 같이 터질 것만 같았다.

그를 오해했다. 그래서 원망하고 미워해버렸는데, 그런데 결국 그녀를 구해준 건 태무진 사장이었다.

"4년 동안 정말 감사했습니다."

수연은 허리를 숙여 그에게 인사했다. 태무진 사장과의 진짜 마지막 작별 인사였다. 그녀는 이제 태무진 사장의 비서가 아니라 가온의 대표 천수연이었다.

그녀의 정수리를 내려다보는 무진의 표정이 복잡했다.

그녀가 떠난 것인가, 그가 보낸 것인가.

어느 쪽이든 마음 정리가 편한 쪽을 선택하기로 했다.

"말도 안 돼."

태성 사장 비서실은 단체로 멘붕에 빠졌다. 비서실의 막내 천수연이 가온의 새로운 대표가 되었단다.

　그걸 어떻게 믿는단 말인가!

　"천 대리가 날 버리고 떠났어요."

　가장 상심한 건 연정우 대리였다.

　"어쩐지 연 대리한테 커피 만드는 법 죽어라 가르치더니만, 이러려고 그랬던 거네."

　"아닙니다. 그건 저희끼리의 교감이었다고요."

　아무도 연정우 대리의 말을 들어주지 않았다. 대리가 갑자기 대표가 된 것이 배가 아프기도 하고, 걱정이 되기도 했다.

　"그런데 천 대리 괜찮을까요?"

　"그러게. 여자 대표라고 꼰대 임원들이 무시할 거 같은데."

　"그래도 천 대리 똑똑하잖아요. 위기의 가온을 정말 살려낼지도 모르죠."

　"우리 내기라도 할까? 앞으로 가온 주식 떨어질지, 오를지."

　그때 사무실 문이 열리며 태무진 사장이 들어오자 비서들의 수다는 바로 스톱되었다. 모두 자리에서 일어나 정중한 인사로 보스의 출근길을 맞이했다.

　저벅저벅.

　집무실로 걸어가던 태무진 사장의 걸음이 중간에 멈추었다. 다들 의아하게 여기며 고개를 들었다.

　"앞으로 내가 마실 커피는 준비할 필요 없습니다."

　이건 또 이것대로 센세이션한 일이었다.

천수연 대리는 대표가 되고, 태무진 사장은 커피를 끊고.

천수연이 신임 대표가 되었다는 공고는 가온 직원 전부를 놀라게 했다.

"세상에, 그게 어떻게 통과됐지?"

천수민도 간당간당하다고 다들 걱정했는데, 천수연이라니.

"태성 그룹 태무진 사장이 직접 주주 총회에 나타났대."

"그럼 천수연 대표의 빽이 태무진 사장인 거야?"

사람들은 천수연보다 태무진이란 이름에 더 열광했다. 어쩔 수 없다. 그는 이미 능력을 인정받은 북극 호랑이였고, 그녀는 아직 검증받지 못한 피라미 대표였으니까.

대표실 의자에 처음 앉아보는 수연이 그 사실을 가장 절감하고 있었다.

"장 실장님이 많이 도와주세요."

그래도 장 실장이 옆에 있어서 천만다행이라고 수연은 생각했다.

"그건 제가 당연히 할 일이기는 하지만, 정말 괜찮으시겠습니까?"

수민 없이 주주 총회를 무사히 넘긴 건 다행이었지만, 수연은 경영은 물론 가온에서 일한 경험도 없었다. 분명 힘든 일이었다.

"앞으로 열심히 일해서 사람들한테 정식으로 대표 인정을 받아야죠."

그녀는 두 주먹을 불끈 쥐며 의지를 다졌다. 아버지가 돌아오실 때까지 어떻게든 가온을 지켜내야 했다.

장 실장도 응원했다. 누가 뭐래도 가온을 지키고 싶은 마음은 수연이 가장 강할 테니까.

사직서

수연은 사직서를 새로 썼다.

이미 태성에서는 그녀의 퇴직이 처리되었을 테지만, 생각해보니 그때 그녀가 사직서를 태무진 사장에게 준 건 분풀이식으로 그의 만년필로 휘갈겨 쓴 것이었다. 거의 연인이 헤어질 때 뺨을 후려친 것과 같은 방식의 사직서였다. 그래서 정식으로 다시 써서 태무진 사장에게 주고 싶었다. '유종의 미'라는 말도 있으니.

그리고 그녀도 어떤 방식으로든 태무진 사장에게 받은 빚을 갚고 싶었다. 안 그럼 너무 염치가 없었다. 그녀는 그가 나쁜 인간이라고 한없이 오해만 했으니까.

어떻게 그에게 이 빚을 갚을 수 있을지 생각해보았는데 딱 하나가 떠올랐다.

"아! 신부 없는 결혼식."

지금 태무진 사장이 가장 애를 먹고 있는 일은 그것이었다. 그런데 아예 무시하는 것 같기도 하고. 그래도 이대로 시간이 흐르다 보면 결국 그의 결혼식은 다가올 것이다. 그때가 되면 태무진 사장은 어떤 식으로든 해결을 봐야 했다. 결혼식을 올리든, 망신을 당하든.

수연은 그녀가 새로 쓴 사직서를 바라보며 길게 한숨을 내쉬었다. 그녀도 쉬운 인생이 아니지만, 그쪽도 참 만만찮다는 생각이 들었다.

태무진에게 친구는 없었지만 모임은 많았다. 목요일은 포커 모임이 있는 날이었다. 포커를 치기 위해 모이지만 결국 목적은 정보 교류와 인맥 관리였다. 금수저에게도 노력은 필요한 것이었다. 자기 것을 지키고 빼앗기지 않기 위해서.

"K물산 주식이 많이 떨어졌던데, 언제까지 떨어질 것 같아?"

"회생 가능성은 없다고 봐야지. 거기 대표가 거하게 말아드셨다고 하더라고."

K물산이 M&A 시장에 얼마에 떨어지는지 이야기하고 있는 와중에 박성민이 갑자기 엉뚱한 말을 꺼냈다.

"다들 들었어? 가온의 새 대표가 여자가 됐다던데."

박성민은 그 말을 하며 무진의 얼굴을 쳐다보았다. 언론사 사주 아들답게 소식이 가장 빨랐다. 가온의 주주 총회에 태무진이 나타난 걸 다 알고 일부러 꺼낸 말이었다. 하지만 무진은 자신과 무관한 일인 듯 카드만 바라보았다.

　"거기 아들도 있지 않았나?"

　"있었지. 그런데 주주 총회 앞두고 도망쳤나 봐."

　"킥. 얼빠진 자식."

　"그래서, 여자 대표는 예쁘냐?"

　남자는 어리든 어른이든, 돈이 많든 적든, 여자의 외모에 관심이 많았다.

　"그거야 태무진이 가장 잘 알겠지. 얘 비서였어."

　박성민이 던진 말에 모두의 시선이 일제히 태무진에게로 향했다. 무진은 여전히 카드만 바라보고 있었다, 이야기가 재미없다는 듯이.

　"하! 비서가 대표가 됐다고? 대박인데."

　"무진아. 그런 대단한 여자, 소개 좀 해줘."

　무진은 들고 있던 카드를 테이블에 내려놓았다. 카드에 관심 없고 가십에만 신경 쓰던 사람들이 놀라서 그의 패를 보았다.

　"스트레이트 플러시잖아."

　"젠장, 이놈은 운까지 더럽게 좋네."

　무진은 이긴 판을 뒤로하고 자리에서 일어났다. 떠나는 무진의 등에 대고 박성민이 끝까지 집요하게 말했다.

　"다음에는 그 여자도 데려와 같이 놀자."

입만 싼 자식.

어차피 누군가 한 번은 떠들 일이라는 건 알고 있었다. 이 바닥은 조금만 튀는 행동을 하면 바로 물어서 너덜너덜해질 때까지 소문을 만들어내니까.

무시하면 그만.

그 안에 진실은 1%도 안 되었다.

포커 모임에서 기분이 상한 무진은 계획보다 일찍 집으로 향했다. 요즘은 아버지와 마주치기 싫어서 되도록 늦게 귀가하고 있었다.

집 안으로 들어선 그에게 고용인이 다가와 알렸다.

"손님이 와 계십니다."

"아버지 손님이요?"

"아뇨, 사장님 손님입니다."

내 손님?

그는 누구도 집에 초대한 기억이 없는데 누가 감히 그의 허락도 없이 집까지 왔다는 것인가. 그는 아버지와 정체불명의 손님이 함께 있다는 응접실로 향했다.

우뚝.

태준석 회장과 마주 앉아 있는 여자를 보고 무진은 자기 눈을 의심했다.

"오, 무진이 왔냐."

그 여자의 얼굴은 분명 천수연이었다.

"천…… 대표가 왜 여기 있는 겁니까?"

아직은 '천 대표'라는 부름보다 '천 대리'가 더 익숙했다.

"아, 사장님께 드릴 게 있어서 왔다가 회장님을 뵈었어요."

천수연의 해맑음이 거슬리는 건 처음이었다. 도대체 무슨 생각으로 제 발로 여기까지 온 건가 싶었다.

"천 대표가 네 결혼식에 관심이 아주 많더구나."

젠장.

무진은 속으로 욕을 하며 바로 천수연에게 차게 말했다.

"따라와요."

태무진 사장의 목소리가 쌀쌀맞아서 수연은 눈치를 보게 되었다.

집까지 찾아와서 화난 건가?

하지만 회사로 갈 수도 없었다. 그녀는 더 이상 그의 비서가 아니었으니까. 지금 그녀가 회사로 태무진 사장을 찾아가면 구설수만 돌 것이었다.

"그럼 이만 가보겠습니다."

수연은 태준석 회장에게 공손하게 인사를 했다.

태준석 회장은 인자한 미소를 지으며 말했다.

"만나서 반가웠네. 아버지가 빨리 완쾌하길 바라네."

수연은 짧게 웃어 보이고 태무진 사장의 뒤를 쫓아갔다. 그는 이미 한참 멀어져 있었다.

태무진 사장은 한 번도 멈추지 않고 걸어서 집 밖으로 나왔다. 결국 그녀를 집에서 쫓아내고 싶었나 보다. 그래도 태준석 회장은 집에도 들어가게 해주고 차도 내주었는데 말이다. 4년을 알고 지낸 보스가 더 문전박대.

"아버지랑 무슨 이야기한 겁니까?"

찬바람이 쌩쌩 불었다.

"결혼식 취소할 수 없냐고 여쭈어봤어요."

"그걸 천수연 대표가 왜 신경 씁니까?"

'너 이제 내 비서도 아니잖아.' 그런 뜻인 것 같았다.

"제가 제대로 마무리 짓지 못한 일이라 신경이 쓰였습니다. 회장 비서실 윤서영 과장님이 저한테 맡긴 일이었거든요."

"그건 태성에 있을 때 이야기입니다. 이젠 태성과 상관없는 사람이니 괜한 오지랖 부리지 마요."

오지랖이란다. 회사 나간 사람한테 이렇게 냉정하게 선 긋는 타입이었다니. 하긴 회사에 있을 때도 살가운 성격은 아니었다. 그래서 주주 총회에서의 그의 행동은 그녀한테 더 놀라운 일이었다.

도대체 어느 쪽이 그의 진심인지 간파할 수 없었다. 북극 호랑이의 속을 다 헤아리려면 100년은 수련해야 할지도 몰랐다. 하여튼 오늘 그녀는 북극 호랑이한테 빚 갚으러 온 토끼였다.

"제가 도와드릴 수 있다잖아요. 회장님 설득해서 결혼식 취소시켜 드릴게요."

"태성 그룹 회장이 만만해 보입니까?"

"태성 그룹 회장이 한 일이 아니라, 아버지가 한 일이잖아요."

"나한테는 둘 다 똑같습니다."

그녀도 말이 안 통하니 부아가 치밀려고 했다.

"그럼 어떻게 하실 건데요? 진짜 결혼식 날 개망신 당하시려고요?"

"망신을 당해도 내가 당하니까 외부인은 상관 마요."

태무진 사장이 그녀한테 등을 보이고 걸어갔다. 완벽한 벽이었다. 그는 강력하게 그녀를 밀어내고 있었다.

그런 그의 행동에 관 뚜껑 닫았던 그녀의 짝사랑이 다시 서럽다고 소리를 냈다. 수연은 두 손을 꽉 주먹 쥐었다. 두 눈에 불꽃이 일었다. 이젠 그의 비서도, 아무도 아니라고 하니 그녀는 단호하게 말하고 싶어졌다.

"그럼 그 결혼식 내가 해주면요!"

휘청.

앞에서 걸어가던 태무진 사장의 다리가 꺾이는 듯하더니 진심으로 놀란 눈으로 그녀를 돌아보았다.

수연은 어깨를 한껏 끌어올려 몸을 키웠다.

"그래도 저한테 상관없는 사람이라고 하실 거예요?"

나는 당신한테 아무도 아닌 사람이 되기 싫다고.

나 좀 보라고.

그녀는 그렇게 말하고 있었다.

"미쳤습니까?"

결혼식을 해준다는 그녀의 말에 대한 태무진 사장의 반응이었다. 그녀도 자신이 얼마나 엄청난 말을 한 것인지 깨닫고 큰 목소리가 바로 작아졌다.

"끝까지 결혼식 취소 못 시키면 그러겠다고요. 그럼 사장님은 손해 보는 거 없으신 거잖아요."

무진은 너무 말도 안 되는 소리를 진심으로 열심히 하는 그녀를 할 말 잃은 눈으로 쳐다보았다.

"지금 나한테 신경 쓸 틈이 있긴 합니까?"

가온은 쉽게 새 대표를 받아들일 수 없을 것이다. 그만큼 천태진이라는 그림자가 너무도 짙었다.

"가온은 가온이고, 사장님은 사장님이니까."

그는 둘 중 하나만 선택해야 하는 건 줄 알았다. 천수연이 그에게 신경 쓸수록 대표 일은 멀어질 뿐이다.

"가서 회사 자금 흐름이나 제대로 파악해요. 돈줄 못 잡는 대표만큼 무능한 대표도 없으니까."

"그건 이미 했어요. 아버지 병간호하면서 틈틈이."

"그 말 장담할 수 있습니까?"

순식간에 태무진 사장은 북극 호랑이의 눈빛이 되어서 그녀를 압박해왔다.

"그럼 가온 손익 계산서에서 문제점이 뭡니까?"

"그걸 사장님이 아신다고요?"

그때 병원에 와서 잠깐 한 번 봤을 뿐이면서.

"내일까지 못 찾아내면 여기 와서 지껄인 말 다 헛소리인 겁니다."

태무진 사장은 그녀를 비웃듯이 말하고는 집으로 들어가 버렸다.

혼자 남겨진 수연은 점점 억울함이 차올라왔다.

내가 결혼식까지 해준다고 했는데, 이런 취급을 받아야 해?

저런 남자를 짝사랑하는 게 진정 옳은 일인가!

수연은 가슴에 고이 품고 왔던 사직서를 꺼내 보지도 못하고 그냥 돌아가며 태무진 사장 욕을 한 바가지 했다.

평생 사랑 한 번 하지 못하고 죽을 남자였다.

"천태진 대표가 딸을 참 잘 키웠어. 아주 예쁘고 사랑스러운 아가씨더구나."

현관에 들어서던 무진은 걸음을 멈추고 응접실 입구에 서 있는 아버지를 돌아보았다. 천국과 지옥을 오락가락하는 그와 달리 아버지는 아주 기분이 좋아 보였다.

"이젠 결혼식도 모자라 아무나 갖다 붙이는 겁니까?"

무진의 공격적인 말에 태준석 회장은 오히려 미소를 지었다. 결혼식에 별 반응 없던 놈이 반응을 보이고 있었으니까.

"비서에서 대표가 된 아가씨니 아무나는 아니지."

"꿈 깨세요."

태준석 회장은 무진이 그한테 지기 싫어서 고집을 부리는 것이라고 생각했다.

"맞선도 싫다, 천수연도 싫다, 도대체 네가 좋은 게 뭐냐?"

"아무것도요. 그럴 기회도 안 주셨잖아요."

그리 말하니 태준석 회장도 기분이 나빠졌다.

"그럼 지금이라도 시간 줄 테니까 뭐든 좋아해봐."

무진은 지친 눈으로 아버지를 바라보았다.

"전 됐으니 결혼이 하고 싶으시면 아버지가 직접 하세요."

불효막심한 말을 하고 가버리는 아들의 뒷모습에 대고 태준석 회장은 버럭 화를 냈다.

"지금 네 모습을 네 엄마가 봤으면 아들 괜히 낳았다고 할 것이야!"

무진이 이 집에 태어났을 때만 해도 당연히 가족이 평생 함께 살 줄 알았다. 그러나 아무리 돈이 많아도 죽어가는 아내를 살릴 수는 없었다. 결국 잃었고, 그때야 귀해졌고, 다시 볼 수 없게 되자 외로움이 찾아왔다.

태준석 회장은 이제 이 넓은 집에 무정한 아들과 둘만 살다 가는 고독사라도 할 것 같았다.

임원 회의에 들어갔던 수연은 문 앞에서 걸음을 멈추었다.

몇 개의 자리가 비어 있었다. 여자 대표 길들이는 것에 열중한 나머지 자기 일까지 내팽개치는 임원들이 있었다.

그녀는 대항해서 싸우는 대신 회유책을 쓰기로 했다. 어쨌든 앞으로 계속 같이 일해야 할 사람들이었으니까. 적이 아니라 전우들이었다.

"오늘 회의에 빠지신 분들과 저녁 식사하려고요. 한정식집 예약 좀 해주세요."

장 실장이 걱정스러운 표정을 지으며 말했다.

"황 전무는 상대하기 힘들 겁니다."

회의에 빠진 사람들은 모두 황 전무 라인이었다. 그러니 황 전무를 회유하면 나머지 사람들은 자연히 따라올 것이었다.

"그래도 어쩌겠어요. 대표니까 해야죠."

수연은 대수롭지 않게 굴었지만, 장 실장은 마음이 좋지 않았다. 천태진 대표가 꽃 같은 자기 딸이 회사 일을 위해 접대까지 하는 걸 알면 분명 통곡할 것이었다.

다시 대표실로 돌아온 수연은 태무진 사장이 내준 숙제를 했다. 최근 3개월 동안의 손익계산서를 다시 찬찬히 살펴보고는 태무진 사장에게 메시지를 보냈다.

영업외비용이 너무 많이 나가는 거 같습니다.

뭔가 숙제를 보고하는 것 같은 기분이 좀 걸리기는 했지만, 그녀가 찾은 게 맞는지 확인하고 싶은 마음이 컸다.

삑삑.

답변은 금방 돌아왔다.

> 그럼 새는 돈 잡아요.

오, 맞다는 소리인 것 같았다. 수연은 신이 나서 다시 메시지를 열심히 써서 보냈다.

> 오늘 황 전무랑 저녁 먹기로 했습니다.
> 거기서부터 시작하려고요.

삐삑.

> 나한테 스케줄 보고하지 마요.

수연은 핸드폰을 노려보았다.

직업병이다, 어쩔 건데.

아직은 대표의 탈을 쓴 비서였다. 점점 진짜 대표에 가까워지도록 노력할 수밖에 없었다.

오늘 글로벌 전략 회의에서는 가장 의존노가 높은 중국 시장을 대체할 인도를 잡기 위해서 인도 법인을 키우는 문제를 논의했다.

"현재 인도 법인 태성 자동차의 연간 생산 능력은 80만 대 규모입니다. 앞으로 3억 달러를 투자해서 엔진 공장을 비롯해서 신규 시설을 세울 예정입니다."

무진은 회의에 집중하다가 불현듯 메시지를 떠올렸다.

— 오늘 황 전무랑 저녁 먹기로 했습니다.

접대였다. 적대 관계의 진영을 포섭하는 가장 베이직한 방법이기는 했다. 그도 수많은 접대를 받아봤고, 해외에서 손님이 오면 직접 접대를 한 적도 있었다.

무진은 고개를 저었다. 천수연이 알아서 해야 할 가온의 일이었다. 그가 신경 쓸 부분이 아니었다.

"그럼 급격하게 늘어날 인적 자원 관리를 어떻게 할 계획입니까?"

문화와 역사가 완전히 다른 나라의 노동력을 쓰는 일이었다. 그 나라의 민족성, 노동법은 물론 인도 정부의 태도까지 면밀하게 검토해야 했다.

"구체적인 교육 프로그램을 짜서 곧 보고 올리겠습니다."

그렇다고 중국 쪽을 소홀히 할 수는 없는 문제였다. 무진은 글로벌 정보 팀 직원에게 중국 시장의 동향에 대해서도 물었다.

회의에 빠졌던 임원 세 명은 그녀의 식사 초대에는 모두 참석했다.

"와주셔서 감사합니다."

그녀는 그들의 상사였지만, 깍듯하게 먼저 인사했다. 세 명의 중년 아저씨들은 마치 그게 당연하다는 듯이 거드름을 피우며 자리에 앉았다. 황 전무가 주인공처럼 가운데 자리에 앉고, 박 상무와 김 이사가 양옆에 앉았다.

"아직 저에 대한 믿음이 없으신 거 충분히 이해합니다."

수연은 저자세로 나갔다. 그녀가 그럴수록 황 전무는 승자의 표정을 지었다.

"천 대표가 천태진 대표님 밑에서 곱게만 자라서 험한 일을 해봤어야 말이지. 그런데 대표 자리라는 게 회사의 궂은일도 다 책임져야 하는 자린데."

바로 지금 같은 자리 말이지.

수연은 속의 생각을 내비치지 않고 은은한 미소만 지었다.

"그래서 황 전무님 도움이 많이 필요합니다. 앞으로 많은 지도 편달 바랍니다."

수연은 술병을 들어서 황 전무의 잔에 직접 따라주었다. 동석하고 있던 장 실장은 그 모습을 무거운 눈으로 쳐다보았다.

그녀가 몸을 낮추고 위해주니 황 전무의 어깨는 금세 올라갔다.

"하하, 나야 가온에 평생을 바친 사람이니 당연히 가온이 잘 되기를 바라지."

아르노와 아직도 연락하고 있는 걸 알았지만 수연은 이 자리에서 그 이야기를 꺼낼 생각은 없었다. 우선은 평화 협정이다. 침체기의 회사를 살리기 위해서는 사내 평화가 중요했다. 내부 총질은 가능한 한 하지 않을 생각이었다. 분명 아버지도 같은 생각일 것이라고 여겼다. 그랬기에 행실이 올바르지 않은 황 전무를 끝까지 데리고 함께 간 것이다.

"역시 여자가 따르는 술이 좋네. 한 잔 더 따라봐, 천 대표."

수연은 입가에 걸려 있던 미소를 지우며 황 전무를 쳐다보았다. 그걸 눈치 못 챈 건지, 무시하는 건지 황 전무는 술잔을 흔들며 뭐 하는 것이냐고 나무라는 시선으로 쳐다보았다.

그녀는 이성적으로 생각했지만 몸이 따라주지 않았다. 이런 자리, 이런 대접이 처음부터 익숙해질 리가 없었다. 하지만 오늘 그녀가 대표로서 해야 할 일은 참는 것이었다. 그녀의 손이 다시 술 주전자로 향했다.

드르륵―.

그때 닫혀 있던 문이 갑자기 열리며 술잔을 든 황 전무의 표정이 그대로 굳었다.

"태무진 사장?"

수연은 황 전무가 귀신이라도 본 건가 생각하며 고개를 돌렸다.

흠칫.

검은색 슈트에 검은색 넥타이까지 한 태무진을 보자마자 수연은 소름이 쫙 돋았다. 오늘 그는 제대로 저승사자처럼 보였으니까.

"식사하러 왔는데 가온 분들이 와 계시다고 해서 인사차 왔습니다."

정중한 말, 서늘한 눈빛, 새카만 옷.

인사가 아니라 깽판을 치러 온 분위기였다. 하지만 누구도 태무진 사장을 불청객 취급할 수는 없었다.

무진은 마치 처음부터 초대받은 사람처럼 방 안으로 들어와 자연스럽게 수연의 옆자리에 앉았다. 그리고 여전히 술잔을 들고 있는 황 전무를 보고 한쪽 입꼬리를 올렸다.

"아! 신임 대표한테 술이라도 대접하는 중이었나 보죠?"

'네가 감히 내가 고른 대표한테 술을 따르라고 하는 건방진 짓을 하고 있던 건 아니겠지?'라는 눈빛으로 태무진 사장이 쳐다보자 황 전무는 난색을 하더니 이내 태무진 사장 쪽으로 술잔을 돌렸다.

"이왕 오셨으니 한 잔 받으시죠."

"전 남이 마시던 술잔 안 씁니다."

태무진이 딱 잘라 거절하니 내민 황 전무의 손이 민망해졌다. 황 전무의 코 평수가 넓어지는 걸 확인하고 수연은 고개를 돌려 태무진을 보았다. 우연히 마주친 사람치고 너무 대놓고 앉아 있었다.

"혹시 장례식장 다녀오는 길이세요?"

지금 태무진 사장의 복장은 영락없는 장례식 차림이었다.

"네. 나랑 엮이면 자꾸 사람이 죽어서."

그 말을 황 전무를 똑바로 보면서 하자, 황 전무는 소름이 쫙 돋아났다.

"여자 대표가 있는 자리에서는 술이 없을 줄 알았는데, 똑같은 걸 보니 좀 실망이네요. 사내 회식 문화 바꾸어볼 생각은 없는 겁니까? 천수연 대표."

무진은 일부러 '대표'라는 말에 힘을 실었다. 황 전무가 자신이 상대하는 게 그냥 얼굴만 예쁘장한 여자가 아니라 그의 머리 위에 앉아 있는 대표라는 걸 인식할 수 있게.

"저는 이만 일어나 보겠습니다. 식사 맛있게들 하세요."

태무진 사장이 바람처럼 등장했다가 바람처럼 떠나려고 하자 수연은 서둘러 일어나며 사람들에게 양해를 구했다.

"잠깐만 다녀오겠습니다."

황 전무의 표정은 이미 똥 씹은 얼굴이었다. 태무진 사장을 싫어하는 게 너무 티가 났다. 그러나 태무진 사장의 힘이 무서워서 더 이상 함부로 굴 수도 없었다.

"사장님."

그녀가 서둘러 쫓아갔을 때 태무진 사장은 막 차에 타려 하고 있었다. 정말 이 한정식집에 식사 약속이 있는 게 맞는 건가 싶었지만, 쫓아 나온 건 다른 게 궁금해서였다.

"누가 돌아가신 거예요?"

"태성 건설 박주영 사장입니다."

그 이름을 듣고 수연은 깜짝 놀랐다. 왜냐하면 그녀가 비서로서 마지막으로 한 일이 박주영 사장 비서한테 전화하는 것이었으니까. 회의 시간을 바꾼다고.

"그분이 돌아가셨다고요? 설마, 사고당하셨어요?"

태무진 사장은 무미건조한 목소리로 말했다.

"심장 마비. 내가 회사에서 쫓아내서 죽었다더군요."

그는 숫자를 보고 박주영 사장이 무능하다 판단하고 자리를 내놓으라고 한 것이었다.

"사장님 탓이 아니에요."

그녀의 말은 딱히 위로가 되지는 못했다. 위로가 필요한 상황도 아니었다.

"회사에서 일어난 일은 모두 내 탓입니다. 내가 책임을 지는 자리니까."

그녀가 얼마나 무서운 자리에 앉아 있는지 일깨워주기라도 하려는 듯이 태무진 사장은 그 어느 때보다 잔인하게 현실을 말했다.

"황 전무가 천 대표 뜻을 이해하고 따라줄 거라 기대하지 마요. 관용은 굴복시킨 다음에 해도 충분합니다. 황 전무의 횡포가 결국 다 천 대표 책임이 되는 거니까."

수연은 그와 같은 위치에 서서야 겨우 보았다. 지금껏 태무진 사장이 어떻게 살아왔는지. 비서일 때는 그저 마냥 높고 빛나고 전능하게만 보였던 남자가 얼마나 치열하게 자신의 자리를 지키고 있는지를.

수연은 돌아서는 태무진 사장에게 서둘러 손을 뻗었다. 그의 손을 움켜잡자 움찔하는 남자의 몸이 느껴졌다. 돌아보는 태무진 사장의 표정은 똑같은데, 귀만 붉어져 있었다.

"뭡니까?"

딱딱한 목소리는 꼭 단단한 껍질로 둘러싸여 있는 것만 같았다.

"밥 먹고 가시라고요. 장례식장에서 못 드시잖아요."

그의 아름다운 눈동자가 가늘게 떨렸다. 그래서 빤히 바라보았더니 그의 귀가 좀 더 붉게 달아올랐다.

그 순간 욕심이 생겼다.

이 남자가 사랑에 빠진 얼굴이 보고 싶어졌다.

chapter 3

사장님의 스캔들

무진은 그의 손을 붙잡고 있는 그녀의 하얀 손을 내려다보았다. 이게 비서와 대표의 차이인가 보다. 비서 천수연은 감히 먼저 그의 손을 잡지 못했다. 그런데 대표 천수연은 거침없이 그를 붙잡았다.

어느 쪽이 더 좋은지는 잘 모르겠다. 그에게 아름다웠던 쪽은 비서였던 그녀였고, 천수연 대표는 아직 낯선 존재니까.

"……배 안 고픕니다."

그의 메마른 대답에 그녀의 손이 힘없이 떨어졌다. 거절은 그가 해놓고, 아쉬운 것도 그였다.

"거절은 항상 칼 같으시네요."

그렇게 그녀가 한 뼘 더 멀어지는 듯했다.

그는 다정함을 알지 못했다. 그래서 천수연 옆에서 허물없이 웃던 연정우가 많이 부러웠다. 하지만 연정우가 부럽다고 그가 연정우를 닮을 수는 없었다.

그는 태무진이었다.

무진은 자신이 지금 그녀에게 해줘야 할 말만 했다.

"천수연 대표는 술잔을 채우는 쪽이 아니라 비우는 쪽입니다."

그의 말에 그녀의 눈동자가 미세하게 떨렸다. 그래도 그는 끝까지 다정한 위로보다는 매서운 충고를 택했다.

"쉽게 보이지 마요."

장례식장에서 이곳으로 차의 방향을 바꾼 건 충동적이었다. 이곳에 와서 그녀의 맑은 눈동자를 마주했을 때야 그 이유를 알았다. 아마도 그는 그녀의 얼굴이 보고 싶었나 보다.

매일 회사에서 보던 얼굴을 더 이상 못 보게 된 게 상실감이 되어버렸다. 하지만 그는 아버지처럼 사람이 떠난 뒤에 미련 떠는 걸 하고 싶지 않았다.

무진은 미련 없이 차에 올라탔다.

그녀도 더 이상 그를 붙잡지 않았다.

태무진이 접대 자리에 다녀간 걸로 그가 그녀의 뒤에 있다고 생각한 건지, 황 전무는 임원 회의에 빠지는 행동은 하지 않았다. 대신 그녀가 내놓는 의견마다 태클을 걸기 시작했다.

"리폼 사업이라니, 그거 해봤자 돈이 되겠어요?"

낮은 생산 단가로 시작할 수 있는 사업이었고, 가온의 오랜 역사가 리폼을 활성화할 수 있는 조건을 만들어주었다. 결과를 떠나서 부담 없이 시도하기 괜찮은 사업이었다.

하지만 다른 임원들은 그녀와 황 전무 사이에서 눈치를 보느라 제대로 된 의견을 내지 못했다.

"리폼 사업 팀을 꾸릴 겁니다. 가능한 한 다양한 연령대의 직원으로 구성할 거고요. 결과는 해보면 알겠죠. 아무것도 안 하는 것보다는 낫지 않겠습니까?"

천수연 대표가 유려하게 받아치니 그나마 회의가 덜컹거리면서도 굴러갔다.

다들 어린 여자 대표가 황 전무에게 밀리지 않는 걸 보고 속으로는 내심 감탄했다. 처음에 천수연이 대표가 되었을 때, 당연히 황 전무에게 질질 끌려갈 것이라고 여겼으니까.

"그리고 영업외비용이 너무 많이 나오고 있던데, 황 전무님 생각은 어떠십니까?"

갑자기 훅 들어온 공격에 황 전무의 얼굴이 흙색이 되었다.

"영업하다 보면 돈 들어가는 건 당연한 겁니다."

"제가 얼마가 적정한 수준인지도 모르는 까막눈이라는 겁니까? 저도 회사 경험이 있습니다. 황 전무님, 태성의 1/100 규모인 가온의 영업외비용 비율이 더 높다면 당연히 문제 아닙니까? 제가 보기에는 영업 능력이 없는 것처럼 보이는데요. 저만 그런가요?"

한 번에 질문을 가능한 한 많이 던질수록 상대방은 정신을 못 차렸다. 태무진 사장이 회의에서 이런 식으로 직원들을 곤경에 빠뜨리는 걸 많이 보았었다.

태성과 비교를 하니 황 전무의 입이 다물어졌다. 그는 분하다는 듯 그녀를 노려보았다.

수연은 냉정하게 말했다. 이번에도 태무진 사장이 했던 걸 생각하며.

"다음 임원 회의까지 영업외비용 줄이는 방안 제출하세요."

원인 제공자에게 일거리를 던져주고 회의를 끝냈다. 그리고 가장 먼저 회의실을 도도하게 빠져나갔다.

"잘하셨습니다."

회의실을 나오자 장 실장이 그녀를 칭찬해주었다. 오늘 그녀가 잘했다면 그건 그녀한테 태무진 사장이라는 1등급 교과서가 있기 때문일 것이다. 그녀는 4년 동안 월급을 받으면서 고급 경영 수업을 받은 것이나 마찬가지였다.

수연은 장 실장에게 잡지사 편집장 명함을 내밀며 인터뷰 약속을 잡아달라고 부탁했다.

"언론 인터뷰하실 겁니까?"

"네, 가온이 건재하다는 걸 알려야죠. 그리고 제가 대표가 된 걸 알면 오빠가 돌아올지도 모르잖아요."

쪽팔려서 안 돌아올 가능성이 더 큰 것 같기도 했지만, 적어도 안심은 할 것이다. 누군가 가온을 지키고 있다는 것에.

사장 비서실 이정희 과장의 전화가 걸려 온 건 어쩌면 당연

한 일이었다. 그녀가 제대로 인수인계도 못 하고 가온으로 와 버렸으니까. 그녀가 미안해할 일이었기에 수연은 전화를 받자마자 사과부터 했다.

"죄송해요. 제 후임은 아직 안 뽑힌 거죠?"

[응. 아무래도 좀 걸리겠지.]

태성 그룹 사장실이었다. 사람을 쉽게 뽑을 리가 없었다.

[천 대리. 아니, 이젠 대표구나.]

"편하게 부르셔도 돼요."

옛 직장 사람들에게 '대표'라고 불리는 건 그녀가 더 쑥스러웠다.

[천 대리 사정이야 우리가 잘 아는데, 오늘 전화한 건 다른 게 아니라 사장님 결혼식 문제 때문에.]

그녀가 맡았던 결혼식을 이 과장이 물려받았나 보다. 하긴, 비서실에 따로 적당한 담당이 없긴 했다. 새로 뽑은 사람에게 함부로 넘겨줄 수 있는 일도 아니었다.

[사장님이 맞선을 안 보고 계셔서.]

"네, 저한테도 그렇게 말씀하셨어요. 맞선 파업이라고."

[그럼 만나는 여자가 따로 있는 건가?]

그 말에 그녀의 가슴에 찌르르 통증이 느껴졌다.

"……그런 건 아닌 걸로 알고 있어요."

사장님이 여자를 만나면 비서는 알 수밖에 없다. 왜냐하면 사장님이 너무 바빠서 여자의 선물을 사거나 데이트 약속을 잡는 일들이 자연스레 비서의 업무가 되니까. 하지만 태무진 사장은 한 번도 그런 일을 비서에게 시킨 적이 없었다. 그래서 연정우 대리는 외모 낭비라고 뒤에서 놀리기도 했었다.

[맞선이 안 되면 어떻게든 일주일에 한 번은 여자를 만날 기회를 만들라는 회장실 특명이 떨어졌어. 아주 죽겠다. 이번 주는 아나운서 인터뷰로 때우는데, 다음 주는 뭘 해야 하는 건지. 나중에 또 물어볼 일 생기면 전화할게. 그래도 괜찮지?]

"네, 언제든지 전화 주세요. 제가 도울 수 있는 일 있으면 도울게요."

전화를 끊고 수연은 한동안 멍하니 앉아 있었다.

어떻게든 여자를 만날 기회? 그것도 일주일에 한 번씩? 와, 이젠 그렇게까지 한다고?

태무진 사장이 걱정되었다. 그런데 이게 과연 걱정할 일인가 싶기는 했다. 아마도 그녀는 태무진 사장이 진짜 여자를 만나게 될까 봐 걱정하는 건지도. 태성에 사표 쓰면서 그녀의 짝사랑을 두고 왔어야 했는데, 가온까지 가져와버렸다. 이제는 만날 수도 없는 사람, 계속 짝사랑해서 어쩌자는 건지.

아무래도 태무진 사장보다 그녀가 더 문제인 것 같다.

무진이 흡연실에 들어갔을 때 연정우는 핸드폰을 손에 잡고 메시지를 적었다 지웠다 반복하고 있었다. 얼마나 집중하고 있는지 사장이 들어온 것도 눈치채지 못했다.

뚜벅, 무진은 연정우의 옆으로 걸어갔다.

<blockquote>천 대리, 대표 된 거 축하해.</blockquote>

천수연을 대리에서 대표로 만들어준 무진은 담배 연기를 뿜어내며 미간을 찌푸렸다.

— 사내 연애 가능합니까?

회식 때 연정우가 그에게 그런 질문을 한 적이 있었다. 연정우가 천수연에게 호감이 있었던 건 회사 사람 모두가 아는 공공연한 비밀이었다, 당사자인 천수연만 모르는. 그래서 불가능하다고 했다. 만약 그때 그가 그렇게 말하지 않았으면 회사 안에서 두 사람이 연애하는 모습까지 봤어야 했을 것이다.

<blockquote>내가 축하주 살게. 언제 시간 돼?</blockquote>

'천수연 대표는 너랑 연애 따위 할 시간 없어.'라고 쌀쌀맞게 말해주고 싶은 충동이 일었다. 그 대신 무진은 묵직하게 연정우를 불렀다.

"연정우 대리."

연정우는 그제야 바로 옆에 와 있는 188cm 장신의 북극 호랑이가 뿜어내는 아우라를 느끼고 화들짝 놀랐다.

"작년 결산 자료 분석표 준비됐습니까?"

"네! 지금 바로 집무실로 가져다드리겠습니다."

연정우는 서둘러 흡연실을 빠져나갔다. 혼자 남은 무진은 손에 들고 있던 담배를 천천히 비벼 끄고 핸드폰을 꺼냈다.

적고 보니 성과 보고 독촉하는 상사 같아서 집어치웠다.

그도 바로 사무실로 돌아갔다.

일이나 해야겠다. 어울리지 않는 짓 그만하고.

KCS 방송국 유지나 아나운서는 단아하고 세련된 미모로 연예인만큼이나 유명해진 방송인이었다. 그녀는 태성 그룹 태무진 사장을 인터뷰하게 되어서 한껏 들떠 있었다. 자신이 성공했다는 걸 이 인터뷰로 드디어 실감하게 되었다.

인터뷰는 사장 집무실에서 진행될 예정이었다. 집무실에 들어가기 전에 비서실 직원이 그녀에게 인터뷰 진행 시 요구 사항에 대해 말했다.

"사장님이 부드러운 이미지로 나왔으면 좋겠습니다. 그러니 가능한 한 친밀감 있게 인터뷰를 진행해주세요."

그거야 그녀의 전공이었기에 유지나는 웃으며 대답했다.

"걱정 마세요. 제가 잘할게요."

아니, 그녀는 아직 북극 호랑이를 만나보지 못해서 그런 말을 하는 것이었다. 그의 앞에서 3초 이상 미소를 유지하는 건 그 누구에게도 불가능했다. 당연히 북극 호랑이는 웃지도 않았다.

"사장님이 웃는 모습을 인터뷰에 담고 싶으니 그쪽으로 유도를 좀……."

세상 불가능한 일을 아무것도 모르는 순진한 아나운서에게 부탁하니 직업윤리에 찔렸다.

하지만 어쩌겠나. 다 밥 먹고 살자고 하는 일인데.

이정희 과장은 요구 사항을 다 말한 뒤 방송국 직원들을 집무실로 안내했다. 비서실 직원들은 뒤에서 불안한 눈으로 지켜보고 있었다.

달칵―.

집무실 문이 열리자 사방이 탁 트인 넓은 사무실이 드러났다. 창가 쪽에 놓인 넓은 마호가니 책상에 30대의 젊은 남자가 앉아 있었다. 남자는 드높은 자리에 어울릴 위엄과 사람들의 마음을 홀릴 아름다움을 모두 가지고 있었다. 유지나는 잠시 넋을 잃고 바라보게 되었다, 자신의 본분도 잊고.

"사장님, 방송국에서 인터뷰 나왔습니다."

비서가 보고하자 태무진 사장이 고개를 들어 유지나 쪽을 보았다. 그 단정한 시선 한 번에 그녀의 심장이 난리가 났다. 인터뷰 한 번이 아니라 남자의 인생에 침범하고 싶어졌다.

이정희 과장은 그런 유지나를 걱정스러운 표정으로 쳐다보았다. 감정이 얼굴에 너무 티가 났다. 아마추어처럼.

잘 고른 것 맞나?

의심되었지만, 이미 엎질러진 물이었다. 이걸로 이번 주 할당량 채웠다고 만족하고 다음 주 준비를 할 수밖에.

"30분 안에 끝내죠."

무진은 소파에 와서 앉으며 시간을 정했다. 그건 그 시간을 넘기면 바로 쫓아내겠다는 뜻이었다. 여자 아나운서는 과하게 생글생글 웃으며 자신을 소개했다.

"안녕하세요. KCS 방송국 유지나 아나운서입니다. 혹시, 저 아세요?"

그가 대답 대신 이정희 과장을 쳐다보자 그녀는 죄송하다는 듯 고개를 꾸벅 숙였다.

"쓸데없는 말은 삼가고 인터뷰 시작하죠."

태무진 사장의 차가운 말에 유지나의 얼굴에 걸려 있던 미소가 처음으로 굳었다. 하지만 전문 방송인답게 다시 웃으며 인터뷰를 진행했다.

"태성 그룹은 한국뿐만 아니라 세계적으로도 이름을 알리고 있는데, 태성 그룹의 글로벌 전략에 대해 말씀해주시겠습니까?"

"태성은 해외 사업을 처음 시작할 때 본국 지향 접근법으로 조직과 인력을 운영하였습니다."

태무진 사장은 유려하게 인터뷰를 이어갔다. 이대로라면 정말 30분 만에 인터뷰가 끝날 것이다.

유지나는 속이 바짝 탔다. 이대로 인터뷰가 끝나면 그녀는 바로 태무진 사장 인생에서 퇴장당할 게 뻔했으니까. 뭔가 색다른 게 필요했다.

유지나는 과감해지기로 했다. 그녀의 인생에 다시 오지 않을 기회가 분명했으니까.

꿈자리가 뒤숭숭한 아침이었다. 아무래도 요즘 일을 많이 하느라 잠이 부족한 탓인 것 같았다.

"좋은 아침입니다."

피곤해도 직원들 앞에서는 항상 밝은 모습으로 인사했다. 대표라는 건 연예인처럼 자기 관리가 필요한 자리였다.

"대표님, 그 기사 보셨어요?"

비서실에서 제일 어린 이 대리가 오늘따라 유달리 호들갑스러워 보였다.

"설마 가온 기사는 아니죠?"

요즘 가온은 안 좋은 기사가 더 많이 떠서 수연은 '기사'라는 말에 철렁했다.

"아뇨, 대표님 엑스 보스 스캔들 떴어요."

태무진 사장의 스캔들이라고?

세상에서 가장 허황된 말을 들은 기분이었다.

"그럴 리가 없어요."

그녀가 끝까지 믿지 않자 이 대리는 기사를 찾아서 직접 보여주었다.

유지나 아나운서, T그룹 후계자와 핑크빛 인터뷰

"인터뷰하다가 눈 맞았대요."

수연은 멍한 눈으로 스캔들 기사를 읽다가 손으로 왼쪽 뺨을 가볍게 때렸다.

찰싹.

그 모습을 보고 이 대리가 깜짝 놀랐다.

"대표님, 왜 뺨을 때리세요?"

"꿈인가 해서."

그런데 현실이었다. 북극 호랑이가 여자한테 홀랑 빠졌단다.

그 말을 지금 나보고 믿으라고?

수연은 핸드폰을 서둘러 꺼내 들었다. 직접 확인하지 않고

는 절대 믿을 수 없었다.

태무진 사장님

수연은 액정에 뜬 이름을 바람난 연인 보듯이 노려보았다.

무진은 아침에 출근하자마자 이정희 과장을 불러 스캔들에

대해 추궁했다.

"이게 어떻게 된 겁니까?"

그는 단지 인터뷰를 했을 뿐인데 왜 이런 기사가 터진 건가.

그날 인터뷰는 끝이 굉장히 안 좋았다. 인터뷰가 끝나고 마

지막 인사를 할 때 여자 아나운서가 갑자기 넘어지는 척하며

그의 품으로 쓰러졌었다.

아나운서가 아니라 배우였다. 그것도 아주 불쾌하게 연기하는 배우.

이정희 과장은 죽을죄를 지은 사람처럼 고개를 숙이며 설명했다.

"그 기사는 회장실에서 진행했습니다."

아무리 사장실이 힘이 있다고 해도 회장실보다 셀 수는 없었다. 거기서 진행하는 일을 감히 막을 수는 없는 것이다.

태준석 회장의 계획은 아주 견고했다. 사장실에서 태무진 사장에게 여자를 붙여주면 회장실에서 그걸 기사로 터트리는 것이다. 그렇게 태무진을 궁지로 몰아서 결혼식장으로 몰고 가려는 계획이었다.

아들의 명예 같은 건 스킵해주는 과감성까지 보여주니 실로 회장다운 결단력이었다. 대를 위해 소를 포기한 것이다.

"그래서 회장실에서 이런 사실무근인 기사를 퍼트리는데, 내 비서들은 그걸 가만히 보고만 있었단 겁니까? 도대체 이 과장의 보스가 누굽니까!"

태무진 사장의 문책에 이정희 과장은 죽을 맛이었다.

"다음에 또 이런 기사 터지면 난 비서실이 직무 태만인 길로 알고 그에 맞는 처리를 할 겁니까. 알았습니까?"

이정희 과장은 패잔병처럼 집무실에서 퇴장했다. 이 절체절명의 난국을 어떻게 빠져나가야 할지 감도 안 왔다. 태무진 사장이 결혼할 여자를 찾아야 끝나는 일인데, 태무진 사장이 저 딴 식이니까 답이 없었다.

"이 과장님, 괜찮아요?"

"사장님 원래 그러시니까 너무 마음 쓰지 마."

다들 남의 일처럼 위로했지만 곧 너희들의 일이 될 것이라는 눈으로 이정희 과장은 그들을 쳐다보았다. 그녀가 이 일로 잘리면 이 중의 한 명이 다음 희생자가 될 테니까. 결국 사장 비서실이 완전히 물갈이되어야 끝날 칼춤이었다.

Rrrrrrrrr— Rrrrrrrrrrr—.

구원자의 종소리처럼 전화가 울렸다. 발신자에 찍힌 '천수연'을 보자마자 이정희 과장은 핸드폰을 들고 비서실 밖으로 뛰어나갔다. 지금 그녀를 구해줄 사람은 이미 퇴사한 전 담당자밖에 없었다.

"과장님, 아나운서 스캔들 기사 진짜 태무진 사장님이에요?"

수연은 차마 태무진 사장에게 직접 전화를 걸어 묻지 못하고 이정희 과장에게 전화했다.

[맞아. 유지나 아나운서가 사장실 와서 인터뷰하고 갔어.]

이건 시작에 불과했다. 이젠 한 주가 시작될 때마다 전쟁이었다.

[천 대리, 이런 부탁 정말 염치없는 줄 알지만…….]

인수인계를 안 하고 떠난 그녀의 책임도 분명 있는 것이니.

[나 좀 도와줘.]

이정희 과장은 수연을 붙잡고 사정했다.

[이러다 나 잘릴 거 같아.]

그녀한테는 아직 초등학교를 다니는 자식이 둘이나 있었다. 아이들이 대학 졸업할 때까지는 태성에서 버텨야 했다.

수연은 이 과장이 이리 앓는 소리를 하는 걸 처음 들었다. 항상 그녀보다 일을 노련하게 처리했던 베테랑이었으니까.

"제가 어떻게 도와드리면 되는데요?"

[이번 주 여자, 천 대리가 해줘.]

"네?"

수연은 자신이 잘못 들었다고 생각했다.

[천 대리 이제 퇴사해서 직원 아니잖아. 그러니까 천 대리도 괜찮을 거야.]

설마 그녀에게 심청이처럼 몸을 바치라고 할 줄이야.

"저라도 괜찮을까요?"

[괜찮아. 사장님은 오히려 반가워하실 거야.]

이정희 과장은 마음이 급해서 실현 가망성 없는 말을 함부로 하고 있었다. 하지만 수연은 이정희 과장의 부탁을 쉽게 거절할 처지가 아니었다. 이정희 과장에게는 결혼식 업무를 떠넘긴 것에 대한 미안함이 있었고, 태무진 사장에게는 아직 갚아야 할 빚이 남아 있었으니까.

"그런데 사장님을 어떻게 만나죠? 사무실로 찾아가는 건 그런데."

[내가 사장님 외부 미팅 스케줄 알려줄게. 우연히 마주친 척하면 될 거야.]

보스의 스케줄 유출은 해직 사유가 되었다. 이 과장이 정말 마음의 여유가 없다는 걸, 그 말로 확실히 깨달을 수 있었다.

"그냥 제가 약속을 잡아보도록 노력할게요."

[그럴래? 만약 실패하면 연락해줘.]

아, 실패한다고 생각하는구나.

사실 그녀도 자신은 없었다. 그냥 도전해보는 것이지.

이 과장과의 전화를 끊고 난 뒤 수연은 태무진 사장에게 보낼 메시지를 고민했다.

> 주주 총회 때 도와주신 거 고마워서
> 저녁 식사를 대접하고 싶습니다.

예의 바르고, 이유 명확하게.

보통 사람이라면 거절하지 못할 이유였다.

수연은 메시지를 보내고 핸드폰만 쳐다보고 있었다. 그렇게 5분 정도 있었나 보다.

삑삑—.

알람 소리에 바로 메시지를 확인했다.

> 괜찮습니다. 내 권리 행사한 것뿐이니.

역시 쉽지 않구나, 너란 남자는.

수연의 어깨가 축 처졌다.

> 스캔들 기사 봤어요.
> 아나운서가 취향이셨나요? |

이 메시지는 보낼 수 없었다. 그녀가 미치지 않고서는 못 보낸다. 그때 그녀의 핸드폰에 메시지가 한 통 더 도착하며 그녀가 보내지 못한 메시지를 밀어냈다.

> 천수연 대표는 잘하고 있습니까?

태무진 사장이 보낸 것이었다. 수연은 그가 먼저 보낸 메시지를 뚫어지게 쳐다보다가 답변을 적어 보냈다.

> 사실 회사 문제로 물어볼 게 있어서 식사하자고 한 건데
> 역시 무리겠죠.
> 가온 일이니 가온 대표인 제가 해결하겠습니다.
> 절대 귀찮게 안 할게요.

구구절절하게 사정하면서 제대로 바짓가랑이를 붙잡는 메시지였다. 사람이 이렇게 없어 보이는 모습까지 보였는데도 만나기 싫다고 하면, 그녀는 진짜 이 짝사랑을 접을 것이라고 다짐했다. 도대체 몇 번째 접는 건지 모르겠지만 말이다.

삐삑―.

이번엔 아까보다 더 빨리 답변이 와서 불안했다.

설마 또 퇴짜인가?

> 그럼 목요일 저녁 괜찮습니까?

수연은 두 주먹을 불끈 들어 올렸다. 이게 바로 승리의 맛인가 보다.

목요일 퇴근 시간 직전, 무진은 갑자기 회의가 잡혔다.

"반도체 LCD 장비 부품 생산업체의 주식 인수 건입니다."

오늘 내로 결정을 내려야 하는 사항이라고 했다. 무진은 시계를 보며 집무실에서 회의를 시작했다. 천수연과의 약속 시간까지는 1시간이 남아 있었다.

"최대 주주의 지분이 18.5%입니다. 45억이 인수 대가입니다. 지금 AMR 기업 쪽에서 접촉 중입니다. 거의 그쪽으로 확정되는 분위기입니다."

비상장기업이 상장 법인을 사들여 우회 등록을 하려는 것이었다. 어찌 보면 편법이었다.

"진행할까요?"

톡, 톡.

책상을 두드리는 태무진 사장의 손끝에 모두의 시선이 몰렸다. 태무진 사장의 대답이 늦어지자 다들 의아한 표정을 지었다. 오랜만에 나온 괜찮은 매물이었으니까. 벤처라서 천문학적인 돈이 필요한 것도 아니었다. 태성이 마음만 먹으면 분명 가로챌 수 있었다. 편법을 또 다른 편법으로 막아야겠지만.

무진은 다른 걸 생각하고 있었다.

태성이 그 회사를 사들이는 것보다 두 벤처 회사의 시너지 효과를 더 크게 보았다. 벤처를 우습게 보았던 투자자들을 최대로 만족시킬 수 있는 예술적인 그림이 그려질지도 몰랐다.

하지만 사업에 '양보'라는 단어는 처음부터 존재하지 않았다. 공중도덕이 아니었으니까.

"진행해요."

그의 한마디에 다들 안심하는 표정을 지었다. 역시 태무진 사장이 이런 걸 놓칠 리가 없다.

"회의는 이만 끝내죠."

그 말과 동시에 태무진 사장이 자리에서 일어났다. 여긴 태무진 사장의 집무실이었기에 다들 그만 퇴장하려고 일어났다. 그런데 그들보다 빨리 재킷을 챙겨 들고 사무실을 나가버리는 태무진 사장의 뒷모습을 보고 모두 잠시 그 자리에 얼음 땡 하듯이 서 있었다.

탁—.

태무진 사장이 나가버린 뒤에서야 서로 이야기했다.

"설마 방금 퇴근하신 거야?"

"담배 피우러 가신 거 아냐?"

"아닌 거 같은데."

실로 급작스러운 사장님의 퇴근이었다.

빵빵—.

이번엔 러시아워가 발목을 잡았다. 천수연과의 약속 시간은 겨우 15분 남아 있었다. 무진은 꽉 막힌 도로 상황을 보고는 빠르게 결단을 내렸다.

"난 여기서 내립니다."

운전기사는 자신이 잘못 들은 것이라고 생각했다. 그런데 태무진 사장이 진짜 차 문을 열고 도로 중간에서 내리자 기겁했다.

"사장님! 잠깐만!"

운전기사가 애타게 불러도 무진은 차들 사이를 유려하게 빠져나가 금세 인도 위에 도착했다. 정말 걸어가는 태무진 사장의 모습을 운전기사는 얼이 빠진 눈으로 쳐다보았다. 귀신에라도 홀린 기분이었다.

무진은 차를 버리고 걸은 덕에 약속 시간에 늦지 않고 5분이나 일찍 도착할 수 있었다. 천수연이 잡은 약속 장소는 그가 맞선 볼 때 자주 와봤던 호텔이었다. 굳이 왜 이 호텔에서 만나자고 한 건지 살짝 거슬리긴 했다.

그래도 사적으로 약속을 잡고 만나는 건 처음이기 때문인지 괜히 기분이 이상했다. 정상 궤도를 벗어난 우주선이라도 된 것 같았다. 무진은 통유리에 비친 자기 모습을 한 번 확인한 뒤 호텔 안으로 걸어 들어갔다.

그녀는 정확히 시간 맞추어 도착했다. 늦으면 어쩌나 조마조마했는데 다행이었다.

"일행분은 도착해 계십니다."

그러나 태무진 사장이 이미 와 있다는 말에 그녀가 꼭 늦은 것 같은 기분이 되었다. 수연은 레스토랑 직원의 안내를 받아 창가 자리로 향했다. 먼저 온 태무진 사장은 그림 속의 귀족처럼, 화보 속의 모델처럼, 영화 속의 남자 주인공처럼 그리 우아하게 앉아 있었다.

쿵쿵.

맞선도 아니고, 데이트도 아닌 이 만남에 그녀의 심장만 정신을 못 차리고 뛰어댔다.

태무진 사장이 고개를 들어 걸어오는 그녀 쪽을 보았다. 검은 바다를 품은 아름다운 눈동자가 그녀를 지그시 주시했다.

그는 지금 무슨 생각을 하는 걸까?

진심으로 궁금해졌다.

"일찍 오셨네요."

그녀의 말이 무진은 꼭 칭찬처럼 들렸다. 열심히 퇴근한 보람이 있었다. 그의 입꼬리가 살짝 올라갔다 내려온 걸 수연은 긴장해서 미처 보지 못했다. 직원이 메뉴판을 주었기에 우선 식사 주문부터 했다.

"제가 사는 거니까 부담 없이 드세요."

"난 남이 사주는 게 제일 부담입니다."

하아, 밥 한 번 사주기도 힘든 남자.

"제가 사는 거니까 와인도 시킬게요."

술을 시킨다는 말에 태무진 사장이 메뉴판 너머로 그녀의 얼굴을 보았다. 수연은 씨익 웃어 보였다. 태무진 사장은 별말을 못 하고 다시 메뉴판을 보았다.

"그래서 힘든 회사 일이 뭡니까?"

주문을 끝내자마자 태무진 사장은 안부 대화 없이 바로 본론으로 들어갔다. 그녀는 슬쩍 스캔들에 대해 떠보고 싶었는데 말이다.

"리폼 사업 팀을 꾸리려는데 지원자가 너무 없어요."

그건 정말 사실이었다. 지금까지 지원한 사람은 1년 차 신입 사원 한 명밖에 없었다.

"사업 아이템이 직원들한테 성공 가능성이 없어 보이는 걸까요?"

"천수연 대표는 그 회사 간 지 한 달도 안 되었고, 황 전무는 그 회사 창립 멤버입니다. 직원들이 누구 눈치를 더 보겠습니까?"

당연히 황 전무다. 그럼 황 전무 눈 밖에 날까 봐 감히 지원을 못 한다는 소리인가.

"누구도 부정하지 못할 수치로 직원들에게 가능성을 보여줘요."

"아직 사업 팀을 꾸리지도 못하는데 어떻게 수치를……."

"어머, 태무진 씨 아니세요?"

갑자기 하이톤의 여자 목소리가 두 사람의 진지한 대화를 갈라놓았다. 고개를 돌려 방해꾼 여자의 얼굴을 본 수연은 흠칫 놀랐다.

태무진 사장의 아홉 번째 맞선녀였다.

"누구시죠?"

그런데 그녀도 기억하는 걸 정작 태무진 사장이 기억을 못 했다. 아수라장이 예상되었다. 수연은 태무진의 앞에 있던 물잔을 여자한테서 먼 곳으로 옮겨놓았다.

"하! 딴 여자랑 맞선 본다고 감히 날 모른 척해요."

모른 척이 아니라 진짜 모르는 것이었다.

"맞선이 아니라 데이트입니다."

태무진 사장의 대답에 아홉 번째 맞선녀도 놀라고, 그녀는 더 화들짝 놀랐다.

뭐? 이게 데이트였어!

"그러니까 방해 말고 그만 가주시죠."

그제야 태무진 사장의 의도를 파악할 수 있었다. 여자를 쫓아버리려고 일부러 데이트라고 얘기한 것이었다. 좋다 말았다 싶었지만, 바로 앞에서 얼굴이 보라색으로 변해가는 여자를 보니 한가하게 그런 생각할 때가 아니라는 걸 깨달았다. 여자가 갑자기 휙 그녀 쪽으로 시선을 돌렸다. 목표물이 태무진에서 그녀로 바뀌었다.

"당신 어느 집 딸이야?"

아무래도 그냥 곱게 퇴장할 생각은 없나 보다.

"그러니까 저는……."

"뭐든 그쪽보다는 나은 사람입니다. 됐습니까?"

그녀가 평화롭게 해결하려는 노력은 굳이 필요 없었다. 태무진 사장이 깽판을 쳐놓았으니까.

여자는 분노에 찬 눈으로 그녀와 태무진을 노려보다가 몸을 휙 돌려 걸어가 버렸다. 아무래도 뒤탈이 있을 것 같다는 우려가 생겼다.

"저대로 그냥 보내도 괜찮을까요?"

해화 그룹 딸이었다. 마음먹고 덤비면 태성과 맞짱도 뜰 수 있는.

"신경 꺼요. 상관없는 남이니까."

태무진 사장한테 남이 된다는 건 소름 돋게 차가운 냉대를 견뎌야 하는 것이었다. 그래서 그녀는 이 남자의 남이 될까 봐 너무 겁이 났다.

그때 소믈리에가 테이블로 다가와 와인에 대해 설명해주고 잔에 따라주었다. 당장 심신의 안정이 필요했던 수연은 바로 와인 잔에 손을 뻗어 잡았다.

그녀는 와인 잔을 앞으로 내밀었다.

"사장님이랑 같이 식사하게 되어 영광입니다."

영광이라. 그 말 참 별로라고 생각하며 무진은 그녀의 잔에 자신의 잔을 부딪쳤다. 수연은 와인을 입에 대고 한 번에 마셔 버렸다. 그녀가 잘 마시는 걸 보고 무진은 살짝 놀랐다. 그냥 입맛 돋우는 용으로 시킨 건 줄 알았으니까.

"저 한 잔 더 마셔도 되나요?"

아직 식사는 나오지도 않았다.

"술 좋아합니까?"

회식 때 술 마시는 걸 본 적은 있었지만 이리 좋아하는 줄은 몰랐다.

"이 와인이 너무 맛있네요. 탁월한 선택이었어요."

술이 들어가니 떨리는 마음이 그나마 진정되는 것 같았다.

"천수민 소식은 들은 거 있습니까?"

태무진 사장이 먼저 수민에 관해 물었다. 그녀는 한동안 너무 바빠서 그 이름을 까먹고 있었다.

"아뇨. 곧 제 인터뷰 나올 건데, 그거 보면 연락이 올지도 모르겠어요."

'인터뷰'라는 말에 무진의 눈썹이 살짝 위로 올라갔다가 내려왔다.

"인터뷰했습니까?"

"네, 사장님 인터뷰했던 L매거진 기자랑 했어요. 그때 명함 받아두었었거든요."

혹시라도 태성 인맥 뽑아먹는다고 한마디 할 줄 알고 그의 눈치를 보았는데 태무진 사장은 아무 말이 없었다. 뭔가 골똘히 생각에 빠진 얼굴이었다.

"잡지 나오면 한 권 보내드릴까요?"

말하고 보니 너무 유치한 것 같았다. 그게 뭐 자랑할 일이라고. 태무진 사장은 한국은 물론 해외 언론과도 인터뷰했던 사람이었다. 호랑이 앞에서 고양이가 폼 잡는 것밖에 안 될 것 같았다.

"꼭 보내줘요."

태무진 사장의 말에 수연은 놀란 눈으로 그를 쳐다보았다. 방금 그 말은 진심처럼 들렸다. '고작 잡지 한 권에 그럴 리가 없는데.'라고 생각하며 수연은 대답했다.

"네, 그럴게요."

그녀에게 약속을 받아낸 무진은 만족스러운 기분으로 가볍게 칼질을 했다.

사실 방금 그 잡지를 어떻게 아무도 몰래 살 수 있을지 생각하고 있었다. 그가 직접 서점에 가는 것 말고는 방법이 없었다. 비서한테 주문하라고 말할 수도 없고, 그가 온라인으로 주문한 잡지는 그의 손에 닿기까지 너무 많은 사람을 거쳤다. 하지만 천수연이 직접 보내주는 건 안전할 것 같았다. 옛 비서가 안부 차 보내는 것처럼 보일 테니까.

"사장님, 저랑 스캔들 기사 나면 어떨 것 같으세요?"

그녀의 질문을 듣자마자 무진의 눈매가 절로 찌푸려졌다. 그는 고개를 들어 그녀를 쳐다보았다.

"그럴 일 없을 테니까 안심해요."

분명 그 아나운서 스캔들을 본 것이다. 다시금 아버지한테 분노가 끓어올랐다. 망신당하기 싫으면 알아서 하라는 뜻인 건 알겠는데 그 방법이 너무 치사했다.

"아, 아나운서는 돼도 저는 안 되는구나."

왜 말이 그렇게 되는 건가 싶었다.

"설마 취한 겁니까?"

그러고 보니 그새 와인 병이 많이 비워져 있었다. 안 되겠다 싶어서 무진은 와인 병을 자신 쪽으로 끌어당겼다.

"주주 총회에서 저 구해준 것처럼 제가 사장님 지켜드릴 테니까, 저 이용하세요."

무진은 그녀가 한 말 중 한 가지 말에 머리가 멍해졌다.

날 지켜준다고?

그녀는 그가 치운 와인 병으로 팔을 쭉 뻗어 어떻게든 잡으려고 하고 있었다.

설마, 이것도 술 취해서 한 말이야?

무진은 직원을 시켜 아예 와인 병을 치워버렸다.

식사가 끝났을 때, 그녀는 딱 기분 좋을 정도로 취해 있었다. 식당을 나와서야 무진은 자신이 중간에 차를 버려두고 걸어온 걸 기억해냈다. 그의 운전기사는 과연 지금 어디 있는 건가 싶었다.

기사한테 전화하기 위해서 핸드폰을 꺼내는데 천수연이 고개를 들어 밤하늘을 올려다보며 감탄했다.

"와! 하늘에 별이 하나도 없어요."

그게 감탄할 일인가?

"사장님, 별 엄청 많은 거 본 적 있으세요?"

"아뇨."

그는 지금 운전기사의 전화번호를 찾는 게 더 중요했다.

"그럼 제가 보여드릴게요."

서울에서?

의아하게 생각하는데 천수연이 갑자기 그의 손을 붙잡고 끌어당겼다.

"저만 믿고 따라오세요."

마음 같아서는 어디든 따라가고 싶었다.

"별 보러 어디로 갈 겁니까?"

"가평이요."

가는 데 차로 1시간 반, 오는 데 똑같은 시간이 걸리는 곳을 단지 별을 보러 가자고 하고 있었다. 이 밤에.

"안 됩니다."

그의 단호한 거부에 수연은 아이처럼 울상을 지었다. '귀여워.' 그 말이 그의 혀끝에 걸려 간지러웠다.

"그냥 집에 가요."

"네."

그녀가 고집을 안 부리고 순하게 따르니 무진의 입술이 부드럽게 휘어졌다.

"집까지 바래다줄게요."

수연은 멍하니 태무진 사장의 얼굴만 쳐다보았다. 그한테 이런 비슷한 말을 들어본 적이 있었다. 그땐 지금처럼 상냥한 말투가 아니었다. 그래서 이 순간이 현실이 아니라 꿈인 것만 같았다.

Chapter 4

흑기사

9년 전.

대학 합격증을 받아놓고 들뜬 그녀는 과감하게 친구와 함께 청담 와인 바 오픈 파티에 가기로 했다. 당연히 아버지는 허락하지 않을 것이라 오빠에게 많은 뇌물을 먹이고 밤에 몰래 집을 빠져나왔다.

밤에 열리는 어른들의 파티라니. 생각만으로도 흥분감 폭발이었다. 그런 것에 흥분한다는 게 아직 어리다는 뜻이었지만, 수연은 자신이 이제 성인이라고 굳게 믿고 있었다.

수연은 친구 집에서 이브닝드레스로 갈아입고 처음으로 화장도 제대로 해보았다.

"어머, 너 너무 예쁜 거 아니니?"

"너야말로 장난 아니다."

두 여자는 한껏 고조된 상태로 청담 와인 바 '문라이트'로 향했다.

하지만 막상 문라이트 앞에 도착하자 그 웅장한 화려함에 둘 다 기가 좀 죽었다. 초대장을 손에 쥔 친구가 앞장서서 안으로 들어갔고, 그녀는 그 뒤를 소심하게 따라갔다.

미지의 세계로 첫발을 디디는 순간이었다. 그곳에는 탄산음료 대신 와인이 있었고, 쿠키 대신 캐비어가 있었다. 그녀는 술에 대한 기대감이 가장 컸다. 그래서 파티장에 들어서자마자 제일 먼저 술이 있는 곳으로 갔다.

챙―.

친구와 첫 술잔을 부딪치고 막 마시려고 할 때 파티장 안의 공기 흐름이 미묘하게 달라졌다. 사람들의 시선이 일제히 입구 쪽을 향하고 있었다. 그녀도 호기심에 그쪽으로 시선을 돌렸다. 그곳에는 처음 보는 남자가 한 명 서 있었다. 검은 머리 외국인인가 싶을 정도로 키가 크고, 이목구비가 깎아놓은 듯이 선명했다. 아는 것 많은 친구가 막 등장해서 사람들의 관심을 온몸으로 받는 남자가 누구인지 알려주었다.

"태성 그룹 회장 외동아들. 죽이지?"

친구의 목소리가 희미해질 정도로 그녀는 남자한테 넋이 빠져 있었다. 우아하고 힘이 넘치는 그 생명체는 주위의 남자들과는 달라도 너무 달랐다. 몸집이 큰 남자는 투박해 보인다고 생각했었는데, 남자는 그 누구보다 크면서도 그 누구보다 아름다웠고, 우아했다.

파티 호스트와 이야기하던 태무진의 시선이 우연히 그녀가 있는 곳으로 향했다. 눈이 마주쳤다.

소름 돋게 관능적인 남자의 짙은 눈빛.

그걸 고작 스물인 풋내기 처녀가 어찌 거부할 수 있겠나.

하지만 그가 바로 시선을 다른 곳으로 돌리면서 특별함은 너만의 착각일 뿐이라고 일깨워주었다. 그녀는 어떻게 해서든 다시 눈이라도 마주치려고 태무진의 주위를 얼쩡거렸지만 모두 허사였다. 그가 끝내주게 몸매 좋은 여자의 접근도 단칼에 거절하는 걸 목격하고 그녀도 깨끗하게 마음을 접었다. 저런 여자도 마음에 안 차는 남자가 그녀 같은 풋내기가 눈에 들어오겠나.

"쿡쿡. 천수연. 꿈이 너무 컸어."

친구가 포기하고 돌아오는 그녀를 보고 놀렸다. 수연은 우울한 표정으로 말했다.

"나 발이 너무 아파."

굽 높은 하이힐을 처음 신어 보았기에 2시간밖에 안 되었는데 가시를 밟고 서 있는 기분이었다.

"촌스럽게 여기서 신발 벗지 마."

친구는 그만 집에 가자는 말은 절대 받아들이지 않을 태도였다. 수연은 이미 파티가 시들해졌지만, 친구만 두고 의리 없이 돌아갈 수는 없었다.

그때 남자 한 명이 다가왔다. 매일 식사로 버터만 먹은 것처럼 생긴 남자였다.

"아가씨들끼리만 왔나 봐."

친구가 그녀에게 빠르게 말해주었다.

"K언론사 사주 아들."

이 파티에 온 사람치고 든든한 아버지 안 둔 사람이 없었다.

수연은 친구의 귀에 대고 속삭였다.

"난 화장실."

친구는 눈썹을 가늘게 찌푸리더니 고개를 끄덕였다. 그녀가 자리를 뜨자 남자가 처다보았지만, 친구가 말을 걸자 그녀에게로 시선을 돌렸다.

화장실에 갔던 수연은 화장실 안에 화장 고치는 여자들이 더 많은 걸 알고 그대로 나와서 사람 없는 장소를 찾았다. 하지만 그녀가 가는 곳마다 화려한 사람들이 비싼 술을 마시며 즐겁게 담소를 나누고 있었다. 저들은 저리 멋스럽게 즐기는 파티를 그녀는 왜 그러지 못하는 건가 싶어서 괜히 작아졌다. 지금 그녀의 모습이 꼭 이 화려한 곳에 어울리지 못하고 도망치는 것처럼 느껴졌다.

풀이 죽어 구석으로 걸어가는데 아까 그녀와 친구에게 말을 걸었던 버터남이 보였다. 누군가를 찾는 듯이 주위를 두리번거리던 남자는 그녀를 발견하고는 눈을 번뜩였다. 남자가 그녀를 향해 성큼성큼 걸어오자 위기감을 느낀 수연은 무작정 계단을 올라갔다. 계단을 오르면서 뒤를 확인했더니, 버터남도 그녀를 따라 계단을 올라오고 있었다.

분명 그녀의 착각이 아니었다. 하이힐을 벗어서 뛰고 싶은 걸 겨우 참으며 오르고 오르다 보니 어느새 루프탑에 도착했다. 그곳만은 이상하게도 사람이 아무도 없었다. 아니, 딱 한 명밖에 없었다.

그 남자였다.

태성 그룹 회장 외동아들이라는 눈부시게 잘생긴 남자.

서울의 야경이 별처럼 빛나는 공간에 외롭게 혼자 있는 그는 고독하다기보다는 절대적으로 보였다.

또각.

그녀는 강렬한 끌림에 이끌리듯이 그를 향해 한 발 내디뎠다. 그녀의 발소리를 들은 그가 돌아보지도 않고 말했다.

"여긴 출입 금지입니다. 내려가요."

그윽한 목소리는 경고도 시처럼 들리게 하는 마법을 부렸다. 수연은 용기를 내어서 그에게 처음으로 말을 걸었다.

"저기, 저 좀 숨겨주세요."

그녀의 목소리를 들은 남자가 천천히 고개를 돌려 그녀가 있는 쪽을 보았다. 다시 시선이 마주쳤을 때 그녀는 믿고 싶어졌다. 이건 우연이 아니라 운명 같은 만남이라고.

그녀가 처음 느껴보는 이성에 대한 설렘에 떨려 하는 동안, 남자의 길게 뻗은 눈매가 찌푸려졌다. 거기에 더해서 남자는 난간을 붙잡고 있던 두 손을 올려 팔짱까지 꼈다. 당장 쫓겨날 것 같은 분위기였기에 수연은 서둘러 설명했다.

"그게…… 어떤 남자가 쫓아오고 있어서……. 거짓말 아니에요. 진짜예요."

수연은 손으로 계단 쪽을 가리켰다. 그리고 이젠 또렷하게 누군가 이곳으로 올라오는 발소리가 들렸다. 수연은 도망칠 곳이 더 이상 없었기에 슬금슬금 남자의 곁으로 걸어갔다. 그녀가 다가가는 동안 다행히도 남자는 그녀를 또 쫓아내려고 하지 않았다.

"여기가 정말 출입 금지면 지금 오는 사람을 막아야 하지 않을까요?"

그녀가 조심스럽게 건의하는 동안에도 남자는 빤히 그녀의 얼굴만 쳐다보고 있었다. 잘생긴 얼굴은 차가운 무표정에도 빛이 났다.

어느새 발소리는 더 가까워져 있었다. 이제 곧 버터남도 루프탑에 올라올 것이었다. 수연은 계단 쪽과 남자의 얼굴을 번갈아 보았다. 마지막 순간에는 두 손을 모으며 불쌍한 얼굴로 사정했다.

계단 쪽에서 누군가의 머리가 보인 순간, 남자가 움직였다. 그는 정확히 한 걸음을 움직여 그녀의 앞에 섰다. 그녀의 몸이 남자에 의해 완전히 가려졌다. 앞에 서 있는 남자의 등은 너무 넓고 높아서 수연은 막막해지는 기분이었다. 이 남자에 비해 그녀는 너무 작고 여리게만 느껴졌다.

"태무진?"

그 버터남의 목소리가 들려왔다.

태무진.

그게 남자의 이름이었다. 칭기즈칸의 이름과 똑같았다. 어쩜 이름조차 이리 웅장할 수 있는지.

"여긴 내가 오늘 전세 냈으니 내려가."

남자. 아니, 태무진의 목소리는 차분했지만, 잘 벼린 칼처럼 매서웠다.

"하! 여기서도 돈지랄이냐."

태무진에게 함부로 말하는 버터남의 말에 그녀가 마음속으로 발끈했다.

"그런데 여기로 여자 한 명 오지 않았어?"

그녀의 이야기가 나오자 수연의 심장이 크게 요동쳤다. 혹시라도 들킬까 봐 그녀는 태무진의 등에 더 바짝 다가섰다. 남자의 스킨 향이 진해졌다. 시원하고 남자다운 향이었다.

"여자는 없고, 애는 한 명 왔었는데."

'애'라는 말에 그녀는 너무하다는 눈으로 그의 뒤통수를 노려보았다. 버터남만 없었으면 애가 아니라 20살이라고 외쳤을 것이다.

"이젠 어린애까지 쫓아다니나?"

"닥쳐!"

버터남이 분노한 게 느껴져서 태무진과 싸움이라도 벌이면 어쩌나 걱정되었다. 그녀는 더 도발하지 말라는 뜻으로 태무진의 소매를 손으로 잡아당겼다. 그의 몸이 움찔하는 게 느껴졌다.

"내가 너 따위 무서워할 거 같아! 지금 당장 내 손으로 작살을 내줄 수도 있어!"

버터남이 진짜 싸울 것 같자 수연은 더 힘껏 태무진의 소매를 잡아당겼다. 하지만 소용없었다.

"그럼 해보든가."

태무진까지 가세했다. 수연은 당장 뛰어나가서 그녀 때문에 벌어진 사태를 막고 싶었는데 그녀의 움직임을 느낀 태무진이 정확히 그녀의 손을 낚아채 잡았다. 손이 잡힌 순간, 수연은 심장을 도둑맞은 기분이었다. 남자의 손은 크고, 힘이 세고, 그리고 지나치게 뜨거웠다.

"대신 지금 날 제대로 못 죽이면 그 뒷감당도 네가 해야 할 거야."

그의 뜨거운 손과 달리 그의 목소리는 얼어붙을 정도로 차가웠다. 만약 그녀한테 저렇게 말했다면 수연은 그 자리에서 심장이 난도질당했을 것이다.

버터남의 목소리는 더 이상 들려오지 않았다. 그리고 몇 초 후 이곳을 떠나는 발소리가 들려왔다.

버터남이 완전히 루프탑을 떠난 뒤 태무진은 그녀의 손을 놓으며 돌아보았다. 수연은 너무 뜨겁기도 하고, 꽁꽁 얼어붙는 것 같기도 해서 꼼짝할 수가 없었다. 태무진은 처치 곤란한 물건을 보듯이 그녀를 쳐다보다가 말했다.

"집에나 가요. 이런 곳에서 놀지 말고."

그는 그녀를 불량 청소년 취급했지만, 그녀는 그 파티에 간 걸 후회하지 않았다. 거기 가지 않았다면 그를 만나지 못했을 테니까. 단 한 번의 만남으로 그녀의 마음속에 다른 남자는 들어올 수 없게 되었으니, 감히 첫사랑이라고 말해도 되겠지.

그녀에겐 첫사랑은 이루어질 수 없어서 더 아름다운 것이라는 말이 가장 슬펐다.

집 앞에 도착했을 때 천수연은 잠이 들어 있었다. 술을 알딸딸하게 마시고 쿠션감이 편한 차에 올라탔으니 당연한 자연 현상이었다. 무진은 너무 곤히 잠든 이 여자를 어떻게 깨워야 하나 고민하다가 고개를 돌려 천수연의 집을 쳐다보았다.

이젠 천수연 혼자 남은 집이었다. 아버지는 병원에, 오빠는 행방불명에, 어머니는 어릴 적 이혼 후 집을 떠났다고 알고 있었다.

달칵.

무진은 차에서 내렸다.

저벅저벅.

반대편으로 돌아가서 문을 연 무진은 그녀를 깨우지 않고 두 팔로 안아 올려 차에서 내리게 했다. 태무진 사장이 술 취해 잠든 여자에게 보기 드문 정성을 들이는 동안 운전기사는 숨을 죽이고 그곳에 없는 척했다. 만약 있는 걸 들키면 큰일나기라고 할 사람처럼 필사적으로 인기척을 죽였다.

무진은 품에 안은 천수연을 내려다보았다. 그녀를 안으니 따뜻한 체온과 함께 부드러운 체향이 코끝을 자극했다. 여자는 보이는 것보다 더 몸집이 작았다. 목덜미에 닿은 머리카락이 간지러웠다. 그녀가 숨을 내쉴 때마다 오르락거리는 봉긋한 가슴은 시야를 어지럽혔다. 무진은 애써 잠든 그녀에게서 시선을 거두고 대문으로 걸어갔다.

딩동.

문을 열어준 가정부는 남자 품에 안겨 들어오는 그녀를 보고 깜짝 놀랐다.

"어머나, 세상에."

남자를 무뢰한 취급하기에는 겉모습이 너무 훌륭해서 가정부는 어쩔 줄을 몰라 하기만 했다.

"방이 어딥니까?"

그의 물음에 가정부는 서둘러 2층 계단을 올라갔다.

"따라오세요."

무진은 그녀를 안고 그녀의 방으로 향했다. 그가 천수연을 안고 방으로 들어갔을 때 가정부는 침대의 이불을 걷어내며 그녀가 누울 공간을 만들고 있었다.

"여기 눕히세요."

무진은 침대로 걸어가 조심스럽게 그녀를 침대 시트 위에 내려놓았다.

"어머."

그 순간 무언가를 발견한 가정부가 당황한 표정을 지었다.

그녀를 깨우지 않고 침대에 옮기는 건 성공했는데, 그녀의 손이 그의 옷깃을 꽉 붙잡고 있었다. 도대체 언제부터 붙잡고 있었던 건지 모르겠다.

"어쩌죠. 아가씨를 깨워야 하나."

무진은 끝까지 그녀를 깨우지 않기 위해서 그가 입고 있던 재킷을 벗어서 그녀의 손에 넘겨줘 버렸다. 그의 재킷을 애착 인형처럼 꼭 끌어안은 채 몸을 웅크리는 그녀의 모습을 가만히 바라보던 무진은 이내 몸을 돌려 방을 나갔다.

무진이 집에 돌아갔을 때 아버지 태준석 회장은 안 자고 그를 기다리고 있었다.

"천수연으로 정한 거냐?"

태준석 회장의 떠보는 말에 무진은 멈추어 선 채 매서운 표정으로 경고했다.

"스캔들 기사 또 터지면 저 이 집 나갑니다."

가장 무서운 경고였다. 이 집에 이제 겨우 둘만 남아 있었으니까. 한 명이 나가면 태준석 회장 혼자가 되었다.

"나갈 거면 유산 포기 각서 쓰고 나가라."

역시 약하게 물러나지 않는 태준석 회장이었다. 그러나 무진은 겁먹지 않고 코웃음을 쳤다.

"그래서 아버지가 이 재산을 아버지 형제들에게 나누어주시겠다고요?"

태준석 회장의 얼굴에 가벼운 경련이 일었다. 형제의 난을 겪고 어렵게 얻은 회장 자리였다. 그래서 일부러 자식도 아들하나만 낳았다. 자기처럼 피비린내 나는 형제의 난을 겪게 하지 않으려고. 그런데 저놈이 그 고마움도 모르고 아버지 머리위에 앉으려고 했다.

"천수연 이름으로 기사 하나라도 나면 각오하세요."

배은망덕한 놈이라고 화를 내려던 태준석 회장은 뭔가 이상함을 느끼고 멈칫했다.

그래서 스캔들이랑 천수연 중 뭐가 더 중한 거야?

태준석 회장은 팔짱을 낀 채 깊은 생각에 잠겼다.

확실히 천수연과 뭔가 있긴 있나 보다. 아나운서 때와는 반항의 강도가 달랐다.

오래간만에 정신없이 자고 아침에 눈을 뜬 수연은 팔다리를 쫙 뻗으며 기지개를 켰다. 언제나 변함없는 그녀의 방이었는데 수연은 뭔가 이상한 걸 느끼고 눈을 깜빡였다. 전날 어떻게 집에 들어왔는지 기억이 없었다. 태무진 사장의 차에 탄 게 마지막 기억이었다.

설마 그 정도 마시고 필름이 끊긴 건가 생각하던 그녀의 눈에 절대 이곳에 있으면 안 되는 게 들어왔다. 수연은 벌떡 일어나 앉았다.

"이거 사장님 옷이잖아."

분명 어제 입고 있던 옷이었다.

그런데 왜 이게 여기 있는 건가!

수연은 서둘러 침대에서 내려와 아래층으로 달려 내려갔다. 박 씨는 알고 있을 것이다.

"아줌마!"

주방에서 해장국을 끓이고 있던 박 씨는 머리를 산발한 채 내려온 그녀를 보고 쯧쯧, 혀를 찼다.

"어서 씻기나 해. 출근해야지."

수연에게는 지금 그보다 더 급한 일이 있었다. 그녀는 손에 들고 온 재킷을 앞으로 내밀며 박 씨에게 물었다.

"이 옷이 왜 여기 있어요?"

"어제 너 안고 들어온 남자가 벗어놓고 갔는데."

수연은 누가 주먹으로 머리를 세게 친 듯한 기분이었다.

안아? 태무진 사장이 날?

그런데 왜 난 기억이 아무것도 없는 거야!

"네가 자면서도 그 옷을 안 놔서 할 수 없이 벗은 거야. 내가 이상한 짓 못 하게 옆에서 지키고 있었으니까 걱정 말고."

수연은 재킷에 얼굴을 묻고 몸을 비비 꼬았다. 그런 그녀의 모습을 박 씨는 황당한 눈으로 쳐다보았다.

"지금 뭐 하는 거야?"

"사장님 냄새나요."

이제 보니 그 남자가 위험했던 게 아니라, 수연이 그 남자에게 위험했다.

이정희 과장은 무사히 한 주를 넘겼다는 것에 감사 기도를

올렸다. 역시 전임자가 답이었다. 천수연이 어떤 마술을 부렸는지 모르지만, 이번 주는 사장님도, 회장님도 조용했다.

행복한 이정희 과장과 달리 무진은 썩 기분이 좋은 상태가 아니었다. 천수연의 집에 그의 옷을 남겨두고 왔다. 일어났을 때 봤을 테고, 그의 옷인 것도 알았을 것이다.

그런데 감감무소식이면 이걸 뭐라고 해석해야 하는 건가? 별일 아니라는 건가?

무진의 미간에 선명한 주름이 잡혔다.

그만 생각하자. 어차피 옷은 많으니.

무진은 책상에 놓여 있던 서류철을 펼쳐 몇 자 읽다가 손을 뻗어 핸드폰을 잡았다.

그에게는 별일이었다. 그의 물건이 그녀의 손에 있으니.

혹시 내 옷 못 봤습니까?

그가 메시지를 보내고 10분이나 지나서야 천수연의 답장이 도착했다.

네, 못 봤는데요.

이건 무진도 상상하지 못한 전개였다.

수연은 태무진 사장이 옷을 찾는 메시지를 보낼 줄 몰랐기

에 깜짝 놀랐다. 당연히 자기 옷이 어디 있든 신경도 안 쓸 줄 알았다. 옷을 주인에게 돌려주는 게 도리였지만, 수연은 그 옷을 어떻게든 가지고 싶었다.

그리 오래 짝사랑했는데, 태무진 사장의 체취가 묻은 물건 하나 정도는 가질 자격이 있지 않겠는가. 그렇게 멋대로 정하고 먹튀하기로 마음먹었다.

설마 옷 하나 때문에 그녀의 집까지 찾으러 오겠는가.

> 천수연 대표 집에 있습니다. 찾아봐요.

그런데 집요한 구석은 있었다. 두 번째 메시지가 도착하자 수연은 누가 뒤에서 쫓아오는 듯한 기분이었다.

이제라도 사실대로 말해야 하나.

아니야! 이미 한 번 거짓말했잖아.

수연은 이번엔 메시지를 씹기로 했다. 남의 옷을 가지는데 이 정도 죄책감은 감수해야 했다. 다행히 그 뒤로 태무진 사장한테서 옷과 관련된 메시지는 오지 않았다.

수연은 태무진 사장의 충고를 받아들여서 우선 리폼 사업의 고객 반응부터 모으기로 했다.

"오늘 바로 가온에서 가방 리폼을 한다는 이벤트 페이지를 만들어서 홍보를 시작해야겠어요."

장 실장은 의아해하며 물었다.

"그건 리폼 사업 팀에 맡기실 일이 아니었습니까?"

"먼저 직원들에게 보여주어야 할 거 같아요, 리폼 사업의 가능성을."

그녀를 믿어달라고 말만 뱉으면 아무 소용이 없었다. 눈앞의 수치로 보여주는 게 가장 확실한 방법이었다.

"그리고 이벤트 페이지 작업은 디자인 2팀 오지안 사원한테 맡기세요."

유일하게 리폼 사업에 지원한 직원이었다. 운명이라 생각하고 한번 같이 달려보기로 했다.

삑삑—.

메시지 알람 소리에 수연은 또 태무진 사장인 줄 알고 움찔했다.

> 천 대리, 많이 바빠? 대표 된 거 축하해주고 싶어.

연정우 대리였다. 아마 그녀가 태성을 그만둔 뒤 가장 많이 울고 있을 사람일 것이다. 그녀가 했던 일을 다 물려받았을 테니까. 그녀의 후임을 뽑는 건 어떻게 되고 있는지 궁금하기도 해서 수연은 바로 연정우에게 답변을 보내기로 했다.

> 월요일 저녁 치맥 콜? |

수연은 답변을 적으면서 앞에 있는 장 실장에게 말했다.

"저 월요일 저녁에는 태성 사람 좀 만나려고요."

"태무진 사장님 말입니까?"

"그분은 만나달라고 사정해도 안 만나줄 사람이고요. 비서실 직원이요."

사정해도 안 만나주는 사람이 접대 자리에는 어떻게 왔던걸까 생각하며 장 실장은 고개를 끄덕였다.

"편하게 만나세요."

'편하게'라는 말이 참 낯설다는 느낌이 들었다.

그녀가 천수연 대리일 때는 굳이 그런 말을 할 필요도 없이 모든 게 편한 일이었으니까.

연정우 대리가 가온 근처로 온다고 했지만, 가온 직원들과 마주치는 게 걸려서 그녀가 태성 쪽으로 가겠다고 했다. 회식할 때 잘 갔었던 태성 근처 치킨집에서 보기로 했다.

"천 대리, 여기!"

먼저 와 있던 연정우가 그녀를 보고 손을 높이 들어 흔들었다. 비서실 사람들이 같이 왔을 줄 알았더니 연정우 한 명밖에 안 보였다.

"다른 사람들은 안 왔어요?"

그녀의 물음에 연정우는 멍한 표정을 지으며 말했다.

"아, 다른 사람들한테는 말 안 했는데."

어이가 없었다.

"송별회도 제대로 못 했는데, 이럴 때 얼굴 보면 좋잖아요. 하여튼 가끔 정말 생각이 없다니까."

그녀의 꾸중에 연정우도 투덜거렸다.

"둘만 만나니 오붓하고 좋은데, 뭐."

가끔 둘이서만 술 마신 적도 있기에 어색할 건 없었다.

"가온 대표로 일하는 건 힘들지 않아?"

"그럭저럭 할 만해요. 저한테는 1등급 교과서가 있으니까."

"교과서?"

"태무진 사장님은 이럴 때 어떻게 했지, 라고 생각하면 바로 답이 나와요."

그녀의 말에 연정우는 못마땅한 표정을 지었다.

"뭐야, 가온 가서도 태무진 사장 생각한다고? 질리지도 않아?"

질리긴, 하루하루 애틋한데.

"사장님도 가끔 날 천 대리라고 부른다."

그건 생각 못 한 일이었다.

"정말요?"

"응, 그리고 나랑 눈이 마주치면 아주 무서운 표정을 짓지. 살벌해 죽겠어."

연정우는 어깨를 부르르 떨며 맥주를 마셨다. 그녀도 웃으며 맥주를 마셨다.

— 곧 내 비서 했던 시간이 그리워질 겁니다.

그의 말이 맞았다. 그녀는 그 시간이 사무치게 그리웠다. 하지만 태무진 사장의 생각처럼 대표 자리가 힘들어서는 아니었다. 그때는 그와 가장 가까운 거리에서 일할 수 있었으니까.

그런데 지금은 마치 전혀 다른 세상에 사는 사람처럼 만날 수가 없었다. 그러니 그녀가 그의 옷을 훔쳤다고 해서 태무진 사장은 그녀를 욕하면 안 되었다. 만날 수 없는 그 대신 가진 것이니까.

그녀는 정말 나무꾼이 되어버렸다. 하지만 그녀한테 그의 옷이 있다고 태무진 사장이 동화처럼 그녀와 결혼해줄 리가 없었다. 태무진 사장은 선녀가 아니었으니까. 그냥 그녀만 미련한 나무꾼인 것이다.

무진은 태성 생명 상무와 저녁 식사 겸 미팅 중이었다. 태성 생명은 태성 계열사 중 가장 현금 보유가 많은 회사였다. 그리고 그 회사의 대표는 아버지의 형 태강석이 맡고 있었다. 태성 생명 상무는 태강석의 아들 태무열이었고, 그의 사촌이었다.

한마디로 적과의 식사였다.

"아나운서 스캔들은 잘 봤어, 형."

"공적인 자리이니 호칭은 제대로 부르죠."

그가 딱딱하게 존대하며 말하자 태무열은 썩소를 지었다.

태성 그룹 회장과 사장이 유독 친척들을 멀리하는 건 태성 가문의 사람이라면 누구나 아는 이야기였다. 그만큼 형제의 난은 살벌했다. 살인이 안 난 게 다행이라고까지 말할 정도였다. 태준석 회장이 그룹을 장악한 뒤 이제는 잠정적 평화의 시대가 되었지만, 그와 혈투를 벌였던 형제들은 여전히 호시탐탐 그 자리를 노리고 있었다.

하지만 태준석의 아들 태무진이 너무 막강하게 사장 자리를 지키고 있었기에 가망성은 거의 없어 보였다.

"요즘 태성 생명 일 처리가 투명하지 않은 거 같던데."

"생명은 우리가 알아서 합니다, 사장님."

무진은 살짝 고개를 들어 태무열을 응시하였다. 그 시선이 칼날 같아서 태무열은 잠시 긴장했지만, 쫄 거 없었다. 그도 같은 태 씨였다. 태무진을 무서워하는 다른 사람들과는 급이 달라야 했다.

"돈 장난치다 걸리면 내가 제일 먼저 국세청에 세무 조사 요청할 겁니다."

태무진의 경고에 태무열의 입가에 작은 경련이 일었다. 할 말을 끝낸 태무진은 먼저 자리에서 일어났다.

차에 올라탄 무진은 태블릿 PC를 열어 이미 모아놓은 태무열 부자의 비자금 조성 내역을 보았다. 뿌린 뇌물만 백억을 훌쩍 넘어가고 있었다. 그러니 개인 비자금을 얼마나 숨겨놓았는지는 안 봐도 뻔했다.

비서실장이 말했다.

"생명 보유 지분이 너무 많아서 완전히 생명에서 손 떼게 하는 건 힘들 겁니다."

"사장만 바꾸면 돼요."

무진은 백부와 사촌에게 아버지만큼 악감정은 없었다. 단지 그들의 무능이 싫을 뿐이었다. 차라리 죽은 태성 건설 박 사장이 그들보다는 몇 배 유능했다.

"회사로 가요."

오늘 스케줄은 다 끝났지만 태무진 사장은 퇴근할 생각이 없어 보였다. 흔한 일이었기에 비서실장은 군말 없이 운전기사에게 회사로 가라고 전했다.

"어?"

회사에 거의 다 왔을 때 비서실장이 창밖을 보고 놀란 표정을 지었다. 연정우랑 천수연이었다. 친한 사이가 맞긴 맞나 보다. 천수연이 회사를 나가서도 만나는 걸 보니. 거기다 천수연은 지금 대리에서 대표로 고속 승진을 한 상태인데도 두 사람 사이는 똑같아 보였다. '이러다 둘이 결혼하는 것 아냐?'라고 생각하며 앞으로 고개를 돌리던 비서실장은 룸미러에 보이는 태무진 사장의 얼굴을 보고 흠칫했다. 그는 굉장히 무서운 표정으로 창밖을 보고 있었다.

설마 연정우랑 천수연을 보고 있는 건 아니겠지? 에이, 그럴 리가.

사촌과 백부를 어떻게 무찌를지 생각하고 계신 것이다. 그게 분명했다. 우리 사장님이 어떤 분인데. 피도 눈물도 없는 북극 호랑이다.

하! 연정우, 기어코 연락을 했네.

연정우가 연락을 한다고 덥석 나온 천수연도 못마땅하기는 마찬가지였다.

왜 이미 퇴사한 회사 동료를 만나는가, 시간 아깝게.

무진은 자신도 마찬가지로 퇴사한 회사 동료라는 생각은 하지 못하고 천수연의 행동을 속으로 나무랐다. 무진은 핸드폰을 꺼내 천수연에게 전화를 걸었다. 저 다정한 꼴을 천수연이 퇴사한 뒤에도 보아야 하는 건 참을 수 없었다.

Rrrrrrrr— Rrrrrrrrr—.

무진은 신호음이 흐르는 동안 거리에서 나란히 서 있는 연정우와 천수연한테서 눈을 떼지 못했다.

술은 그녀가 오랜만에 마신 건데, 연정우가 취하도록 마셨다.

"천 대리, 내가 집까지 바래다줄게."

"똑바로 걷기나 해요. 차 어디 뒀어요?"

"내 차? 회사에 있는데."

회사 근처라 걸어왔다는 것이다.

"그럼 그냥 택시 타고 갈래요?"

"아냐! 내가 데려다줄게."

연정우가 갑자기 그녀의 손을 잡고 앞으로 걸어가는데 이 순간만은 술 취한 사람 맞나 싶을 정도로 행동이 정확했다.

"연 대리님, 잠깐만! 이 손 좀 놓고……."

그래도 남자라고 그녀의 힘으로 그에게 붙잡힌 손을 풀어낼 수 없었다. 도대체 그녀를 끌고 어딜 가는 건가 싶었는데, 가는 방향을 보니 그의 차가 있는 태성으로 가는 것 같았다. 거기까지 갔다가 태무진 사장이라도 마주치면 큰일이었다. 지금 이 술 마시며 놀러 다닐 상황이냐고 혼날 게 뻔했다.

"연 대리님, 저 대표라서 운전기사 딸린 차 있어요. 기사 부르면 돼요."

그 말에 연정우가 겨우 발걸음을 멈추었다. 그리고 휙 돌아서서 그녀를 쳐다보는데 눈빛이 뭔가 심상치 않았다.

"천 대리, 이제 대표 돼서 대리인 나랑은 상대하기 싫어?"

갑자기 왜 어울리지도 않는 자기 비하인가 싶었다.

"아니에요. 제가 그럴 리가 없잖아요."

"그래, 나도 천 대리가 그런 사람은 아니라고 생각했어."

이젠 두 손이 다 잡혔다.

뭐야, '세세세'라도 하자는 건가.

"천 대리. 나 말이지, 사실은 천 대리를 아주 많이……."

뭔가 불길하다. 이다음 말을 들으면 안 될 것만 같은 예감이 강하게 들었다.

Rrrrrrrrr— Rrrrrrrrr—.

그때 타이밍이 기가 막히게도 그녀의 전화가 시끄럽게 울려 댔다. 수연은 연정우에게 잡힌 손을 억지로 빼내며 서둘러 핸드폰을 꺼냈다.

"연 대리님, 저 잠깐 전화 좀……."

수연은 급한 마음에 발신자도 확인하지 않고 바로 받았다.

"여보세요."

[제 옷 찾았습니까?]

그녀는 그대로 굳어버렸다. 태무진 사장은 선녀가 아닌 줄 알았는데, 맞았나 보다. 자기 옷에 대한 집착이 너무 심했다.

"그게, 저기…… 제가 가정부 아줌마한테 물어봤는데……."

설마 직접 전화까지 걸어 찾을 줄이야!

도대체 얼마짜리 옷인 거야?

"……드라이클리닝 하려고 세탁소에 맡겼는데, 거기서 분실되었나 봐요."

[세탁소 이름이 뭡니까?]

세탁소까지 찾아가겠다고?

그녀는 이제 좀 무서워졌다. 그녀가 옷 도둑이라는 걸 태무진 사장이 알게 되면 경찰에 신고라도 할 것 같았다.

"제가 갈게요! 제가 꼭 찾을게요!"

[그럼 지금 당장 가서 찾아요.]

"넵!"

수연은 멍하니 서 있는 연정우를 돌아보며 급하게 말했다.

"대리님, 저 급한 일이 생겨서 가봐야 할 거 같아요."

"뭐? 무슨 일인데?"

"다음에 말씀드릴게요. 택시!"

그녀는 경찰에 쫓기는 도둑처럼 마음이 급해서 보이는 택시를 향해 손을 번쩍 들었다. 택시는 바로 그녀의 앞에서 멈추어 섰다.

순식간에 천수연이 택시를 타고 떠나버리자 연정우는 허망한 눈으로 택시 뒤꽁무니만 바라보았다.

"고백하려고 했는데."

설마 그걸 태무진 사장이 망친 줄은 연정우는 전혀 짐작조차 못 했다.

급하게 집에 온 수연은 옷걸이에 걸어놓은 태무진의 재킷을 원망 어린 시선으로 쳐다보았다.

"옷 한 벌도 용납을 안 하네."

그래, 내가 보내준다.

미련 따위, 싹 다 담아서 같이.

1층에 있던 박 씨가 남자 옷을 들고 내려오는 그녀를 보고 의아해하며 물었다.

"옷 들고 어디 가?"

"세탁소요!"

짝사랑도 깨끗이 드라이클리닝 할 수 있다면 정말 같이 세탁소에 맡기고 싶은 날이었다.

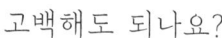

고백해도 되나요?

사장실로 빨간색 선물 상자 하나가 배달되었다.

"천 대리가 사장님께 선물을 보냈나 보네요."

아니, 그의 옷이었다. 그것도 그가 당장 찾으라고 강요했던.

이렇게 돌려받게 되니 기분이 찝찝했다. 천수연한테 옷 하나도 아까워서 남 주지 못하는 좀생이로 보일 것 같았다.

무진은 상자 뚜껑을 열었다. 세탁된 옷과 함께 카드가 들어 있었다. 무진은 혹시나 하는 마음을 품고 카드를 열어보았다.

> 사장님 옷 제대로 관리 못해
> 정말 죄송합니다.

그의 눈꼬리가 아래로 내려갔다.

연정우랑은 웃으며 술 마시고, 나한테는 죄송하다 사과만 하고.

그때 노크 소리가 들리고 하필이면 연정우가 들어왔다.

"사장님, 새로운 직원이 왔습니다. 지금 인사……."

"나중에."

그의 싸늘한 한마디에 연정우는 바로 문을 닫았다.

천수연이 나간 자리에 새로운 직원이 들어왔다. 다른 부서에서 이동해 온 우수정 대리였다. 연정우가 제일 불만이었다. 막내가 들어올 줄 알았더니 입사 동기가 온 것이다. 그가 사수인데도 불편하기 짝이 없었다.

"앞으로 잘 부탁드립니다."

연정우는 한숨을 내쉬며 고개를 숙였다. 비어 있는 천수연의 자리에 다른 사람이 채워지니 진짜 그녀가 떠났다는 게 실감이 났다.

"사장님 커피는 제가 타야 하는 거죠?"

옆자리에 앉은 우수정은 그에게 질문을 던졌다.

"사장님은 커피 끊으셨어요."

"네? 왜요?"

그걸 그가 어찌 아나. 사장님 기호인데.

"저 바리스타 자격증 있는데."

여기는 네 바리스타 자격증 자랑하는 곳이 아니란다.

이벤트 페이지 컨펌을 대표실로 직접 받으러 오는 오지안은 항상 얼어 있었다. 오늘이 다섯 번째이니 그럴 만하긴 했다.

"내가 계속 수정하라고 하니까 짜증 나죠?"

그녀의 물음에 오지안은 기겁하며 손사래를 쳤다.

"아닙니다! 제가 부족해서인걸요."

수연은 웃으며 말했다.

"오지안 씨가 부족한 게 아니라 내가 욕심이 많아서 그래요."

어떻게든 사람들의 이목을 끌어야 했다.

"오지안 씨는 디자인 실력이 좋아요. 느낌이 따뜻하고 개성도 있고."

그녀의 칭찬에 오지안은 몸 둘 바를 몰라 했다.

"아버지가 들고 다닌 가방이 가온 가방이어서 그걸 꼭 리폼해보고 싶다는 팀 지원 동기도 마음에 들고."

아버지란 사람들은 왜 오래된 가방을 고집하는지.

그녀의 아버지도 그랬다.

"이제 홈페이지에 올리면 되겠네요."

통과라는 말에 오지안은 믿기 힘들다는 표정을 지었다.

"진짜 이대로 올려요?"

"네, 오지안 씨랑 내 첫 작품이네요. 우리 잘해봐요."

수연은 앞으로 손을 내밀었다. 오지안은 그 손을 두 손으로 붙잡으며 감격한 목소리로 말했다.

"대표님은 너무 아름다우세요."

순간 어떤 남자가 했던 말이 떠오르며 수연의 심장이 찌릿했다.

— 아름다웠지.

그 말은 그녀의 환청이었을까, 정말 그가 한 말이었을까?

수연은 오지안을 보내고 핸드폰을 집어 들었다.

확인하고 싶었다. 한 번은 꼭.

> 혹시 마지막 야근 날 사장님이 엘리베이터에서
> 저한테 했던 말 기억하세요?

오케이, 이 정도가 딱 좋아.

수연은 태무진 사장에게 메시지를 보내고 뚫어지게 핸드폰
을 바라보았다.

삑삑—.

메시지 도착 알람이 울렸다. 수연은 떨리는 손가락을 핸드
폰으로 가져갔다. 마치 로또 1등을 확인하는 마음으로.

과연 꽃이냐, 똥이냐.

> 천수연 대표야말로 잊은 거 없습니까?

태무진의 답장은 꽃도 똥도 아니었다.

굳이 따지자면, 오리발?

자기가 기억 못 하니까 그녀한테 덤탱이를 씌우는 건가 싶
었다.

> 전 그런 거 없는데요.

그녀는 당당히 써서 보냈다.

> 실망이군요. 그래도 약속은 약속인데.

돌아온 태무진의 메시지에 그녀는 기함했다.

실망이라니! 내가 뭘 잘못했다고!

난 약속 어긴 거 없⋯⋯.

그녀의 눈이 소파 테이블에 놓여 있는 잡지에 닿았다.

그러고 보니 인터뷰가 실린 잡지를 보내준다고 했던 것 같기도 한데, 설마 그거겠는가.

다른 사람도 아니고 태무진 사장인데. 그가 설마 고작 잡지 한 권에 집착할 리가⋯⋯.

옷에 집착하는 것을 보면 그럴 수도 있을 것 같기도 하고.

> 혹시, 잡지?

삐삑—.

답변이 그 어느 때보다 빨리 왔다.

> 오늘 받고 싶군요.

뭐지?

머릿속이 물음표로 가득 찼다.

결국 잡지에 휘말려 진짜 듣고 싶은 말은 듣지도 못했다. 수연은 차마 다른 것도 아니고 그녀의 얼굴이 실린 잡지를 퀵으로 보낼 수는 없었다.

비서실 직원들이 얼마나 놀리겠나. 자뻑이라고.

그렇다고 보내는 사람을 안 적을 수는 없었다. 보낸 이가 불분명한 건 태무진 사장한테 아예 전달되지 않았다.

퇴근 시간이 가까워져 오도록 잡지가 오지 않자 무진은 기다리는 걸 포기했다.

그냥 우편으로 보낸 건가?

괜히 기다렸다가 더 실망했다.

결국 무진은 원래 자신의 계획대로 하기로 했다. 퇴근할 때 서점에 들러야겠다. 오늘 꼭 보고 싶어졌다.

무진은 퇴근 계획을 세우자마자 키폰으로 비서실에 전했다.

"오늘은 제가 직접 운전할 겁니다."

[네? 네. 알겠습니다.]

비서실장이 의아해했지만 굳이 이유는 묻지 않았다. 잡지를 직접 사기로 결정을 내린 무진은 그제야 홀가분한 마음으로 일에 집중했다.

오늘 마지막 일은 글로벌 인재 양성 프로그램인 GBP에 뽑힐 인력의 선발 기준을 검토하는 것이었다. 태성 그룹은 인재 양성에 아낌없는 투자를 하고 있었다.

"파견 기간은 6개월에서 1년으로 늘리죠."

그의 지시에 담당자는 바로 그 자리에서 수정했다.

"연계되는 사업도 더 다양해졌으면 좋겠는데. 네트워크 쪽으로 알아봐요."

회사의 모든 일은 결국 성과였다. 세세한 부분까지 검토를 끝낸 뒤 무진은 담당자를 보냈다. 그리고 그도 퇴근 준비를 했다. 저녁 7시. 평소보다는 이른 퇴근이었다.

그가 퇴근 전이었기에 비서실 직원들도 아직 전부 남아 있었다.

"저는 먼저 퇴근합니다."

비서실 직원들이 놀란 눈으로 배웅 인사를 했다. 워커홀릭이 웬일인가 싶었다. 오늘 야근 순번이었던 연정우 대리만 계탄 날이었다. 태무진 사장이 일찍 퇴근하는 걸 처음 보는 우수정이 연정우 대리에게 슬쩍 물었다.

"혹시 데이트 가시는 거예요?"

연정우는 딱 잘라 대답했다.

"우리 사장님은 그런 거 안 합니다."

"네? 왜요?"

아무래도 우수정은 사장님께 너무 사적인 관심이 많았다.

"사장님 사생활 관심 금지. 오케이?"

사수답게 경고해주고 퇴근 준비를 하는데 연정우의 핸드폰이 울렸다. 천수연이 보낸 메시지인 것을 알고 그는 신이 나서 확인했다. 마침 일찍 퇴근하게 되었으니 아주 나이스 타이밍이었다.

사장님 벌써 퇴근했어.

연정우가 보낸 메시지를 보고 수연은 자기 눈을 의심했다. 말도 안 되었다.

모임이 있는 날도 아닌데, 어떻게 벌써 퇴근한단 말인가!

당연히 워커홀릭인 태무진 사장이 회사에 있을 거라고 생각했다. 수연은 난감한 눈으로 들고 온 잡지를 내려다보았다. 미리 연락했다가 퇴짜 맞을까 봐 일부러 안 했는데 결국 오늘은 뭘 해도 못 만나는 것이었나 보다. 약속 있어서 일찍 퇴근했을 테니까 지금 연락할 수도 없었다.

우리 만나서 또 치맥 할까?

그녀가 만나자고 연락한 줄 알고 연정우 대리가 메시지를 보내왔다. 수연은 힘없이 답변을 적었다.

아뇨, 다음에.

수연은 한숨을 내쉬며 창밖을 보았다.

오랜만에 일찍 퇴근했는데, 이제 어디로 가지?

다시 회사로 갈 수도 없었고, 그렇다고 집에 들어가고 싶지도 않았다.

무진은 번잡한 서점 안에 들어선 순간 잠시 걸음을 멈추었다. 이 사람 많고 복잡한 서점 안에서 천수연이 나온 잡지를

찾는다는 게 꽤 쉽지 않은 일로 여겨졌다.

분명 잡지 코너가 따로 있을 것이다.

무진은 처음 와본 서점에서 무작정 앞으로 걸어갔다. 긴 다리로 거침없이 걸어가니 꼭 런웨이 위의 모델처럼 자신감이 넘쳐 보였지만, 마음속에서는 '난 누구? 여긴 어디?'라는 메아리가 울리고 있었다.

맞은편에서 엄마와 걸어오던 작은 여자아이가 그를 보고 걸음을 멈추며 손가락으로 대뜸 가리켰다.

"엄마, 연예인."

그 말에는 그가 움찔했다. 순간 욕이라도 들은 듯한 기분이었다. 정말 그런 건지 아이의 엄마가 당황해서 손으로 아이의 입을 가렸다.

무진은 못 들은 척 모녀를 무심히 지나쳐 걸어갔다. 이 정도로 포기할 수는 없었다. 아이가 생각 없이 한 말이었다. 중간에 또 소란스러운 여고생들을 마주치기는 했지만 어린아이처럼 그를 손가락으로 가리키지는 않았다.

항상 어른들만 있는 세상 속에 있다가 그렇지 않은 곳에 뚝 떨어지니 정신이 산만해지는 것 같았다. 어서 빨리 잡지를 찾고 나가야 했다. 마음은 급했지만, 걸음은 절대 여유를 잃지 않았다. 시선도 결코 무인도에 떨어진 것처럼 두리번거리지 않았다.

우뚝, 무진의 걸음이 멈춘 건 그가 처음 들어왔던 입구 근처였다. 그래도 결국 찾았다는 것에 만족하기로 하며 무진은 수

많은 잡지 중 L매거진을 찾았다. 생각보다 금방 찾을 수 있었다.

무진은 바다에서 대어를 낚은 낚시꾼처럼 잡지를 집어 들었다. 잡지는 랩핑되어 있어서 결제해야 볼 수 있었다. 무진은 바로 잡지를 들고 계산대로 향했다. 어쩔 수 없이 그의 걸음이 좀 빨라졌다.

계산대에는 줄이 있었다. 살면서 줄이라는 걸 서본 적 없는 무진은 잠시 당황했다. 하지만 이 잡지를 사야 볼 수 있었기에 무진은 줄 가장 뒤에 가서 섰다.

어차피 계산할 거니까 이젠 봐도 되겠지 싶어서 비닐을 뜯어냈다. 휘리릭 잡지를 넘기던 그의 손이 천수연을 발견하자 멈추었다.

사진 속 천수연은 또 다른 느낌으로 새로웠다.

피부는 티끌 하나 없이 희고, 눈은 밤하늘에 박힌 별처럼 초롱초롱하고, 코는 매끄럽게 뻗었다가 부드럽게 마무리되고, 입술은 입꼬리가 웃는 듯이 올라가 그녀의 사랑스러운 인상을 친밀하게 완성하였다.

나의 비서 천수연은 더 이상 없지만, 그녀는 여전히 아름다웠다.

수연은 결심했다. 태무진 사장에게 전화해보기로.

잠깐 잡지만 주고 갈 거라고 하면 설마 매몰차게 필요 없다고 하겠나. 오늘 잡지를 보고 싶다고 한 건 그였으니까.

수연은 비장한 마음으로 통화 버튼을 눌렀다.

Rrrrrrrrr— Rrrrrrrrrr—.

달칵—.

전화가 걸려버리자 수연은 서둘러 자세를 고쳐 앉았다.

"여보세요?"

[천수연 대표?]

네가 왜 전화했냐는 뉘앙스였기에 수연은 위축되었다. 그런데 그의 주위가 좀 소란스러운 것 같았다. 태무진 사장이 시끄러운 곳을 다닐 리가 없는데.

"지금 어디세요?"

[아, 밖입니다.]

그건 나도 안다고!

"중요한 약속이세요?"

[그건 아닌데.]

안 중요한 약속이라는 말에 수연은 마음이 놓여서 밝게 말했다.

"그럼 제가 그쪽으로 가도 될까요? 잡지 드리려고 가져왔거든요."

[……]

대답이 없었다. 역시 내가 오버한 거였나.

"잠깐이면 되는데. 잡지만 드리고 갈게요."

오버에 질척이기까지. 더 나가면 안 되었다.

여기서 멈춰야 했다.

태무진 사장이 귀찮게 하는 거 얼마나 싫어하는데!

[내가 그쪽으로 가죠. 어딥니까?]

여기로 온다고?

생각도 못 한 태무진의 말에 수연의 눈이 커졌다.

수연은 근처 카페에서 태무진 사장이 올 때까지 기다렸다.

도대체 어디서 누굴 만난 거지?

옛 비서의 촉으로 추리해봐도 도통 감이 안 왔다.

"와! 저 남자 봐. 죽인다."

"어머, 한국인 맞아? 키 엄청 큰데."

뒷자리 여자들이 하는 말을 듣고 수연은 설마 하며 통유리 쪽으로 고개를 돌렸다. 태무진 사장이 긴 다리로 시원하게 걸어오고 있었다.

카페 문이 열리며 훤칠한 키에 고급스러운 슈트를 빼입은 그가 들어서자 소란스럽던 카페가 잠시 조용해진 것 같은 느낌마저 들었다.

그가 나타나는 곳마다 관심의 중심은 당연하다는 듯이 그에게 옮겨갔다. 회사에서는 그게 권력의 힘이라고 생각했는데, 밖에서도 그러는 걸 보니 외모의 힘도 엄청난 것 같았다.

태무진 사장이 그녀가 있는 자리로 곧장 걸어오자 뒷자리 여자들의 목소리가 점점 고조되었다.

"어머, 이쪽으로 오네."

"설마 우리한테 오나?"

너희들 눈에 혼자 앉아 있는 난 투명 인간이니?

"오래 기다렸습니까?"

태무진 사장이 그녀에게 말을 거는 순간, 뒷자리의 수다가 뚝 끊겼다.

"아뇨. 생각보다 일찍 오셨네요."

무진은 근처 서점에 있었다고는 입이 찢어져도 말할 수 없었다.

"여기, 잡지요."

그녀는 바로 잡지를 그에게 내밀었다.

"고마워요."

말은 그렇게 하는데, 잡지를 열어서 그녀의 인터뷰를 보지도 않았다.

수연이 보기에는 좀 시큰둥한 반응이었다. 그녀는 진짜 괜히 왔다고 생각하며 커피를 한 모금 마셨다. 그런데 태무진 사장은 일부러 여기까지 온 그녀가 신경이 쓰이는 듯했다.

"보답하고 싶은데, 원하는 거 있습니까?"

고작 잡지 한 권에 보답하라고 하면 완전 날강도였다. 하지만 이 기회를 놓치면 언제 또 볼지 모를 남자였다. 그래서 수연은 말했다.

"물어볼 거 있을 때 전화해도 되나요?"

그녀의 말에 무진은 느릿하게 눈을 깜빡였다.

지금까지 그러고 있지 않았나?

"제가 지금까지는 정말 눈치가 보여서 고민하다가 연락드린 거였거든요. 그런데 사장님이 그래도 된다고 허락해주시면 제가 전화 드릴 때 좀 편한 마음으로 할 수 있을 거 같아서요."

수연은 쉬지도 않고 속사포 랩을 하듯이 말했다. 이런 말은 한 번 용기 냈을 때 하지 않으면 절대 못 할 말이었으니까.

그런 그녀를 말없이 쳐다보던 무진이 나직이 물었다.

"내가 어렵습니까?"

어, 겁나 어려워.

속마음은 그렇지만 어떻게 감히 그걸 태무진 사장 앞에서 솔직하게 말하겠나. 비록 그녀는 퇴사했지만, 그는 여전히 이 사회에서 독보적인 사업가였다. 그녀 같은 피라미 대표가 함부로 대적할 수 없는.

"존경하는 거죠."

그러니까 어렵다는 뜻이었다.

무진은 그녀가 준 잡지를 내려다보았다.

아까 서점에서 그녀의 인터뷰를 다 읽었다. 거기엔 그에 관한 질문도 있었다. '태성 그룹 태무진 사장의 비서로 일했던 경험은 어땠냐.'고.

'태무진 사장님이 태양이면, 전 달이었죠.'

태양과 달은 평생 마주칠 수 없다. 그러니 이리 마주 앉아 있어도 그들 사이에는 태양과 달만큼의 거리가 있는 것이었다. 그는 사람을 그의 발아래에 무릎 꿇리는 법은 알아도, 사람과 가까워지는 법은 알지 못했다.

하지만 천수연은 천성이 밝은 사람이니까 알고 있을 것이다. 그럼에도 그에게 절대 다가오지 않고 일정한 거리를 유지했다. 그게 서운한 건 아니었다. 남의 마음은 강요할 수 있는 건 아니었으니까.

"전화해도 됩니다."

그의 허락에 수연의 표정이 밝아졌다. 하지만 그 말이 그가 그녀에게 좀 더 다가가고 싶은 마음의 표시라는 건 그녀는 결코 모를 것이다. 그걸 눈치채기엔 지금 그들 사이의 거리가 너무 멀다.

그녀가 웃으니 무진은 꼭 그녀가 태양 같고 그가 달 같았다.

그래도 결국 닿지 않는 건 똑같네. 젠장.

리폼 이벤트를 진행하면서 가온 가방에 얽힌 고객들의 사연이 쏟아지기 시작했다. 리폼 사업 팀 지원자를 받을 때와는 다른 온도와 속도였다.

"와, 가온이 오래되긴 오래됐네요. 사연이 천차만별이에요."

비서실 직원들은 고객 사연을 읽는 데 많은 시간을 할애해야 했다. 아직 리폼 사업 팀이 없었기에 대표실의 일이 되어버린 것이다.

"그래도 반응이 좋아서 다행이네요."

수연의 선택은 옳았다. 왜냐하면 그녀의 성장에 가온도 함께였으니까. 그래서 가온에 가장 잘 어울리는 사업을 생각해 낼 수 있었던 것이다.

장 실장의 말에 수연은 웃으며 고개를 끄덕였다.

"이제 직원들의 반응도 따라와주면 좋겠네요."

"그럴 겁니다."

고객이 적극적으로 원하는 일을 가온 직원이 밀어낸다면 그건 가온이 잘못되어도 상관없다는 뜻이니까. 가온에 그런 직원은 없을 것이라고 믿고 싶었다.

수연은 병상에 누워 있는 아버지에게도 리폼 이벤트에 쌓인 고객들의 사연을 보여주었다.

"아버지, 벌써 고객 사연이 1,000개가 넘었어요."

그만큼 가온 가방이 오래도록 사람들에게 인정받고 사랑받았다는 뜻이었다.

"어떤 고객은 가온에서 처음 나온 가방을 할아버지가 아직도 쓰고 계신대요. 튼튼해서 여전히 멀쩡하다고."

수연은 사연 하나하나를 아버지한테 읽어주었다. 부디 이 사연들이 아버지의 의식에 닿아서 일어날 힘을 주었으면 좋겠다는 마음으로.

수연은 아버지 옆에서 또다시 기사가 뜬 태무진 사장의 스캔들을 읽었다.

유지나 아나운서, "첫눈에 반했어요."

KCS 방송국 유지나 아나운서는 긴 침묵 끝에 T그룹 사장과의 열애를 수줍게 고백했다. 서로 바빠서 자주 만나지는 못하지만 매일 전화 통화를 하며 사랑을 키워가고 있다고 했다.

유지나 아나운서가 T그룹 사장과 결혼하면 아나운서 중에서는 세 번째로 재벌가 며느리가 되는 셈이었다.

결혼에 관한 질문에 유지나 아나운서는 조심스러운 입장을 밝혔다. 상대방에게 폐를 끼치고 싶지 않다며 많이 배려하는 모습이었다.

이번엔 아나운서 쪽에서 낸 기사였다. 유지나 아나운서는 전국적으로 대놓고 자신이 태무진 사장에게 반했다고 선언을 했다. 태무진 사장과 매일 사랑의 통화를 한다니. 그런 태무진 사장은 도저히 상상이 안 되었다. 스캔들 기사 속 태무진 사장은 그녀가 아는 태무진 사장이 아닌 것만 같았다.

어쨌든 참 대단한 여자라는 생각이 들었다. 그녀는 4년을 옆에 붙어 있었는데도 좋아한다는 고백조차 못 했는데, 이 여자는 전국 스케일로 고백을 했으니까. 어쩌면 태무진 사장이 회장님이 잡은 결혼식 때문에 일부러 아나운서를 만나는 걸 수도 있겠다는 생각이 들었다. 아니면, 진짜 유지나 아나운서가 마음에 들었던가.

둘 중 어느 쪽이라도 질투가 났다. 참을 수 없을 정도로.

그리고 그런 감정을 다스리지 못하는 자신이 너무 못나서 더 힘들었다.

　태준석 회장은 아나운서 쪽에서 고의로 퍼트린 스캔들 기사를 알면서도 방관했다. 확인하고 싶은 게 있어서였다.

　과연 이번에도 태무진이 집 나간다는 소리를 하는지.

　달칵―.

　퇴근한 태무진이 안방의 문을 열고 그에게 인사를 했다.

　"다녀왔습니다."

　허무할 정도로 평소와 똑같은 인사였다. 또 터진 자기 스캔들을 모를 리가 없었다.

　"오늘은 왜 집 나간다는 소리 안 하냐?"

　그가 먼저 역공하자 태무진은 짧게 한숨을 내쉬었다.

　"쉬세요."

　스캔들 또 터트리면 각오하라고 말할 때는 언제고, 쉬라니!

　태준석 회장은 돌아서는 태무진의 등에 대고 삿대질을 하며 따졌다.

　"네가 생각해도 말이 안 되지 않냐? 천수연 스캔들 기사 내면 집 나간다고 아비를 협박하더니, 지금은 아무 말도 없고!"

　"알겠습니다. 그럼 지금 짐 싸서 집 나갈게요."

　그 말에 태준석 회장은 긁어 부스럼을 만든 걸 알고 놀라서 벌떡 일어나 손사래를 쳤다.

　"아니다. 오늘은 이만하자. 내 더 이상 아무 말도 안 하마."

　태무진은 조용히 태준석 회장을 쳐다보다가 몸을 돌려 가버렸다.

　태준석 회장은 서둘러 집사를 불러서 아들 방 동태를 살피라고 했다. 가방 싸서 나오면 바로 막으라고.

　하지만 그날 밤 자기 방에 들어간 태무진은 다시 나오지 않았다. 결국 부등호의 방향은 스캔들이 아니라 천수연 쪽이었던 것이다.

　태준석 회장은 생각이 많아졌다. 이게 스캔들 폭탄을 막으려는 태무진의 속임수인지, 아니면 진짜 기회인지.

　진짜라고 하기에는 치밀한 태무진답지 않게 너무 쉽게 들켰다. 천수연과의 스캔들을 터트리면 정확히 알 수 있을 테지만, 그건 결과가 너무 무서워서 차마 시도할 수 없었다. 그는 아들을 결혼시키려는 거지, 아들과 절연하겠다는 게 아니었으니까.

　이정희 과장은 사표를 태무진 사장에게 내밀었다. 결국 또 스캔들은 터졌고, 태무진 사장은 반드시 책임을 물을 것이라고 미리 엄포를 놓았으니까. 이게 사표 쓸 정도의 일은 아니라고 해도 앞으로 일이 흘러갈 방향을 예상해보았을 때 처음부터 초강수로 몸을 납작 엎드리는 게 나았다. 매번 스캔들 터질 때마다 허리를 숙이느니.

　태무진 사장은 무거운 표정으로 이정희 과장의 사표를 쳐다보았다.

"정말 죄송합니다. 저의 능력 부족인 거 같습니다."

이정희 과장은 머리가 무릎에 닿을 정도로 고개를 숙였다.

톡, 톡.

태무진 사장의 손가락이 책상을 일정하게 두드리는 소리가 들려왔다. 생각하는 중이라는 뜻이었다.

이정희 과장도 태무진 사장이 진짜 사표를 받기를 바라서 낸 사표가 아니었다. 지금은 이것 말고는 달리 방법이 없어서 낸 것이었다. 회장실의 힘은 너무 막강했고, 태무진 사장은 여자 보기를 돌같이 하고, 결혼식 날짜는 여전히 멀었고. 생각하면 할수록 막막할 뿐이었다. 정말 이 위기를 뚫고 나갈 방법이 있긴 한 것인가.

툭.

소리가 멈추고 태무진 사장이 드디어 입을 열었다.

"그럼 이렇게 하죠."

이정희 과장은 고개를 들어 태무진 사장의 얼굴을 보았다. 우선 사표를 수리한다는 말이 아니라는 것에 일말의 희망이 생겼고, 태무진 사장이 무언가 결단을 내렸다는 것에 더 큰 희망을 품었다. 태무진 사장은 위기 앞에서 무릎을 꿇은 적이 한 번도 없는 사람이었다. 그러니 이번에도 뚫고 나갈 방법을 찾았을 것이다.

"우선 유지나 아나운서를 명예훼손으로 고소해요."

시작은 태준석 회장이었다고 해도, 유지나가 거짓말로 스캔들을 키우고 있는 건 사실이었다. 감히 태성 그룹 사장을 우습게 안 대가를 유지나는 반드시 치러야 했다.

하지만 유지나만 막는다고 이 사태가 끝나는 건 아니었다. 유지나는 졸개였고, 악당 보스는 태준석 회장, 그의 아버지였다. 아버지는 그에게 결혼식에 같이 들어갈 신부가 나타날 때까지 절대 멈추지 않을 테니까. 그러니 아버지의 손과 발을 묶을 수밖에 없다.

"그리고 우리 쪽에서 먼저 기사를 내죠."

그들이 먼저 낼 기사가 뭐가 있단 말인가? 지금껏 사장실은 회장실에서 내는 기사도 막지 못해 전전긍긍해왔었다.

"태성 그룹에서 취업난 때문에 힘들어하는 젊은 세대를 위해 50억을 기부한다고 기사 써요."

"네?"

태무진 사장은 거침없이 말했다.

"스캔들 날 때마다 기부액은 배로 뛸 거라고 회장실에 전하십시오."

헐! 스캔들 기사 한 번에 50억?

다음 스캔들이 터지면 100억이다.

그리고 그다음 스캔들은 200억!

이정희 과장은 갑자기 현기증이 올라왔다. 도대체 이걸 회장실에서 어떻게 받을지 감도 안 왔다. 태준석 회장이 혈압으로 쓰러져 병원으로 실려 가는 거 아닌지 모르겠다.

하지만 태무진 사장은 아주 깔끔하게 마무리까지 지었다.

"아! 기부자 이름에 태준석 회장 이름 꼭 넣어요."

이참에 피도 눈물도 없는 사업가를 자선사업가로 신분 세탁해주려는 아들을 과연 아버지는 효자로 여길 것인가? 아니면, 불효자라고 생각할 것인가?

수연은 집에 와서도 고객들이 리폼 이벤트에 남겨준 사연을 읽다가 핸드폰으로 시선을 돌렸다.

— 전화해도 됩니다.

태무진 사장은 분명 그리 말했지만, 여전히 그에게 전화하는 건 용기가 필요한 일이었다. 수연은 한숨을 내쉬며 다시 이벤트 페이지로 시선을 돌렸다. 하지만 오래 집중하지 못하고 다시 핸드폰을 손에 잡았다.

바쁘세요?

그녀는 태무진에게 메시지를 보내고 책상에 엎드렸다.

Rrrrrrr— Rrrrrrrr—.

전화벨 소리가 울렸다. 짧은 답문일 줄 알았는데 전화가 걸려 오자 기분이 좋아졌다. 정말 깃털처럼 가벼운 마음이었다.

수연은 바로 전화를 받았다.

"여보세요."

[집입니다. 말해요.]

그래, 내가 먼저 찔러봤지.

그녀는 그의 스캔들 기사를 봤지만 태무진 사장과 이야기할 때는 감히 언급조차 할 수 없었다.

"리폼 이벤트에 고객 사연이 엄청 많이 몰렸다고요. 그거 말해주고 싶어서."

그냥 목소리를 듣고 싶었을 뿐이다.

이젠 쉽게 만날 수는 없으니까.

[네, 그럼 이제 사업 팀이 꾸려지겠네요.]

"네, 그럴 거 같아요. 감사해요."

[내가 한 건 아무것도 없습니다.]

아니다. 그가 없었다면 가온 천수연 대표는 존재하지도 않았다.

"사장님이 없었다면 제가 더 많이 힘들었을 거예요."

이 분위기에 좋아한다고 고백하면 그는 뭐라고 할까?

수연은 한 번도 그에게 고백할 용기를 내지 못했었다.

그는 너무 높은 자리에 앉아 있었고, 너무 차갑고, 너무 완벽하니까. 그녀가 비집고 들어갈 틈이 없었다.

그래도 말이라도 한번 해볼 수 있는 것 아닐까. 비록 거절 당하더라도 그녀의 마음을 그가 알게 되기는 할 테니까. 지금 말하지 않으면 영원히 기회가 없을지도 몰랐다.

"사장님, 제가 고백할 게 있는데요."

고백하려고 마음먹자마자 심장이 전력 질주하듯이 뛰기 시작했다.

천수연의 메시지가 온 건 그가 막 집에 도착했을 때였다. 편하게 전화한다고 하더니 메시지로 조심스럽게 바쁘냐고 묻는 걸 보고 충동적으로 그가 먼저 전화를 해버렸다. 집 안으로 들어가지 않고 정원에 서서 차가운 밤공기를 마시며 그녀와 통화했다.

[사장님이 없었다면 제가 더 많이 힘들었을 거예요.]

그 말을 들으니 가슴 가장 깊은 곳이 찌르르 울려왔다.

나 때문에 더 많이 힘들다는 말을 잘못 들었나?

이성은 의심부터 하고 본다. 하지만 분명 그한테 많이 의지한다는 말이었다. 무진은 자신이 누군가의 버팀목이 될 수 있다는 생각을 한 번도 해본 적이 없었다. 그는 차갑고 쌀쌀맞은 성격이었으니까. 가끔은 그보다 더 심할 때도 있었다. 그건 그의 비서를 4년이나 한 그녀도 너무 잘 알 것이다. 그런데도 그가 그녀의 힘이 되었다고 하니 무진은 머리가 몽롱해졌다. 술이라도 취한 것처럼.

그가 막 입을 떼려는데 현관에서 아버지기 걸어 나오며 외쳤다.

"이런 불효자 같으니!"

스캔들에 가격을 매긴 그의 맞수 때문에 단단히 화가 나서 그가 귀가할 때만 기다리셨나 보다.

무진은 전화에 대고 빠르게 말했다.

"나중에 통화하죠."

천수연이 고백할 게 있다고 말한 것 같은데, 나중에 듣기로 했다.

뚝—.

전화를 끊은 무진은 핸드폰을 주머니에 집어넣었다.

"너! 50억이 우습냐!"

삿대질하는 아버지에게 무진도 묵직하게 물었다.

"아버지는 기부금이 아깝습니까?"

태준석 회장은 손으로 뒷목을 잡았다. 이런 식으로 당해본 게 너무 오랜만이라서 몸이 놀랐다.

"그럼 결혼식 때까지 아무것도 하지 마세요."

태준석 회장은 신부를 구할 생각도 없으면서 결혼식을 취소해달라는 말은 끝까지 안 하는 태무진의 태도에 약이 올라 죽을 것 같았다. 이것이야말로 희망 고문이었다. 태준석 회장은 태무진한테 결혼식까지 아무것도 하지 말라는 경고를 아주 비싸게 받았지만, 그랬기에 더욱 가만히 있을 수 없었다. 자존심 때문에라도 이대로 물러날 수는 없었다.

태준석 회장은 결혼식을 담당하고 있는 윤서영 과장을 불러 지시했다.

"이젠 사장실 서포트 없이 단독으로 진행해."

"네? 네."

이번 일로 확실히 깨달았다. 사장실 비서들은 태무진 편이라는 걸. 그러라고 있는 비서였지만 감히 회장실에 맞선 대가는 톡톡히 치르게 해줄 것이다.

"그리고 태무진 사장이랑 과거에 인연이 있었던 여자들은 전부 알아봐. 그냥 한 번 스친 것도 상관없어."

결혼식은 점점 다가오고 있었고, 태무진은 정면 돌파를 생각하는 것 같고.

그럼 이제 남은 방법은 하나뿐이다.

너도 사람이니까 첫사랑 정도는 있겠지.

내가 그 첫사랑, 찾아내고 만다!

수연은 태무진 사장에게 고백을 실패하자, 좌절했다.

사람이 기껏 용기 내서 고백하려고 했는데 거기서 냉정하게 끊어버리다니.

설마 내가 좋아한다고 고백하려는 거 눈치채고 미리 차단한 건가?

그런 거라면 진짜 비참하다.

"내가 다신 고백하나 봐라."

수연은 앙심을 품게 되었다. 태무진 사장한테 전화하는 것도 이제 안 할 것이다. 그녀는 가온 일에만 매진하기로 했다.

그리고 며칠 뒤, 리폼 사업 팀이 조직되었다. 열화와 같은 지원은 끝까지 없었지만, 그래도 처음에 오지안 한 명만 지원했을 때보다는 확실히 긍정적인 상황이었다. 팀장은 디자인 팀에서 실력을 인정받은 10년 경력의 베테랑 직원으로 정했다.

"가온은 수리 서비스 시스템이 잘 꾸려져 있으니 그걸 활용하면 리폼 사업도 차질 없이 진행될 거예요."

망가진 가방을 고쳐주는 일은 가온이 창립한 이후로 꾸준히 해왔지만 리폼은 처음이라서 수연도 기대가 컸다.

"이미 인터넷으로 리폼 신청한 고객이 꽤 많습니다. 아무래도 오래된 가방을 그냥 방치해뒀다가 이번에 꺼내 보는 사람이 대부분일 거 같아요. 리폼을 신청한 고객들이 가방을 받고 정말 새로운 가방이라고 느끼는 게 가장 중요한 포인트이니 디자인 팀이 힘 좀 써주세요."

새로 팀장을 맡은 배 팀장이 남다른 각오를 보이는 눈빛으로 말했다.

"기대해주셔도 좋습니다."

새롭게 팀을 꾸린 직원들이 사기가 넘치니 수연은 결과가 나오기도 전에 기분이 좋아졌다. 결과가 어찌 나오든 수연은 이 선택을 후회하지 않을 자신이 생겼다.

이제 그녀에게는 오로지 가온만 있을 뿐이었다. 당분간 남자 생각은 하지도 말고, 해서도 안 된다. 그래서 태무진 사장이 먼저 메시지를 보냈는데도 일부러 확인하지 않았다. 보면 또 흔들릴 것 같았으니까.

앞으론 태무진 사장이라도 그녀를 흔들지 못하게 할 것이다.

chapter 6

날 좋아해줘

전화로 고백하려던 이야기는 뭐였습니까?

낮에 메시지를 보냈는데 밤이 되어도 천수연한테서 답변이 없자 무진은 이상하다고 생각했다.

이렇게 답변이 늦은 적이 없었는데. 설마, 무슨 일이 생겼나?

그는 그녀의 안부를 걱정하게 되었다. 전화하려던 무진은 시간이 너무 늦었음을 깨닫고 멈칫했다. 벌써 자정이 다 되어 있었다. 메시지에는 응답이 없고, 전화하기에는 부담되는 시간이고, 그래도 걱정은 되고.

이럴 때는 어찌해야 하는지 알 수가 없었다. 그녀가 그의 미서일 때는 이런 문제로 고민한 적이 없었다. 그녀의 보스라는 이유로 언제든지 전화할 권리가 있었으니까.

어쩐지 씁쓸한 미소가 지어지는 순간이었다. 그녀가 퇴사하자마자 그는 그녀와 완전히 단절되었으니까.

"집으로 모시겠습니다."

"아니."

운전기사가 그를 돌아보았다. '이 늦은 시간에 집이 아니라, 어디로 갈 거냐?'는 눈빛을 보내며.

무진은 잠시 말없이 앉아 있다가 입을 뗐다.

"천수연 대표 집으로 가줘요."

이미 한 번 간 적 있는 곳이라 운전기사는 별말 없이 차를 몰았다.

부우우우웅.

무진은 시트에 몸을 기대고 창밖을 보았다. 만나러 가는 게 아니었다. 그냥 불이 꺼진 그녀의 방을 보면 안심이 될 것 같았다. 참 바보 같은 짓까지 하고 있었다. 하지만 어쩌겠나, 신경이 쓰이는데.

"어?"

운전기사가 무언가를 발견하고 차의 속도를 늦추었다.

"저기, 천수연 대표 같은데……."

무진은 운전기사가 잘못 본 것이라고 생각했다. 왜 천수연이 이 시간에 길바닥에 있단 말인가. 그런데 운전기사가 가리킨 곳에 진짜 천수연이 있었다. 무진은 창문에 얼굴을 가까이 가져가며 눈을 좁혔다.

"저게 뭐 하는 겁니까?"

그의 물음에 운전기사는 조용히 알려주었다.

"인형 뽑기 하는 거 같은데요."

이 밤에 인형을 뽑는다고? 왜? 설마 또 술 마셨나?

수연은 도저히 그대로 집에 들어갈 기분이 아니라서 중간에 차에서 내려 인형 뽑기를 했다. 딱히 인형 뽑기를 좋아하는 건 아니었다. 그냥 지금은 뭐라도 머리를 텅 비게 할 수 있는 일이 필요했다.

이걸 마지막으로 한 게 중학교 때였던 것 같은데. 그때도 인형 뽑기에 성공한 기억은 없었다. 돈 먹는 기계라고 욕했던 것 같다.

인형 뽑기 기계는 오늘도 역시나 그녀의 돈만 열심히 먹어대고 있었다. 그래도 인형 하나만 뽑으면 기분이 좀 나아질 것 같기도 했다. 그녀는 한 마리만 노렸다, 되든 안 되든 무조건. 그녀가 노린 건 호랑이 인형이었다. 딱히 북극 호랑이 때문은 아니었다, 정말이다.

"그게 재미있습니까?"

"꺄아아아악!"

갑자기 들려온 태무진 사장의 목소리에 수연은 기겁하며 비명을 질러댔다.

두 손을 바지 주머니에 찌르고 서 있는 태무진 사장은 귀신이라도 본 듯이 놀라는 그녀를 보고 짧게 혀를 찼다.

"사, 사, 사장님이 왜 여기 계세요?"

천수연이 그를 귀신 보듯 하는 건 어쩌면 당연한 일이었다. 그는 이 시간에 이 거리에 있으면 안 되었으니까.

무진은 대충 둘러댔다.

"지나다가 우연히 봤습니다."

우연히 본 건 맞았다, 천수연의 집으로 가다가.

"우연히요?"

그게 어떻게 가능한지 수연은 이해가 안 되었다. 태무진 사장과 그녀 사이에 제일 생기기 힘든 게 우연이었다.

약속해서 만나든가, 몰래 가서 훔쳐보든가. 둘 중 하나만 가능한 줄 알았다.

"그럼 설마 내가 천수연 대표를 만나러 왔겠습니까?"

양심에 찔린 무진이 따지듯이 물으니 수연은 인정할 수밖에 없었다.

아, 진짜 우연이구나. 정말 신기하네.

그녀가 태무진 사장을 완전히 포기한 뒤에야 처음으로 우연히 마주치다니 말이다. 신이 날 가지고 노나, 그런 생각까지 들었다.

태무진 사장이 그녀가 하던 인형 뽑기 기계를 돌아보며 물었다.

"이걸 왜 하는 겁니까?"

"아, 그냥 심심해서."

그녀의 대답이 무진은 너무 허탈했다. 무슨 일이 생긴 줄 알고 걱정해서 여기까지 왔더니 그냥 심심하단다.

그럼 왜 내 메시지에는 답변을 안 해!

그렇게 따져 묻고 싶었지만 그럴 수 없었다. 그럼 너무 없어

보일 것 같았으니까.

"그럼 인형 하나만 뽑아서 날 줘요."

태무진 사장의 말을 듣고 수연은 자신이 잘못 들은 것이라고 생각했다. 태무진 사장과 인형은 세상에서 가장 안 어울리는 조합이었으니까.

"네? 인형을 왜……."

"좋아합니다."

순간 그녀는 심장이 철렁 내려앉았다. 태무진 사장이 빛이 넘실대는 진지한 눈빛으로 그런 말을 뱉으니 포기했던 마음이 좀비처럼 다시 살아나려고 했다.

"공짜는 뭐든."

수연은 농락당한 기분이었지만 휘청이며 인형 뽑기 기계 앞에 섰다.

그래, 뽑아서 준다. 이별의 선물로.

"기다리세요. 금방 드릴게요."

수연은 1,000원을 다시 기계에 넣었다. 그리고 현란하게 손을 풀었다. 옆에서 태무진 사장이 지켜보고 있으니 더 잘해야겠다는 욕심이 생겼다. 반드시 뽑아야 했다.

수연은 사명감을 가지고 스틱을 잡았다. 집게가 움직이자 태무진 사장의 시선이 그걸 따라 움직였다. 수연은 목표물을 노린 뒤 버튼을 힘껏 눌렀다. 집게가 아래로 내려가 하얀 호랑이 인형을 잡았다.

제발!

그대로 딸려 올라오는 줄 알았던 인형은 바로 아래로 떨어졌다. 태무진 사장이 그녀를 보았다. 이게 끝이냐는 눈빛이었다. 저 하찮아하는 눈빛을 오랜만에 보니 갑자기 막 투지가 솟았다. 수연은 지갑을 열어서 남은 1,000원짜리를 기계에 욱여넣었다.

10,000원 정도 날렸을 때 수연은 포기 선언을 했다.

"기계에 무슨 조작이라도 해놨나 봐요. 안 되겠어요."

수연은 마지막 남은 1,000원짜리 한 장을 태무진 사장에게 내밀었다.

"마지막은 사장님이 직접 하실래요?"

당연히 못 뽑을 것이다. 이런 걸 오늘 태어나 처음 봤을 텐데. 그도 그녀랑 똑같이 못 뽑아야 덜 무능해 보일 것 같아서 그녀는 그에게 남은 1,000원을 주었다. 태무진 사장은 거절하지 않고 그녀가 물러난 자리에 섰다.

그는 1,000원을 직접 기계에 넣었다. 그러고는 그녀를 한 번 쓱 보더니 고개를 돌려 스틱을 잡았다. 이 순간에도 손이 참 우아했다. 태무진 사장은 그녀를 따라하듯이 스틱을 몇 번 움직였다.

그가 버튼을 누르자 집게가 아래로 내려가 그녀가 계속 노렸던 호랑이 인형을 잡았다.

띠리리리리ㅡ.

기계 음악 소리와 함께 집게가 잡아 올린 인형을 수연은 멍하니 쳐다보았다.

어라? 잡았잖아.

툭ㅡ.

인형이 입구에 떨어지자 수연은 비명을 지르며 환호했다.

"꺄아악! 뽑았어요! 뽑았어!"

마치 월드컵에서 대한민국이 골을 넣은 것처럼 좋아하던 수연은 무언가 이상한 걸 느끼고 경악했다. 그녀가 두 팔로 붙잡고 막 흔들면서 잡아당긴 이건 분명……!

그의 팔을 놓고 당장 떨어져야 한다는 걸 알았지만, 너무 놀라서 몸이 굳어버렸다. 태무진 사장도 말없이 그녀를 쳐다보기만 하였다. 그녀가 놀라서 굳어버렸다면, 그는 스킨십에 소름 돋아서 굳어버렸나 보다.

쿵쿵, 심장 소리가 달에서 토끼가 떡방아 찧는 소리처럼 귀를 울렸다. 태무진 사장의 얼굴을 이렇게 가까이서 보기는 처음인 것 같았다. 잡티 하나 없이 깨끗한 피부는 투명하게 안이 비칠 것만 같았다. 검은 바다를 품은 눈동자 속에는 은은한 빛이 반짝이고 있었다. 그리고 수려하게 뻗은 콧날 아래 자리 잡은 입술이…….

그의 얼굴이 좀 더 가까워졌다. 그녀가 다가간 것인지, 그가 다가온 것인지 분간조차 안 되었다.

수연은 너무 긴장해서 눈도 깜빡일 수 없었다. 그의 시선이 놀란 그녀의 눈동자를 관찰하다가 점점 아래로 내려가 그녀의 입술에 닿았다. 그저 그의 눈빛이 닿은 것만으로 입술이 뜨거워지는 기분이었다.

더 이상 가까워지면 정말 위험할 것 같은 거리인데도 그는 더 다가오며 고개를 옆으로 틀었다. 키스하기 적당한 각도로.

그녀를 사로잡고 있던 그의 눈이 천천히 감겼다. 그녀도 더 이상 참지 못하고 두 눈을 질끈 감았다.

호흡도, 영혼도, 지구도 전부 흔들리고 있었다.

빠앙―.

차의 경적 소리와 함께 수연은 감은 눈을 번쩍 떴다. 그는 이미 멀어져 있었다. 마치 방금 키스할 것 같았던 순간이 거짓말인 것처럼.

"이렇게 늦은 밤에 거리에 혼자 있지 마요. 위험하니까."

그가 나무라는데도 그녀는 여전히 정신을 못 차렸다. 현실과 환상이 뒤섞인 기분이었다. 넋을 놓고 있는 그녀 대신 태무진 사장은 몸을 숙여 인형 뽑기 기계에서 인형을 꺼냈다. 그리고 그 인형을 그녀에게 안겨주었다.

"가죠. 집까지 데려다줄 테니까."

수연은 고개를 끄덕이는 것밖에 달리 할 수 있는 게 없었다. 그가 키스하는 줄 알았다. 그런 착각을 한 그녀의 뇌를 바다에 던져버리고 싶을 뿐이었다.

무진은 몸을 돌려 차로 걸어가며 눈썹을 구겼다. 차 경적 소리에 정신을 차리지 못했으면 그대로 키스할 뻔했다. 어떤 재난이 닥쳐와도 이성적인 사고에는 자신이 있었는데 말이다.

　조심하자. 힘이 되어주는 사람에서 신고당하는 사람이 될 수도 있었다.

　그녀의 집 근처에서 마주쳤기 때문에 수연의 집에는 금방 도착했다.

　"이거 정말 제가 가져요?"

　수연은 차에서 내리기 전에 태무진 사장에게 인형을 내밀었다. 그가 뽑은 인형이었으니까.

　"가져요. 난 호랑이 별로 안 좋아하니까."

　본인을 부정하고 있었다.

　"그럼 안녕히 가세요."

　밤도 너무 늦어서 그녀가 빨리 들어가야 태무진 사장도 집에 갈 수 있었기에 수연은 서둘러 차에서 내렸다.

　천수연은 순식간에 대문 안으로 사라져버렸다. 깊은 밤 속에 그 혼자 남겨졌다. 여전히 그녀의 집을 쳐다보고 있는 그에게 운전기사가 조심스럽게 물어왔다.

　"출발할까요? 사장님."

　"잠시만요."

　무진은 천수연의 방에 불이 켜질 때까지 그 자리에 있었다. 그녀의 방이 밤의 태양처럼 환해지는 순간, 무진은 확실히 깨닫고 말았다. 그가 지독한 짝사랑에 빠졌다는 걸.

이미 오래전부터 그래왔는지 몰라도 자존심이 강한 그는 그게 짝사랑이라는 걸 이제야 인정했다.

태양은 그녀였고, 그는 달이었다.

이 얼마나 머저리 같은 아름다움인가.

무진은 웃어야 할지, 욕해야 할지 알 수 없어졌다.

가온의 주식이 떨어지는 건 멈추었지만 아직 위기를 벗어난 건 아니었다.

"신영 백화점이 재계약할 때 판매 수수료를 올리겠다고 전해왔습니다."

시장 점유율의 70% 이상을 차지하는 가장 큰 시장인 백화점 입점은 포기할 수 없는 유통 채널이었다.

"가온의 백화점 판매율이 떨어졌다는 게 이유입니다."

태성에서 일할 때는 겪어보지 못한 거대 유통업체의 횡포에 수연은 머리가 아파왔다. 백화점 판매에 가장 큰 영향을 미치는 건 아무래도 홍보였기에, 홍보 방법을 바꾸어보기로 했다.

가온의 주 고객층은 30~50대였다. 리폼 사업으로 세대를 뛰어넘는 시도를 하고 있으니, 이참에 더 확장성이 있는 홍보 모델을 구해보는 것도 방법일 듯했다. 그게 먹히면 백화점 판매 수수료 문제도 자연스럽게 해결될 것이었다.

"저희도 톱스타 협찬 같은 거에 힘써보는 거 어떨까요?"

"하지만 톱스타 쪽은 거의 해외 명품을 선호합니다."

가온의 가방은 화려한 스타일은 아니었다. 주로 일하는 직장인들에게 어울릴 만한 가방이었다.

"드라마에서 대기업 직장인 역할 맡은 배우한테는 소품으로 딱이잖아요."

"그럼 드라마 쪽 PPL을 알아보겠습니다."

"제 대학 동기가 방송국에 다녀요."

그녀는 직접 연락해보기로 했다. 대학 졸업하고 처음 연락하는 것이라 민망하기는 했지만, 지금은 그런 걸 가릴 때가 아니었다.

> 안녕. 나 대학 동기 천수연이야. 기억하지?

우선 메시지로 운을 띄워보려는데 엄청 어색했다. 가온에 와서 하는 일 중 쉬운 일은 하나도 없는 것 같았다.

이정희 과장은 비서실 긴급회의를 소집했다.

"회장실에서 더 이상의 서포트는 필요 없다고 전해왔습니다. 각자 알아서 결혼식 준비하자고."

그 말이 얼마나 무서운 건지 아는 비서실 직원들은 심각한 표정을 지었다.

"그럼 이제 회장 비서실에서 무얼 준비하는 건지도 모르게 된 거 아닌가?"

비서실장의 물음에 이정희 과장은 근심 어린 표정으로 고개를 끄덕였다.

"분명 사장 비서실은 알면 안 되는 걸 작업하려고 우릴 차단한 거예요. 그걸 우리가 알아내야 합니다."

우수정은 그 말이 회장 비서실에 맞서자는 소리로 들렸기에 몸을 부르르 떨었다.

"그러다 회장님께 찍히면 잘리는 거 아니에요?"

이정희 과장은 단호하게 말했다.

"우리 보스는 태준석 회장님이 아니라 태무진 사장님입니다. 회장님은 지는 태양, 사장님은 뜨는 태양. 그리고 그 길을 갈고닦아주는 게 우리 비서진이 할 일입니다."

마치 독립투사의 결의가 느껴지는 듯한 말에 기존의 비서실 직원들은 투지가 솟아났지만, 사장 비서실에 온 지 얼마 안 된 우수정만 속으로 불안에 떨었다.

긴급회의가 끝난 뒤 우수정은 여자 화장실로 가서 조심스럽게 회장 비서실 윤서영 과장에게 톡을 날렸다.

윤 과장님, 제가 과장님 정말 존경하는 거 아시죠?♥♥♥

잊지 않고 하트도 추가해서 보냈다. 톡을 보내자 바로 '1'이 사라졌다. 우수정은 손톱을 뜯으며 윤서영 과장의 답변을 기다렸다.

사장 비서실 회의하지 않았어?

날아온 톡을 보고 우수정은 소름이 쫙 돋았다.

방송국 PD가 된 대학 동기한테서는 3일이나 지나서 연락이
왔다.

"여보세요. 천수연입니다."

[나 김정숙이야. 메시지 남긴 거 보고 전화해.]

한참 전에 남긴 거지만 개의치 않기로 했다. 그녀가 아쉬운
처지였으니까.

"전화 줘서 고마워. 우리 한번 만날 수 있을까? 내가 너 일
하는 방송국으로 갈게."

[그래, 그럼 와.]

너무 쿨하게 오라고 하니 수연은 살짝 얼떨떨했다. 친한 사
이가 아니어서 거절당할 것도 각오했었으니까. 그래도 처음은
쉽게 풀려서 다행이라고 생각했다.

수연은 장 실장에게 방송국 PD가 된 동기와 연락이 닿아서
만날 약속을 잡았다고 알렸다.

"그럼 방송국 가실 때 저도 같이……."

"아뇨, 저 혼자 갈게요. 대학 동기로 만나러 가는 건데 다른
사람 데리고 가면 좀 그렇잖아요."

그것도 맞는 말 같아서 장 실장은 알았다고 했다.

다음 날 수연은 김정숙을 만나러 KCS 방송국으로 향했다. 방송국 로비에 도착한 수연은 카페에 자리를 잡고 앉아서 김정숙에게 전화했다.

[고객님이 전화를 받지 않아서 음성 사서함으로……]

일하는 중인가?

그래도 약속을 잡고 온 것이라 수연은 메시지를 남겼다.

나 방송국 로비 카페에 있어. 메시지 보면 연락해.

커피를 마시며 기다리는데 30분이 지나도록 전화가 없자 수연은 다시 김정숙에게 전화했다.

Rrrrrrrrr— Rrrrrrrrr—.

달칵—.

다행히 이번에는 전화를 받았다.

"여보세요? 나 천수연이야."

[아! 아직도 기다려?]

그 말에 울컥하는데 김정숙이 시니컬한 목소리로 빠르게 말했다.

[촬영에 문제가 좀 생겨서. 더 기다릴래, 그냥 갈래?]

쿨하게 만나준다고 하더니, 방송국까지 일부러 만나러 온 사람에게 기다릴지 그냥 갈지를 물어보는 말도 쿨했다.

그녀는 기분이 그리 좋지는 않았지만 기다리겠다고 말했다. 이대로 아무것도 얻은 것 없이 허탕 치고 회사로 돌아가고 싶지 않았다.

기다린 지 1시간이 지났을 때 수연은 고민하게 되었다. 이대로 그냥 돌아갈 것인지, 아니면 촬영하는 곳으로 직접 찾아갈 것인지.

"유지나 아나운서 이야기 들었냐?"

옆에서 들려온 이름에 그녀의 얼굴이 저절로 돌아갔다.

"태성 사장한테 명예훼손으로 고소당했대."

"헐. 어떡하냐?"

"살려달라고 싹싹 빌었단다. 하루아침에 신데렐라 되더니, 12시 땡 치니까 버려진 거지 뭐."

수연은 유지나에 대해 말하며 걸어가는 두 사람의 뒷모습을 멍하니 쳐다보았다.

태무진 사장이라면 이 상황에 어떻게 했을까?

그는 한 번도 푸대접이란 걸 받아본 적이 없을 것이다. 그래도 그러면 이런 상황에서 맥없이 그냥 돌아가는 행동은 절대 안 했을 것 같았다.

수연은 핸드폰을 꺼내 이정희 과장에게 전화했다. 이정희 과장의 동생은 유명한 방송국 사회부 기자였다.

[천 대리, 웬일로 전화했어?]

반갑게 전화를 받아주는 이정희 과장에게 수연은 말했다.

"저 지금 당장 KCS 방송국 들어가야 할 일이 있는데 혹시 도와주실 수 있으세요?"

뭐든 다 이용하자. 부끄러움은 지금 아무런 도움이 되지 않으니 버려두고.

"제가 가온 홍보 때문에 방송국 PD를 만나야 해서요."

[그걸 대표가 직접 뛰는 거야?]

오늘 푸대접과 동정, 여러 가지를 한꺼번에 다 경험하고 있었다. 그래도 이정희 과장 동생의 넓은 방송국 인맥 덕에 방송국 출입은 성공할 수 있었다.

수연은 김정숙이 촬영하고 있을 드라마 세트장으로 향했다. 김정숙은 지금 대한민국에서 가장 시청률이 높은 드라마 연출을 맡고 있었다.

"시나리오 다시 쓰라고 해요."

"그럴 수 없다는 거 잘 알잖아요."

"난 이대로는 죽어도 연기 못 해요."

촬영에 문제가 생겼다는 김정숙의 말은 사실이었다. 김정숙과 주연 배우의 의견 충돌은 PPL 때문이었다. 오로지 PPL을 위해 써진 장면을 배우가 못 하겠다고 보이콧을 한 것이다.

하지만 이 드라마에서 가장 파워가 센 건 작가였기에 연출과 배우는 알아서 이 상황을 해결해야만 했다. PPL 때문에 왔던 수연은 남의 일 같지 않아서 유심히 지켜보았다.

"복수와 사랑 사이에서 고뇌하면서 안마 의자를 한다는 게 말이 됩니까?"

안마 의자 PPL이었다. 수연도 방송에서 자주 보았기에, 도대체 그 회사는 PPL로 얼마나 쓰는지 궁금해졌다.

솔직히 부러웠다.

"할 수도 있지."

할 수 없다고 본다. 복수와 안마 의자는 상극이었다.

"난 도저히 감정 안 잡히니까 작가한테 다른 식으로 써달라고 하세요."

"그럼 서이재 씨가 송애란 작가한테 직접 말해요."

"그건 감독님 역할이잖아요."

"내 역할은 찍는 거고, 배우의 역할은 대본대로 연기하는 겁니다. 그런데 왜 거부하냐고요! 돈 다 받아놓고."

아, 저 말도 안 좋다고 생각했다. 배우의 자존심을 건드릴 것 같았다. 역시나 남자 배우가 세트장을 벗어나며 이 싸움의 종지부를 찍었다.

"아직 입금 안 됐으니까 그만둬요."

"서이재 씨!"

아무도 서이재를 막지 못했다. 그는 지금 가장 몸값이 높은 주연 배우였다. 이 드라마 시청률은 서이재의 미친 연기 덕이라는 시청자 댓글이 엄청 많았다. 누군가는 독자들의 그런 댓글에 앙심을 품은 작가가 이런 장면을 일부러 넣었을 수도 있다고 의심했다.

매니저도 함부로 붙잡지 못한 서이재의 앞을 막아선 이가 한 명 있었다. 바로 수연이었다. 그녀는 이곳에서 유일한 이방인이었기에 그리 어려운 일은 아니었다.

"안녕하세요."

얼어붙은 촬영장 분위기와 전혀 다른 그녀의 담백한 인사에 서이재는 얼떨떨한 눈으로 그녀를 쳐다보았다.

"누굽니까?"

처음 보는 얼굴이었다. 한 번 보면 절대 잊지 못할 미모였으니까.

"저는 김정숙 PD 대학 동기예요."

그가 방금 싸운 감독의 지인이란 말에 서이재의 표정은 바로 안 좋아졌다.

"그쪽이 촬영 거부하는 바람에 제 귀중한 시간을 2시간이나 날렸어요."

"그래서 내가 사과라도 하라는 겁니까?"

"아뇨. 김정숙 PD한테 다시 올 테니까 그땐 꼭 만나달라고 저 대신 전해주시겠어요?"

"그걸 내가 왜?"

"자존심은 그쪽만 있는 게 아니거든요."

서이재는 그녀의 시선을 따라 고개를 돌려 뒤를 보았다. 모든 스태프가 이쪽을 보고 있었다. 그 한 사람이 모두의 시간을 멈추어버린 셈이었다.

그는 이기적인 성격이 아니었다. 그랬기에 그걸 인식하자마자 부끄러움이 밀려왔다. 그래서 더 이상 이대로 무책임하게 나갈 수가 없어졌다. 서이재는 몸을 돌려 다시 세트장으로 걸어갔다.

그래, 내 연기력이 얼마나 미쳤는지 이 거지 같은 신(scene)으로 증명해주겠어.

거부는 오기로 바뀌었다.

　방송국을 떠나던 수연은 로비에 있는 작은 크리스마스트리를 발견하고 발을 멈추었다. 많은 게 씁쓸한 날이었는데 트리를 보자 기분이 조금 풀렸다.

　작년 크리스마스이브에 퇴근하던 길, 로비에 설치된 대형 크리스마스트리 앞에서 태무진 사장과 같이 3분 정도 서서 구경했었다.

　— 사장님도 트리 좋아하세요?

　— 네.

　그때를 기억하자 절로 입꼬리가 올라갔다.

　그때는 아버지도 건강하셨고, 그녀는 태성 비서실에서 일하고 있었고, 그 모든 게 너무 당연한 일이었다. 그런데 그 당연한 것들이 이젠 전부 사라져버렸다. 마음이 울컥했다. 그래서 핸드폰을 꺼내 충동적으로 태무진 사장에게 메시지를 보냈다.

> KCS 방송국 로비에 아직 크리스마스트리 있어요.
> 구경 오실래요?

　메시지를 보내면서도 절대 올 리 없다고 생각했다. KCS 방송국이면 유지나도 있는 곳이었다. 껄끄러워서라도 오기 싫을 것이다. 그래도 보낸 건 그녀가 지금 그를 보고 싶어서였다.

　그녀의 메시지에 태무진 사장은 답변도 없었다. 너무 어이없어서 무시하나 보다.

이제 돌아가야 하는데…… 할 일이 너무 많은데…….

"아직 안 갔네요."

뒤에서 들린 남자 목소리에 수연은 서둘러 고개를 돌렸다.

이정희 과장은 유지나 소송 건에 관해서 태무진 사장에게 보고했다.

"합의 없이 소송으로 간다고 유지나 측에 전했습니다."

"앞으로 나한테 보고할 필요 없어요."

태무진 사장은 이젠 이름조차 듣기 싫다는 듯 차단했다. 그래서 태무진 사장을 한 번만 만나게 해달라는 유지나의 애원은 묵살되었다.

이정희 과장은 나가려다가 천수연이 그녀를 도와줬던 게 생각나서 잠시 멈추어 서서 말했다.

"가온이 생각보다 어려운 거 같습니다, 사장님."

태무진 사장이 고개를 들어 그녀를 쳐다보았다.

"천 대리가 홍보 때문에 직접 방송국에 다니더라고요."

그래도 옛정을 생각해서 태무진 사장이 조금만 도와주어도 가온한테는 큰 힘이 될 것이다.

"여긴 태성입니다, 가온이 아니라."

그런데 회사 구분 못 한다는 면박만 당했다. 정말 일에 있어서는 철저한 것을 알아주어야 했다.

"그리고 천수연 대표라고 부르세요. 이제 대리 아니니까."

끝까지 지적만 당한 이정희 과장은 괜히 이야기를 꺼냈다고 생각하며 고개를 숙였다. 다신 태무진 사장 앞에서 천수연 이야기를 먼저 꺼내는 일은 없을 듯했다.

탁—.

이정희 과장이 나가자 무진은 그제야 한숨을 내쉬었다. 천수연이 가온에 가게 되면 별별 일을 다 할 거라는 건 그녀를 대표로 세울 때 이미 예상한 것이었다. 그녀가 감당해야 할 몫이었다. 가온 대표였으니까.

무진은 시간을 확인했다. 저녁 시간이 한참 지나 있었다.

밥은 먹고 일하나?

무진은 그런 사소한 게 더 신경이 쓰였다.

삑삑—.

메시지 알람 소리에 핸드폰을 본 그의 눈이 가늘어졌다.

> KCS 방송국 로비에 아직 크리스마스트리 있어요.
> 구경 오실래요?

지난 크리스마스이브에 퇴근하던 천수연이 로비에 설치된 대형 크리스마스트리의 앞에 멈추어 서기에 같이 트리 앞에서 3분 정도 서 있었던 적이 있었다.

— 사장님도 트리 좋아하세요?

— 네.

사실 그는 트리 따위, 관심도 없었다.

그냥 그녀와 좀 더 오래 같이 있고 싶었을 뿐이지.

그의 얼굴을 보고 실망하는 여자의 표정에 서이재는 신선한 느낌을 받았다. 보통의 여자들은 그의 얼굴을 보고 환호를 하지 절대 실망은 안 했으니까.

"나 그 신(scene) 촬영했어요."

이름도 모르는 여자에게 연기한 걸 자랑했다.

"네, 잘하셨어요."

그런데 돌아온 반응은 아이한테 칭찬하는 어린이집 선생님 톤이었다. 서이재는 오기가 생겨서 그녀에게로 한 발짝 더 다가가며 말했다.

"김 피디한테 그쪽 말도 전했어요."

"네, 고마워요."

이젠 아예 그의 얼굴을 보지도 않았다. 철 지난 크리스마스 트리만 보고 있었다. 드라마 촬영 때문에 방송국에 자주 왔는데 트리가 아직도 있는 건 그도 처음 알았다.

"혹시 나 누군지 몰라요?"

그럴 리 없다고 생각하며 물었다.

"알아요. 배우 서이재 씨."

아는데도 이리 시큰둥한 반응이라니. 자존심이 상한다기보다는 호기심이 더 발동했다.

"그쪽은 이름이 뭐예요?"

여자의 대답보다 매니저의 재촉이 먼저 돌아왔다.

"이재 씨, 우리 그만 가야 해."

매니저는 주위 시선을 신경 쓰며 서이재가 낯선 여자에게 관심 가지는 걸 경계했다. 여기서 사진이라도 찍히면 좋을 게 없었다.

"혹시 펜 있어요?"

그녀가 부탁도 안 했는데 사인을 해주려는 건가.

인기 스타의 사인을 거절하면 안 될 것 같아서 수연은 가방에서 펜과 종이를 꺼내 서이재에게 내밀었다.

서이재는 그 종이에 사인을 시원하게 갈겼다. 그리고 사인 밑에 숫자 11개를 적었다. 서이재는 사인한 종이를 그녀에게 내밀며 펜은 돌려주지 않았다.

"이건 기념으로 제가 가질게요."

"네?"

수연은 당황했다. 남들에게는 흔한 펜인지 몰라도 그녀한테는 아버지가 쓰시던 물건이었으니까.

돌아서는 서이재의 팔을 수연은 서둘러 붙잡았다.

우뚝, 방송국 로비로 들어서던 무진은 수연이 어떤 남자를

붙잡고 있는 걸 발견하고 걸음을 멈추었다. 이곳에 오면서 그린 최악의 시나리오는 유지나를 우연히 마주치는 것이었는데, 그것보다 더 최악의 상황이 있을 줄은 몰랐다.

상대 남자는 서이재였다. 태성 제품 광고를 여러 개 하고 있었으니 그가 모를 수 없는 얼굴이었다. 서이재는 배우답게 깊은 눈빛과 아름다운 콧날을 가지고 있었다. 확실히 연예인이었다. 얼굴이 지나치게 화려했다.

서이재와 천수연은 원래 만났어야 할 사람이었다는 듯이 잘 어울려 보였다. 그래서 무진의 심장은 차갑게 식고 눈빛은 날카롭게 번뜩였다.

서이재는 천수연에게 무언가를 주고는 바로 그 자리를 떠났다. 천수연은 서이재가 준 물건을 마치 소중한 물건처럼 쥐고는 한참이나 내려다보았다.

도저히 그냥 보고 있을 수 없었던 무진은 저벅저벅 그녀를 향해 걸어갔다. 그의 발걸음이 점점 속도를 더했다.

"천수연 대표!"

그녀를 부르는 목소리에는 힘이 실려 있었다. 천수연은 자신을 부르는 목소리에 깜짝 놀라 고개를 들어 주위를 두리번거렸다. 그를 발견한 그녀의 눈이 커졌다.

뭘 놀라는가! 자기가 먼저 메시지를 보내놓고.

무진은 그녀의 앞까지 걸어가서 그녀의 손을 낚아채듯이 잡았다. 그리고 왔던 길을 다시 돌아갔다. 떠나던 서이재가 멈추어 서서 두 사람을 쳐다보고 있었기에 무진은 멈추지 않고 그녀를 데리고 방송국을 나와버렸다.

"사장님, 크리스마스트리 로비에 있는데……."

아직도 크리스마스트리 타령이란 말인가.

무진은 짜증이 머리끝까지 올라와 있는 상태였다.

"서이재와 아는 사이입니까?"

그가 따지듯이 묻는 말에 수연은 아니라고 고개를 저었다.

"아뇨. 그냥 사인해준 거예요."

방금 서이재가 사인해준 종이를 태무진 사장에게 보여주었는데 그의 표정은 더 단단히 굳었다. 왜냐하면 사인 밑에 있는 숫자는 누가 봐도 핸드폰 번호였으니까.

이 자식이! 어디서 감히 수작질인가!

"이건 제가 갖겠습니다."

무진이 차분함을 유지하며 종이를 움켜잡자 수연은 줄 수밖에 없었다. 태무진 사장이 서이재 팬일 줄은 정말 몰랐다.

"사장님이 와주실 줄은 정말 몰랐어요."

그도 그녀가 다른 남자에게 이리 쉽게 눈 돌릴 줄은 정말 몰랐다. 그만 어려운가 보다.

"밥은 먹었습니까?"

그의 질문에 수연은 고개를 저었다.

"그럼 밥이나 먹죠."

두 사람은 방송국 근처 샌드위치 집으로 들어갔다.

"근처에서 스케줄이 끝나신 거예요?"

당연히 수연은 그가 회사에서 온 건 아니라고 생각했다.

"뭐."

무진은 대충 대답하며 샌드위치를 먹었다.

수연도 음식을 앞에 두고서야 배고픔을 느끼고 샌드위치를 크게 베어 물었다.

"사장님이랑 샌드위치 집에 앉아 있으니 이상하네요."

"야근할 때 자주 먹었던 거 같은데."

"그거야 사무실에서 먹은 거라."

지금은 갑자기 들른 터였다. 창밖에는 차들이 쌩쌩 달리고 있었고, 행인들은 엑스트라처럼 걸어왔다 사라졌다.

"작년 크리스마스 때만 해도 제가 이렇게 살 거라고는 상상도 못 했어요."

무진은 고개를 돌려 그녀를 보았다. 수연은 두 손에 샌드위치를 잡은 채 창밖의 풍경을 바라보고 있었다. 많이 지친 모습이었다. 서이재 때문에 질투하느라 그걸 이제야 깨달았다.

무진은 그녀의 머리를 향해 손을 뻗었다. 잘하고 있다고 머리를 쓰다듬는 건 그도 할 수 있었다. 해본 적이 없을 뿐이지.

Rrrrrrrr— Rrrrrrrrr—.

그의 손이 머리에 닿기 전에 그녀의 전화가 울렸다. 수연이 서둘러 가방에서 핸드폰을 꺼내자 그도 빠르게 손을 내렸다.

"아! 오늘 만나기로 했던 동기 전화예요. 받아도 될까요?"

무진은 고개를 끄덕였다. 그가 허락하자 수연은 바로 통화 버튼을 눌렀다. 무진은 통화하는 수연의 옆에서 샌드위치를 먹으며 서이재를 어떻게 처리할지 생각했다.

　회장 비서실 윤서영 과장은 태무진 사장의 과거 여자를 알아보면서 곤란한 상황에 부닥쳤다. 없어도 너무 없었다. 이대로 회장님께 보고하면 큰일 날 건 뻔한 일이었다. 안 되겠다 싶어서 윤서영 과장은 사장 비서실 우수정 대리를 따로 불렀다. 사장 비서실의 정보를 빼낼 수 있는 유일한 구멍이었다.

　"요즘 스트레스가 장난이 아냐."

　윤서영 과장이 앓는 소리로 시작하자 우수정은 걱정이 가득한 표정으로 좋은 한의원을 소개해주겠다고 했다. 윤서영은 단도직입적으로 우수정에게 말했다.

　"혹시 사장님이 옛날에 만났던 여자에 대해 사장실에서 아는 거 없어?"

　우수정은 이제야 사장 비서실에 합류한 직원이었다. 그걸 그녀가 알 리가 없었다.

　"제가 이정희 과장님께 티 나지 않게 물어볼게요."

　사장 비서실로 돌아온 우수정은 일부러 사 들고 온 커피를 이정희 과장의 자리에 놓았다.

　"과장님, 커피 드세요."

　"오, 땡큐."

　다른 의도가 있는 줄은 모르고 이정희 과장은 웃으며 커피를 마셨다. 우수정은 파티션에 팔을 올리며 작은 목소리로 이정희 과장에게 물었다.

"우리 사장님, 예전에도 정말 만났던 여자가 없었어요?"

"하아, 그런 게 없었으니까 지금 이리 고생 중이지."

"그냥 스쳤던 여자도 없어요?"

누구라도 이름 하나는 윤서영 과장에게 가져가야 했기에 우수정은 집요하게 물었다. 이정희 과장은 미간을 좁히며 우수정을 쳐다보았다. 혹시 윤서영 과장이 보낸 첩자라는 걸 들킨 건가 싶어서 뜨끔하는데 그 순간, 이정희 과장이 입을 뗐다.

"그렇게 따지면 퇴사한 천수연 대리도 사장님한테 과거에 스친 여자지."

"네?"

뜻밖의 이름에 우수정은 의아한 표정을 지었다.

이정희 과장은 딱히 내부 비밀로 할 이야기도 아니었기에 가볍게 말했다.

"입사하기 전, 스무 살에 파티장에서 사장님을 봤었대."

"그리고요?"

"그리고는 무슨 그리고. 그게 다야."

우수정은 그 말을 그대로 윤서영 과장에게 전할 수밖에 없었다.

우수정의 톡을 받은 윤서영 과장은 기가 찬 표정을 지었다.

"이것도 정보라고."

천수연 대리는 그녀도 알았다. 사장님과 별 사이 아니라는 것도 너무 잘 알았다. 윤서영은 우수정이 보낸 톡을 그냥 무시하려다가 그날 바로 보고하라는 회장님의 지시를 받고 한 줄이라도 늘리기 위해 가장 마지막에 천수연의 이름을 넣었다. 질이 안 되면 양으로라도 때워야 했다.

"여기 적힌 거, 다 사실인가?"

당연히 '이것밖에 없냐'고 노할 줄 알았던 회장님이 놀란 표정을 지으며 물어오자 윤서영은 얼떨떨한 기분으로 대답했다.

"네, 그렇습니다."

태준석 회장의 시선은 윤서영이 마지막에 양을 늘리려고 넣은 천수연의 이름에 고정되어 있었다.

스캔들 때 나왔던 천수연이 여기서도 튀어나왔다.

우연이 두 번이면 혹시나였고, 세 번이 되면 역시나가 되었다. 아무래도 그 세 번째 우연을 직접 만들어야 할 것 같았다.

두 사람뿐이어서 정적인 아침 식사 시간에, 태준석 회장은 제주에서 갈치를 공수해서 만든 갈치국을 먹으며 말했다.

"천수연 대표, 집에 초대할 생각이다."

태무진이 고개를 들어 태준석 회장의 얼굴을 보았다.

"아버지가 왜 천수연 대표를 초대합니까?"

"천태진 대표 그렇게 되고 혼자 얼마나 힘들겠냐. 초대해서 위로도 하고, 조언도 하고."

다 헛소리였다.

무진은 태준석 회장에게 다른 꿍꿍이가 있을 것이라고 확신했다. 무진은 식사를 빨리 끝내고 그의 방으로 돌아와서 천수연에게 전화를 걸었다.

Rrrrrrrr— Rrrrrrrrr—.

아마 지금쯤 그녀는 출근 중일 것이다.

달칵—.

[좋은 아침입니다, 사장님.]

항상 사무실에서 듣던 인사를 전화로 듣게 되니 무진은 기습당한 듯 가슴이 욱신거렸다. 다신 돌아올 수 없는 시간에 대한 애잔함이었다. 그는 목소리를 가다듬고 말했다.

"아버지가 천수연 대표 초대하고 싶다고 연락할 겁니다. 그럼 무조건 거절해요."

[제가 어떻게 감히 그래요?]

그런데 천수연까지 답답하게 나왔다.

"그래도 됩니다."

[태성 그룹 회장님한테 그래도 되는 사람은 대한민국에 사장님뿐이세요. 전 가온 때문에라도 납작 엎드려야 해요.]

천수연에게는 가온이 약점이고, 그에게는 천수연이 약점이고. 꼼짝없이 아버지의 마수에 딱 걸리게 된 상황에 속이 끓어올랐다.

[사장님 걱정 마세요.]

그 말에 더 걱정되기 시작했다.

[회장님이 절 이용해서 사장님을 괴롭힐 수는 없을 거예요.]

그녀의 당당한 말에 무진은 한숨만 나왔다. 넌 이미 존재 자체가 날 괴롭히고 있다는 말은 대놓고 할 수 없었다. 무진은 손으로 얼굴을 덮었다. 도대체 언제까지 손바닥으로 하늘을 가리는 것 같은 이 일을 계속해야 하는 건가 싶었다.

그냥 아버지가 정해주는 여자와 결혼하면 끝이 날까.

그런데 그의 마음이 그럴 수 없게 막아선다.

그럼 천수연에게 고백하면 끝이 날까.

그건 그의 자존심이 그럴 수 없게 막아선다. 거절당할 것 같았으니까.

천수연에게 그는 단지 어렵고 먼 전 직장 보스일 뿐이었다.

어느 날 우연히 천수연이 연정우에게 하는 말을 들은 적이 있었다.

— 저는 사장님 정말 존경스러워요.

그 말을 들은 날 굳이 국어사전을 펼쳐서 '존경'의 뜻을 찾아보기까지 했었다. 그의 인격, 사상, 행위를 받들어 공경한다는 의미였다. 그리고 '공경한다'는 받들어 모신다는 뜻이었다. 그걸 읽자마자 어머니와 자주 갔던 절의 불당에 모셔진 부처상이 된 기분이었다.

그녀도 모르는 곳에서 그는 그렇게 몇 번이나 마음을 거세당했다.

"그냥 아프다고 하고 오지 마요."

그냥 날 좋아해주면 안 되나.

그럼 내 세상도 아름다워질 것 같은데.

Chapter 7

그가 가온에 간 이유

수연이 태무진 사장의 전화를 받은 건 아버지가 있는 병원에 도착했을 때였다. 오늘은 퇴근 후에 오지 못할 것 같아서 일부러 출근 전에 들른 것이었다.

엘리베이터에서 내려 아버지의 병실로 걸어가던 수연은 병실 문을 열고 나오는 누군가를 발견하고 멈칫하며 멈추어 섰다. 모자를 푹 눌러써서 얼굴이 보이지는 않았지만, 호리호리한 몸과 걸음걸이가 너무도 익숙했다.

"오빠?"

[네? 천수민 말입니까?]

"그런 거 같아요. 사장님 전화 이만 끊을게요."

수연의 걸음이 빨라졌다.

"오빠!"

그녀의 부름에 병실에서 나오던 남자는 흠칫 놀라더니 그대로 도망치기 시작했다. 그녀를 보자마자 도망치는 그를 보고 수연은 화가 나서 외쳤다.

"야! 천수민! 당장 거기 서!"

수연은 빚쟁이를 쫓듯이 천수민을 쫓기 시작했다. 수민은 그녀를 피해 비상계단으로 뛰어갔다. 수연도 천수민을 쫓아서 비상계단을 뛰어 내려갔다.

탁, 탁, 탁.

빠르게 계단을 뛰어 내려가는 사람의 발소리가 비상계단 공간에 어지럽게 울려 퍼졌다. 수연은 계단 난간 밖으로 상체를 빼고 벌써 한참 아래 내려가 있는 수민을 향해 소리쳤다.

"당장 안 멈추면 경찰 부를 거야!"

하지만 수민은 더 빨리 계단을 뛰어 내려갈 뿐이었다.

수연은 부아가 치밀었다.

이게 무슨 가족인가!

덜컹―.

아예 문을 열고 밖으로 나가버리는 소리를 듣고 힘껏 계단을 내딛던 수연은 하이힐 굽이 옆으로 꺾이며 4개 남은 계단 아래로 굴러떨어지고 말았다.

쿵―.

"악!"

그녀의 비명이 사람 없는 비상계단 안에 울렸다. 넘어진 수연은 일어나려고 하다가 발목에서 느껴지는 가시 같은 통증에 다시 주저앉았다. 그녀는 더 이상 움직일 수 없었다. 발목도 너무 아프고, 수민을 놓친 것도 허탈했다. 왜 요즘 그녀한테는 이런 일만 일어나는 건가 싶었다. 억울해서 다친 발보다 마음이 더 욱신거리고 있는데 그녀의 핸드폰이 울렸다.

Rrrrrrrrr— Rrrrrrrrr—.

태무진 사장님

발신자에 찍힌 이름을 보고 그녀의 눈빛이 일렁였다.

무진은 출근길에도 천수연과 한 통화가 계속 신경 쓰여서 그녀에게 다시 전화를 걸었다.

Rrrrrrrrr— Rrrrrrrrr—.

전화벨이 가는 동안 창밖을 보니 강렬한 아침 햇살이 한강 위로 부서지는 게 보였다.

달칵—.

전화가 걸리자 무진은 먼저 물었다.

"천수민 만났습니까?"

천수연의 목소리가 들려오지 않아서 무진은 이상하게 생각하며 그녀를 불렀다.

"천수연 대표?"

그제야 그녀의 목소리가 흐트러진 호흡과 함께 들려왔다.

[아뇨, 저 보자마자 도망쳤어요. 그래서 잡으려고 쫓아갔는데, 오빠는 아무리 불러도 안 멈추고, 전 하이힐 때문에 넘어

지고. 그냥 엉망진창이에요.]

무진은 시트에 기대고 있던 몸을 바로 세웠다.

"내가 지금 갈게요."

[오지 않으셔도 돼요. 저 지금 병원이에요.]

다쳤지만, 다친 곳이 병원이었다.

"기다려요."

출근 중이었는데, 이 순간만큼은 그녀에게 가야 한다는 생각밖에 안 들었다. 무진은 운전기사에게 한국 병원으로 가달라고 말했고, 운전기사는 군말 없이 차의 방향을 돌렸다.

끼이익—.

병원 정문 앞에서 차에서 내린 무진은 병원 안으로 뛰어 들어갔다. 엘리베이터는 13층에 머물러 있었다. 무진은 엘리베이터를 기다릴 수 없어서 비상계단 문을 열고 들어갔다. 까마득히 많은 계단이 이어져 있었다. 무진은 긴 다리로 몇 계단씩 성큼성큼 올라가기 시작했다.

수연은 비상계단 난간에 머리를 기댄 채 멍하니 앉아 있었다. 태무진 사장이 기다리라는 말에 정말 꼼짝도 안 하고 기다리고 있었다. 아무도 없는 비상계단에 오래 앉아 있으니 꼭 그녀 혼자만 남겨진 것 같은 기분이었다.

뚜벅뚜벅.

계단을 올라오는 발소리를 들은 수연은 고개를 숙여 아래를 보았다. 발소리만 들리고 사람은 보이지 않았다. 태무진 사장은 아닐 것이라고 생각했다. 그러면 당연히 엘리베이터를 타고 올 테니까. 그런데도 점점 가까워져 오는 발소리에 그녀는 눈을 뗄 수가 없었다. 남자의 검은 머리가 보이기 시작했다. 그 머릿결만 봐도 알 수 있었다. 태무진 사장이라는 걸.

수연은 난간 밖으로 얼굴을 더 길게 뺐다. 그녀가 이름을 부른 것도 아닌데 계단을 올라오던 남자가 고개를 들어 위를 보았다. 아찔한 각도에서 마주친 시선은 잠시 그녀를 혼미하게 만들었다. 태무진 사장이 그녀가 있는 곳까지 올라와 멈추는 순간, 그녀는 계단에 앉은 채 멍하니 그를 올려다보았다.

태무진 사장은 한숨을 깊이 내쉬며 물었다.

"괜찮아요?"

수연은 애써 웃으며 고개를 끄덕였다.

"왜 비상계단으로 오셨어요?"

그녀는 수민을 쫓느라 비상계단을 뛰어 내려왔지만, 그는 엘리베이터로 와도 상관없었다.

"가만히 있어요. 의사한테 데려다줄 테니까."

그녀는 가만히 있었다, 질문만 던졌을 뿐이지.

하지만 더 이상 말도 할 수가 없게 되었다. 태무진 사장이 갑자기 그녀를 번쩍 안아 올렸기 때문이었다. 세상이 빙그르르 돌았다. 전에 술 먹고 잠들었을 때는 그가 안아준 것을 가정부 아줌마한테 전해 들었을 뿐인데, 이번엔 눈 뜨고 맨정신으로 경험하게 되니 아찔해서 견딜 수가 없었다. 그녀는 눈을 크게 뜨고 바로 앞에 있는 태무진 사장의 베일 듯한 옆얼굴을 쳐다보았다.

무진은 그녀를 안고 비상계단 밖으로 나갔다. 병원 복도에 있던 사람들은 두 사람을 놀란 시선으로 쳐다보았다. 사람들이 쳐다보니 수연도 부끄러워지기 시작했다.

"그냥 내려주세요. 걸을 수는 있어요."

"다친 발은 안 쓰는 게 낫습니다."

태무진 사장은 그녀를 내려주지 않았다. 수연은 몸 둘 바를 모르면서도 너무 좋은 이중적인 감정을 느껴야만 했다.

엘리베이터가 도착해서 문이 열리자 그는 그녀를 안은 채 엘리베이터에 올라탔다. 다행히 엘리베이터 안에는 두 사람뿐이었다.

수연은 어떻게든 몸을 가볍게 만들려고 호흡을 멈추었지만 소용없는 짓이었다. 얼굴만 더 빨개질 뿐이었다.

"무겁지 않으세요?"

"아뇨."

태무진 사장의 목소리는 무뚝뚝함을 넘어서 근엄하기까지 했다. 수연은 괜히 물었다고 후회했다.

대학 병원이었기에 아침부터 환자가 많았다. 치료를 받으려면 한참을 기다려야 하는 상황이었다.

"사장님은 그만 가보세요. 출근하셔야 하잖아요."

출근길에 온 것이긴 했다. 지각이었다. 여기서 계속 있으려면 반차를 써야 했다. 그런데 오전에는 글로벌 전략 회의가 있었다. 그의 결정이 내려져야 일을 진행시킬 수 있었다. 무진은 한꺼번에 밀려오는 스케줄에 눈을 꽉 감았다.

그는 털썩, 수연의 옆자리에 앉았다.

수연은 놀란 눈으로 태무진 사장의 옆얼굴을 보았다.

"안 가세요?"

"지금 또 천수민이 나타나면 그 다리로는 못 쫓아가지 않습니까."

그렇긴 한데, 수민이 또 올 것 같지는 않았다.

"오빠 안 올 거예요."

"올지도 모르죠."

가족인 그녀도 포기했는데, 남인 태무진 사장이 이리 말하니 그녀는 반성하게 되었다.

"만약 진짜 또 오면 사장님이 붙잡고 혼내주세요. 그럼 오빠도 정신이 번쩍 들 거예요."

그녀는 웃고 있었지만 그 미소가 창백하게 느껴졌다. 무진은 그녀를 힘들게 하는 천수민이 괘씸할 뿐이었다.

"그럼 때려도 됩니까?"

"네? 안 돼요!"

깜짝 놀라는 그녀를 보고 그가 입꼬리를 올렸다.

그가 웃으니 수연은 심장이 울렁였다.

꽃도 활짝 피면 반드시 시드는데, 이 짝사랑은 매번 활짝 피기만 하는 돌연변이 같았다.

태성 사장실은 아침부터 난리가 났다. 태무진 사장이 갑자기 문자 한 통으로 반차를 알린 것이다.

반차 씁니다.

태무진 사장이 보낸 메시지 앞에 비서실 직원들이 모두 모였다.

"이거 정말 사장님이 보낸 거 맞아요? 피싱 아니에요?"

세상 어느 피싱이 출근을 속인단 말인가.

"기부금 50억 때문에 회장님이 엄청 화나셨나 봐요."

이정희 과장은 태무진 사장의 갑작스러운 반차를 50억과 연관시켰다. 지금은 그게 가장 설득력 있는 접근이었다.

"설마 기부금 50억 때문에 사장님 회장님께 맞아서 뼈라도 부러진 거 아니에요?"

우수정의 비약적인 추리에 다들 사색이 되었다.

"하긴, 병원 갈 정도의 상처가 아니라면 우리 워커홀릭 사장님이 갑자기 반차를 쓸 리가 없긴 하지."

순식간에 태무진 사장은 중병 환자가 되었다. 이건 비상사태였다. 그들이 보스를 제대로 지켜내지 못한 것이니까.

"이제 어쩌죠?"

그들은 앞으로 또 이런 불상사가 생기지 않게 회의를 시작했다.

사장님의 반차 메시지 한 통이 고급 인력의 낭비를 가져오고 말았다.

이래서 회사에서는 반차 사유를 꼭 쓰게 하는 것이었다.

오해하지 말라고.

다행히 뼈는 이상이 없고 인대만 다친 것이었다. 그래도 반 깁스를 하고 나을 때까지는 조심해야 한다고 했다. 붕대가 감긴 그녀의 왼발을 내려다보며 무진이 말했다.

"아버지한테 연락이 오면 다리 다쳐서 초대에 응할 수 없다고 말해요."

태무진 사장은 처음부터 그 초대를 달가워하지 않았으니까 그녀가 다친 걸 차라리 잘 되었다라고 생각하고 있을지도 몰랐다.

"이제 회사 가보셔야죠?"

이미 반차를 써서 아직 여유가 있었다.

"병원 온 김에 천태진 대표 보고 가겠습니다."

천태진 대표의 상태가 정말 궁금하기도 했기에 무진은 병실까지 가보기로 했다. 아버지에게 병문안하겠다는 그를 수연도 말릴 수는 없었다.

태무진 사장은 직접 휠체어를 빌려와서 그녀를 앉혔다. 아무리 다쳤다고 해도 태무진 사장의 시중을 받으니 황송하기 그지없었다.

수연은 슬며시 고개를 들어 태무진 사장의 얼굴을 보았다. 휠체어에 앉아 있어서 그의 날렵한 턱과 높은 코가 보일 뿐이었다. 오늘 그의 행동을 특별하게 여기면 안 된다는 걸 알면서도 마음이 자꾸 기대하게 되었다.

어쩌면 태무진 사장도 그녀를 전비서 이상으로 생각하니까 이리 신경 써주는 게 아닐까 하고.

"그런데 회사 일은 괜찮으세요?"

태무진 사장의 스케줄이 얼마나 빡빡하게 차 있는지 그의 비서를 했던 그녀가 모를 리가 없었다.

"천태진 대표만 보고 가봐야죠."

그가 간다고 하니 더 물을 수가 없었다.

"우리 아버지, 두 번이나 병문안을 와주신 분은 사장님뿐이에요."

정승 댁 개가 죽으면 사람들이 몰린다지만 정승이 죽으면 사람 발길이 뚝 끊긴다고 했던가. 다들 너무 쉽게 천태진 대표의 존재를 세상에서 지우고 있었다.

"천태진 대표는 일어날 겁니다."

그의 말에 수연의 속에서 무언가 울컥 솟아났다. 눈물은 아니었다. 그것보다는 좀 더 뜨거운 감정이었다.

"아버지 깨어나시면 제일 먼저 알려드릴게요."

무진은 밀도 짙은 눈빛으로 그녀를 내려다보다가 엘리베이터 문이 열리자 천태진 대표가 있는 병실로 휠체어를 밀었다.

깁스한 발을 보고 황 전무가 꺼낸 첫마디는 이러했다.

"쯧쯧. 여자가 조신하지 못하게."

싸우자는 건가.

평소 여직원들을 함부로 대하는 황 전무의 태도가 거슬렸었다. 대표한테도 이 정도인데 평사원한테는 얼마나 선을 넘을지 안 봐도 뻔했다.

"제가 황 전무님한테 늙어서 다쳤다고 하면 기분 좋으시겠어요?"

그녀의 말에 황 전무의 표정이 바로 똥 씹은 얼굴이 되었다.

"그게 무슨!"

"앞으로 회사 내에서 대화 예절을 지키도록 하죠. 우선 임원들이 먼저 모범을 보여주십시오."

천수연 대표의 말에 황 전무만 씩씩댈 뿐 아무도 딴지 걸지 못했다.

그녀는 다친 발 때문에 온종일 대표실에서만 지내야 했지만, 리폼 사업 팀이 야근한다는 소식을 듣고 야식을 사 들고 직접 찾아갔다.

대표가 등장하자 일하던 직원들이 일제히 일어났다.

"먹고 하시라고요."

이 대리와 장 실장이 들고 온 야식을 테이블 위에 놓아주자 팀원들의 표정이 밝아졌다.

"신청한 고객이 많아서 힘들지 않으세요?"

가온의 역사가 짧지 않다 보니 오래된 가방을 리폼하겠다고 신청한 고객이 많았다. 그래서 리폼 사업 팀이 회사에서 가장 바쁜 팀이 되어버렸다.

"사장님, 발은 괜찮으세요?"

오지안이 조심스럽게 물었다.

"뼈는 멀쩡해요. 금방 나을 테니까 걱정하지 않아도 돼요."

그런데 지금은 움직이는 게 편하지 않은 건 사실이었다. 사람은 몸이 상해봐야 자기 몸이 얼마나 소중했는지 깨닫게 되는 것 같았다.

원래는 평소보다 일찍 퇴근하는 목요일이었지만 반차를 쓰는 바람에 퇴근 시간이 늦어졌다. 그가 없는 동안 그의 일을 누가 대신해주는 건 아니었으니까.

"사장님, 너무 무리하시면 몸에 안 좋습니다."

운전기사를 통해 진짜 병원에 다녀온 걸 들은 사장 비서실은 태무진 사장이 몸 아픈 걸 숨기고 있다고 굳게 믿었다. 아픈 몸으로도 저리 평소와 똑같이 일하니 사람이 아니라 사이보그 같았다.

사이보그 보스가 된 무진은 시계를 보며 다른 사람을 걱정했다.

발이 아프니까 일찍 퇴근했겠지?

무진은 천수연에게 메시지를 보내보았다.

퇴근했습니까?

집에 들어갔다고 하면 더 이상 신경 쓰지 않을 생각이었다.

삑삑─.

알람 소리에 무진은 바로 핸드폰을 확인했다.

아뇨, 회사.

무진의 눈썹이 찌푸려졌다. 천수연이 그의 비서였다면 당장 퇴근하라고 명령을 했을 테지만 지금은 그의 명령을 받을 위치가 아니었다. 이 순간 그게 꽤 짜증이 났다.

무진은 천수연을 당장 집으로 보낼 수 있는 묘수를 생각해 보았다. 그는 다시 메시지를 보냈다.

그럼 나한테 가온 구경 좀 시켜줄 수 있습니까?

이 밤에 전 직장 상사의 시중을 들고 싶은 사람이 있을 리가 없었다. 분명 바로 퇴근할 시간이라 '다음에'라는 말이 돌아올 것이라고 생각했다.

네, 오세요.

천수연이 보낸 답변을 무진은 한참이나 바라보았다.

……진심인가? 아부인가?

결국 예정보다 일찍 퇴근하게 된 건 천수연이 아니라 태무진이었다.

"네? 누가 온다고요?"

그녀와 함께 야근 중이었던 이 대리는 태성 태무진 사장이 가온으로 오고 있다는 말에 입이 쩍 벌어졌다.

"태무진 사장이 이 밤에 왜?"

"가온 구경하고 싶으시대요."

수연은 그의 말을 그대로 믿었다. 왜냐하면 태무진 사장은 돌려 말하는 법을 모르는 사람이었으니까. 아픈 말도, 모진 말도 절대 돌려 하지 않았다. 그래서 때론 아주 잔인해질 수도 있는 사람이었다. 그녀가 당해봐서 잘 알았다.

"굳이 이 밤에?"

"직원들 없는 시간이 편한가 보죠."

장 실장과 이 대리는 서로를 쳐다보았다. 두 사람한테는 한 없이 이상하게 들리는 말을 대표는 너무 편하게 말하니까.

그들은 태무진 사장을 마중하기 위해 같이 로비로 나갔다.

"거물 손님이 오시는데 너무 휑하네요. 레드 카펫이라도 깔아야 하나."

다들 퇴근해서 텅 빈 로비는 적막하기만 했다. 그때 장신의 남자가 정문을 통과해서 건물 안으로 들어왔다. 바람을 몰고 다니는 듯 그의 주변 공기 흐름만 다른 듯이 느껴졌다. 남자는 엄청나게 키가 컸고, 말도 안 되게 잘생겼고, 넘쳐흐를 정도로 부티가 나는 슈트를 차려입고 있었다.

태무진 사장이었다.

옆에 서 있던 이 대리가 꼴깍 침을 삼키는 게 들렸다.

뚜벅뚜벅.

로비를 거침없이 걸어서 세 사람 앞까지 온 태무진 사장은 그녀를 보며 말했다.

"퇴근하죠."

그녀는 눈을 동그랗게 뜨고 그를 올려다보았다.

"가온 구경하신다고……."

"그걸 왜 수락합니까? 이 밤에, 전 직장 상사의 헛소리를."

오히려 야단을 맞은 수연은 얼떨떨하기만 했다.

태무진 사장은 예리한 시선과 날카로운 콧날과 매서운 목소리로 더욱 그녀를 압박했다.

"앞으로 그 다리 나을 때까지 8시 이후에 퇴근하면 내가 가온으로 퇴근할 겁니다. 알아들었습니까?"

말은 분명 협박인데, 내용은 아픈 발로 무리하지 말라는 걱정이었다.

짝짝짝.

갑자기 옆에서 박수가 터졌다. 이 대리였다.

"전 그 말에 완전 동의합니다."

그렇다고 박수까지 치냐!

"아뇨, 저 진짜 발 빼고 다 괜찮아요."

8시 통금이 생기느냐 마느냐 하는 순간이었기에 수연은 필사적으로 자신의 건강을 어필했다.

"비서실장?"

태무진 사장이 갑자기 그를 부르자 멍하니 있던 장 실장이 놀라서 대답했다.

"네? 네."

"보고는 실장님한테 받겠습니다."

태성 사장이 와서 가온 비서한테 명령하는 꼴이었는데, 장 실장의 입에서는 잘못되었다는 말이 차마 안 나왔다.

"네. 그러겠습니다."

수연은 장 실장까지 태무진 사장의 명령을 따르자 너무한다는 눈으로 그들을 쳐다보았다.

"제가 실장님 보스예요."

"요즘 무리하신 건 맞으니까."

당연히 편하게 쉴 팔자가 아니니까!

"퇴근하죠."

수연은 황당한 눈으로 태무진 사장을 쳐다보았다. 그러는 태무진 사장이야말로 '퇴근 빌런'이었다. 항상 늦게 퇴근해서 비서들을 힘들게 했으면서 남의 퇴근을 종용하다니, 이건 옳지 않은 것 같았다.

맞다! 옳지 않아!

장 실장과 이 대리가 대표실을 정리하고 개인 짐을 가져오는 동안 로비에는 태무진 사장과 그녀 둘만 남겨졌다.

"진짜 그 말하려고 여기까지 오신 거예요?"

그녀의 물음에 태무진 사장이 고개를 내려 차분한 시선으로 그녀를 보았다.

"내가 가온 최대 주주인 거 잊었습니까?"

그러니까 대표의 퇴근 시간을 정할 권리가 있다는 건가?

"사장님은 어딜 가든 대장을 해야 직성이 풀리시나 봐요."

그녀가 웃으며 하는 말에 무진은 고개를 돌리며 눈썹을 찌푸렸다. 천수연이 눈치가 없는 건가, 그가 정말 그런 인간으로 보이는 건가. 둘 중 어느 쪽이라도 기분 좋은 건 아니었다.

"그래도 신경 써주셔서 고마워요."

어렵게 고맙다는 말을 들은 무진은 그제야 표정을 풀었다.

"발은 불편하지 않습니까?"

그도 이제야 다친 발에 관해서 물었다.

"움직이는 게 힘들긴 한데, 앉아서 일할 때는 괜찮아요. 그래도 손이 아니라서 천만다행이에요."

"손이든 발이든 똑같이 소중합니다."

그 말의 뉘앙스가 묘해서 수연은 태무진 사장의 얼굴을 빤히 보았다.

나한테 소중한 몸이란 뜻이겠지?

그때 엘리베이터가 열리며 장 실장과 이 대리의 모습이 보이자 태무진 사장이 그녀에게 말했다.

"그럼 나도 이만 퇴근하겠습니다."

"아! 안녕히 가세요."

그대로 몸을 돌려 떠나는 태무진 사장의 뒷모습을 수연은 멍하니 쳐다만 보았다. 설마 태성을 나온 뒤에도 퇴근하는 태무진 사장의 뒷모습을 보게 될 줄은 몰랐다.

뭉클하기도 하고, 애틋하기도 하고.

그녀의 옆으로 온 이 대리가 작게 말했다.

"태무진 사장님이 대표님 엄청 챙겨주시네요."

태도는 냉정한데 그 차가움 안에 사람을 아끼는 따뜻함이 있다는 게 참 오묘했다.

"저도 미처 몰랐네요."

퇴사한 직원한테도 이리 마음을 써줄 줄은.

설마 그녀가 불쌍해 보이는 건가?

그런 거라면 마냥 기쁜 관심은 아니었다.

"저희도 퇴근하죠."

장 실장의 말에 그녀도 집에 돌아가기 위해서 발을 떼었다. 걷는 순간 바로 깨달았다. 발도 역시 소중하다는 걸.

회사 일을 하면서 가장 골치 아픈 문제는 재고였다. 생산된 가방을 100% 팔 수 있으면 좋으나 그건 이상일 뿐이었다. 재고를 남기지 않기 위해 세일을 많이 하는 것도 브랜드 가치를 떨어뜨렸다. 수연은 초도 물량을 줄이고 리오더 수량에 집중하는 방식을 좀 더 효과적으로 수립하고 싶었다.

재고를 최소화할 수 있는 초도 물량은 어느 정도일까?

5년 동안의 재고 관리 시스템을 살펴보며 데이터를 분석하고 있는데 그녀의 전화가 울렸다. 발신자에 뜬 '회장실'을 보고 수연은 숨을 훅 들이켰다. 드디어 올 게 오고야 말았다.

수연은 서둘러 통화 버튼을 누르고 공손히 전화를 받았다.

"여보세요."

[천수연 대표, 잘 지냈나?]

당연히 회장 비서실인 줄 알았는데 핸드폰 안에서 들려오는 태준석 회장의 목소리에 그녀는 자리에서 벌떡 일어났다.

"안녕하십니까, 회장님."

[편하게 전화 받게나. 편하게.]

절대 편해질 수 없었다.

[다름이 아니라 내가 천 대표를 우리 집에 초대하고 싶어서 그러는데.]

이 말에는 별로 놀라지 않았다. 태무진 사장이 이미 언질을 주었기에.

"죄송합니다. 제가 지금 발을 다친 상태라……."

[저런! 어쩌다가?]

"계단에서 넘어졌습니다."

다친 그녀를 도와준 게 태무진 사장이었기에, 그걸 솔직하게 태준석 회장에게 말하지 않은 게 살짝 양심에 찔렸다.

[그래도 생일에 집에 혼자 있는 것보다는 우리 집에 와서 같

이 미역국 한 사발 하는 게 낫지 않겠나?]

태준석 회장이 그녀의 생일을 알고 있자 수연은 놀라서 눈이 커졌다.

[이미 생일에 약속이 잡혀 있으면 다행이고.]

"아닙니다. 그런 거 없습니다."

그녀는 차마 거짓말을 할 수가 없었다. 태준석 회장이 친척 아저씨처럼 그녀의 생일을 챙겨주었으니까.

[그럼 생일에 우리 집에 오게나.]

"네, 초대 고맙습니다."

수연은 얼떨떨하게 감사 인사를 했다.

그럼 내 생일에 태무진 사장이랑 같이 보내는 거야?

그건 정말 엄청난 생일 선물이었다.

수연이 깁스한 발로 절뚝이며 등장하자 김정숙은 진심으로 놀란 표정을 지었다.

"사고라도 당한 거야?"

"아니, 집 나간 오빠 쫓다가."

사연 깊은 말에 김정숙은 의외라는 눈으로 그녀를 보았다.

"꽃돌이 오빠가 왜 집을 나가? 둘이 사이좋잖아."

천수연의 오빠 천수민은 김정숙도 기억하고 있었다. 두 사람이 한 살 차이라 대학에서도 자주 붙어 다녔다. 둘 다 인물이

훤해서 대학에서 천 씨 남매를 모르는 사람이 없었다.

"아버지가 사고로 병원에 계셔. 그래서 지금은 내가 아버지 회사를 맡고 있고."

점점 사연이 깊어지는 그녀의 말에 김정숙은 입을 벌렸지만 쉽게 말이 나오지 않았다.

"난 네가 청첩장 주려고 만나자는 줄 알았는데."

김정숙의 오해에 수연은 웃고 말았다.

"너희 드라마 PPL 부탁하려고 만나자고 한 거야. 요즘 시청률 제일 높잖아."

김정숙은 그 말에 오히려 길게 한숨을 내쉬었다.

"작가가 무소불위야. 이미 탈고한 시나리오 PPL 때문에 다시 수정할 리 없어. 그날 촬영장에 있었으니 잘 알겠네."

결국 PPL은 무리라는 말에 수연은 고개를 숙였다. 화난 건 아니었지만 웃음은 안 나왔다.

"그러지 말고 서이재 협찬 쪽을 노려보는 건 어때?"

협찬이란 말에 수연은 고개를 들어 다시 김정숙을 보았다.

"서이재가 개인적으로 들고나오는 물건은 작가도 어쩔 수 없어. 그러니까 드라마 노출 가능할 거야. 화제성도 있을 거고."

구미가 당기는 말이기는 했다. PPL만큼의 효과도 있을 것 같았다.

"내가 따로 자리를 마련해줄 수는 있어. 서이재 만나볼래?"

수연은 선뜻 그러겠다는 대답이 바로 안 나왔다.

"……그건 좀만 더 생각해볼게."

그녀가 망설이자 김정숙은 시니컬한 표정을 지으며 말했다.

"너 여전하구나."

여전하다는 그 말이 무슨 뜻인지 알 수 없었다.

"뭐가?"

"너무 예쁘기만 하다고."

예쁘다는 말이 욕처럼 들린 건 처음이었다.

— 아름다웠지.

그래서 누군가의 목소리가 더 애틋하게 피어올랐다.

그 말은 환청이었을까, 진짜였을까?

마지막으로 확인해보고 이 짝사랑을 끝내는 것도 나쁘지 않을 것 같았다.

무진은 아버지가 천수연을 기어코 집에 초대했다는 말을 아침 식사 자리에서 처음 들었다.

"아직 다친 다리 다 안 나았을 겁니다."

이젠 같은 회사도 아닌데 그런 것까지 알고 있는 걸 태준석 회장은 좋은 신호로 보기로 했다.

"그날이 천수연 대표 생일이란다. 지금은 가족도 없이 혼자인데 쓸쓸한 생일 보내는 것보다는 우리 집에 초대하는 게 훨씬 낫겠지."

태무진의 눈동자가 커졌다. 그건 몰랐나 보다. 뭔가 이긴 기분이 들어서 태준석 회장은 살짝 뿌듯해졌다.

그러나 쉽게 그의 말을 들을 태무진이 아니었다.

"생일이면 더더욱 편한 사람들과 보내야죠. 생일날 이 집에 데려다 놓고 고문하시려는 겁니까?"

그를 악덕 회장 취급하는 말에 태준석 회장은 발끈했다.

"이 자식이! 내가 누구 때문에 이러는 건데!"

"저 때문이라고 하지 마십시오. 전 아버지한테 부탁한 적 한 번도 없습니다."

결국 아침 식사는 언쟁만 하다가 끝이 났다. 무진은 출근도 하기 전에 마음이 피곤해졌다. 아버지는 여전히 억지를 부리는 중이었고, 서이재라는 복병까지 나타나고. 유독 천수연과 관련된 일은 그의 뜻대로 되는 게 아무것도 없었다.

그때 모른 척을 한 게 실수인 것 같았다. 처음부터 아는 척을 했어야 했다. 사실 비서 면접에서 천수연을 보았을 때 그는 이미 그녀를 알아보았다.

4년 전.

새파란 나이에 사장 자리에 올랐다고 주위에서 말이 많았다. 특히나 친척들이 '족벌 경영'이라는 말을 대놓고 입에 담았다. 결국 자기들도 태 씨이기에 태성에 붙어 있는 거면서.

"네 능력으로 밟아봐. 그게 첫 번째야."

태준석 회장은 일부러 일찍 태무진을 사장 자리에 올려놓았다. 사람들이 어린 그를 쉽게 무시하라고. 그 무시를 완벽히 깨부수는 순간 태무진은 진정한 태성 그룹의 후계자가 되는 것이었다.

무진은 자기 사람을 뽑기 위해서 가장 먼저 비서 구인을 올렸다. 일부러 태성 외부 사람으로 고를 생각이었다. 아무런 파벌 없이 오직 그한테만 충성할 수 있게. 그래서 최종 면접은 그가 직접 맡았다.

마지막에 일곱 명 정도로 추려졌다.

그는 남자 비서한테 마음이 기울었다. 아무래도 여자 비서는 불편한 벽이 생길 수밖에 없으니까.

달칵―.

"안녕하십니까. 천수연입니다."

문을 열고 들어온 마지막 면접자였다.

지독히 나긋한 목소리에 기대 없이 이력서에서 눈을 떼고 고개를 들었던 무진은 그녀와 눈이 마주친 순간, 어이없는 경험을 하고 말았다.

어? 나 이 여자 아는데.

말이 안 된다고 생각했다.

5년 전 한 번 스치듯 만났을 뿐인데, 그걸 기억하다니.

마치 내내 미완성이었던 퍼즐의 마지막 조각 하나가 어느 날 갑자기 나타나듯이 그녀가 그의 사무실로 걸어 들어왔다.

천수연을 처음 본 건 문수호가 초대한 파티장에서였다.

그는 파티가 무료했고, 음악 소리는 거슬릴 정도로 컸다.

문수호와 이야기를 나누며 무심하게 눈을 돌리다가, 아직 소녀티를 벗지 못한 어린 여자와 눈이 마주쳤다. 새하얀 피부에 까만 눈동자가 유독 선명했다. 마치 검은 빛을 발산하는 듯이. 그 신비로운 눈과 마주친 순간, 그가 하고 싶었던 건 그녀를 파티장에서 데리고 나가는 것이었다. 그녀는 아직 너무 어렸고, 파티장에는 순수를 잃은 어른들만 득실대고 있었다.

하지만 그는 생각만 했지 행동으로 옮기지는 않았다. 그가 어린 여자에게 관심을 보이면 사람들이 어떻게 지껄여댈지 뻔했으니까. 그날 그는 고고한 자존심을 선택했다.

그는 파티를 즐기지 않았기에 문수호에게 돌아가겠다고 말했는데, 문수호는 그에게 루프탑을 내주었다.

— 여기서 너 혼자만의 파티를 즐기도록 해.

실없는 문수호가 그를 놀리는 거였지만 굳이 거절하지 않고 루프탑에 혼자 남았다. 사실 집에 가고 싶은 것도 아니었다. 그땐 아버지가 그만 보면 태성을 다른 사람에게 뺏기면 안 된다고 못이 박히게 세뇌시키던 시절이라 아버지와 함께 있는 게 편하지 않았었다. 그의 20대는 오로지 태성뿐이었다. 그게 당연했지만, 그렇다고 완벽한 것도 아니었다.

태성의 태무진이라 사람들과 어울려 즐기지 못하고 혼자 있는 걸 선택한 그에게 그녀가 찾아왔다.

— 저기, 저 좀 숨겨주세요.

처음엔 당황했고, 그다음엔 이성적으로 이 어린 여자한테 휘둘리면 안 된다고 생각했다. 그래서 그냥 보내려고 할 때 박성민이 나타났다. 그녀를 그의 등 뒤에 숨긴 건 생각보다 몸이 먼저 움직인 것이었다. 태성을 지켜야 한다는 걸 평생 의무감으로 안고 살아온 그가 살아 숨 쉬는 한 명의 사람을 지키려고 한 건 그때가 처음이었다.

박성민이 나쁜 놈이니까, 그의 행동은 당연하고 정의로운 것이었다. 다른 여자였다고 해도 똑같이 행동했을 것이다.

이름도 모르는 여자와 그가 다시 만날 확률은 0%에 가까웠다. 시간이 그걸 증명해주었고, 그는 자연스럽게 그날의 일을 잊어갔다.

그런데 5년 뒤, 비서 면접에서 그녀를 다시 보게 되었다. 처음 보았을 때는 소녀티를 벗지 못했던 여자가 성숙미와 열정을 장착하고 그의 앞에 앉아 있었다. 이게 현실인지 꿈인지 10분 동안은 구분이 잘 안 되었다.

그 탓에 그녀가 했던 말이 거의 기억나지 않았다. 면접관으로서 최악의 태도였다. 그래서 눈살을 찌푸렸더니 그녀의 목소리도 동시에 멈추었다.

"아버지가 가온 천태진 대표 맞습니까?"

그 질문에 천수연은 놀란 표정을 지었다. 자기소개서에 아버지 이야기를 적기는 했지만 가온이라고 쓴 적은 없었으니까.

"왜 거길 안 가고 여길 온 겁니까?"

가온은 내실이 튼튼한 가방 회사였다. 중견 기업이니 그곳에서 사회생활을 시작해도 나쁠 게 없었다.

"지금까지는 아버지의 보호 속에서만 살았으니까 이제부터는 저 혼자 힘으로 어디까지 할 수 있는지 도전하고 싶었습니다."

아기 새가 둥지를 떠날 때 하는 소리 같았기에 무진은 속이 불편해졌다.

아직도 덜 자란 것 같네. 떨어뜨려야겠어.

그녀를 기억하는 이 비정상적인 상황에서 그는 천수연에 대한 안 좋은 인식이 더 강해져버렸다. 그는 충성스러운 비서를 뽑고 싶은 거지, 그에게 혼란을 주는 비서를 뽑고 싶은 게 아니었으니까.

"아버지가 말씀하셨습니다. 시작이 힘들수록 결과는 더 값지다고. 무엇이든 시켜주십시오. 제가 힘들수록 사장님의 결과는 더 값질 거라 믿고 일하겠습니다."

······충성스러운 비서·······.

무진은 다리를 바꿔 꼬았다. 자세를 바꾼 건 면접 시작하고 처음이었다. 그는 이력서에서 그녀를 떨어뜨릴 만한 요소를 열심히 찾기 시작했다.

"다른 사람들보다 경력이 부족한 건 압니까?"

완벽한 사회 초년생은 그녀가 유일했다.

"방학 때마다 아버지 밑에서 비서 일을 계속했습니다. 도와드렸던 거라 이력서에 적지 않았을 뿐입니다."

아버지가 치트키였다. 그런데 그 아버지가 천태진 대표라서 그 말을 우습게 볼 수도 없었다. 천태진 대표의 이름을 처음 들은 건 아버지한테서였다.

— 내가 밥 먹자고 했더니, 진짜 나랑 밥만 먹고 갔어. 허 참.

태준석 회장과의 식사 자리는 사업가들에게는 로또 당첨 같은 거였다. 그걸 그냥 날렸다는 말에 무진은 천태진 대표라는 사람에게 흥미가 생겼다. 그래서 대학 강의에서 강연자로 천태진 대표를 만나게 되자 먼저 말을 걸었다.

— 가온의 대표로서 태성을 어떻게 평가하십니까?

— 태성은 태성이 가야 할 길이 있고, 가온은 가온이 가야 할 길이 있습니다. 그건 질문부터 틀린 것 같네요.

천태진 대표는 태준석 회장이 가장 껄끄러워하는 타입이었다. 정의로운 사업가. 아마도 태준석 회장은 그 정의로움을 깨부수고 싶어서 먼저 밥을 먹자고 했을 것이다. 무진은 천태진 대표의 정의로움이 언제까지 지켜질지 궁금했다.

— 가온이 앞으로 어떻게 성장하는지 지켜보겠습니다.

— 네, 기대에 꼭 부응하겠습니다.

그게 10년 전 일이었다.

그리고 천태진 대표는 태준석 회장이라는 황금 인맥 없이도 가온을 좋은 회사로 만들었다. 그러니 천태진 대표는 그날 황금을 돌 보듯이 한 바보가 아니라 자신의 신념을 지킨 것이었다.

"태성과 가온을 비교하면, 어느 회사가 더 나은 것 같습니까?"

짓궂은 질문이었다. 그리고 천수연을 비서에 붙일지 말지를 결정할 질문이기도 했다.

"태성은 태성이 가야 할 길이 있고, 가온은 가온이 가야 할 길이 있는 것 같습니다."

천수연이 10년 전 그녀의 아버지가 했던 말을 똑같이 하는 걸 듣고 무진은 백기를 들었다. 태준석 회장이 대한민국에서 가장 막강한 사업가라면, 천태진 대표는 대한민국에 꼭 있어야 할 사업가였으니까.

무진은 자리에서 일어나 손을 내밀었다.

"오늘 수고 많았습니다."

면접 볼 때는 머뭇거림 없이 대답하던 그녀가 악수하기 위해 내민 그의 손을 보고 멈칫했다. 그의 눈도 가늘어졌다. 천수연은 조심스럽게 손을 뻗어 그의 손을 잡았다.

손을 감싸오는 따뜻하고 부드러운 타인의 손이 그의 안, 가장 예민한 곳을 스치고 지나가며 온몸으로 열기가 퍼졌다.

젠장. 역시 떨어뜨려야 하나.

마지막까지 고민하는 그를 천수연이 똑바로 올려다보며 말했다.

"꼭 다시 뵈면 좋겠습니다."

파티장 안 먼 곳에서 보았을 때도 시선을 잡아끌던 검고 반짝이는 눈동자가 오로지 그를 담고서 간청을 했다.

뭐가 이리 온통 진심일까 싶었다.

어차피 태성도 수많은 회사 중 하나일 뿐이었다. 여기 들어와봤자 남의 시중만 들다 끝날 것이다. 차라리 가온에 가서 천태진 대표의 뒤를 잇는 게 그녀의 인생에서는 더 값질 수도 있었다.

"난 가온으로 가는 걸 추천하고 싶군요."

그 말이 떨어뜨린다는 말로 들렸는지 천수연의 눈꼬리가 아래로 내려갔다. 고개도 밑으로 내려갔다. 그녀가 무슨 생각을 하고 있는지 모르겠지만, 그는 그녀의 정수리를 내려다보며 '정수리까지 예쁘네.'라는 저속한 생각이나 하고 있었다.

천수연을 보내고 무진은 일주일 동안 담배양을 늘리면서 치열하게 생각해보았다.

천수연은 그가 사장이 되고 처음 맞닥뜨린 문제였다.

그는 실패하고 싶지 않았고, 사심은 꽤 끈질기게 그녀에 대한 기억을 더듬었다.

결국 그녀를 뽑은 건 천태진 대표 때문이었다. 그녀가 천태진 대표의 반의반만 닮아도 실패는 아니라고 생각했다. 그리고 그는 비서 천수연을 뽑은 거지, 여자 천수연을 고른 게 아니었다.

그녀가 출근하는 날부터 다시는 그런 눈으로 그녀를 보지 않을 거라고 결심했다. 그가 선을 넘는 순간 천수연은 바로 해고였다. 그땐 그게 맞는 거라고 생각했다. 4년 뒤에 그가 과거의 태무진을 비난하게 될 줄도 모르고.

chapter 8

신부와 아내의 차이

"……장님."

무진은 눈을 떠 앞을 보았다. 차는 이미 멈춰 있었고, 태성 본사 건물 앞이었다.

"수고하셨습니다."

그가 차 문을 열고 내리자 출근 중이던 직원들이 일제히 멈추어 서서 그를 향해 인사했다. 무진은 사람들 사이를 지나 정문 안으로 들어갔다.

Rrrrrrrrr— Rrrrrrrrr—.

전화가 걸려 온 건 그가 막 엘리베이터에서 내렸을 때였다.

천수연 대표

무진은 잠시 그 이름을 바라만 보았다. 그가 그어놓은 선은 흐려진 지 오래였고, 그녀는 여전히 그의 혼돈이었다.

이제라도 되돌리는 게 가능한 걸까?

신부와 아내의 차이　213

무진은 마음속에 묵직한 질문을 품은 채 전화를 받았다.

"여보세요."

[사장님, 좋은 아침입니다.]

천 대표가 아니라 천 대리 같은 인사에 무진의 입꼬리가 위로 올라갔다가 다시 내려왔다.

"아침부터 무슨 일입니까?"

[아! 다름이 아니라 제가 회장님한테 초대를 받아서요.]

"거절하고 싶으면 거절해도 됩니다."

[아뇨. 그게 아니라 회장님께 드릴 선물로 뭘 사가야 할지 몰라서.]

무진은 헛웃음이 나왔다.

자기 생일날 남의 선물이나 챙기고 있었으니.

"그냥 와요."

[하지만…….]

"방송국 PD와 이야기는 잘된 겁니까?"

무진은 말을 돌리기 위해서 다른 일에 대해 물었다.

[네. PPL 대신 서이재 협찬 쪽으로 진행하게 될 것 같아요.]

'서이재'라는 이름에 그의 눈빛이 굳어졌다. 그날 방송국에서 마주 서 있던 두 사람의 모습이 떠오르며 속이 울렁거렸다.

"……그래서 서이재를 만난 겁니까?"

[아직. 제 동기가 약속 잡아주겠다고 했으니 곧 만날 수 있을 거예요.]

결국 자격이라고 생각했다. 지금껏 그는 보스의 자격으로 그녀를 대했다. 그래서 그녀를 가온의 대표로 만들 수는 있었지만, 그녀에게 다른 남자를 만나지 말라는 말을 할 수는 없었다.

[사장님?]

그 말을 할 수 있는 자격을 얻으려면 보스 태무진이 아니라 또 다른 모습으로 천수연 앞에 서야 했다.

"그만 끊어야겠습니다."

[아! 바쁘시죠? 그럼 들어가세요.]

뚝.

무진은 전화가 끊긴 핸드폰을 천천히 아래로 내렸다.

지금껏 그러지 못했던 건, 감히 실망을 줄까 봐.

욕망에 충실한 남자 태무진은 완전무결을 추구하는 보스 태무진을 이길 자신이 없었다. 그러나 이젠 그런 염려도 사치가 되었다.

그는 가온을 위한 일이라고 해도 수연이 서이재를 만나는 게 싫었다. 서이재는 분명 그녀한테 호의를 느끼고 있었으니까. 아니, 그게 아니라고 해도 그녀의 옆에 다른 남자가 있는 걸 보게 되면 질투심에 심장이 타들어갈 것 같았다.

더 이상 이 마음을 억누르는 게 불가능하다면, 그녀에게 말할 수밖에 없었다.

무진은 그녀가 절대 거절할 수 없는 고백에 대해 생각해보았다. 방법은 하나 있었다. 가장 피하고 싶은 길이 때론 또 다른 해결책이 되기도 했다. 그렇게 하면 고백이 아니게 되지만,

그녀를 그의 옆에 붙잡아둘 수 있다면 무진은 후회하지 않을 자신이 있었다.

퇴근길에 무진은 상가 거리에서 운전기사에게 말했다.

"잠깐 차 좀 세워주세요."

운전기사는 바로 도로 옆으로 빠져 차를 세웠다. 차에서 내린 무진은 망설임 없이 바로 앞에 있는 명품 주얼리 숍으로 걸어갔다.

주얼리 숍의 자동문이 열리며 무진이 들어서자, 가게에 있던 손님들과 직원의 시선이 약속이라도 한 듯이 그에게 쏠렸다. 그는 우아한 몸짓으로 낯선 공간을 둘러보다가 반짝이는 보석들이 진열된 유리 진열대 앞으로 걸어갔다. 잠시 진열대 속 주얼리들을 차분한 시선으로 바라보던 무진이 마침내 결정을 내리고 고개를 들어 직원을 쳐다보았다.

그와 눈이 마주치자 직원은 그 어느 때보다 화사한 미소로 응대했다. 귀공자 같은 남자는 향기도 고급스러웠다. 태어나 한 번도 땀 냄새는 안 났을 듯이.

"고르셨습니까?"

"반지 보여주세요."

여자에게 프러포즈하려나 보다.

"아니, 팔찌."

자신의 실수를 정정하듯이 빠르게 반복하며 하얗고 긴 손가락으로 눈썹을 긁는 모습은 뜻밖의 빈틈처럼 마음에 훅 파고들어 왔다.

직원은 장갑을 낀 손으로 조심스럽게 팔찌를 몇 개 꺼내 그의 앞에 놓았다. 화려한 스타일, 심플한 스타일, 순수한 스타일…… 골고루 있었다. 무진은 신중하게 팔찌를 골랐다.

"이걸로 포장해주십시오."

무진이 고른 건 백금 팔찌였다. 백금 체인으로 만들어진 팔찌의 잠금장치에 0.3캐럿 다이아몬드로 장식된, 깔끔하면서도 품위 넘치는 디자인이었다.

팔찌까지 준비한 무진은 결심을 굳혔다.

천수연의 생일이 디데이였다.

천 대리, 생일에 만날 수 있어?

연정우한테 온 메시지를 보며 수연은 짧게 한숨을 내쉬었다. 태성에서 일할 때는 자연스럽게 서로의 생일을 챙겼지만, 퇴사하고 난 뒤에는 좀 부담되었다. 어차피 그날은 태준석 회장의 초대 때문에 만날 수 없기도 했지만.

죄송해요. 그날 중요한 약속이 있어요.

그녀가 생일에 만날 수 없다고 하자, 연정우는 생일 전날 가온 근처로 찾아왔다.

"발 다쳤어?"

다친 지는 한참 되었지만 그녀의 깁스한 발을 오늘 처음 본 연정우는 깜짝 놀랐다.

"왜 나한테 말 안 했어!"

그건 자연스럽게 그리되는 거였다.

수연은 웃으며 말했다.

"제가 태성에서 퇴사했으니까요."

연정우는 서운한 표정을 숨기지 못했다.

"난…… 천 대리가 퇴사해도 우리 사이가 변하지 않을 줄 알았어."

무거운 목소리로 그리 말하는 연정우를 가만히 보던 수연은 입을 열었다.

"비서실 사람들은 날 아직도 천 대리라 불러요. 날 천 대표라고 부르는 사람은 사장님뿐이에요."

그녀의 지적에 연정우의 어깨가 움찔했다.

"그건……"

"알아요. 대리에서 대표라고 부르기 어색한 거. 그래서 편한 대로 부르는 거."

그럴 수 있는 건 그녀가 퇴사했기 때문이다. 그러니까 이미 그 정도의 거리가 생긴 것이었다.

"전 이제 가온 대표예요. 태성 사장 비서실 대리가 아니라."

담담한 목소리로 현실을 알려주는 그녀를 연정우는 낯선 사람을 보듯 쳐다보았다.

"천 대리, 아니……."

연정우는 다음 말을 잇지 못했다. 차마 그녀를 '대표'라고 부를 수가 없었다. 왜냐하면 그는 아직도 대리였으니까.

"이거 생일 선물."

연정우가 테이블에 올려놓은 선물 상자를 보고 수연은 웃으며 감사 인사를 했다.

"고마워요. 올해도 잊지 않고 챙겨줘서."

그녀가 선물로 손을 뻗는데, 그 순간 그녀의 핸드폰이 시끄럽게 울려댔다. 수연이 선물보다 핸드폰을 먼저 잡는 모습을 연정우는 쓸쓸한 눈으로 쳐다보았다.

"네, 장 실장님."

[대표님, 백화점에 납품할 제품을 실은 차가 중간에 교통사고가 났습니다.]

"네?"

수연은 놀라서 자리에서 벌떡 일어났다.

"물건들은요?"

[내일 아침까지 다시 만들어야 할 것 같습니다.]

갑작스러운 사고에 마음이 다급해진 수연은 연정우에게 빠르게 말했다.

"죄송해요, 대리님. 회사에 사고가 났대요. 그만 가볼게요."

"아! 그래."

연정우는 절뚝거리며 카페를 빠져나가는 수연의 뒷모습을 보다가 테이블 위의 생일 선물로 시선을 옮겼다. 그녀는 다리가 불편하니까 쫓아가서 전해주려면 얼마든지 그럴 수가 있었지만, 연정우는 의자에서 일어날 수가 없었다. 오늘 처음으로 그녀와 그의 사이에 절대 좁혀질 수 없는 거리를 본 것만 같았기에.

그녀는 생일 아침을 수원 공장에서 맞이했다. 다행히 납품 수량은 제시간에 맞출 수 있었다. 하지만 이런 시기의 사고는 가온에게는 평소보다 더 큰 마이너스였다. 아직 천태진 대표의 사고도 극복하지 못했으니까. 추락하는 기세를 어떻게든 위로 끌어올려야 했다.

수연은 장 실장에게 말했다.

"제가 서이재 협찬 꼭 따 올게요."

그렇게 말하는 수연을 장 실장은 걱정스러운 눈으로 쳐다보았다.

"어떻게 하시려고요?"

수연은 씨익, 웃었다.

"대표답게."

그 전에 오늘은 태성 오너가의 초대를 받은 날이었다. 수연은 집에 들러 평소보다 화장을 더 신경 써서 하고, 긴 생머리는 묶지 않고 자연스럽게 풀었다. 그리고 일부러 백화점에 직접 가서 산 화이트 원피스를 꺼내 입었다. 거울 속 여자는 한 회사의 대표가 아닌, 그냥 데이트하러 가는 여자처럼 보였다.

태준석 회장의 초대를 받고 가는 것이니 더 단정한 모습이 좋을 것도 같았지만 수연은 그대로 집을 나섰다.

그녀는 태성 오너가에 가기 전에 병원에 들러 깁스부터 풀었다. 며칠 더 있다가 푸는 게 좋다고 했지만, 그냥 풀어달라고 했다.

"중요한 자리에 가는 거라서요."

그럼 발은 당분간 안 쓰도록 조심하라고 하며 의사는 깁스를 풀어주었다. 몇 주 동안 사슬에 묶여 있었던 것 같은 발이 자유로워지니 기분은 상쾌했다. 걸어보니 살짝 찌릿한 정도였고, 별로 아프지도 않았다.

수연은 병원에서 나와 태무진 사장의 집으로 향했다. 마음은 생각보다 가벼웠다. 태성 오너가는 언제나처럼 입구부터 삼엄한 경비가 지키고 있었다. 신분 확인을 한 뒤 통과하여 저택 앞에 도착해서 차에서 내렸다.

뚜벅뚜벅―.

진중한 구둣발 소리에 그녀는 고개를 돌렸다. 현관에서 태무진 사장이 걸어 나오고 있었다. 대저택의 주인답게 품위가 넘치는 등장이었다. 그의 시선이 원피스 아래 매끈하게 뻗은 그녀의 다리에 닿았다.

"깁스는 벌써 푼 겁니까?"

수연은 웃으며 고개를 끄덕였다.

"설마 여기 온다고 일찍 푼 거 아닙니까?"

수연은 소심하게 고개를 저었다. 다행히 태무진 사장은 그녀가 거짓말한다고 뭐라 꾸짖지는 않았다.

"들어와요. 아버지한테 안내할 테니까."

명목상 태준석 회장의 초대를 받고 온 것이었다.

뚜벅뚜벅. 또각또각.

앞서 걷는 태무진 사장은 뒤돌아보는 법이 없었다. 평소 버릇이라는 걸 알지만, 오늘은 한 번 정도 뒤를 봐주었으면 좋겠다고 그녀는 생각했다. 그는 돌아보지 않았지만, 그렇다고 점점 멀어지지도 않았다.

두 사람 사이의 거리는 응접실에 도착할 때까지 정확히 두 걸음 차이를 유지했다.

"오! 왔군."

응접실에서 기다리고 있던 태준석 회장은 신기한 그림을 보듯이 두 사람을 쳐다보았다. 이게 다 아버지인 그가 노력한 결과였다. 태준석 회장은 그저 자신이 대견했다.

여보, 보고 있나? 내가 못 할 일이 없다니까.

"오늘 초대해주셔서 감사합니다."

천수연은 친근하게 인사했다.

"오느라 고생했네. 앉지."

그녀가 소파에 앉자 무진은 반대편으로 가려고 했지만, 태준석 회장이 손가락으로 앉을 자리까지 정해주었다.

"천수연 대표 옆에 앉아라."

무진과 수연은 당황해서 서로를 쳐다보았다.

"생일인데 혼자 외롭게 앉히면 안 되지."

아버지의 폭주가 이제 시작되고 있었다.

"제가 옆에 앉으면 더 불편할 겁니다."

그의 거부에 태준석 회장은 수연을 보며 물었다.

"정말 그런가? 천 대표."

수연은 고개를 저었다.

"아닙니다. 전 좋습니다."

태준석 회장은 아주 흡족한 표정을 지었다.

"거봐라. 좋다잖니."

무진은 그녀가 회장님에게 맞추어주는 거라고 생각했다. 그래도 '좋다'는 말은 듣기에는 좋았다. 어쩐지 계속 아버지한테 농락당할 것 같은 불안을 느끼며 무진은 그녀의 옆에 앉았다.

수연이 그를 쳐다보았다. 눈이 마주치자 무진은 그제야 말할 수 있었다.

"생일 축하해요."

그녀는 얼굴을 붉히며 부드럽게 미소를 지었다.

햇살이 부서지는 것 같은 그 미소에 무진은 잠시 넋을 빼앗겼다. 그도 헷갈렸다. 그녀가 아름다워서 좋아하게 된 건지, 좋아해서 아름답게 보이는 건지.

식사가 준비되었다는 말에 세 사람은 다이닝 룸으로 이동했다. 서른 명은 족히 앉을 수 있는 넓은 식탁에 정갈한 한식이

준비되어 있었다. 미역국은 수연의 생일이라서 특별히 준비된 음식이었다.

"항상 이 식탁에서 무진이랑 둘만 밥을 먹었었는데, 이리 사람이 느니 정말 좋군."

태준석 회장이 식사를 시작하자 수연은 젓가락을 신중하게 잡았다.

사는 데 별로 불편한 게 없어서 그냥 살았는데, 품위 넘치는 자리에서는 아무래도 신경이 쓰였다. 특히나 태무진 사장 앞에서 모자란 모습을 보여주기는 정말 싫었다. 손에 힘을 꽉 주며 젓가락으로 집기 편한 반찬 위주로 먹었다. 아무도 그녀가 젓가락질에 고군분투 중이라는 걸 모를 거라고 생각했다.

"천 대표는 혼자 힘들 것 같은데, 옆에 의지할 사람이 있는 게 더 좋지 않겠어?"

그 순간, 수연은 젓가락으로 집으려던 연근을 놓쳐버렸다. 그녀가 당황한 시선으로 쳐다보자 태무진 사장도 살짝 눈을 키웠다.

"아! 지금은 회사 사람들이 많이 도와주고 있습니다."

그녀는 서둘러 젓가락을 내려놓으며 아무렇지 않은 척 대답했다. 이젠 밥에 미역국만 먹어야겠다.

"회사 사람이랑 가족이랑 같나. 결혼할 사람을 찾으면 더 의지가 될 텐데."

태준석 회장의 입에서 '결혼'이란 단어가 나오자 무진은 신경이 예민해졌다.

수연은 깊이 생각하지 않고 대답했다.

"결혼은 아버지 깨어나시면 그때 생각해보려고요."

"언제 깨어날 줄 알고."

"아버지!"

무진이 근엄하게 부르니 태준석 회장도 입이 다물어졌다. 무진이 대놓고 눈치를 주자 태준석 회장도 말을 조심하게 되었다. 이건 아들이 아니라 교관이었다.

식사가 끝난 뒤에 디저트로 케이크가 나왔다. 전문 파티쉐가 만든 3단 케이크를 수연은 놀란 눈으로 쳐다보았다. 웨딩 케이크로 나올 법한 게 생일 케이크로 나왔다.

"와! 케이크가 정말 예뻐요."

그녀가 감탄하자, 태준석 회장은 매우 흡족했다.

"하하하. 천 대표 생일이라고 해서 내가 신경 좀 썼지."

케이크에 감동하는 천수연과 그걸 뿌듯해하는 아버지를 무진은 미묘한 시선으로 쳐다보았다. 보기에는 더할 나위 없이 좋았지만 마음은 편하지 않았다.

"무진이 넌 생일 선물 준비 안 했냐?"

태준석 회장이 태무진에게 묻자, 그녀의 시선이 절로 그에게 향했다. 잠시 눈이 마주쳤지만 태무진 사장은 바로 시선을 돌리며 대답했다.

"네. 못 했습니다."

그의 대답에 수연은 실망한 표정을 숨길 수 없었다. 내심 기대했었나 보다.

"쯧. 이런 낭만 없는 놈."

태준석 회장은 기회를 줘도 못 받아먹는 아들이 답답하기 짝이 없었다. 그러거나 말거나 태무진은 차만 마실 뿐이었다. 그는 단 걸 싫어해서 케이크에는 손도 대지 않았다. 그래도 생일에 태무진 사장과 같은 자리에 앉아서 생일 케이크를 먹는다는 것 자체가 수연에게는 의미가 있었다.

"케이크 정말 맛있어요, 회장님."

"그럼 집에 갈 때 챙겨줄 테니까 가져가게."

"네, 고맙습니다."

그녀의 생일 케이크니까 거절하지 않고 받아 가기로 했다.

"무진이 결혼식에도 꼭 오게나."

태준석 회장이 기어코 결혼식 이야기를 꺼내자마자 무진은 자리에서 일어났다.

"천 대표, 집 구경시켜줄 테니까 일어나요."

갑자기 집 구경?

수연은 고개를 들어 그를 올려다보았다. 태무진은 태준석 회장을 쳐다보고 있었다.

"그래도 되겠죠? 아버지."

태준석 회장은 여유로운 태도로 허락했다.

"그래."

태무진이 아무리 용을 쓰며 천수연을 데리고 도망쳐봤자 다시 그에게로 돌아오게 되어 있었다. 천수연은 이 집을 떠나기 전까지는 그의 손님이니까.

수연은 아직 다리가 다 나은 게 아니라서 긴 다리로 앞서 걸어가는 그를 쫓아갈 수가 없었다. 그래도 아까는 그녀를 위해 느리게 걸어주더니 지금은 혼자 걷는 것처럼 멀어져 갔다.

집 구경시켜준다면서 혼자 가면 어떡해!

허전함을 느끼고 고개를 돌렸던 무진은 그녀가 한참 떨어져 있는 걸 보고 그제야 걸음을 멈추었다.

"발은 다 나았다고 했던 것 같은데."

배려는 그가 없었는데 꾸중은 그녀가 들었다.

"여기 오기 직전에 깁스 풀어서 아직 걷는 게 어색해요."

무진은 짧게 한숨을 내쉬며 테라스에 있는 롱 체어를 가리켰다.

"그럼 저기 앉죠."

그녀는 태무진 사장을 따라 테라스로 나가서 롱 체어에 앉았다.

"누워도 돼요."

"그건 무리예요."

그녀가 눈치를 보며 말하자 무진이 먼저 롱 체어에 누웠다. 긴 몸이 나른하게 누운 자태를 보고 수연은 절로 침을 삼켰다. 그가 서 있을 때는 키 차이 때문에 절대 볼 수 없었던 매끈한 쇄골이 살짝 벌어진 셔츠 자락 사이로 보였다.

"대충 시간 때우다 가요. 어차피 아버지 옆에 있어 봤자 비위 맞추는 거밖에 더하겠어요."

"아니에요. 저 회장님이랑 이야기하는 거 좋아요."

"거짓말."

태무진 사장이 안 믿으니 어쩔 수 없었다. 그녀도 증명할 길은 없었으니까. 태무진 사장이 일어날 기미가 안 보이자 그녀도 그를 따라 조심스럽게 롱 체어에 누웠다. 확실히 앉아 있을 때보다는 몸이 훨씬 편했다.

"와, 제가 사장님 집에서 누워보네요."

그게 신기해서 웃으며 고개를 돌렸는데, 그녀를 빤히 쳐다보고 있는 그의 눈과 정면으로 눈이 마주쳤다. 은밀하고 우아한 검은 눈빛이 그녀의 심장을 순식간에 움켜잡는 것만 같았다.

남자는 눈빛도, 몸짓도, 모든 게 관능적이었다.

과부하가 와서 시선을 돌리고 싶은데, 덫에 붙잡힌 것처럼 꼼짝도 할 수가 없었다. 이렇게 잠깐의 순간도 정신을 못 차리는데, 어떻게 그의 비서로 4년을 버틴 건지 신기할 지경이었다. 역시 월급의 힘은 위대하다.

"아버지 초대 안 받았으면 오늘 누구 만나려고 했어요?"

누워 있어서인지 그의 목소리는 성대가 눌려 더 허스키했다. 청각이 유혹당하는 기분이었다.

"글쎄요."

혼자 있기는 싫었을 거라 누군가는 만났을 것이다. 어쩌면 병원에 있는 아버지였을 수도 있고, 어쩌면 바빠서 오래도록 연락 못 한 친구였을 수도 있고, 다들 안 된다고 했으면 김정숙한테라도 전화했을지도.

그러나 그 누구도 눈앞에 있는 태무진 사장만큼 그녀의 생일을 완벽하게 채울 수는 없을 것 같았다. 그는 존재 자체가 그녀의 생일 선물이었다.

"전 직장 보스랑 있게 되어서 안 됐네요."

수연은 그의 말을 단호히 부정했다.

"아니에요."

태무진 사장이 내리깔았던 시선을 움직여 그녀를 보았다.

"전 좋아요. 생일에 사장님 만나서."

그녀의 말에 견고하던 그의 눈빛이 가늘게 흔들렸다.

하지만 그녀의 감정 상태가 더 심했기에 태무진 사장을 자세히 살필 여유가 없었다. 얼굴이 달아올라 뜨거웠다. 태무진 사장 앞에서 이리 노골적으로 그녀의 마음을 표현한 건 처음인 것 같았다. 생일이라고 이리 막 나가도 되는 건가 싶었다.

"대표 되더니 아부가 늘었네요."

결국 그녀의 마음은 아부로 치부되었지만 괜찮았다. 마지막에 이리 솔직하게 말해본 게 어디인가 싶었다.

스륵—.

태무진 사장이 상체를 일으키자 그녀는 눈을 크게 뜨며 긴장했다.

"뭐 마시겠습니까?"

"네? 아, 아뇨."

"난 물 좀 마시고 오겠습니다."

태무진 사장은 바로 테라스를 떠났다. 혼자 남겨진 수연은 멍한 눈으로 푸른 하늘을 올려다보았다. 그녀가 아부가 아니라 정말 좋아한다고 말하면 태무진 사장은 '아, 그렇군요.'라고 하고 지금처럼 유유히 떠나버릴 것 같았다.

누워서 태무진 사장이 돌아오길 기다리고 있으려니 졸음이 몰려왔다. 그녀는 전날 수원 공장에서 밤을 새우느라 거의 잠을 못 잔 상태였다. 하지만 여기서 자면 안 되었다. 이곳은 호랑이 두 마리가 사는 아주 무시무시한 곳이었다. 그러니 자면 큰일 난다고 생각했다. 머리로는 그렇게 생각하는데 그녀의 눈꺼풀은 너무나도 무거웠다.

무진이 다시 테라스로 돌아왔을 때 수연은 눈을 감고 자고 있었다. 그의 손에는 벨벳 상자가 들려 있었다. 이걸 주면서 말하려고 했는데 자는 그녀를 보고 무진은 짧게 한숨을 내쉬었다. 무진은 다시 테라스를 나갔다. 이번엔 그녀에게 덮어줄 담요를 가지러.

태준석 회장은 집사를 시켜 두 사람의 동태를 살펴보라고 시켰다.

"어쩌고 있나?"

태준석 회장은 스릴러 영화의 스포일러를 듣는 사람처럼 눈을 빛내며 물었다.

"천수연 대표는 테라스 롱 체어에서 잠들었고, 사장님은 그냥 계십니다."

"그냥 있다는 게 무슨 뜻이야?"

"정말 말 그대로 그냥 의자에 앉아 계십니다."

그 말을 듣고 태준석 회장은 흥미롭다는 표정을 지었다. 이 집에 초대받은 사람 중 편하게 잠을 잤던 손님은 한 명도 없었다. 그리고 태무진은 잠 시중을 드는 것도 아니고, 거기 왜 그러고 있단 말인가.

태준석 회장은 방 안을 서성이며 생각에 빠졌다.

첫 번째, 천수연과 스캔들 내면 집 나가겠다고 태무진이 그를 협박했다. 두 번째, 스쳐간 과거의 여자 중에 천수연이 있었다. 세 번째, 같이 있는 두 사람을 보니 더욱 확신이 생겼다.

결론, 태무진은 천수연한테 약했다.

처음엔 천수연의 아버지가 교통사고로 의식 불명이 되는 바람에 천수연이 소녀 가장 비슷하게 되어 안쓰럽게 여기는 건 줄 알았는데, 아무래도 그것뿐만은 아닌 것 같았다.

"사장 비서실 결혼식 담당 연결해."

이정희 과장은 쉬는 날 회장님의 직통 전화를 받고 혼비백산했다.

또 무슨 일이 터진 줄 알고 바짝 긴장한 것이다.

"내가 태무진 사장 결혼식 신부로 적당한 사람을 찾았는데, 설득해서 데려올 수 있겠나?"

[네? 누굴 말씀하시는 건지?]

"자네도 잘 아는 사이니까 이번엔 그리 어렵진 않을 거야."

이정희 과장은 그 말이 더 이해가 안 되었다. 어떻게 그녀가 잘 아는 사람 중에 태무진 사장의 신붓감이 있을 수 있단 말인가.

"가온 천수연 대표, 내 아들 결혼식에 웨딩드레스 입게 하게. 앞으로 그게 자네가 해야 할 일이네."

이정희 과장은 바로 대답할 수가 없었다. 너무 의외의 사람이 튀어나와서.

천수연 대표면, 비서실 막내였던 그 천수연 대리?

"왜 대답이 없나? 자신이 없어?"

[아뇨. 아닙니다! 제가 천수연 대표 만나서 이야기해보겠습니다.]

"이번엔 제대로 해야 할 거야. 알겠나?"

[네, 명심하겠습니다.]

이정희 과장은 전화를 끊은 뒤에도 이게 꿈인지 현실인지 헷갈렸다.

진짜 천수연이 태무진 사장 신부 후보라고? 그게 가능해?

무진은 잠든 수연을 깨우지 않고 그냥 자게 두었다. 이런 곳에서 잘 자는 게 신기하기도 했고, 잠도 못 잘 정도로 회사 일에 시달린 건가 싶어서 안쓰럽기도 했다.

부르르르르르르—.

갑자기 어디서 진동이 울려댔다. 그게 그녀가 두 손으로 껴안고 있는 클러치 백이라는 걸 알고 무진은 조심스럽게 손을 뻗었다. 전화 진동 소리에 그녀가 깰 것 같아서 핸드폰 전원을 꺼버릴 생각이었다. 클러치 백이 하필이면 가슴 위에 놓여 있어서 자칫하면 나쁜 짓하는 걸로 보일 수도 있었기에 무진은 클러치 백만 정확하게 빼내기 위해서 손가락 끝에 온 신경을 집중했다.

진동이 계속 울리자 천수연의 얼굴이 살짝 일그러졌다. 금방이라도 깰 것 같았다. 무진은 조심스럽게 잡았던 클러치 백을 단숨에 빼냈다. 그리고 서둘러 열어서 핸드폰을 꺼냈다.

이정희 과장님

누가 눈치 없이 전화했나 했더니 그의 비서였다. 왜 퇴사한 사람한테 전화한 건가 싶었다.

설마 생일인 걸 기억하고 전화한 건가?

무진은 고민 없이 바로 종료 버튼을 눌러버렸다. 그제야 주위가 조용해졌다. 잠든 천수연의 얼굴도 다시 편해졌다.

무진은 짧게 한숨을 내쉬며 롱 체어에 누웠다. 그는 벨벳 상자를 집어서 뚜껑을 열었다.

달칵—.

우아한 자태로 놓여 있는 백금 팔찌를 보고 그의 입꼬리가 위로 부드럽게 올라갔다. 여자 선물을 산 건 태어나서 처음이었다. 무진은 이걸 해낸 자신을 칭찬했다.

그는 고개를 돌려 여전히 쿨쿨 잘 자는 수연의 얼굴을 보았다. 투명한 피부는 손을 대면 바로 빨간 손자국이 생길 것만 같았다. 가지런히 뻗은 긴 속눈썹, 단아한 선을 그리는 콧날, 사랑스러운 입술. 그녀를 눈에 담으니 심장은 기분 좋은 파동을 그리며 뛰었다.

비서 천수연은 가방에 실을 한 땀 한 땀 꿰듯이 모든 일에 섬세했다. 그건 커피 한 잔만 보아도 알 수 있었다. 비서실 막내인 천수연이 커피 담당이었고, 그는 한 번도 그녀에게 커피가 맛없다는 말을 한 적이 없었다. 그건 그한테 별 의미 없는 일이었으니까.

그런데 그녀는 그가 남기는 커피의 양을 보고 커피의 맛을 계속 바꾸어 갔다. 그가 그걸 눈치챈 건 자신이 다 마신 커피잔의 밑바닥을 처음 보았을 때였다. 그가 그녀의 커피에 완전히 길들여진 순간이었다. 뭔가 분한 기분이 들었지만, 생색 한마디 없이 빈 커피 잔만 그냥 조용히 들고 나가는 천수연을 향해 뭐라 한마디 할 수도 없었다.

그는 천수연을 비서로 들인 뒤 확실하게 선을 지켰다. 비서 천수연이 얼마나 능력이 있는지 평가했지, 여자 천수연은 일부러 외면했다.

그런데 그게 잘 안될 때도 있었다.

회의 중 그녀의 하얀 목덜미에 흘러내린 잔 머리카락을 보앗을 때.

비 오는 날 그에게 우산을 씌워주는 그녀의 블라우스가 비에 젖어갈 때.

둘뿐인 엘리베이터 안에서 조심스러워지는 그녀의 호흡 소리를 들었을 때.

그런 사소한 것들이 가끔 그를 미치게 했다.

그녀가 그의 비서로 있었던 4년 동안 그는 내내 시험받은 건지도 모르겠다.

그래서 그는 그 시험에 통과한 건가? 실패한 건가?

무진은 천천히 그녀의 하얀 얼굴을 향해 손을 뻗었다. 하지만 채 닿기도 전에 그의 손은 주먹 쥐어졌다. 타는 듯한 감정과 냉철한 이성 사이에서 그는 잠시 헤매었다.

"천수연 대표."

그녀의 이름을 나직하게 불렀다.

어서 일어나라고, 내가 사고 치기 전에.

그러나 수연은 쉽게 눈을 뜨지 않았다.

"천수연."

사람을 깨우려고 부르는 건데 목소리는 더 은밀해졌다. 새의 날개처럼 뻗은 그녀의 속눈썹이 가늘게 떨렸다.

그녀는 당황해서 눈을 뜰 수가 없었다.

태성 그룹 회장님의 초대를 받고 와서 의자에 뻗어 잠이 들다니. 이런 무신경한 손님은 그동안 없었을 것 같았다.

어쩌지? 눈 뜨자마자 사과부터 해야 하나?

생일에 곱게 꾸미고 와서 케이크까지 잘 얻어먹고 이런 실수를 하다니. 할 수만 있다면 공간 이동을 해서 집으로 도망가고 싶었다.

"천수연 대표."

하지만 태무진 사장이 바로 앞에서 그녀를 부르고 있었다. 그녀는 태무진 사장이 눈치채지 못하게 이 자리에서 벗어날 방법을 떠올리지 못했다. 그녀가 눈을 뜨지 않자 태무진 사장이 또 불렀다.

"천수연."

더 그윽하고, 더 부드러운 부름에 그녀는 참지 못하고 가늘게 떨었다. 미치겠다. 눈 감고 가만히 있는 게 더 고역이었다. 이미 자연스럽게 깨어날 타이밍은 놓친 것 같았다. 그러니 불쌍한 대표 콘셉트로 가자. 어제 회사 차가 사고 나서 공장에서 밤샌 걸 '인간 극장'처럼 풀어내는 것이다.

작전을 짜고 수연은 천천히 눈을 떴다. 팔에 얼굴을 기대고 이쪽을 보고 있는 태무진 사장이 보였다. 꼭 침대에 나란히 누워 있다가 깬 듯한 기분에 수연의 얼굴이 달아올랐다.

"제가 오래 잤나요?"

"2시간 정도."

세상에서 가장 오싹한 낮잠을 아주 깊게 잔 것이었다.

"많이 피곤합니까?"

수연은 이제 인간 극장 타이밍이라는 걸 깨닫고 입을 뗐다.

"어제 회사 납품 차량이 사고가 났었어요. 그 사고 처리하느라고."

"하루 날 새운 거 가지고 병든 닭처럼 굴면 문제 있는데."

태무진 사장한테는 씨알도 안 먹혔다.

죄송합니다. 체력이 이 모양이라.

"운동하겠습니다."

그녀는 겸허히 자기 잘못을 받아들였다. 아침에 1시간 일찍 일어나 조깅이라도 해야 했는데 그걸 못한 그녀가 게으른 것이었다.

태무진 사장이 일어나 앉자 그녀도 서둘러 일어났다.

툭―.

그녀의 몸에 덮여 있던 담요가 바닥으로 떨어졌다. 그녀가 잘 때는 없던 거라 수연은 의아한 눈으로 담요를 보았다.

"이거 받아요."

태무진 사장이 그녀에게 벨벳 상자를 내밀었다. 그건 딱 봐도 보석 같은 게 들어 있을 것 같은 고급스러운 상자였다.

수연은 놀란 눈으로 그를 쳐다보았다.

"선물 못 사셨다고……."

"이건 선물보다는 뇌물 쪽입니다."

뇌물?

태무진 사장이 그녀에게 뇌물 줄 일이 뭐가 있단 말인가.

"저한테 왜 뇌물을 주세요?"

"내 거래 거절하지 말라고."

거래?

태무진 사장과 그녀 사이에 거래를 할 수 있는 게 무엇인지 수연은 감조차 안 왔다.

"먼저 이거 열어봐도 돼요?"

수연은 태무진 사장이 말한 거래보다 그가 준 뇌물이 무엇인지 궁금해 미칠 것 같았다. 그가 고개를 끄덕이자 수연은 바로 상자를 열었다.

달칵―.

다이아몬드가 장식된 고급스러운 백금 팔찌를 보자마자 수연은 단박에 알았다. 태무진 사장의 취향이라는 걸. 그가 가진 모든 물건은 비서들이 주문해서 갖다 바친 것들이었다. 그녀의 주 업무이기도 했기에 수연은 태무진 사장의 취향을 아주 잘 알았다. 그는 화려한 걸 극도로 싫어했다. 심플하면서도 세련된 걸 선호했다.

비서에게 시켜서 산 물건인지, 아니면 태무진 사장이 직접 산 물건인지 궁금했다. 역시 비서를 시켰겠지.

그녀만큼 태무진 사장의 취향을 잘 아는 사람이 비서실 사람 중 누구인지 떠올려 보는데 태무진 사장이 물었다.

"마음에 안 듭니까?"

"아뇨, 가보로 간직할……."

넋 놓고 대답하던 수연은 서둘러 입을 다물었다.

정신 차리자!

수연은 흩어지던 이성을 부여잡으며 고개를 들어 그의 얼굴을 올려다보았다.

"고맙습니다, 사장님."

차분하게 말했다.

"훌륭하네요."

이 말은 안 하는 게 나았을 것 같다.

수연은 부끄러워서 붉어지는 얼굴을 고개 숙여 숨겼다.

"그래서 저와 무슨 거래를 하고 싶으신 거예요?"

그냥 생일 선물이라고 했으면 더 좋았겠지만.

"서이재, 가온 광고 찍게 해주겠습니다."

뜻밖의 말에 놀란 수연은 숙였던 고개를 번쩍 들었다.

태무진 사장은 그때와 똑같은 눈빛을 하고 있었다. 그녀에게 회사 일을 정에 호소하지 말라고 경고했을 때.

그가 엄청 진지하다는 소리였다.

"그러니 천수연 대표는 내 결혼식 신부 해줘요."

협찬보다는 광고가 확실한 마케팅이었고, 모르는 놈보다는 아는 놈이 더 안전했다. 그러니 천수연이 이 거래를 거절할 확률은 단 1%도 없다고 무진은 확신했다.

수연은 놀라서 한동안 이게 현실이 맞나 의심이 들 정도였다.

내가 태무진 사장의 결혼식 신부라고?

태무진 사장은 당장 결혼식을 올릴 신부를 구할 수 없어서 곤란해 그녀에게 부탁하는 거라고 해도 수연의 입장에서는 사지도 않은 로또가 1등에 당첨된 거나 마찬가지였다.

"진짜 저랑 결혼하시겠다고요?"

그녀가 얼떨떨한 목소리로 묻는 게 이익을 따져보는 거라고 생각한 무진은 고개를 끄덕였다.

"천수연 대표는 서이재 광고로 가온을 살리고, 난 신부를 구해 결혼식을 무사히 마치고. 서로 윈윈이라고 생각합니다."

수연의 귀에 서이재 광고는 더 이상 들어오지도 않았다. 태무진 사장 옆에서 웨딩드레스를 입고 있는 자기 모습을 상상하니 몸에 날개라도 달린 듯이 붕 뜨는 기분이었다.

"계약서도 확실히 쓸 테니까 걱정하지 마요."

무진은 결혼식의 신부를 해달라는 말을 그녀한테 꺼내려고 마음먹은 순간부터 완벽한 계획을 세우겠다고 다짐했다. 그한테는 결혼식이 단지 방패일 뿐일지라도, 세상 사람들의 눈과 수연의 인생에서는 그렇지 않았다. 결혼식이 끝난 뒤에도 수연이 안전하도록 그는 계약서에 다 적을 생각이었다.

그는 그녀를 위해서 꼭 필요한 계약서라고 생각했지만, 수연은 '계약서'라는 말에 붕 날아오르던 마음이 억지로 다시 땅으로 끌려 내려오는 느낌이었다. 그러고 보니 '거래'라고 했다. 정확히 말해서 보통의 프러포즈는 절대 아닌 것이다. 여자에게 전혀 관심 없는 태무진 사장이 결혼하는 방식다웠다.

"광고는 필요 없어요. 사장님 신부 해드리는 거, 대가를 바라고 하는 일이 아니니까요."

무진은 그녀의 말이 기쁘다기보다는 화가 났다. 그는 그녀의 헌신을 바라는 게 아니었다. 그는 더 이상 그녀의 보스가 아니었으니까 그럴 필요도 없었다.

"파급력 있는 광고 하나만으로도 가온은 살아날 수 있습니다. 그 귀한 기회를 대표가 거절하는 겁니까?"

그녀도 그걸 몰라서 거절한 게 아니었다.

"잘 알지만 사장님 힘으로 광고 찍는 거 원하지 않아요."

너는 나의 헌신이 아름답지 않단 말이냐!

그런데 진짜 안 아름답고 별로였나 보다.

"회사 일을 감정적으로 결정하지 마요."

그때와 똑같은 말투, 똑같은 눈빛이었다.

― 회사 일을 정에 호소하지 마요.

수연은 주주 총회 전에 그의 사무실을 찾아갔을 때 느꼈던 수치심이 다시 떠올라서 가늘게 몸을 떨었다. 그의 신부를 해주는 게 단지 '그러고 싶어서.'라는 말은 태무진 사장에게는 그저 철없는 행동으로 보이는 건가 싶어서 수연의 어깨에 힘이 빠졌다.

"결혼식이 끝났을 때 불리해지는 건 천수연 대표입니다. 그 생각은 안 해봤습니까?"

그러고 보니 결혼식만 해달라는 소리였다. 결혼식이 끝나면 그녀는 파혼당한 여자가 되는 거였다. 그러나 그녀의 사회적 체면은 이제 가온의 체면이었다. 가온까지 끌어들이면서까지 태무진 사장을 도와줄 수 있는지 생각해보니 그녀도 망설이게 되었다.

"그럼 제가 사장님 신부 해드리면 안 되는 건가요?"

당연히 그는 그녀가 거절하지 않기를 바랐다. 무진은 그녀에게 똑 부러지게 말했다.

"천태진 대표가 깨어날 때까지는 우리가 진짜 부부가 아니라는 걸 비밀로 한다는 내용을 계약서에 넣을 겁니다."

시간이 흐르면 그와 그녀에 대한 관심도 자연스럽게 사라질 것이다. 그리고 천태진 대표라면 그보다 더 완벽하게 수연을 보호할 수 있는 사람이었다.

"네? 하지만 아버지가 언제 깨어날 줄 알고?"

아주 길고 긴 시간이 될 수도 있는 일이었다. 그럼 그동안 태무진 사장은 누구와도 결혼할 수 없었다.

수연은 불안했지만, 그는 그렇지 않았다.

"난 천태진 대표가 반드시 일어날 거라고 믿습니다."

아버지의 딸인 그녀가 가졌어야 할 확신을 태무진 사장이 말하니 수연의 마음이 먹먹해졌다.

"아버지한테는 결혼식 끝나자마자 알릴 테니 결혼식이 끝난 뒤에도 연극을 할 필요는 없습니다."

태준석 회장은 체면 때문에라도 본인의 입으로 사람들에게 결혼식이 가짜라는 걸 말하지 못할 것이다.

"그럼 회장님이 엄청 화내실 것 같은데."

그녀는 이제 태준석 회장이 걱정됐지만, 태무진 사장은 쿨하게 말했다.

"그건 아버지가 감당할 몫입니다."

처음부터 아버지가 벌인 일이었으니까.

"이 결혼식을 함으로써 천수연 대표가 감당해야 할 위험이 크니 광고는 당연한 보상입니다. 그래도 거절할 겁니까?"

'결혼식'을 거절할 거냐가 아니라 '광고'를 거절할 거냐니.

아마도 그의 성격이 철두철미했기에 완벽한 계획을 세우지 않으면 일을 진행할 수 없기 때문일 것이다. 태무진 사장은 다른 사람의 희생으로 자기 일을 해결할 사람이 절대 아니었다.

단지 그가 고결한 것이다. 그녀가 중요한 게 아니라.

"그럼 도와주세요. 광고."

그녀가 광고를 수락한 건 그의 결혼식을 수락한 것이나 마찬가지였기에 무진은 그제야 안도한 표정을 지었다. 사실 그녀가 거절하면 어쩌나 속으로 엄청 긴장하고 있었다. 무진은 수연의 손에 들려 있는 팔찌를 가져와서 직접 그녀의 손목에 채워주었다.

"그럼 우리 결혼식이 끝날 때까지 이 팔찌 빼지 마요."

태무진 사장의 흔적이 그녀의 손목에 자리를 잡았다.

무진은 그걸 만족한 시선으로 내려다보았고, 수연의 눈빛은 일렁였다.

꼭 진짜 같았다.

단지 거래가 아니라 그가 진짜 그녀에게 프러포즈한 것만 같아서 가슴이 뻐근했다.

"사장님, 저요……."

그녀가 물 먹은 목소리로 입을 떼자 무진이 팔찌에서 눈을 떼 그녀의 얼굴을 보았다. 길고 우아하게 뻗은 여인의 풍성한 속눈썹이 그림처럼 아름다웠다.

"정말 좋아요. 사장님 신부 해드릴 수 있어서."

그 말이 꼭 고백처럼 들려서 무진은 순간 머리가 멍해졌다. 수연이 넋이 빠진 그의 눈을 똑바로 보며 싱그럽게 웃었다.

"사장님이 가장 힘든 순간에 제가 꼭 옆에 있어 드릴게요. 걱정 마세요."

그리고 그건 결혼식이 될 게 분명했다. 사람들 앞에서 태무진 사장이 끝까지 당당할 수 있도록 그날, 그의 옆자리를 지키겠다고 수연은 마음속으로 맹세했다.

그날 밤, 무진은 침대에 누워서도 쉽게 잠이 들 수가 없었다. 그는 단지 자신의 결혼식을 이용해서 천수연과 서이재의 만남을 막고 그녀를 자신의 옆에 붙들어두려던 거였는데 그녀한테 기대도 못 했던 말을 듣게 된 것이다.

— 정말 좋아요. 사장님 신부 해드릴 수 있어서.

어쩌면 그녀도 그를 좋아하고 있는 게 아닐까, 하는 생각에 몸이 뜨거워졌다. 무진은 열감이 오른 얼굴을 베개에 묻으며 깊은 신음을 흘렸다. 그도 그녀에게 솔직하게 말하고 싶었다.

내가 널 사랑한다고.

그녀를 마음속에서 쫓아내려고 일부러 맞선에 집중했던 적도 있었다. 그럴 때마다 오히려 그의 마음속에선 그녀의 존재가 더 또렷해졌었다.

차갑고 냉혹한 북극 호랑이가 한 여자를 사랑하게 될 줄은 누구도 몰랐다. 당사자인 그녀조차도 짐작하지 못하리라. 그래도 상관없다고 생각했다. 그녀가 차갑고 모진 그를 좋아해 주는 일은 없을 거라고 생각했으니까. 그런데 이젠 욕심이 생겨버렸다. 그의 마음에도 사랑이 있다는 걸 그녀가 알아주길 바랐다. 그녀가 받아주길 열망했다.

태무진 사장보다 먼저 연락이 온 건 이정희 과장이었다.

[천 대리 아버지 면회 가고 싶은데 괜찮아?]

정말 생각도 못 한 말이었다. '설마 따로 부탁할 게 있나?' 하는 생각도 들었지만, 수연은 티 내지 않고 웃으며 허락했다.

"네, 오세요."

이정희 과장은 퇴근 후에 병원으로 찾아왔다.

"정말 금방이라도 일어나실 것처럼 보이는데."

자는 듯이 누워 있는 천태진 대표를 보고 이정희 과장은 안타까운 목소리로 말했다.

"사실은 천 대리한테 부탁할 게 있어."

그럴 줄 알았기에 수연은 별로 놀라지 않았다.

"사장님 결혼식이랑 상관있는 일인가요?"

이정희 과장이 고개를 끄덕이자 수연은 조심스러워졌다. 태무진 사장이 그녀에게 신부가 되어주기를 부탁했다는 걸 아직 이정희 과장에게 말할 수는 없었다. 그건 아무래도 태무진 사장이 먼저 허락해야 가능할 것 같았다.

"이런 말 들으면 정말 놀랄 줄은 아는데, 회장님이 직접 지시하신 일이라."

태준석 회장의 지시라는 말에 그녀도 긴장했다. 분명 생일에 만났을 때는 그녀에게 꽤 호의적이었는데 그게 모두 그녀도 몰랐던 시험일 수도 있었다고 생각하니 피가 마르는 느낌이었다. 역시 태준석 회장은 쉬운 상대가 아니었다.

"태무진 사장님 결혼식 신부, 천 대리가 해줄 수 있어?"

수연은 순간, 아무 말도 못 하고 이정희 과장을 쳐다보았다.

"제가요?"

설마 태준석 회장은 태무진 사장이 그녀에게 결혼식을 부탁했다는 사실을 알고 있었던 건가?

하지만 태무진 사장이 그녀에게 요구한 건 결혼식일 뿐이고, 태준석 회장이 원하는 건 태무진 사장의 아내가 될 여자였다. 둘은 너무도 달랐다. 태준석 회장이 그녀를 신부로 세우려는 걸 알면 도리어 태무진 사장은 그녀와의 거래를 포기할지도 몰랐다. 결혼식으로 끝내려던 게 오히려 제대로 코 꿰이는 일이 될 수도 있으니까.

그리 생각하니 그녀의 표정이 굳어졌다.

그걸 부정의 뜻으로 여긴 이정희 과장이 입을 열었다.

"천 대리가 놀랄 말인 거 알아. 하지만 태무진 사장은 천 대리한테도 각별한 상사였잖아. 그리고 가온이 태성과 가까이 지내서 나쁠 일은 절대 없을 거야. 그건 내가 보증할게."

이정희 과장을 보내고 그녀는 혼자서 아버지 병실에 남았다. 멍하니 아버지의 얼굴만 바라보고 있는데 핸드폰 알람이 울렸다.

삑삑─.

보낸 사람은 태무진 사장이었다.

> 계약서 준비했으니까, 강남 레지던스에서 보죠.
> 목요일 괜찮습니까?

어쩌지?

회장님도 그녀를 그의 신부로 골랐다는 걸 태무진 사장에게 솔직히 말해야 하나, 숨겨야 하나.

두 남자의 머리싸움에 그녀의 머릿속만 터질 듯이 복잡해졌다.

수연은 목요일 저녁에 태무진 사장을 만나러 강남 레지던스 호텔로 향했다. 그곳은 태성이 외부 사무실로 쓰는 곳이었다. 24시간 마라톤 회의할 때는 숙식도 해결할 수 있었다. 엘리베이터를 타고 올라가며 수연은 오랜만에 긴장했다. 꼭 처음 비서 면접을 보러 태성에 갈 때처럼.

땅ㅡ.

엘리베이터가 열리고 태무진 사장과 만나기로 한 1805호가 보였다. 수연은 긴장된 마음을 해결하지 못한 채 복도를 걸어갔다.

딩동ㅡ.

초인종을 누르고 문이 열리길 기다리는데 심장에서 세탁기 소리가 났다. 순간 이렇게까지 긴장하고 있는 자신이 너무 바보 같다는 생각이 들었다. 태무진 사장이 신부 면접을 보는 것도 아니고, 그냥 계약서에 사인만 하면 되는 일이었다.

달칵ㅡ.

문이 열리고 태무진 사장이 흰 와이셔츠 차림의 산뜻한 모습으로 등장하자 수연은 마른침을 삼켰다.

"들어와요."

터질 듯한 긴장감을 그의 묵직한 목소리가 꾹 찍어 눌렀다. 다행히 터지지는 않고 찌그러졌다. 그녀는 찌그러진 미소를 지으며 룸 안으로 들어갔다.

무진은 회의 테이블이 있는 곳으로 걸어갔다. 그 위에는 그가 준비한 계약서가 2부 놓여 있었다.

"읽어보고 불만 사항 있으면 말해요. 수정할 테니까."

태무진 사장이 계약서에 신중한 건 이번 일에서도 마찬가지였다. 고작 이런 일에 재능을 낭비하는 것 같아서 우습다가도 진지한 그의 태도에 같이 진지해졌다.

수연은 계약서가 놓여 있는 자리에 앉으며 그의 얼굴을 보았다.

"사장님은 계약서 쓰시면서 후회 안 하셨어요?"

'후회'라는 말에 태무진 사장이 고개를 들어 그녀를 쳐다보았다.

"내가 언제 후회하는 거 본 적 있습니까?"

그런 남자가 신부로 고른 건 하필 비서 출신인 그녀였다. 그의 주위에는 그녀보다 잘난 여자들이 넘쳐났다. 그 여자들과 비교했을 때 혹시나 그녀를 선택한 걸 후회하게 되지 않을까 수연은 그게 불안했다.

"난 후회할 일 없습니다. 그러니 천수연 대표나 후회하지 않게 계약서 꼼꼼하게 읽어요."

그가 흔들림 없이 말하자 수연은 좀 안정이 되었다. 그녀는 그제야 계약서 첫 장을 넘겨서 천천히 읽기 시작했다. 그런데 몇 문장 못 넘어가서 고개를 들어 그의 얼굴을 다시 보았다.

"결혼식 전까지 다른 이성과의 만남 금지요?"

"소문날 수도 있으니까."

수연은 고개를 끄덕이며 동의할 수밖에 없었다. 생각해보면 그녀에게 신부가 되어주길 부탁한 것도 체면 때문이었으니까. 당연히 그의 신붓감도 체면 깎는 소문에 휩싸이면 안 되겠지.

"혹시 문제 될 거 있습니까?"

지금 만나는 남자가 있느냐는 질문이었다. 수연이 고개를 젓자 무진은 손으로 입가를 가려 올라가는 입꼬리를 숨겼다.

결혼식에 관련된 사항은 사소한 문제라도 반드시 의논하기

수연은 다시 고개를 들어 태무진 사장의 얼굴을 보았다. 이젠 태무진 사장도 좀 불안한 눈으로 그녀를 쳐다보았다.

"또 뭐가 문제입니까?"

이 계약서대로라면 그녀는 사인하자마자 태준석 회장이 그녀를 신부로 골랐다는 말을 해야만 했다. 안 그러면 계약 위반이었다.

"저기……."

수연은 어렵게 입을 열었다.

"계약서 사인 오늘 꼭 안 해도 되죠?"

우선 태준석 회장을 만나야겠다. 그게 먼저인 것 같았다.

"왜?"

태무진 사장의 눈빛이 찌푸려졌다. 이미 기분이 상한 듯 보여서 수연은 긴장했다.

"계약은 신중해야 하니까."

"내가 천수연 대표한테 악덕 계약이라도 시키는 것처럼 보입니까?"

그는 철저하게 그녀를 보호하는 차원에서 계약서를 작성했다. 결혼식이 진행되는 동안, 그리고 결혼식이 끝난 후까지 전부. 그러니 계약서 상 갑과 을을 따지자면, 갑은 그녀였다.

250

그런데도 그녀가 사인을 망설이니 무진의 기분이 가라앉았다. 결국 그녀한테 그는 이 정도 존재일 뿐인가 싶어서.

"그게 아니라……."

수연은 어떻게든 변명해야 한다는 걸 깨닫고 머리를 빠르게 굴렸다. 그가 기분 나쁘지 않게 이 계약을 잠시 미룰 방법을.

"계약서에 추가해야 할 사항이 있는 것 같아요."

"무슨?"

"스킨십이요."

태무진 사장의 눈이 커졌다.

"사람들 앞에서 결혼할 사이처럼 보여야 하는 거잖아요. 그러니까 당연히 스킨십도 하지 않겠어요?"

수연은 속으로 비명을 질렀다.

하필 변명해도 이런 걸!

그런데 다른 게 전혀 생각이 안 났다.

"그러니까."

태무진 사장이 그녀의 눈을 피해 고개를 숙이는데, 뺨 언저리가 아까보다 붉어진 것처럼 보였다.

"내가 스킨십하는 게 싫다는 겁니까?"

"아뇨."

수연은 본능적으로 진심이 튀어나와 기겁했다. 태무진 사장도 그녀의 대답에 놀란 표정을 지었다.

"그럼 좋습니까?"

"아뇨!"

도대체 어느 쪽이야?

무진은 어느 쪽이 진심이냐고 따져 물을 수는 없어서 그녀의 얼굴만 빤히 쳐다보았다. 이런 상황은 그도 미처 생각하지 못했다. '스킨십'이라는 단어에 머리가 멍해지는 기분이었다.

수연은 당황해서 계약서를 움켜잡으며 서둘러 말했다.

"제가 사장님을 의심해서 한 말이 아니라요. 그게……."

이젠 태준석 회장이 원망스러워지려고 했다.

왜 하필 그녀를 바둑돌로 선택해서 이런 시련을 주나!

태무진 사장이 차분한 어조로 말했다.

"조심해서 나쁠 건 없죠. 다른 남자한테도 똑같이 해요."

수연은 그러겠다는 의미로 고개를 힘차게 끄덕였다.

그녀가 수줍어하며 고개를 숙이자 무진은 고개를 옆으로 틀어 촘촘한 속눈썹 아래 연한 눈빛을 살폈다. 그녀의 눈빛만 보아도 마음을 알 수 있다면 얼마나 좋을까 생각했다.

그녀는 아직도 그에게 미지의 세계였다. 그녀가 어떤 마음으로 이 결혼식에 응했는지도 궁금했다.

아직도 그의 말이 보스의 명령처럼 절대적이어서인지, 아니면 서이재의 광고가 가온에 꼭 필요하기 때문이어서인지. 아니면, 그에 대한 마음이 조금이라도 있어서인지. 그런데 그런 마음이었다면 스킨십에 대한 걱정을 하지도 않았을 것 같아서 무진은 그녀의 대답에 자신이 없어졌다.

툭―.

태무진의 긴 손가락이 그녀가 잡고 있는 계약서를 건드렸다.

"철저하게 적어요. 내가 빠져나갈 구멍 없게."

그의 말에 그녀의 얼굴이 더 빨갛게 달아올랐다. 농담이든, 진심이든 그녀의 마음을 술렁이게 하는 말이었다.

계약서에는 그가 그녀를 지켜주기 위해 했던 말들이 전부 꼼꼼하게 적혀 있었다. 차라리 결혼식을 안 하는 게 그한테는 편하게 느껴질 정도로. 태무진 사장한테 이 결혼식은 어떤 의미인지 궁금했다. 아버지가 벌인 일을 뒷수습하기 위해서인지, 아니면 조금이라도 결혼식에 진심인 건지.

하지만 솔직하게 물어볼 수는 없었다. 그런 질문에 그녀의 마음이 묻어 나와서 그녀의 짝사랑을 그한테 들킬 것 같았으니까. 그녀가 자신을 좋아한다는 걸 알면 태무진 사장은 부담감에 거래를 없던 일로 하자고 할 것이다. 그러니 그녀가 그를 위해 해줄 수 있는 일만 생각하기로 했다. 이런 기회를 이용해서 그의 마음을 욕심내지 않을 것이다.

"제가 계약서 수정해서 다시 연락드릴게요. 그때 다시 여기서 만나요."

수연은 계약서를 챙겨 들고 바람 같이 떠나려고 했는데 태무진 사장이 그녀를 붙잡듯이 물었다.

"저녁 먹었습니까?"

수연은 움찔하며 멈추어 섰다. 이 부끄러운 상황에서 같이 저녁을 먹으면 밥이 코로 들어가는지 입으로 들어가는지도 모를 것 같았다.

대답 없는 그녀의 하얀 목덜미를 보고 있으려니 무진은 갈증이 몰려왔다. 손을 뻗어 붙잡아 돌려세우고 싶은 충동이 일었다. 하지만 조금 전 스킨십에 대해 제대로 계약서에 적으라고 말한 게 그였다. 한 번도 본능에 저본 적이 없는 무진은 조금 자신이 없어졌다.

내가 괜한 짓을 했나.

"그럼 초밥 괜찮으세요?"

그녀가 초밥을 말할 때 그는 스킨십을 생각하고 있었다. 아무래도 그녀가 수정해 올 계약서가 그의 마음에는 안 들 것 같았다.

두 사람은 레지던스 호텔을 나와 근처 일식집에서 저녁 식사를 했다. 회의할 때 자주 식사를 사 왔던 곳이었다. 태무진 사장은 육고기보다는 생선을 좋아했다. 그리고 담백한 생선 위주로 먹었다. 그녀와는 정반대였다. 그녀는 고기를 더 좋아하고, 기름 많은 삼겹살을 제일 좋아했다. 그녀가 초밥을 먹자고 한 건 태무진 사장이 좋아하는 음식이고, 그녀도 젓가락질하기 편한 음식이기 때문이었다.

"오늘 저 안 만나셨으면 포커 모임 가셨나요?"

"아마도."

수연은 내내 궁금했었다. 태무진 사장이 소문이 별로 좋지 않은 사람이 섞인 그 모임에 끝까지 가는 이유가. K언론사 사주 아들 박성민은 폭력, 마약, 성추행까지 다양한 죄로 검찰 조사를 받았었다.

"저도 한번 같이 가도 되나요?"

"안 돼요."

아주 단호하고 강경한 거부가 돌아왔다.

"설마 저는 여자라서 안 된다는 건가요?"

태무진 사장이 젓가락을 멈추고 그녀를 바라보았다. 부딪쳐 오는 눈빛이 잘 벼린 칼 같았다.

"천수연 대표는 싸울 줄 모르니까."

단정한 말투였지만, 조롱처럼 들리기도 했다.

수연은 윗입술과 아랫입술을 살짝 물었다가 떼며 그의 말을 받아쳤다.

"왜 제가 못 할 거라 생각하세요?"

그녀의 대답에 태무진 사장이 팔짱을 끼며 턱을 살짝 들었다. 남자는 순식간에 오만해졌다.

"거길 가고 싶으면 먼저 날 이겨야 할 겁니다."

그녀가 다른 사람도 아니고 태무진 사장을 어떻게 이기겠나. 남자로 다시 태어나도 불가능한 일이었다.

하지만 그녀도 가온의 대표로서 여기서 꼬리를 내리는 건 체면이 서지 않았다.

"네, 좋아요. 뭘로 이겨드릴까요?"

톡, 톡.

태무진 사장의 손가락이 자기 팔을 일정하게 두드렸다. 그는 생각할 때 손가락으로 초를 셌다, 마치 시간 속에 자신을 가두듯이.

툭.

손가락을 멈추며 태무진 사장이 입을 열었다.

"그럼 황 전무로 하죠."

그녀는 크게 움찔했다.

"설마 우리 회사 황 전무요?"

태무진 사장이 고개를 끄덕였다.

"나한테 연락이 왔더군요. 같이 식사 한번 하자고."

"황 전무가 왜 사장님께 연락을!"

"내가 가진 가온 주식이 탐났나 보죠."

수연은 갑자기 뒷골이 쭈뼛 서는 것 같았다. 황 전무가 태무진 사장의 주식을 사서 할 일은 뻔했다. 그녀를 대표 자리에서 끌어내리려는 거였다.

"서, 설마 황 전무한테 파실 거 아니죠?"

"날 이길 수 있다고 했으니 황 전무를 잘 막아봐요."

그리 말하며 입꼬리를 올리는 태무진 사장이 정말 무섭게 느껴졌다.

아무래도 그녀가 겁 없이 북극 호랑이를 건드린 것 같았다.

"먹어요. 싸우려면 체력을 길러야 하니까."

그녀는 이미 입맛이 떨어졌지만 태무진 사장의 말에 초밥을 입에 넣을 수밖에 없었다. 조금 전까지 맛있었던 초밥이 꼭 모래알을 씹는 느낌이었다.

심각한 표정으로 초밥을 먹는 그녀의 모습을 힐끗 본 무진은 모르는 척 장국을 마셨다. 어차피 그녀가 황 전무를 밟고 올라서야 가온에서 대표 대접을 제대로 받을 수 있었다. 그녀가 황 전무를 밟고 올라서는 과정에서 그가 맡을 역할은 좋은 역할보다는 나쁜 역할이겠지만, 개의치 않았다. 원래가 쌀쌀맞고 차가운 성격이라 악역에 더 적격이었다.

수연이 태준석 회장과 식사하고 싶다고 이정희 과장에게 전하자마자 바로 다음 날 약속이 잡혔다. 태성 그룹 회장님은 이리 쉽게 만날 수 있는 사람이 아니었으니, 회장님이 아들 결혼식 때문에 똥줄이 탄다는 뜻일 것이다.

"많이 놀랐을 거라 생각하네."

태준석 회장은 점잖게 첫 마디를 꺼냈다.

"저를 좋게 봐주신 것 같아서 감사합니다."

수연은 정중하게 고맙다는 인사부터 했다. 태준석 회장의 기준에 그녀는 그렇게 훌륭한 며느릿감이 아니었다. 태성 그룹과 비교하면 그녀의 집안은 대단한 집안도 아니었고, 지금은 거의 고아나 마찬가지인 신세였다. 태준석 회장이 점점 다가오는 결혼식의 압박에 어쩔 수 없이 그녀를 선택한 거라고 해도 수연은 이해할 수 있었다.

"난 무진이 옆에 의지할 수 있는 사람이 있었으면 좋겠어."

수연은 처음으로 태준석 회장이 누군가의 아버지처럼 느껴졌다.

"그 녀석은 너무 혼자 다 떠맡으려고 하니까."

그건 그랬다. 남한테 의지하는 태무진 사장의 모습은 전혀 그려지지 않았다.

"그러니 천 대표가 무진이 옆에 있어주면 안 되겠나?"

수연은 난감했다. 태준석 회장은 그녀에게 태무진 사장과 진짜 결혼을 해달라고 부탁하고 있었으니까. 하지만 이걸 이용해서 태무진 사장을 도와줄 수도 있었다.

"만약 제가 해드린다고 하면 회장님은 저와 사장님께 온전히 결혼식을 맡기실 수 있나요?"

그녀의 질문에 태준석 회장의 얼굴에 화색이 돌았다.

"당연하지. 두 사람이 하는 결혼이니까."

"그럼 회장님이 저한테 결혼 이야기를 먼저 꺼낸 것도 사장님께는 비밀로 해주시겠어요?"

태준석 회장은 그 질문에는 의아한 표정을 지었다.

"굳이 왜?"

"제가 사장님 성격을 잘 아니까요. 회장님이 절 원하셨다는 걸 알면 사장님은 반감이 생기실 거예요."

그건 그렇기도 했다. 태무진은 그가 고른 여자를 단 한 번도 마음에 들어 하지 않았으니, 그가 천수연을 골랐다는 걸 알면 그녀한테 있던 정도 떨어질지 몰랐다.

"사장님께 결혼 이야기는 제가 직접 하겠습니다."

결국 두 사람을 전부 속이게 되는 거였다. 태준석 회장한테는 태무진 사장과 거래한 걸, 그리고 태무진 사장한테는 태준석 회장이 그녀에게 결혼 이야기를 꺼낸 걸.

그래도 이렇게 하면 결혼식 때까지 태준석 회장이 태무진 사장을 괴롭힐 일은 없을 것이다.

"그럼 우리 무진이 잘 부탁하네, 천 대표."

태준석 회장의 말에 수연은 그린 듯이 웃었다.

무진은 황 전무와 만나는 자리에 비서 없이 혼자 나갔다.

드르륵—.

그가 문을 열고 들어서자 황 전무는 자리에서 벌떡 일어나 너털웃음과 함께 손을 내밀었다.

"하하하하하. 이렇게 나와주셔서 감사합니다, 태 사장님."

무진은 황 전무의 손을 차갑게 바라보다 그냥 자리에 앉았다. 황 전무는 내민 손이 무안해서 얼굴이 달아올랐지만 티를 낼 수는 없었다. 오늘은 어떻게 해서든 태무진이 가지고 있는 주식을 사야 했으니까. 그래야 아르노를 놓치지 않을 수 있었다. 아르노는 황 전무에게 대표 자리를 약속했다.

황 전무는 술 주전자를 잡고서 앞으로 내밀며 강한 자 앞에서 먼저 굽실거렸다.

"천수연 대표가 저에 대해 안 좋게 말했을 것 같은데, 저에 대한 오해가 있으시다면 제 술 받고 푸십시오."

"천수연 대표는 황 전무님에 대해 한마디도 하지 않았습니다. 모함은 황 전무님이 하고 계시군요."

황 전무는 술 주전자를 든 채 표정이 굳었다. 그동안의 앙금을 풀려고 했는데, 태무진이 빈틈을 주지 않으니까 점점 속이 끓어올랐다. 북극 호랑이 비위 맞추는 건 죽어도 안 될 것 같아서 황 전무는 본론을 꺼내놓았다.

"가온 주식, 태 사장님한테는 있으나 마나 한 거지 않습니까. 제가 값을 올려서 드릴 테니까 저한테 파시죠."

"그럼 세 배 주실 겁니까?"

이런 날강도!

있는 놈들이 더하다더니 딱 그 짝이었다.

"황 전무가 회사에 큰 손실을 입혔을 때 천태진 대표가 무마해준 적이 있더군요."

태무진 사장이 오래전 이야기를 꺼내자 황 전무의 표정이 눈에 띄게 굳었다. 벌써 10년 전의 일이었다.

"이제 보니 천태진 대표의 실수였나 보군요."

넌 은혜를 뒤통수로 갚는 놈이라는 뜻이었지만 황 전무는 당당하게 말했다.

"천수연은 아직 어리고 회사에 대해 잘 모릅니다. 그런 사람을 옛정에 연연해서 대표 자리에 올려놓으시면 어찌합니까. 태 사장님이 실수하신 겁니다."

뻔뻔함도 이 정도 되면 능력이었다. 그 앞에서 이 정도이니 회사에서 천수연한테 어찌할지는 안 봐도 뻔했다.

무진은 대놓고 화내지 않고 술잔을 앞으로 밀었다.

"따라보십시오. 제 실수가 맞는지 한번 보죠."

황 전무는 웃으며 그의 잔에 술을 따라주었다.

수연은 황 전무와 태무진이 만나는 장소를 찾아내느라고 늦었다. 두 사람의 접선 장소가 그녀가 황 전무를 접대했던 식당임을 알자 허탈한 웃음이 나왔다.

"악취미네."

분명 장소는 태무진 사장이 골랐을 것이다. 도대체 무슨 마음으로 여길 다시 온 건가 싶었다. 수연은 그때 그녀가 황 전무를 접대했던 방으로 향했다.

드르륵―.

허락도 없이 문을 열었더니 고래고래 소리치는 황 전무의 목소리가 귀를 때렸다.

"너 이 자식! 어린 게 부모 잘 만나서 그 자리에 앉아 있는 거면서 어른한테 버릇없이 이럼 안 되지!"

수연은 놀라서 눈만 커졌다. 황 전무가 이리 인사불성으로 취한 모습은 처음 보았다. 태무진 사장이 고개를 돌려 그녀 쪽을 쳐다보았다.

"늦었네요."

"야! 천수연!"

황 전무의 술주정 타깃은 태무진에서 그녀로 옮겨갔다.

"네가 뭔데 그 자리에 앉아 있어! 대표는 나야!"

기가 차서 대꾸할 수조차 없었다. 수연은 핸드폰을 꺼내 차에서 대기 중인 장 실장을 불렀다.

태무진 사장도 자리에서 일어났다. 그는 멀쩡한 듯 보였는데 그게 아니었나 보다. 돌아서는데 몸이 크게 휘청했다. 장 실장과 전화하던 수연은 서둘러 그의 팔을 붙잡았다. 남자의 무게가 그녀에게 실리니 꽤 묵직했다. 태무진 사장이 고개를 내려 그녀를 보았다.

"사장님도 취하신 것 같은데 집까지 모셔다드릴까요?"

"안 취했습니다."

수연은 입술을 깨물었다.

취했는데 안 취한 척하는 게 귀엽게 느껴지면 그녀의 눈이 삔 건가?

수연은 장 실장에게 황 전무를 맡기고 태무진 사장의 차에 같이 올라탔다.

"기사님, 편의점 앞에 세워주세요."

지금 그에게는 숙취 해소제가 필요했다. 이렇게 술을 많이 마신 적이 없으니 꼭 먹여야 했다. 차가 편의점 앞에 서자마자 수연은 차 문을 열고 편의점으로 달려갔다.

반쯤 뜬 무진의 눈이 뛰어가는 그녀의 뒷모습을 좇았다. 순간, 시간이 혼란스러웠다.

그녀가 그의 비서 천수연인 건지, 가온 대표 천수연인 건지.

툭, 툭.

그때 빗방울이 창문을 두드리기 시작했다.

"어? 비가."

운전기사가 고개를 앞으로 빼며 하늘을 올려다보았다.

달칵—.

뒷문이 열리는 소리에 뒤를 본 운전기사는 텅 빈 뒷자리를 보고 순간 크게 당황했다.

딸랑.

수연은 편의점에서 나오다가 태무진 사장이 입구에 서 있는 걸 보고 놀라서 멈추어 섰다.

"왜 나오셨어요?"

"비가 와서."

태무진 사장은 그리 말하며 손을 그녀의 머리 위로 올렸다. 멍하니 밤하늘을 가린 그의 큰 손을 올려다보고 있는데 태무진 사장의 목소리가 들려왔다.

"우리 별 보러 갈래요?"

비 오는 날에 별이라니, 확실히 취했구나.

운전기사가 트렁크에서 장우산을 꺼내 서둘러 달려와 그에게 진짜 우산을 씌워주었다. 그래도 태무진 사장은 그녀의 머리 위에 올린 손을 치우지 않았다.

수연은 방금 산 숙취 해소제를 그에게 내밀었다.

"두 개 다 드세요."

확실히 취한 것 같으니.

"이거 먹으면 별 보러 갈 겁니까?"

이젠 운전기사까지 고개를 들어 비가 오는 하늘을 올려다보자 그녀가 오히려 부끄러워졌다.

"사장님, 비가 와서 별이 안 보여요."

그녀는 작게 속삭였다. 하지만 태무진 사장도 물러나지 않았다.

"가평에서는 보일 겁니다."

가평?

거긴 그녀가 아버지랑 오빠와 별을 보러 다녔던 곳이었다.

수연은 자신이 술 마셨을 때 한 말인 줄은 모르고 신기하기만 했다.

"이 시간에 가평은 너무 멀어요."

그리고 그때 태무진 사장이 그녀에게 했던 말을 그대로 했다.

"그래서 가기 싫습니까?"

수연은 난감한 눈으로 그를 올려다보았다. 수연은 예전의 태무진 사장처럼 냉정하게 거부할 수 없었다.

"가서 별 안 보인다고 저한테 화풀이하시면 안 돼요."

무진은 고개를 끄덕였다. 사실 그날 그녀에게 별을 보여주지 못한 게 마음에 남았었다. 그는 그녀에게 별을 보여주고 싶었다.

수연은 미친 척, 술 취한 태무진 사장을 데리고 가평으로 향했다. 왕복 3시간이 걸리는 별 보기 대장정이었다.

수연은 힐긋 룸미러로 뒤를 보았다. 태무진 사장은 자는 듯이 눈을 감고 있었다.

"사장님이 전에 별 보러 간 적 있으세요?"

그녀의 조심스러운 물음에 운전기사는 고개를 저었다. 그런데 비가 오는 날에 별을 보자고 하다니. 이 황당한 짓을 태무진 사장이 먼저 하자고 했다는 게 참 믿기 힘들었다.

서울을 벗어날 때 비는 그쳤다. 가평에서는 별이 보일 가능성이 조금씩 커지고 있었다. 만약 비가 오는 날에도 별 보는 걸 성공한다면 태무진 사장은 분명 운이 억세게 좋은 남자일 것이다. 살면서 모든 악운이 그를 피해 갈 팔자.

"사장님."

가평에 도착하자 수연은 조심스럽게 잠이 든 태무진 사장을 깨웠다.

두 번 정도 더 부르자 감겨 있던 그의 눈이 천천히 떠졌다. 잠시 이곳이 어디인지, 그녀가 누구인지 가늠하듯이 살피는 눈동자가 애틋했다.

"도착했습니다. 내리세요."

결국 그의 바람대로 가평에 왔다. 아버지의 사고 이후 그녀도 처음 와보는 곳이었다. 예전에 아름다웠던 별은 그대로일지, 그녀도 아직 눈으로 확인하지 못했다.

달칵―.

두 사람은 동시에 차 문을 열고 밖으로 나왔다. 가평은 비가 온 적이 없었는지 땅이 젖어 있지 않았다. 그리고 하늘에는 별들이 총총총 박혀 있었다. 꼭 아름다운 액자 속 그림을 보는 듯한 풍경이었다.

"정말 별이 많군요."

그녀의 말이 맞았다는 걸 눈으로 직접 확인한 무진은 한숨처럼 뱉어냈다. 수연은 고개를 끄덕이며 태무진 사장의 운발에 경의를 표했다.

"여긴 아버지랑 오빠랑 자주 왔던 곳이에요."

그녀의 말에 무진이 별을 보던 시선을 내려 수연을 보았다. 그녀는 턱을 높이 들어 하늘을 황홀하게 올려다보고 있었다.

"그런데 이제는 다 같이 별 보러 오기는 힘들게 되었네요."

대신 태무진 사장이 그녀의 옆에 있었다. 신기하면서 덕분에 외롭지 않을 수 있었다.

"오빠는 지금 어디 있을까요?"

수연은 넋두리처럼 말했다.

"한국 땅이긴 할 겁니다."

항공편을 모두 살펴봤지만 천수민이 한국을 떠난 흔적은 발견하지 못했다.

"바보 같은 천수민."

수연이 천수민 욕을 하며 눈을 손으로 비비자 무진은 지레 겁을 먹고 물었다.

"우는 겁니까?"

"아뇨, 눈에 눈썹이 들어갔나 봐요."

그녀가 한참을 손으로 눈을 비비자 무진은 그녀의 얼굴로 손을 뻗었다. 그의 손가락이 턱에 닿는 순간 그녀의 움직임이 뚝 멈추었다.

"내가 봐줄게요."

"어, 어두워서 안 보여요."

무진은 핸드폰 플래시를 켜서 그녀의 손에 쥐어주었다.

"들고 있어요."

밤하늘의 별보다 더 환한 손전등 밑에서 태무진 사장의 얼굴 가까이 있으니 수연의 심장에서 탈수기 소리가 났다. 그녀는 얼굴에 아무 표정도 드러내지 않으려고 부단히도 노력했다. 촘촘하게 박힌 속눈썹 아래 별을 닮은 눈동자가 그녀의 눈만 뚫어지게 보고 있었다.

수연은 일부러 눈동자를 위로 올려 그의 머리 위 하늘을 보려고 노력했다.

차라리 별을 세자. 별 하나, 별 둘, 별 셋…….

그래도 그의 존재감은 전혀 사라지지 않았다.

쿵, 쿵쿵, 쿵쿵쿵, 쿵쿵.

심장이 요상한 박자를 타기 시작했다. 아무래도 이건 노력으로 버티기는 힘든 상황인 것 같았다. 그녀가 질끈 두 눈을 감자 태무진 사장이 차분하게 명령했다.

"눈 떠요."

무리입니다. 또 눈이 마주치면 심장을 토해낼 것 같습니다.

하지만 눈썹이 들어간 눈이 정말 따끔거려서 이대로 있을 수도 없었다. 수연은 굳은 결심을 하고 눈을 힘껏 떴다.

"후……."

그녀가 눈을 뜨자마자 따뜻한 바람이 그녀의 눈에 불어왔다. 휘파람을 불듯이 오므려진 그의 입술이 꼭 키스를 부르는 듯했다.

"후……."

다시 한번 더 불어온 바람에 그녀는 움찔하며 다시 눈을 감았다.

"이제 괜찮습니까?"

수연은 격하게 고개를 끄덕였다. 이젠 안 빠져도 빠진 것이다.

"이제 손 좀……."

놔달라는 말은 목 안에서만 울렸다. 수연은 눈을 아래로 내리깔았다. 지금은 태무진 사장의 얼굴을 똑바로 보기 힘들었다. 그한테서 청량한 향과 함께 술 냄새가 미묘하게 섞어서 풍겨왔다.

그는 여전히 술에 취한 걸까?

아니면, 이제 술이 깬 걸까?

그의 손이 턱에서 떨어지지 않고 아예 뺨을 감싸 안자 수연은 정말 헷갈리기 시작했다. 남자의 손가락이 천천히 그녀의 얼굴을 덧그리듯이 눈가와 뺨과 입술 주위를 어루만졌다. 그의 손길에 모든 걸 빼앗기는 것만 같은 기분이었다. 수연의 긴 속눈썹이 파르르 떨렸다.

"사장님, 아직도 취하셨어요?"

"아마도."

그의 목소리가 물에 푹 잠긴 듯이 귀에 축축하게 감겨왔다. 그녀는 숨을 크게 한 번 들이켜고 입을 열었다.

"벌써 자정이에요."

역시 이 시간에 가평에 오기에는 너무 먼 거리였다.

툭.

그가 그녀의 이마에 자기 이마를 기대더니 긴 한숨을 내쉬었다. 닿은 이마가 열이라도 있는 듯이 너무 뜨거웠다.

정말 모르겠다.

이 모든 게 술주정인지, 아니면 다른 것인지.

그의 이마가 떨어지고 손이 제자리로 돌아가며 완전히 그녀 한테서 멀어지자 태무진 사장은 언제 취했냐는 듯이 반듯한 자세와 목소리로 말했다.

"서울로 돌아가죠."

먼저 차로 걸어가는 태무진 사장의 뒤를 그녀도 말없이 쫓았다.

마치 아주 찰나의 꿈인 것만 같았다.

그와 같이 가평의 별을 본 건.

Chapter 9

한집에서 하룻밤

　서울로 돌아오는 차 안에서 태무진 사장은 더 이상 자지 않고 창밖만 쳐다보고 있었다. 수연도 감히 말을 걸 용기를 내지 못하고 조용히 앞만 보고 있었다. 그런데 오늘 태무진 사장은 가평에 처음 간 사람처럼 보였다.

　진짜 그런 거라면 왜 가평에 가자고 한 걸까?

　서울 톨게이트가 보이자 태무진 사장이 입을 열었다.

　"천수연 대표 집으로 먼저 가주세요."

　너무 늦은 시간이라 사양할 수가 없었다. 그녀는 말없이 듣고만 있었다. 태무진 사장이 말하는 걸 보니 술이 완전히 깬 것 같았다. 이 정도로 깬 것을 보니까 그리 많이 취했던 건 아닌 듯했다.

　그런데도 그리 행동한 건 도대체 무슨 의미일까?

　술에 취하면 갑자기 막 여자가 좋아지는 스타일인가?

　남자에 대해 잘 모르긴 하지만 태무진 사장은 더 모르겠다.

　누가 그리스 로마 신화 아니라고 할까 봐, 더럽게 어렵다.

"다음부터는……."

그녀에게 하는 말 같아서 수연은 긴장한 눈으로 룸미러를 보았다. 태무진 사장은 여전히 창밖을 보고 있었다.

"내가 이상한 말이나 행동을 하면 그냥 무시해요."

이상한 말? 별을 보러 가자고 한 거 말인가?

그럼 이상한 행동은?

그녀는 그가 더 설명하길 바랐지만, 태무진 사장은 그대로 입을 다물었다. 덕분에 그녀만 답답해 미칠 것 같았다. 지금은 사장과 비서도 아니니까 그냥 대놓고 물어볼까 싶었지만 차마 용기가 안 났다. 술 취해서 한 행동이니 큰 의미를 두지 말라는 말이 돌아올 것만 같았으니까. 앞으로 술 취한 남자는 절대 진지하게 상대하지 말아야겠다. 그녀만 이만저만 손해가 아니었다.

차가 그녀의 집 앞에 도착한 시간은 새벽 2시가 가까워져 오는 시간이었다. 거의 외박이었다.

"태워다주셔서 감사합니다."

수연은 인사를 한 뒤, 차 문을 열고 내렸다. 그녀가 대문까지 걸어갈 동안 차는 떠나지 않고 그 자리에 서 있었다. 수연은 가방에서 열쇠를 꺼내다가 몸을 돌려 다시 차로 걸어갔다.

똑똑.

그녀는 태무진 사장이 타고 있는 뒷좌석 창문을 손으로 두드렸다.

스윽.

창문이 내려가며 태무진 사장의 얼굴이 보였다.

"왜?"

"시간도 너무 늦었으니까 오늘은 그냥 우리 집에서 자고 가세요."

이 말은 그의 비서가 아니라 그의 신부니까 할 수 있는 말이었다.

그녀의 말에 그의 눈동자가 크게 커졌다. 이 남자가 당황한 게 느껴져서 살짝 통쾌했다. 그런데 통쾌하려고 한 말은 아니었다. 그에게 잘 시간을 좀 더 주고 싶을 뿐이었다. 아침에 출근하는 시간은 언제나 똑같으니까.

"됐습니다."

그의 거절에 수연은 더 단호하게 말했다.

"걱정 마세요. 한 침대에서 자자고 하지는 않을 테니까."

뭐라고 말하려고 벌어졌던 태무진 사장의 입에서는 아무 말도 나오지 않았다. 딱 조금 전, 그녀와 똑같은 반응이었다.

그러니 오늘은 이걸로 퉁치기로 했다.

"어서요. 내일 출근하려면 저도 빨리 자야 해요."

그녀가 직접 차 문을 열자 태무진 사장은 할 수 없이 밖으로 내려섰다. 수연은 대문으로 걸어가 열쇠로 직접 문을 열었다. 너무 늦은 시간이라 박 씨를 깨울 수는 없었다.

"들어오세요."

태무진 사장은 집과 그녀를 번갈아 보았다. 여전히 망설이는 모습에 수연은 웃음이 나오려고 했다. 꼭 여자 혼자 사는 집에 초대받은 남자 같은 모습이니까.

평소와 다른 그의 태도에 그녀의 기분도 오락가락했다. 공적인 관계인 것 같기도 하고, 사적인 관계인 것 같기도 하고. 그러나 그녀는 흑심이 있어서 그를 붙잡은 게 아니었기에 속마음을 티 내지 않고 말했다.

"오빠 방 내드릴게요."

수연은 먼저 대문 안으로 들어갔다. 대문 밖에서 낭비할 시간이 없었다. 어서 씻고 자야 조금이라도 더 잘 수 있었다.

달칵―.

불을 켜자 오랫동안 주인이 오지 않은 방의 모습이 드러났다.

"오빠가 언제 돌아올지 몰라서 매일 청소하고 있어요. 그러니까 안심하고 주무세요."

수연은 손으로 드레스 룸과 욕실의 위치를 가리키며 알려주었다.

"옷은 드레스 룸에서 아무거나 꺼내 입으시고, 샤워는 저쪽 욕실에서 하시면 돼요."

할 말을 마치고 고개를 들었더니 태무진 사장이 그녀를 내려다보고 있었다. 수연은 빙긋 웃으며 굿나잇 인사를 했다.

"푹 쉬세요. 아침에 깨워드리겠습니다."

그녀가 아직 그의 비서였을 때, 출장을 가면 호텔 방문 앞에서 이런 인사를 했었다. 그걸 그녀의 집에서 하게 될 줄은 몰랐다.

"……잘 자요."

태무진 사장도 출장에서보다는 좀 더 친밀한 감정이 담긴 눈빛으로 인사했다. 어쩌면 오늘 별을 보러 다녀오면서 그와 조금은 더 친해진 건지도 모르겠다는 생각이 들었다.

설마 그가 더 많이 좋아지려나. 그럼 큰일인데. 더 이상은 위험 수위였다.

쏴아아아아아아아아—.

따뜻한 물 아래에서 샤워하며 무진은 손으로 얼굴을 쓸어내렸다. 술은 이미 완전히 깼는데 얼굴의 열기는 오히려 더 심해졌다. 역시 그냥 집에 갔어야 했나 보다. 이 기분으로 잠이나 제대로 잘지 모르겠다. 무진은 차가운 타일 벽에 손을 짚고 고개를 깊이 숙였다. 머리 위로 물줄기가 뜨겁게 쏟아져 내렸지만 몸에 퍼진 열감은 쉬이 사그라지지 않았다.

똑똑.

누군가 문을 두드리고 있었지만 무진은 샤워하느라 듣지 못했다.

달칵—.

문을 살짝 열고 안을 살핀 수연은 침대가 텅 빈 걸 보고 조심스럽게 안으로 들어왔다. 그녀의 손에는 꿀물이 들려 있었다. 침대 옆에 놓아두면 알아서 먹겠지 싶어서 수연은 침대 쪽으로 걸어갔다.

막 협탁 위에 꿀물이 든 잔을 놓아두려고 했는데.

달칵—.

욕실 문이 열리는 소리가 들려왔다. 반사적으로 고개를 돌린 수연과 욕실을 나오던 무진의 눈이 허공에서 마주치며 두 사람은 동시에 몸이 굳었다. 수연은 아직도 물기가 맺혀 있는 태무진 사장의 몸에서 눈을 뗄 수가 없었다.

"……."

"……."

몸을 보여준 이도, 몸을 본 이도 둘 다 섣불리 입을 열지 못했다. 하지만 이 상태로 영원히 멈추어 있을 수는 없는 노릇이었다.

"꾸, 꿀물 드시라고요."

멋대로 방에 들어온 수연이 자신이 왜 여기 있는지 해명했다. 절대 그의 몸을 훔쳐보려고 들어온 게 아니라고.

"알았으니 나가요."

무진도 너무 놀라서 목소리가 경직되게 나왔다. 이 상황에서 몸을 가리는 것도 웃긴 행동이었다. 당장 그녀를 내보내는 길밖에 없었다.

수연은 서둘러 문으로 걸어가다가 왼발이 오른 다리에 걸리는 바람에 그대로 앞으로 꼬꾸라졌다.

"악!"

그녀가 바닥에 쓰러진 것을 보고 무진이 놀라서 앞으로 걸어 나오다가 멈추어 섰다. 이 헐벗은 몸으로 도와주는 게 더 민망한 일이었다.

넘어진 수연은 더 당황해서 허둥대며 일어났다.

"죄송해요!"

도대체 무엇에 대한 사과인지 모를 사과를 하고 수연은 빠르게 문으로 달려갔다. 어서 빨리 이 방에서 나가야 한다는 생각밖에 안 들었다.

쾅—.

그녀가 문을 세게 닫고 나간 뒤에도 무진은 한동안 그 자리에서 움직이지 못했다. 분명 수연이 실수한 건데 왜 그가 죄지은 느낌인 건가 싶었다. 그는 젖은 머리를 거칠게 쓸어 넘겼다. 아무래도 오늘은 잠자긴 그른 것 같았다.

쾅!

수연은 그녀의 방으로 돌아와서 바닥에 털썩 주저앉았다.

"하아."

전력질주로 100m 달리기라도 한 듯이 숨이 찼다.

"내가 도대체 뭘 본 거야?"

눈앞에는 아직도 살색의 몸이 아른거렸다. 딱 벌어진 어깨, 날렵하게 뻗은 쇄골, 탄탄한 가슴, 선명한 복근까지. 왜 슈트가 그리 잘 어울리나 했더니 몸이 그렇게나 훌륭하기 때문이었다.

수연은 두 손으로 얼굴을 가리고 몸부림을 쳤다. 창피해 미칠 것 같은데, 좋아서 죽을 것 같기도 했다. 태무진 사장이 그녀를 음흉한 여자라고 여긴다고 해도 어쩔 수 없었다. 목욕하는 선녀를 훔쳐본 나무꾼이라도 된 듯이 심장이 방아를 찧어 댔다.

그녀는 열이 오른 얼굴을 두 손으로 감싸며 신음했다.

"오늘 밤 잠자긴 글렀네."

사람이 지나치게 흥분하면 불면증이 왔다.

가정부 박 씨는 아침이 되어서야 집에 손님이 있다는 걸 알고 서둘러 아침을 준비했다.

"그런데 못 잤어?"

초췌한 수연의 얼굴을 보며 박 씨가 걱정스럽게 물었다.

"괜찮아요."

수연은 히죽 웃고는 태무진 사장을 깨우기 위해서 2층으로 올라가려고 했는데, 이미 태무진 사장이 2층에서 내려오고 있었다. 그를 보자 지난밤 일이 다시 선명하게 떠올라서 수연은 꿀꺽, 침을 삼켰다.

"편히 주무셨어요?"

그녀의 물음에 말없이 쳐다보는 태무진 사장의 얼굴도 잠 못 잔 그녀와 비슷한 것 같아서 수연은 어색하게 웃었다. 더 자라고 일부러 그녀의 집에 묵게 한 건데 손님한테 정말 몹쓸 짓을 해버렸다.

"아침 드세요."

설마 기분이 언짢아서 아침도 안 먹고 가겠다고 하면 어쩌나 걱정했는데 다행히 태무진 사장이 식탁 앞에 앉았다.

"입에 맞으실지 모르겠네요. 술 드셨다고 해서 북엇국으로 준비했어요."

박 씨가 태무진 사장의 눈치를 보며 말했다.

"속 풀리게 드세요."

두 여자의 지나친 관심을 받으며 태무진 사장은 수저로 국을 떠서 먹었다.

"맛있습니다."

그의 한마디에 박 씨의 표정이 환해졌다.

"아휴, 다행이네. 그럼 천천히 드세요."

두 사람이 편히 식사할 수 있게 박 씨가 자리를 떴다.

수연은 밥을 먹기 전에 태무진 사장에게 사과부터 했다. 아무래도 마음에 걸렸으니까.

"어젯밤 일은 정말 죄송했어요. 많이 놀라셨죠?"

목욕하고 나온 그를 훔쳐본 여자는 그녀가 유일할 것이다.

"그 일에 관해서는 이야기하지 말죠."

태무진 사장이 눈썹을 찌푸리며 불편한 심기를 드러냈다.

수연은 입술을 깨물었다. 이 상황에서 웃으면 그녀는 진짜 태무진 사장에게 제대로 찍히는 거였다. 그런데 그 일만 생각하면 왜 자꾸 웃음이 나오려고 하는지. 그녀는 국그릇 위로 고개를 푹 숙였다.

술 마신 그보다 북엇국을 더 잘 먹는 그녀를 무진은 이상하다는 눈으로 쳐다보았다. 같이 아침을 먹었더니 그나마 어색한 분위기가 조금은 풀어졌다.

"그런데 황 전무한테 진짜 주식 파실 거예요?"

"세 배 주면 팔 겁니다."

"황 전무는 짠돌이라 절대 그렇게 안 살 거예요."

"술 마셔서 실수한 거 만회하려고, 두 배는 낸다고 할 겁니다."

그러니 앞으로 조금만 더 올리면 된다는 소리였다. 그리고 태무진 사장이라면 진짜 해낼 것 같기도 했다.

"제가 사장님 몸 본 거 때문에 복수한다고 더 열심히 하실 건 아니죠?"

그녀가 또 금지한 이야기를 꺼내자 태무진 사장은 바로 일어났다.

"그만 출근하죠."

현관으로 걸어가는 그의 뒷모습을 보며 수연은 웃음을 꾹 참았다, 아무래도 화난 게 아니라 부끄러워서 서두르는 것 같았기에.

오늘 태무진 사장은 참 인간적이었다.

그날은 황 전무가 먼저 수연의 사무실로 찾아왔다. 자신이

술자리에서 실수한 것 때문에 똥줄이 탔나 보다.

"태무진 사장님한테 내가 큰 실례를 한 것 같은데 대신 말 좀 전해주면 안 되겠니? 천 대표."

그녀는 여자라고 함부로 보고, 태무진 사장은 어리다고 함부로 보았을 것이다.

"사과는 직접 하세요. 절 통해 하시면 태무진 사장님이 더 안 좋게 보실 겁니다."

그녀의 충고에 황 전무의 얼굴이 마구 일그러졌다.

"혹시 둘이 짠 건가?"

수연은 헛웃음이 나왔다.

"제 뒤에서 가온 주식 사 모으시는 분이 하실 말씀은 아닌 것 같네요."

그녀의 지적에 황 전무는 크게 헛기침을 했다. 똥 묻은 개가 겨 묻은 개 나무란 꼴이었으니까.

"도대체 태 사장이랑 천 대표 무슨 사이인가?"

"전 직장 상사입니다."

"세상에 어떤 직장 상사가 이 정도까지 하나. 말이 되는 소리를 해!"

황 전무의 목소리가 올라가자 수연은 차갑게 경고했다.

"세상에 어느 부하 직원이 상사한테 이렇게 소리를 치나요?"

그녀의 지적에 황 전무의 얼굴은 술 취한 사람처럼 붉게 달아올랐다.

"황 전무님이 지금 이러시는 게 가온을 위한 거라면 저도 할 말이 없지만, 개인의 욕심 때문이라면 멈추세요. 저도 보고만 있지는 않을 테니까."

"보고만 안 있으면 날 자르기라도 하겠다는 거야?"

황 전무는 코웃음을 쳤다.

그녀가 절대 못 한다고 생각하나 보다.

"네, 아버지는 못 하셔도 저는 해요."

그녀의 말에 황 전무의 눈빛에 불길이 솟아올랐다.

"어디 천 대표랑 나 둘 중 누가 먼저 회사를 나가게 되나 보자고!"

쾅!

황 전무가 거칠게 문을 닫고 나가버리자 이 대리가 달려와서 물었다.

"괜찮으세요?"

수연은 웃으며 말했다.

"마케팅 팀장 불러주세요."

그녀에게는 서이재 광고라는 다이아몬드 카드가 있었다. 그러니 당분간 황 전무는 그녀를 절대 못 이길 것이었다. 그런데 이 다이아몬드 카드를 그녀의 손에 쥐여준 게 태무진 사장이었다.

분하지만 황 전무의 말이 맞나 보다.

단지 전 직장 상사라고만 하기에는 그에게 받은 게 넘치게 많았다.

그녀한테는 아직 수정해야 할 계약서가 남아 있었다. 태무진 사장은 결재 늦은 서류 재촉하듯이 그녀에게 물어왔다. 하필이면 스킨십을 걸고넘어지는 바람에 그거에 대해 어떻게 적어야 하는 건지 머리가 아팠다.

손끝도 건들지 말라고 하는 건 그녀만 손해고. 그렇다고 대놓고 만져도 된다고 하는 건 너무 속 보이는 짓이고.

수연은 머리를 쥐어짜며 가장 적당한 수위를 생각하다가 밤잠을 설쳤다. 잠을 설친 수연은 아침에 화장할 때, 총체적 난국이 바로 이런 것이라고 느꼈다. 어릴 때는 잠을 안 자도 탱탱하던 피부가 이젠 잠을 못 자면 푸석했다.

피부 관리받을 시간도 없는데 어쩐단 말인가.

평소보다 화장을 오래 하느라 아침도 못 먹고 집을 나섰다. 박 씨가 그녀가 먹을 샌드위치를 대신 챙겨주었다. 차 안에서 먹으면서 갈 생각에 샌드위치를 손에 쥐고 대문을 나서다가 그대로 걸음을 멈추었다. 고작 그 정도 못 잤다고 헛것이 보이는 건가 싶었다.

운전기사가 서 있어야 할 자리에 태무진 사장이 서 있었다. 황금빛 아침 햇살이 핀 조명처럼 그의 머리 위에만 떨어지는지 태무진 사장 주위만 환했다. 멍하니 서 있는 그녀에게로 태무진 사장이 먼저 걸어왔다.

우뚝.

태무진 사장의 얼굴이 가까이서 보였지만, 수연은 전혀 현실 감각이 느껴지지 않았다. 왜냐하면 지금은 아침 출근길이었으니까. 태무진 사장은 태성으로 가는 길이어야 했다. 그녀의 집 앞에 있어선 안 되었다.

"어떻게 여기 계세요?"

화장으로 고생한 그녀와 달리 아침에도 굴욕 없는 얼굴의 태무진 사장은 말했다.

"계약서 받으러 왔습니다."

헉!

"지, 지금요?"

여전히 못 고친 상태였다. 스킨십은 너무 어려운 문제였다.

"설마 아직도 못 고친 건 아니겠죠?"

그녀가 늦는 이유가 망설임 때문이라고 생각한 태무진은 그저 느긋하게 기다리고만 있을 수 없어서 일부러 집까지 찾아온 것이었다.

그는 또렷하게 기억했다, 그의 신부 하는 게 좋다는 그녀의 말을.

그런데 계약서 쓰는 걸 망설이는 건 도대체 무슨 마음이란 말인가?

"그게, 우선 출근부터 하면 안 될까요? 늦었는데."

그녀는 억지로 웃으며 부탁했다. 태무진 사장도 그 말에는 동의한다는 듯이 차로 걸어갔다.

"타요."

태무진 사장이 직접 조수석 문을 열어주었다.

세상에.

수연은 내적 비명을 질렀지만 겉으로는 조용히 조수석에 올라탔다.

태무진 사장은 운전석에 올라탔다.

"사장님이 직접 운전하시는 거예요?"

그가 운전하는 차를 타고 출근할 기회가 있을 줄은 상상도 못 했다. 태무진 사장이 운전하는 모습을 그녀는 처음 보았다.

"마음이 급해서."

그녀가 붙잡고 있는 계약서 이야기 같아서 수연은 어깨를 웅크렸다.

"혹시 제가 계약서 드릴 때까지 아침마다 찾아오실 거예요?"

"네, 같이 출근하는 거 부담되면 계약서 빨리 써요."

그의 판단 착오였다. 그녀는 같이 출근하는 게 너무 좋았다. 하지만 지금은 티를 내면 안 될 것 같아서 운전하는 태무진 사장의 모습을 훔쳐보며 수연은 작은 목소리로 사과했다.

"죄송해요. 꼼꼼하게 작성하느라고요."

"한 백 가지 사항이 더 추가되는 겁니까?"

아직 한 가지도 추가하지 못한 수연은 꿀꺽 침을 삼켰다. 수연은 그녀의 아침으로 챙겨 온 샌드위치를 그에게 내밀었다.

"이거 차비로 드릴게요."

태무진 사장은 힐끗 샌드위치를 보고는 다시 정면으로 시선을 돌리며 도도하게 말했다.

"내 몸값이 겨우 그 정도입니까?"

하긴. 그의 몸값을 생각하면 샌드위치에 캐비어라도 왕창 넣어서 내밀어야 했다.

"그럼 뭘 원하세요?"

"계약서."

아무래도 그는 계약서 성애자 같았다. 그러니 자연스럽게 워커홀릭이 된 것이다.

"그럼 우리 계약서 같이 쓸래요?"

태무진 사장이 고개를 돌려 그녀를 보았다. 같이 쓴다는 말이 정확히 무슨 뜻인지 알 수 없었기에.

수연은 혼자 고민하는 것보다는 차라리 태무진 사장에게 솔직하게 묻는 게 나을 것 같았다.

"사장님은 저랑 스킨십하면 불편할 것 같으세요?"

그녀의 질문에 태무진 사장이 갑자기 핸들을 옆으로 꺾더니 차를 갓길에 세웠다. 출근길에 궤도 이탈은 처음이라 수연은 긴장했다.

괜히 물었나?

수연은 서둘러 변명했다.

"결혼식을 올리려면 우선 상견례를 해야 하고, 그다음에는 예복을 맞추어야 하고, 웨딩 사진도 찍어야 하는데. 그 모든 과정에서 저희가 남남처럼 굴면 사람들이 이상하게 생각할 것 같아서요. 그러니까 진짜 결혼하는 사이처럼 보이려면 적당한 스킨십은…… 헉!"

갑자기 태무진 사장의 얼굴이 코앞까지 다가오자 수연은 놀라서 차 창문에 머리를 박았다. 그의 깊고 짙은 눈빛이 그녀의 입술을 내려다보았다가 다시 그녀의 눈으로 돌아왔다.

태무진 사장이 남자의 눈으로 그녀를 바라보았다.

"지금 내가 불편해 보여요?"

아니, 당장 키스할 것 같은 남자로 보였다.

가평에서는 술 취해서 그런 줄 알았는데, 지금은 출근길이었다. 태무진 사장이 출근 전에 술을 마셨을 리가 없었다.

"사, 사장님도 이런 거 좋아하셨어요?"

여자 보기를 돌같이 하기에 당연히 금욕주의인 줄 알았다. 태무진 사장은 여자가 앞에서 발가벗고 유혹해도 안 흔들릴 줄 알았다. 그런데 그녀의 생각이 틀렸다는 듯이 그가 허스키한 목소리로 말했다.

"나도 남자니까."

그가 남자가 되니, 그녀는 그의 앞에서 여자가 되었다.

보스와 비서.

그 틀에서 절대 벗어날 수 없는 사이인 줄 알았는데 이리도 쉽고 간단하게 서로를 다른 눈으로 바라볼 수 있다는 게 믿기지 않았다.

얽힌 시선에 단단히 갇힌 채 심장만 속절없이 두근거렸다. 그를 바라보는 그녀의 눈동자가 잘게 떨리고, 뺨 언저리에 열 감이 몰려 붉게 달아올랐다.

무진은 눈을 낮게 내리깔며 그녀의 미세한 표정 변화를 탐색했다. 그를 싫어하는지, 아닌지.

다행히 싫어하는 건 아닌 듯해서 무진은 더 욕심이 났다. 그는 손을 뻗어 샌드위치를 꼭 움켜잡고 있는 그녀의 손 위에 자기 손을 포갰다.

그가 다섯 손가락을 얽자 떨림은 그녀의 몸 전체로 퍼졌다. 단지 손이 잡혔을 뿐인데, 현기증이 났다. 수연은 차마 그의 눈을 똑바로 보지 못하고 파르르 떨리던 속눈썹을 아래로 떨구었다.

"내가 아직도 보스일 뿐입니까?"

수연은 심장을 움켜잡을 수가 없어서 입술만 깨물었다. 그녀의 마음을 이미 그에게 들킨 것 같았다.

"혹시 이미…… 아세요?"

어차피 그녀의 의지로 포기할 수 없는 짝사랑이라면 차라리 그가 다 알았으면 좋겠다는 마음도 있었다.

"그래서 저한테 결혼식 부탁하신 거예요?"

그녀가 그를 짝사랑하고 있다면 절대 신부 자리를 거절할 리 없으니까. 그녀의 마음을 그런 식으로 이용한 거라고 해도 수연은 할 말이 없었다. 먼저 좋아하는 사람이 약자였으니까.

"내가 천수연 대표한테 결혼식을 부탁한 건……."

서이재 때문이었다. 모든 여자의 사랑을 받는 그 남자가 그녀와 가까워지는 게 싫었다. 그래서 그녀를 그의 옆에 붙잡아두려고 결혼식 신부를 해달라고 한 건데, 지금은 더 많은 욕심이 생겼다. 결혼식이 끝난 뒤에도 그가 그녀와 함께할 수 있기를 바랐다. 그녀의 인생을 그가 책임지고 싶었다. 그럴 자격을 그녀가 그에게 주었으면 좋겠다. 그가 그 말을 망설이는 동안 수연이 활짝 웃으며 말했다.

"괜찮아요. 무슨 이유든."

그녀의 미소가 아름다워서 무진은 심장이 아렸다. 그녀의 순수한 마음에 비해 그의 마음은 온통 욕심으로 가득 차 있는 것 같아서.

그녀한테 아무것도 바라지 않는다는 건 거짓말이다.

어떻게 그럴 수 있겠나.

그는 그녀처럼 착할 수 없었다. 그녀의 마음을 얻을 수만 있다면 무슨 짓이라도 하고 싶었다.

"그런데 사장님."

수연은 태무진 사장에게 조심스럽게 현실을 알려주었다.

"저희 지각할 것 같은데요."

태무진 사장이 번쩍 고개를 들어 빠르게 시간을 확인했다. 그녀의 말대로 될 것 같자 무진의 낯빛이 창백해졌다. 출근 중이라는 걸 까먹고 있었다. 태무진 사장은 도로의 상황을 확인하더니 바로 결정을 내렸다.

"내려요."

"네? 아직 회사 도착 안 했는데."

"이 차로는 무리입니다. 지하철 타요."

헐! 이 시간의 지하철은 지옥철이었다.

"설마 사장님도 지하철 타시려고요?"

그녀는 그렇다 쳐도 태무진 사장과 지하철은 너무 안 어울렸다.

"네. 우리 같이 타는 겁니다."

태무진 사장이 차에서 내리자 수연도 할 수 없이 안전벨트를 풀고 차에서 내렸다. 태무진 사장은 지하철로 걸어가며 운전기사에게 전화해서 길에 버려둔 차를 가져가라고 지시했다. 수연은 그의 뒤를 쫓아가며 불안한 눈으로 태무진 사장의 얼굴과 지하철에 가득한 사람을 번갈아 보았다.

"사장님, 아무래도 그냥 차 타고 가시는 게……."

지하철에 타자마자 그의 고급 슈트가 사람들 틈바구니에서 다 구겨질 것이다. 수연은 상상만으로도 끔찍했다.

"절대 지각할 수 없습니다."

그가 지각 한 번 한다고 태성 그룹이 무너지는 것도 아닌데, 엄청 큰일인 것처럼 심각했다. 하지만 그게 태무진 사장답기는 했다. 그는 자기만의 원칙을 목숨처럼 여기는 사람이었다.

그런 그에게 이 결혼식은 도대체 어떤 의미일까 싶었다.

"그건 천수연 대표도 마찬가지고."

어쩔 수 없이 오늘은 지하철을 탈 운명인 걸 깨닫고 수연은 한숨을 내쉬었다.

플랫폼 안은 사람으로 가득 차 있었다. 공간의 면적보다 더 많아 보이는 사람들을 보고 태무진 사장도 멈칫했다. 꼭 전쟁 피난민 같은 모습이었다. 무진이 고개를 돌려 그녀의 위치를 확인했다.

"내 뒤에 꼭 붙어요."

마치 이산가족이라도 되면 큰일이라는 듯한 그의 말투에 수연은 입술을 깨물며 고개를 끄덕였다.

"그런데 태성까지 가려면 환승해야 할 것 같은데 괜찮으시겠어요?"

그녀의 물음에 태무진 사장이 돌아보았다. 그건 미처 몰랐다는 눈빛이었다.

"아!"

애매한 대답. 어째 그녀가 그를 태성까지 데려다줘야 할 것 같은 분위기였다.

그때 열차가 선로에 들어온다는 안내 메시지가 흘러나왔다. 출근길이 급한 사람들은 서둘러 계단을 뛰어 내려왔다. 아직 계단을 벗어나지 못한 그녀의 어깨를 누군가 세게 치고 지나갔다. 휘청하는 그녀의 몸을 단단한 팔이 바로 안아서 끌어당겼다. 수연은 고개를 들어 태무진 사장을 올려다보았다. 그는 그녀를 치고 뛰어간 남자를 노려보고 있었다. 이렇게 사람만 안 많았어도 당장 쫓아가서 잡았을 것이다.

"사장님, 저희 이 열차 타야 해요."

그래야 그의 원칙대로 지각을 안 할 수 있었다. 태무진 사장은 그녀의 손을 움켜잡더니 비장하게 말했다.

"가죠."

복잡하고 시끄러운 도시의 중심에서 그녀는 그의 뒷모습만 좇았다. 그는 이 전쟁터 같은 출근길 속에서도 혼자 독보적으로 우아했다. 그리고 잡힌 손이 뜨거웠다. 지하철을 탄 뒤에도 태무진 사장은 잡은 손을 놓지 않았다. 꽉 찬 사람들 때문에 움직일 수 없어서인 것 같았다. 그녀의 예상대로 그의 옷이 사정없이 구겨지고 있었다.

"사장님, 참기 힘드시죠?"

걱정되어 그녀가 묻자 태무진 사장이 고개를 내려 그녀를 보았다. 지하철 등 아래에서 그의 피부가 창백하게 느껴졌다.

"아니, 괜찮아요."

수연은 그가 거짓말하는 거라고 생각했다. 출근길 지옥철을 좋아할 수 있는 사람은 이 세상에 아무도 없을 테니까.

하지만 무진은 진심이었다. 지하철 때문에 그녀의 손도 이리 오래 잡고, 평생 잊을 수 없는 기억도 생겼다.

그와 그녀의 몸은 닿을 듯 말 듯 한 거리에 있었지만 절대 그 이상 가까워지지 않았다. 수연은 지하철 봉을 움켜잡고 있는 그의 손목에 솟아난 힘줄을 보았다. 뒤에서 밀어대는 사람들을 힘으로 버티고 있는 것 같아서 마음이 쓰였다.

그녀는 손으로 그의 재킷 자락을 잡고 끌어당겼다. 그가 놀란 눈으로 쳐다보자 수연은 나직하게 말했다.

"저한테 기대셔도 괜찮아요."

힘들게 버틸 필요 없다고.

"이럴 거면 계약서는 왜 수정한다고 한 겁니까?"

그의 물음에 그녀의 얼굴이 달아올랐다. 이제 와서 핑계였다고 할 수는 없었다.

"지금은 불가항력이니까, 특별한 상황이고요."

뒤쪽 문이 열리며 내린 사람보다 타는 사람이 더 많았다. 태무진 사장의 몸이 사람들에게 밀려 그녀에게 더 가까워졌다.

가슴과 가슴이 닿았다.

그녀의 심장 소리가 그에게 다 들릴까 염려될 정도로 아주 빠르고 시끄럽게 뛰어댔다.

"이젠 진짜 안 괜찮으시죠?"

그녀가 또 묻는 말에 무진은 쓰게 웃으며 그녀의 정수리에 얼굴을 묻었다.

"그런 거도 같군요."

절대 닿을 수 없던 달과 태양이 불가항력으로 닿아버리면 그 뒤에는 무슨 일이 벌어질까?

우주의 법칙을 거슬렀으니 종말이 올 수도 있었다.

"그래도 계약 파기는 절대 안 돼요."

그가 갑자기 계약 이야기를 하자 수연은 의아해서 눈동자를 위로 움직였다. 하지만 보이는 건 그의 턱과 붉어진 귓불뿐이었다.

"계약서 빨리 달라고요? 네. 오늘 꼭 완성할게요."

그래야 출근길에 또 이 고생을 안 하겠지.

그래도 고생한 보람이 있어서 그날 지각은 피할 수 있었다. 수연은 기쁜 마음으로 태무진 사장에게 메시지로 보고했다.

> 전 지각 안 했어요.
> 사장님도 무사히 출근하셨어요?

삐삑―.

알람이 와서 핸드폰을 확인한 그녀의 얼굴에서 미소가 사라졌다.

> 1분 지각.

독한 남자. 그건 그냥 시계가 빠른 거라고 하지.

그날 퇴근하고 집에 온 수연은 마치 창작의 고통을 느끼는 작가처럼 계약서를 마주했다.

스킨십

세 글자를 써놓고 잠시 손이 멈추었다. 하지만 더 이상 망설일 수가 없었다. 오늘 출근길에 개고생한 걸 떠올리면 지금 당장 이 계약서를 완성해야 했다. 그래야 태무진 사장의 옷이 구겨지는 일이 또 안 생기지.

　아무래도 태무진 사장은 그녀를 독촉하기 위해서 일부러 지하철을 탄 것 같았다.

　　　　결혼할 사이처럼 보이게

　이건 적극적으로 스킨십 해달라는 뜻인가?

　수연은 적은 걸 지웠다. 그녀는 여인으로서의 고상함을 잃고 싶지 않았다.

　　　　서로의 동의하에 하기

　이 정도가 적당할까?

　태무진 사장은 그녀가 스킨십 금지 조항을 적으려고 한다고 생각하겠지만, 처음부터 그런 마음은 아니었다. 좋아하는 남자가 만지는 게 싫은 여자가 세상에 어디 있겠나.

　수연은 오늘 지하철에서 그녀의 손을 꼭 움켜잡고 있던 태무진 사장의 손을 떠올리며 입꼬리를 올렸다.

　"그래, 스킨십은 나쁜 게 아냐."

　수연은 추가해서 적었다.

　　　　서로의 동의하에 좋은 스킨십을 지향하기

　드디어 계약서를 완성한 수연은 흐뭇한 표정을 지었다.

　　　　사장님, 저 계약서 완성했습니다.

메시지를 보내자 태무진 사장한테서 바로 메시지가 왔다.

그럼 내일 강남 레지던스에서 보죠.

다음 날, 수연은 계약서를 들고 강남 레지던스로 갔다. 오늘 계약서에 사인만 하면 진짜 태무진 사장과 결혼식을 올리게 될 거라고 생각하니 기분이 아주 묘했다. 처음 이 신부 없는 결혼식에 대한 이야기를 들었을 때만 해도 그 신부가 그녀가 될 줄은 상상도 못 했었다.

우뚝, 호텔 엘리베이터 앞에서 태무진 사장이 어떤 여자와 이야기 중인 걸 보고 수연은 너무 놀라서 저도 모르게 기둥 뒤에 숨었다.

뭐야? 여기서도 맞선녀랑 만난 거야?

그런데 그녀가 모르는 얼굴이었다. 그럼 태무진 사장의 맞선녀는 아니라는 소리였다. 태무진 사장이 맞선을 본 여자에 대해서는 당사자인 태무진보다 그녀가 더 기억력이 좋다고 자부할 수 있었다.

누구지?

엄청 예쁘고 세련된 분위기의 여자였다. 그런 여자와 자연스럽게 대화하고 있는 태무진 사장의 모습이 너무 낯설면서 멀게 느껴졌다.

엘리베이터 문이 열리고 두 사람이 같이 올라타자 수연은 당장 달려가서 같이 탈 것인지 끝까지 없는 사람인 척할 것인지 고민했다.

결국 그녀는 앞으로 나서지 못했다. 도저히 발이 떨어지지 않았기 때문이었다. 수연은 기둥에 머리를 박은 채 자기혐오에 빠졌다.

결혼식까지 하기로 했으면서 왜 못 나간 거야! 당당하게 나가서 내가 이 남자 신부라고 거드름을 피웠어야지.

태무진 사장은 계약 결혼에 그녀가 오버한다고 싫어할지도 모르지만 적어도 그 여자한테는 확실히 먹혔을 것이다. 수연은 울적한 기분으로 혼자 엘리베이터에 올라탔다.

달칵—.

"나도 지금 왔어요."

문을 열어준 태무진 사장이 반가운 표정을 지으며 인사했지만 그녀의 기분은 별로 나아지지 않았다.

'아까 그 여자랑 무슨 이야기 나눴어요?'라고 묻고 싶었지만, 입만 앞으로 나올 뿐 말이 나오지는 않았다.

무진도 그녀의 분위기가 평소보다 좀 가라앉은 걸 느끼고 그녀의 표정을 살폈다.

"회사에 무슨 일 있어요?"

"네, 서이재가 우리 회사 광고한다고 마케팅 팀에서 난리 났어요. 아직 대외비라고 했는데 금방 소문날 것 같아요."

서이재라는 이름에 무진의 표정도 굳었다. 들을 때마다 새롭게 기분이 나쁜 이름은 처음이었다.

"아직 계약서에 사인도 안 했는데 진행하는 겁니까?"

"걱정 마세요. 광고만 받아먹고 튀지는 않을 테니까."

그런 뜻으로 한 말이 아니었기에 무진은 팔짱을 끼고 그녀의 뒤통수를 바라보았다.

왜 기분이 나쁜 거지?

"계약서 읽어보세요."

무진은 자리에 앉아 그녀가 내민 계약서를 받아서 펼쳤다. 계약서를 읽던 태무진 사장의 표정이 점점 심각해지더니 결국 중간에 멈추고 그녀에게 다시 계약서를 내밀었다.

"도대체 좋은 스킨십의 기준이 뭡니까?"

목소리가 딱 비서였던 그녀를 혼내던 그 목소리 그대로였다. 그녀는 적어놓고 좋은 말 같아서 흐뭇해했으나 태무진 사장은 정반대였다.

"계약에서 애매모호한 게 제일 나쁘다는 거 모릅니까?"

그녀도 잠시 잊고 있었다, 이 남자가 계약에 얼마나 철저한지. 평소였다면 잘못했다고 바로 사과하고 고쳤겠지만 수연은 이미 묘령의 여자 때문에 기분이 상한 상태였다.

"완벽하게 지킬 수 없는 계약서라면 애매모호하나 정확하나 뭐가 다르겠어요."

그녀의 시니컬한 지적에 태무진 사장의 눈빛이 가늘어졌다.

"그 말은 이미 내가 계약을 어겼다는 겁니까?"

수연은 그의 질문에 억울한 마음이 폭발해서 따져 묻게 되었다.

"네. 왜 그러셨어요?"

다른 이성과의 만남 금지인데, 왜 다른 여자랑 이야기한 거냐고.

"내가 뭘 했다는 겁니까?"

무진은 당연히 그 말을 하나도 이해할 수가 없었다.

"아니에요. 그냥 계속 읽으세요."

수연은 넓은 마음으로 이번엔 넘어가기로 했다.

하지만 무진은 이미 마음이 찝찝해졌다. 무진은 계약서를 앞으로 밀어내며 단호히 말했다.

"말해요. 안 그럼 오늘도 사인 못 합니다."

이러다 결혼식이 올 때까지 계약서에 사인을 못 할지도 모르겠다.

수연은 그의 얼굴을 소심하게 노려보았다. 오늘 잘못은 그가 한 거였으니까. 오기가 생겨서 수연은 계약서를 펼쳐서 그녀의 이름이 적힌 부분에 사인을 해버렸다.

"전 사인했어요."

수연이 그의 앞에 있는 계약서도 사인하기 위해서 가져가려고 하자 그녀의 손 위로 그의 손이 겹치며 꾹 눌렀다.

"아직 계약서 확인 안 끝났습니다."

"계약서상 동의 없는 신체 접촉은 금지예요."

그녀의 말에 무진은 바로 손을 뗴었다. 그가 손을 물리자마자 수연은 바로 계약서를 가져다가 거기도 사인을 해버렸다.

"전 다 끝났어요."

그녀의 행동에 무진은 황당한 표정을 지으며 쳐다보았다.

"그런 식으로 계약하는 건 말도 안 됩니다."

그는 다른 건 몰라도 계약에 대해서는 철저했다. 그녀의 행동은 계약할 때 가장 하지 말아야 할 무모한 행동이었다.

"제가 사인 안 하면 곤란한 건 사장님이시잖아요."

그러니까 말이다. 그래서 더 그녀의 행동이 이해가 안 되었다. 무진은 펜을 집어 들고 그녀를 똑바로 쳐다보았다.

"내가 여기 사인하면 정말 돌이킬 수 없게 됩니다. 그러니까 그 전에 뭐가 문제인지 말하는 게 낫지 않겠습니까?"

그의 말에 수연이 고개를 숙이고 입술을 깨물었다.

"만약에."

그녀의 입에서 당돌하게 따지던 아까와는 달리 깊게 잠긴 목소리가 흘러나왔다.

"결혼식 전에 사장님이 정말 결혼하고 싶은 여자분이 나타나면 그건 계약 위반 아니에요."

그녀의 배려가 무진은 오히려 아팠다. 그의 결혼식 신부를 해줄 수 있어 좋다는 말은 단지 전직 비서의 헌신적인 마음일 뿐인 것 같아서.

"그럴 일 없습니다."

그의 단호한 부정에 수연은 정말 참을 수 없어졌다.

"오늘도 여자분 한 명 만나셨잖아요."

그녀의 말에 무진은 '무슨 소리냐'는 눈으로 그녀를 쳐다보왔다.

"누구 말입니까?"

그가 인정하지 않으니 수연은 실망감이 들었다. 여자 문제에 관해서는 태무진 사장도 어쩔 수 없는 남자인가 싶어서.

"제가 다 봤어요. 엘리베이터 앞에서 이야기 나누는 거."

그제야 무진은 그녀가 계약서를 내밀며 이상하게 군 이유를 깨닫고 몸을 뒤로 젖혔다.

"그게 거슬렸습니까?"

대답은 태무진 사장이 해야 하는데 오히려 그녀에게 질문하니 수연은 울컥했다.

"아뇨! 전 단지 사장님이 계약을 안 지키면 저도 지킬 필요가 없다는 뜻이죠."

"계약서에 사인하는 건 신성한 겁니다."

"하지만 사장님이 먼저!"

"한 실장 부인입니다."

"네?"

한 실장이라면 사장 비서실의 책임자인 비서실장이었다. 비서실장한테는 12살이나 어린 미모의 부인이 있었다. 책상에 트로피처럼 가족사진까지 놓여 있었다. 그 사진 속 부인을 본 적이 있는 수연은 현실을 부정하듯이 고개를 저었다.

"아니에요. 다른 여자였는데……."

"그럼 내가 한 실장한테 재혼했냐고 물어보겠습니다."

태무진 사장이 핸드폰을 꺼내 진짜 전화를 걸려고 하자 수연은 서둘러 손을 뻗어 태무진 사장의 손과 전화를 같이 움켜잡았다.

"하지 마세요."

인정합니다. 제가 질투심에 눈이 멀었습니다.

태무진 사장이 잡힌 손을 내려다보다가 고개를 들어 그녀의 눈을 바라보며 물었다.

"이건 좋은 스킨십입니까, 나쁜 스킨십입니까?"

수연은 서둘러 두 손을 위로 들어 올렸다. 마치 경찰한테 '손 들어!'라는 말을 들은 범인처럼. 그녀의 반응을 보고 태무진 사장이 입꼬리를 올리며 판단했다.

"아! 나쁜 스킨십."

태무진 사장이 그런 말을 하니 위험하게 섹시해졌다. 수연은 고개를 돌리며 허둥지둥 말했다.

"오늘은 서로 하나씩 계약 위반이니까 공평하게 없던 일로 해요."

"난 아니었습니다."

수연은 자기 발등을 자신이 찍은 것 같아서 눈을 질끈 감았다. 계약서에 스킨십에 대한 조항을 넣자고 한 것도 그녀였고, 오늘 여자 이야기를 먼저 꺼낸 것도 그녀였다. 어떻게 해도 빠져나갈 구멍이 없었다.

"그럼 나 혼자 잘못한 거니까."

수연은 우울하게 인정했다.

"절 어떻게 처리하실 건데요?"

모든 계약에는 계약 위반 시 내야 하는 위약금이 있기 마련이었다. 하지만 이 계약에서는 위약금 대신 계약 위반 시 상대방이 처벌을 결정한다고 나와 있었다. 설마 학교 때처럼 벌이라도 받는 건가 싶었다.

"공평하게 가죠."

이미 그녀한테 이 계약은 공평하지 않은 것 같았다. 그녀는 분명 태무진 사장을 위해 그녀가 헌신하는 거라고 여겼는데, 이리 처벌을 받는 입장이 되다니.

역시 세상에 믿을 사람 하나 없다는 말이 사실이었나. 그녀가 태무진 사장을 너무 신뢰한 건지도. 그는 계약 앞에서는 피도 눈물도 없는…….

갑자기 이마에 닿은 따뜻한 감촉에 수연은 눈을 떴다. 태무진 사장은 이미 그녀한테서 멀어져 있었지만, 방금 그 감촉은 분명 타인의 입술이었다. 그녀가 멍하니 그의 입술만 쳐다보고 있자 태무진 사장이 입꼬리를 올리며 가볍게 말했다.

"나쁜 스킨십에는 나쁜 스킨십으로."

놀라운 일이었다. 계약 위반을 했는데 이런 횡재를 맞다니.

"안 나빴는데."

그녀가 저도 모르게 진심을 뱉어내자 그의 눈동자가 살짝 커졌다. 수연은 본심을 숨기려고 서둘러 말로 덮었다.

"그 정도로는 절 기분 나쁘게 하실 수 없어요. 더 과감하셔야죠."

말을 다 끝내기도 전에 속에서 비명이 터져 나왔다.

도대체 무슨 말을 해대는 거란 말인가!

바늘을 가져와서 입을 꿰매버리고 싶었다.

"아! 기분이 진짜 나빠져야 나쁜 스킨십이란 말이군요."

태무진 사장의 손이 그녀의 양옆을 짚더니 그녀의 얼굴로 가까이 다가왔다. 수연은 눈을 크게 뜨고 가까워지는 그의 얼굴을 쳐다보았다. 1센티미터를 남겨두고 그가 빤히 그녀의 눈을 바라보았다. 서로의 숨결이 다 느껴지는 이 거리가 너무 긴장되어서 그녀는 숨 쉬는 걸 잠시 멈추었다.

"그래도 여전히 기준이 모호합니다. 마음이란 너무……."

이 상황에서도 계약서의 명확성을 따지는 것이라면 그대가 진정한 위너입니다.

수연은 머리로 생각이라는 걸 할 수가 없었다.

"자기중심적이니까. 같은 상황이라도 천수연 대표와 내가 느끼는 게 다를 수 있어요."

수연은 떨리는 숨결로 물었다.

"그럼 사장님은 방금 제 이마에 키스하고 어떠셨는데요?"

그의 대답이 듣고 싶었다.

당신도 지금 나처럼 마음이 떨리느냐고.

서로 닿는 것만으로도 심장이 뛰느냐고.

깊이를 가늠할 수 없는 그의 까만 눈동자가 그녀의 눈을 바라보다가 잠시 그녀의 입술로 향하다가 다시 그녀의 눈으로 돌아왔다. 평소에는 냉혹하다는 평을 받는 북극 호랑이의 눈빛이 오늘 이 순간에는 결코 차갑지 않았다.

"나는 뜨거웠습니다."

그의 말은 그녀의 심장에 떨어져 화려한 불꽃을 피웠다. 남자가 여자보다 육체적으로 솔직하다고 해도 적어도 그를 뜨겁게 만든 사람이 그녀라는 것이 수연은 행복했다.

"그럼 입술에 하면 불타겠네요."

분위기에 취해 그녀가 한 말에 태무진 사장은 전혀 웃지 않았다. 오히려 더 열감이 퍼진 눈빛으로 그녀의 입술을 바라보자 수연의 속눈썹이 가늘게 떨렸다.

감당도 못 할 거면서 그런 농담은 왜 한 건가.

그의 손가락이 그녀의 입술로 다가왔다. 마치 그를 맞이하듯이 입술이 벌어졌다. 그의 입술보다는 단단한 살결이 그녀의 입술에 닿았다.

펑— 펑—.

또다시 몸 안에서 불꽃이 터져 올랐다. 이대로 더 하다가는 정말 그녀의 마음을 들킬 것 같아서 수연은 얼굴을 뒤로 뺐다. 태무진 사장도 바로 손을 내렸다.

"내가 화장을 지워버렸네요. 미안해요."

그의 사과에도 그녀의 마음은 어지럽게 설레고 있었다. 단지 그를 결혼식에서 구해주면 끝나는 일인 줄 알았다. 하지만 그의 말 한마디에, 그의 행동 하나에 그녀는 흔들리고 있었다.

이런 것도 계약 위반일까?

수연은 자신을 믿을 수가 없었다. 이러다 점점 욕심이 늘어서 어느 순간 태무진 사장의 바짓가랑이를 붙잡고 그녀를 사랑해 달라고 추태를 부리는 건 아닌지 모르겠다.

"계약서에 사인도 했으니까 이제 가봐야 할 것 같아요."

수연은 그의 팔 안에서 벗어나 그와 거리를 두었다. 오늘은 이 정도에서 헤어져야 안전할 것 같았다.

"약속 있습니까?"

그의 물음에 수연은 작게 고개를 저었다.

오늘 만남의 목적은 계약서였으니까 계약서에 사인한 걸로 두 사람의 볼일은 다 끝난 거였다. 이제 쿨하게 악수하고 헤어져야 했지만, 무진은 그러기 싫었다. 무진은 보통의 남녀가 데이트할 때 어딜 가는지 생각해보았다.

가장 무난하고, 거절하지 않을 곳.

"그럼 영화 볼래요?"

"네?"

그녀가 믿을 수 없다는 표정을 짓자, 무진은 자신이 잘못 말한 건가 싶었다.

"사장님도 영화관 가세요?"

안 간다.

그런데 솔직하게 대답하면 그녀가 이상하게 생각할 게 뻔했기에 무진은 얼굴에 철판을 깔고 거짓말을 했다.

"네, 가끔 갑니다."

"영화관에서 마지막으로 보신 영화가 뭐예요?"

그렇게 자세한 정보를 요구할 줄은 몰랐기에 무진은 머리에서 땀이 나는 것 같았다.

설마 그가 거짓말한 걸 눈치채고 캐묻는 건가?

수연은 단지 태무진 사장의 평범한 모습을 본 게 신기하고 좋아서 질문한 것뿐이었다.

"그게……."

기억력이 컴퓨터 수준으로 좋은 태무진 사장이 바로 대답을 못 하는 건 살짝 이상하긴 했다. 영화관에 간 지 정말 오래되었구나 싶었다.

"기생충."

"어머! 그거 최근 영화잖아요."

아카데미에서 한국인 최초로 감독상까지 받은 기념비적인 작품이었다. 지금 무진의 머릿속에 떠오른 영화는 대한민국 국민이라면 다 아는 그 영화밖에 없었다.

"전 아직 안 봤는데, 영화 어떠셨어요?"

설마 내용까지 물어볼 줄이야.

무진은 이 산을 넘으면 다음에는 무슨 산이 나올지 두렵다고 생각하며 대답했다.

"상 받을 만한 영화더군요."

이렇게 다 대답했는데 영화를 같이 안 본다고 하면 그는 진심으로 기분이 나빠질 것 같았다.

영화관에 와서 상영 중인 영화 포스터를 본 무진의 표정은

썩 좋지 않았다. 하필 서이재가 주연한 영화가 가장 상영관이 많았다.

"뭐 보실래요?"

무진은 서이재 영화 빼고 다 괜찮았다.

"할리우드 영화 쪽이 나을 것 같은데."

"요즘은 우리나라 영화가 더 재미있어요."

그래도 서이재는 싫다.

"음…… 난 할리우드 영화만 봐서."

마지막으로 본 게 '기생충'이라고 하지 않았나?

전 세계적으로 인정받은 영화니까, 그건 예외라는 뜻인가 보다.

"그럼 제가 가서 표를 뽑아 오겠습니다."

자연스럽게 그녀가 표를 뽑으러 가려고 했는데 태무진 사장의 손이 그녀의 팔을 잡았다.

"내가 할 테니 가만히 있어요."

태무진 사장의 비서 출신 천수연은 그 말에 깜짝 놀랄 수밖에 없었다.

"사장님이 직접 표를 사신다고요?"

사장님한테 일을 시키는 기분은 굉장히 부담스러웠다. 그녀는 이미 퇴사한 직원이라서 숨 쉬고 있는 거지, 현직 비서였다면 호흡 곤란이 왔을 것이다.

"여기서 기다리고 있어요."

태무진 사장이 표 사는 곳으로 걸어가는 모습을 수연은 불안한 시선으로 쳐다보았다. 이럼 안 될 것 같은데, 기다리고 있으라는 말도 명령어로 몸에 인식되어서 수연은 섣불리 움직일 수 없었다.

"와! 저 남자 봐. 끝내준다."

"그러게. 방금 본 영화에 나온 배우보다 더 잘생겼다."

"저런 남자랑 사귀는 여자 진짜 부럽다."

태무진 사장과 떨어진 뒤에야 사람들이 그에 대해 하는 말들이 들려왔다.

회사에서도 그리스 로마 신화였는데, 회사 밖에서도 태무진 사장을 평범하게 보는 사람은 없었다. 사람들의 경외와 감탄과 질투와 시기의 시선을 평생 받아온 삶이라는 건 어떤 것인지 수연은 짐작이 잘되지 않았다. 태무진 사장을 오래 안 그녀조차도 편하고 부담 없이 그를 대하는 건 힘들었다.

그럼 태무진 사장은 누구와 편하게 이야기를 나눌 수 있는 걸까?

그의 비서일 때는 걱정조차 안 되었던 일이 다른 위치, 다른 각도에서 보게 되니 신경이 쓰였다. 표를 끊은 태무진 사장이 더 밝아진 얼굴로 그녀가 있는 곳으로 걸어왔다.

무진은 이제 조금 자신감이 붙었다. 표도 무리 없이 끊었으니 그가 영화관에 처음 왔다는 걸 수연은 전혀 눈치채지 못할 것이다.

"들어가죠."

"아! 팝콘은 안 드세요?"

뭐가 또 남았단 말인가?

무진은 그녀의 시선을 따라 고개를 돌려 팝콘 파는 곳을 보았다.

"저거 꽤 맛있어요. 제가 사 올게요."

수연이 후다닥 그곳으로 달려가자 무진이 붙잡으려고 손을 뻗었지만 얼마나 잽싼지 그의 손은 그녀의 옷자락을 그저 스쳐갔다. 무진은 허망한 눈으로 텅 빈 자기 손을 내려다보다가 고개를 들었다.

수연은 팝콘을 사고 있었다. 목소리는 들리지 않았지만 그녀의 표정만 보아도 판매 직원에게 어떤 목소리로 말하는지 다 들리는 듯했다. 그녀의 목소리는 따뜻하고 정직했다. 처음엔 역시 천태진 대표의 딸답다고 생각했고, 나중에는 그 청량한 목소리에 고통을 느끼기도 했다.

너는 깨끗한데 나만 이렇다고.

그녀가 그의 비서로 있는 4년 동안 좋기만 했다고 말할 수는 없었다. 그녀는 분명 유능한 비서로서 최선을 다했는데도, 그녀의 존재 자체가 그를 괴롭히기도 했었다.

팝콘이 산처럼 쌓인 걸 보고 수연이 놀란 표정을 짓다가 활짝 웃었다. 그날 방송국에서 마주친 서이재도, 저 팝콘 파는 청년까지도 쉽게 수작질을 거는데, 그는 4년 동안 그게 세상에서 가장 어려웠다.

"사장님, 이것 보세요. 팝콘을 정말 많이 줬어요."

고작 팝콘에 기분 좋아진 그녀를 무진은 뚱한 시선으로 쳐다보았다.

그의 반응을 보고 수연은 어색하게 웃음을 거두었다.

"사장님이 단맛을 싫어하셔서 일부러 캐러멜 팝콘은 안 샀는데."

그녀가 제일 좋아하는 팝콘이었다. 그러나 태무진 사장은 그런 것 따위 무의미하다는 듯이 앞서 걸어갔다. 수연은 팝콘이 떨어질까 봐 종종걸음을 치며 그의 뒤를 쫓아가야 했다.

갑자기 왜 기분이 가라앉은 걸까?

그사이 회사에서 전화가 왔나?

그런 생각을 하며 그의 눈치를 보았다.

영화관 안은 듬성듬성 자리가 비어 있었다. 그것만 보고도 수연은 짐작할 수 있었다.

이 영화 재미없구나.

수연은 힐긋 옆자리의 태무진 사장을 쳐다보았다. 그는 미술관에서 명화를 감상하는 듯한 진지한 눈빛으로 영화관 광고를 보고 있었다.

"사장님, 팝콘."

그녀가 끝까지 팝콘을 강요하자 태무진 사장은 감상을 방해받은 사람처럼 곁눈으로 그녀를 흘겨보았다.

"저 혼자 다 못 먹어요. 음식 버리면 안 되는데."

그녀는 사정했다. 제발 조금이라도 먹어달라고. 그제야 태무진 사장의 손가락이 팝콘 하나를 품위 있게 집어 들었다. 태무진 사장과 함께 있으니 팝콘까지 그녀를 긴장시켰다.

"어떠세요?"

태무진 사장은 짧게 고개를 끄덕인 걸로 대답을 대신했다. 나쁘지는 않다는 뜻인가 보다. 수연은 다행이라고 생각하며 팝콘을 한 주먹 집어서 그대로 입에 집어넣었다. 평소 습관처럼 먹었다가 놀라는 태무진 사장과 눈이 마주치자 당황했다. 하지만 입에 팝콘이 가득해서 말을 할 수도 없었다. 수연은 두 손으로 얼굴을 가리고 팝콘을 열심히 씹어서 넘겼다.

꿀꺽.

입이 빈 뒤에야 해명했다.

"한 번에 많이 먹어야 더 맛있어요."

이게 과연 해명할 일인지는 모르겠지만.

그런데 그녀의 말이 의심되었던 건지 태무진 사장이 그녀처럼 팝콘을 손으로 움켜잡더니 입으로 가져갔다. 수연은 놀란 눈으로 그가 팝콘을 먹는 모습을 쳐다보았다.

"난 똑같은데."

태무진 사장의 말에 수연은 웃음을 터트렸다. 그녀의 웃음소리에 그가 고개를 돌렸는데, 그 순간 암전이 되며 영화가 시작되었다.

툭.

잡으려던 건 팝콘이었는데, 닿은 건 타인의 손이었다. 그녀의 손이 오그라들었다. 그의 손길이 그녀의 마음을 마구 휘저어댄 것처럼 영화에 집중할 수가 없었다. 눈은 영화를 보고 있었지만 온 신경은 옆자리의 존재를 향해 있었다.

그에게 말하고 싶었다.

남자랑 영화 보러 온 거 처음이라고.

그런데 그게 태무진이라서 너무 좋다고.

부르르르르르—.

핸드폰의 진동 소리가 그녀의 심장 소리처럼 들려서 수연은 흠칫 몸을 떨었다. 태무진 사장이 핸드폰을 꺼내었다. 이제 전화를 받으러 나가겠구나 싶었는데 그는 그대로 전원을 꺼버렸다. 수연은 당황해서 물었다.

"전화 안 받으셔도 돼요?"

분명 중요한 전화일 것 같았다. 그한테 잡담하러 전화하는 사람이 있을 리가 없으니까.

"괜찮아요."

그는 괜찮다고 했지만 그녀가 안 괜찮았다.

"받으셔야 할 것 같은데."

태무진 사장이 팝콘을 집더니 그의 입이 아니라 그녀의 입에 밀어 넣으며 경고했다.

"내 비서처럼 굴지 마요."

수연은 눈을 크게 뜨고 팝콘만 씹었다.

지금은 그의 비서가 아니긴 했지만, 그걸 굳이 그리 질색하며 말할 필요는 없잖은가.

수연은 영화를 보고 있는 태무진 사장의 날렵한 옆태를 훔쳐보았다. 어지간히 영화가 재미있나 보다, 라고 생각했다. 그러니까 방해받고 싶지 않은 것이다.

의외다. 사장님이 영화광이었다니.

수연은 그렇게 오해 하나가 더 늘어났다.

영화가 끝나고 불이 켜지자 반이나 비어 있는 팝콘 통이 보였다.

헐. 언제 이리 많이 먹었지?

"밥 먹으러 가죠."

그런데 태무진 사장이 밥까지 먹자고 한다. 그녀는 이미 팝콘으로 배가 부른데.

"그럼 간단하게 샌드위치 드실래요?"

가볍게 먹어야 할 것 같아서 그리 말했더니 태무진 사장이 못마땅한 표정을 지었다. 식사 메뉴에 이리 티 나게 싫은 내색을 보인 건 처음이었다.

"싫으세요?"

지금껏 잘 드셨잖아요.

"데이트에 샌드위치는 아닌 것 같군요."

수연은 순간 멍해졌다. 그의 말에 그녀는 이게 '데이트'였다는 걸 처음 알았다.

"데이트요?"

그녀의 말간 눈이 그를 똑바로 향했다. '우리가 언제 그런 걸 하는 사이였냐.'고 따져 묻는 듯한 눈빛이라고 무진은 생각했다.

"그 단어에 무슨 문제라도 있나요?"

계약서에 '데이트 금지'라는 단어는 없었다.

"아니, 저는 그냥 영화나 보자고 하신 건 줄 알고……."

수연은 고개를 숙이며 달아오르는 얼굴을 숨겼다. 심장이 진정이 안 되었다.

태무진 사장과 데이트라니.

숨이 턱까지 차는 듯한 기분이었다.

그런 걸 하게 될 줄도 상상하지 못했지만, 이리 준비도 없이 하게 될 줄이야!

오늘 그와 데이트할 줄 알았으면 옷도 이 옷으로 안 입었다. 먹보처럼 팝콘만 먹어대지도 않았다. 갑자기 오늘 그녀의 행동 전부가 후회 되는데 태무진 사장이 차분한 어조로 말했다.

"호텔로 가죠."

"네?"

너무 진도가 빠르잖아!

그녀가 기겁하며 목소리가 커지자 태무진 사장은 그런 반응을 보이는 그녀를 오히려 이상하게 쳐다보았다.

"식사하러."

아 참, 데이트 전에 하던 이야기가 밥 얘기였지.

수연은 팝콘 통을 두 팔로 끌어안고 그의 뒤를 따라가며 정신을 똑바로 차리려고 노력했다. 실수하면 안 되었다. 못난 모습을 보여서도 안 되었다. 데이트라고 자각한 순간부터 수연은 모든 것이 어려워졌다.

아! 팝콘 많이 받았다고 좋아하던 모습을 그의 뇌에서 지워버릴 수 있다면 얼마나 좋을까.

태무진 사장은 직접 운전하기 위해서 운전석에 올라탔다. 그가 내비게이션에 찍는 호텔 이름을 보고 수연은 조심스럽게 물었다.

"그런데 혹시 예약하셨어요?"

아차.

그런 건 항상 비서들이 알아서 했던 일이라 당연히 못 했다. 그가 말없이 그녀의 얼굴만 쳐다보자 수연은 웃으며 핸드폰을 꺼냈다.

"제가 지금 할게요."

항상 그녀가 했던 일이었다.

"아니. 내가 해요."

태무진 사장이 핸드폰을 꺼내며 전원을 다시 켰다. 아까 영화관에서 표를 살 때와 마찬가지로 예약도 본인이 직접 하는 게 데이트이기 때문이라고 생각하니 수연은 가슴속이 보드라운 비누 거품들로 가득 차는 기분이었다.

삑삑. 삑삑. 삑삑.

그런데 태무진 사장이 핸드폰을 켜자마자 그의 전화로 부재중 연락과 메시지들이 한꺼번에 쏟아지기 시작했다. 그녀의 마음속 비누 거품들도 같이 꺼졌다. 메시지를 보는 태무진 사장의 표정이 심각해지는 걸 보고 수연은 굳이 무슨 일이냐고 묻지 않았다.

"급한 일이면 가보셔도 돼요."

무진이 고개를 돌려 그녀의 얼굴을 보았다. 이대로 오늘 데이트를 끝내고 싶지 않았지만, 그는 아직 일과 사랑 사이에서 완벽한 균형을 잡는 기술이 전혀 없었다.

"다음 데이트는 더 괜찮을 겁니다."

그의 다짐에 수연은 웃고 말았다. 그와 또 데이트할 수 있다는 것만으로도 그녀는 다시 행복해졌다.

chapter 10

사장님, 왜 이러세요?

기획, 설계, 생산, 영업, 재무, 정보기술. 총 6팀의 팀장급은 긴장한 눈으로 태무진 사장만 바라보았다. 불시에 당한 점검이라 제대로 준비할 시간이 없었다. 허점이 드러나는 건 불가피한 상황이었다.

"업무 프로세스를 혁신적으로 줄이는 게 목표인데 거의 근사치도 가지 못했군요."

"아직 시스템 구축 초기 단계라 그렇습니다. 시간을 좀 더 주시면……."

진땀을 뻘뻘 흘리며 자신들이 무능한 게 아니라고 해명하고 있는데 회의실 밖이 소란스러워졌다. 갑자기 문이 벌컥 열리며 잔뜩 화가 난 태성 생명 태무열 상무가 난입해 들어왔다.

"야! 태무진! 네 짓이지!"

회의실에 모여 있던 PI팀 팀장들은 깜짝 놀랐다. 신성한 태성 그룹 본사에서 감히 사장에게 저런 언행을 보이다니. 아무리 사촌지간이라도 너무 심했다. 태무진 사장도 그리 생각했는지 당황하고 있는 비서진에게 명령했다.

"회의 중이니 끌어내요."

태무진 사장의 지시가 떨어지자마자 사장실 비서들이 서둘러 태무열을 붙잡으려고 했지만, 화가 난 그는 괴력을 발산하여 비서들을 떨쳐버리고 태무진에게 돌진해왔다.

"네가 감히 우리 아버지를 건드려! 죽여버리겠어!"

퍽!

태무열이 날린 주먹이 그대로 태무진 사장의 얼굴을 가격하자 회의실에 있던 사람들은 사색이 되었다. 그들은 한마음으로 믿어 의심치 않았다. 죽는 건 태무진 사장이 아니라, 북극호랑이를 건드린 태무열이라는 걸. 결국 태무열은 폭행죄로 바로 경찰서로 연행되었고, 중단되었던 회의는 마무리되었다.

"사장님, 이거 약……."

우수정이 그의 책상 위에 상처에 바르는 약과 반창고를 놓았다. 그리고 그의 입술에 난 상처를 뚫어져라 쳐다보았다. 이미 많은 사람의 구경거리가 되었기에 무진은 차갑게 말했다.

"나가봐요."

"아! 제가 치료도 해드리겠습니다."

"필요 없습니다."

치료해준다고 해도 그가 단호히 거부하자 우수정은 표정이 굳은 채 집무실을 나갔다.

혼자 남은 무진은 일을 계속했다. 누군가에게 언어맞은 적 없는 사람처럼.

태성 생명, 고객 돈으로 흥청망청.
태강석 사장 검찰 조사 불가피

태성 생명 태강석 사장과 아들이 방만한 경영을 하는 건 모두가 알고 있지만, 쉬쉬했던 일이었다. 그래도 오너가의 친척이라 지금껏 별 탈 없이 버텼는데 이리 크게 터진 건 처음이었다. 누군가 작정하고 칼을 들었다는 소리였다.

그들의 데이트를 강제로 끝나게 만든 전화가 분명 이와 관련되어 있을 거라고 수연은 생각했다.

태준석 회장이었다면 태성 생명 주식을 넘겨받는 조건으로 태강석이 계속 사장 자리를 지킬 수 있게 해주었을 것이다. 하지만 태무진 사장은 썩은 살을 확실하게 도려내듯이 태성 생명에서 태강석을 몰아내기 위해서 강수를 놓았다. 분명 잘못한 건 태강석 쪽이지만 그들이 당하고 가만히 있지 않을 것 같아서 태무진 사장이 걱정되었다.

수연은 이정희 과장에게 전화를 걸어서 태성 쪽 상황을 조심스럽게 물었다.

"태성 생명 일로 사장실은 별 탈 없나요?"

[말도 마. 오늘 태무열이 회사를 찾아와서 난장판을 만들고 갔어.]

태무열 상무가 어떤 성격인지 잘 아는 수연은 그 말을 듣자마자 불안했다.

"사장님 괜찮으세요?"

[태무열한테 한 대 맞았어.]

"네?"

수연은 너무 놀라서 자리에서 벌떡 일어났다.

[내 생각에는 일부러 맞은 것 같아. 태무열도 태강석 사장이랑 같이 철창 보내려고. 그런 거 보면 우리 사장님 진짜 독해.]

수연은 마음이 너무 안 좋았다. 누구한테 맞아서 아파도 독하다는 소리만 듣는 태무진 사장이 너무 마음이 쓰였다.

"사장님은 지금 뭐 하고 계세요?"

[일하고 있어. 평소랑 똑같이.]

"제가 오늘 저녁에 태성으로 갈게요."

[하필 오늘?]

"네, 결혼식에 대해 말씀드리려고요."

결혼식이 급한 건 사실이었지만, 오늘 왔다가 태무진 사장에게 안 좋은 소리를 듣게 될까 봐 이정희 과장은 걱정되었다.

[괜히 왔다가 불똥 튈지도 몰라.]

"그 불똥, 과장님한테는 안 튀게 할 테니까 걱정 마세요."

[누가 내 걱정해서 하는 말인가. 난 천 대표가 걱정되니까 하는 소리야.]

"감사해요. 하지만 저 정말 괜찮아요. 제가 간만에 커피 만 들어드리면 사장님도 기분이 좀 나아지시지 않을까요?"

그런데 이정희 과장이 뜻밖의 말을 했다.

[사장님 커피 끊으셨어.]

"네? 정말요? 언제부터요?"

[천 대표 나간 뒤 바로.]

'갑자기 왜?'라는 생각이 들었지만, 지금은 그게 중요한 게 아니었다.

무진은 회장실 호출을 받았다. 무진이 기부금 50억으로 스캔들을 막았을 때도 회장실 호출은 없었다. 그만큼 이번 일에 태무진의 과오가 더 크다는 뜻이었다.

태준석 회장은 무거운 표정으로 무진을 쳐다보며 물었다.

"꼭 일을 이렇게 키웠어야 했냐?"

하루아침에 태성 생명의 신용은 바닥으로 떨어졌다. 보험 해약을 하겠다는 고객들의 전화가 빗발치고 있다고 했다.

"백부님과 태무열을 그대로 두었으면 태성 생명은 더 회생 불능의 상태가 되었을 겁니다."

"그래서 사람 한 명 쫓아내겠다고 생명 주식을 똥값으로 만들었다고?"

"사장만 바뀌면 바로 오를 겁니다. 제대로 된 인사라면 더 높아지겠죠."

태준석 회장은 한숨을 내쉬더니 그의 결정을 알려주었다.

"태강석 사장, 태성 생명에서 안 물러날 것이다. 내가 그렇게 만들 거야."

"아버지!"

"회장님이라고 불러!"

성난 무진의 목소리를 태준석 회장의 근엄한 목소리가 짓눌렀다.

"그게 태성 그룹 회장의 결정이다. 알아들었으면 썩 꺼져."

무진은 붉게 얼어붙은 눈으로 태준석 회장을 쳐다보다가 몸을 돌려 회장실을 떠났다.

쾅!

거세게 문이 닫히고 혼자 남은 태준석 회장은 손으로 얼굴을 덮었다. 그는 그들이 아직도 용서가 안 되었다. 그의 아내는, 무진의 어머니는 그들 손에 죽은 거나 마찬가지였으니까. 그의 형제와 가족들은 회장 자리에 앉아 있는 태준석을 건드릴 수 없었기에 모든 질투와 패악을 그의 아내에게 집중했다. 그녀한테는 방패가 되어줄 친정도 망하고 없었기에.

싸울 줄도 모르는 착한 여자였다. 그래서 그녀가 웃으면 그는 다 괜찮은 줄만 알았다. 그가 눈치챘을 때 아내의 몸은 이미 암세포가 전신에 퍼져 있었다. 그제야 그는 친척들이 아내에게 한 짓을 하나하나 파헤쳐서 모두 알아냈다. 아내가 당한 것의 몇 배로 그들에게 갚아주었지만 결국 그녀는 죽었고, 그에게 남은 건 아들 하나뿐이었다.

태준석 회장은 이제 유일한 아들의 미래를 먼저 생각해야만 했다. 태강석 부자가 나중에 반드시 무진에게 복수할 걸 알기에 그들에게 살길을 주려는 것이었다. 이런 결정을 해야만 하는 이 높은 자리가 오늘따라 너무도 숨이 막혔다.

퇴근 시간이 한참 지나 수연이 사장실에 도착했을 땐 이정희 과장 혼자 남아 있었다.

"사장님 저녁은 드셨어요?"

"아니, 생각 없으시대."

그녀가 탕비실로 향하자 이정희 과장은 황당해하며 물었다.

"진짜 커피 준비하려고? 사장님 커피 끊었다니까."

"그래도 사장님이 제 커피는 잘 드셨어요."

"그랬긴 했지. 비결이 뭐야?"

"무한한 관심이요."

그녀의 말에 이정희 과장은 고개를 저으며 웃었다. 수연이 비서일 때도 월급 받는 일에 너무 유별나다고 생각했는데, 이제 보니 꽤 잘 어울리는 한 쌍 같기도 했다.

똑똑.

노크하고 문을 연 수연은 바로 들어가지 못하고 문밖에서 사무실 안을 살펴보았다. 의자에 앉아 있는 태무진 사장이 보였다. 머리를 의자 등받이에 기대고 두 눈을 감고 있었다.

자나?

그녀는 조심스럽게 사무실 안으로 들어가 책상으로 다가갔다. 태무진 사장이 눈을 뜰까 봐 소리 내지 않게 걸으려고 노력했다. 책상까지 도착하니 비서가 사다 놓은 약이 보였다.

그런데 사용한 흔적이 없었다.

수연은 고개를 들어 태무진 사장 쪽을 보았다. 입술 옆 상처가 그대로 방치되어 있었다. 정말 자기 몸 돌볼 줄 모르는 남자였다. 이럴 것 같아서 오고 싶었나 보다. 수연은 약을 집어 들고 태무진 사장 곁으로 다가갔다. 진짜 잠이 든 건지 그는 미동 없이 눈을 감고 있었다. 안 좋은 꿈이라도 꾸는 듯 미간에는 주름이 잡혀 있었다.

수연은 약을 묻힌 면봉을 상처에 가져갔다. 이미 피딱지가 굳은 상처에 약을 살살 발랐다. 상처 치료에 집중하느라 그의 속눈썹이 잘게 떨리는 걸 눈치채지 못했다. 약을 바른 뒤 반창고를 그 위에 조심스럽게 붙였다.

반창고를 다 붙이고 그의 얼굴에서 손을 떼던 수연은 반쯤 떠진 그의 눈을 보고 당황했다.

"아!"

혹시 멋대로 상처를 치료했다고 화내려나.

서둘러 물러나려고 했는데 억센 손이 그녀의 팔목을 움켜잡았다. 그는 순식간에 그녀의 몸을 끌어당겨 품에 안았다.

"가지 마."

그의 말은 명령처럼 들리기도 했고, 애원처럼 들리기도 했다. 그녀는 너무 놀라 입을 벌린 채 굳어버렸다. 하지만 더 놀랄 일은 그다음에 벌어졌다. 그의 머리가 그녀의 어깨 위로 떨어지며 입술이 그녀의 목덜미에 닿은 것이다. 그 뜨겁게 달아오른 감촉에 수연은 기절할 것만 같았다.

이게 도대체 무슨 상황이야!

무진은 꿈이라고 생각했다. 수연은 이미 퇴사하여 그의 사무실에 있을 리가 없으니까. 꿈인데도 현실처럼 끌어안은 몸의 온기와 느낌이 너무 생생했다.

무진은 더 욕심을 내어 그녀의 하얀 목덜미에 코를 박았다. 은은하면서 달콤한 살 내음이 그의 안에 잠들어 있던 욕망을 깨웠다. 그가 입술로 매끈하고 부드러운 피부를 어루만지다 빨아들이자 두 팔 안에 갇힌 그녀의 몸이 파르르 떨렸다.

그제야 그도 뭔가 이상하다는 걸 느끼기 시작했다.

이거 정말 꿈 맞아? 꿈이라고 하기에는 너무…….

무진은 천천히 고개를 들어 그녀의 얼굴을 보았다. 수연은 붉게 달아오른 채 두 눈을 질끈 감고 있었다.

"천수연 대표?"

그의 부름에 그녀의 눈가가 잘게 떨렸다. 무진이 그녀의 몸에서 손을 떼자 수연은 서둘러 뒤로 물러나 돌아섰다. 그녀의 심장은 아직도 진정이 안 되었다. 그의 입술이 닿았던 목덜미는 여전히 불에 덴 듯 뜨거웠다. 그저 실수로 닿았던 가벼운 접촉이 아니었다.

"왜 여기 있는 겁니까?"

무진은 당황해서 오히려 목소리가 쌀쌀맞게 흘러나왔다. 그의 차가운 물음에 그녀의 어깨가 움찔했다. 사고는 그가 쳤는데 그녀를 나무란 꼴이라서 무진은 바로 사과했다.

"사과할게요. 내 실수였습니다."

그의 사과에 수연은 치마를 움켜잡았다. 실수라는 건 방금 행동을 후회한다는 뜻이었다. 수연은 무겁게 가라앉은 목소리로 물었다.

"왜 사과하시는 건데요?"

어쩐지 그가 잠결에 그녀를 껴안은 것보다 사과한 게 더 잘못인 것처럼 상황이 흐르고 있었다. 무진은 덤덤하게 말했다.

"계약 위반이니까."

엄밀히 따지면 계약 위반이 아니었다. 그녀는 그를 밀쳐내야 한다는 생각조차 못 했으니까. 그저 현기증이 나고 떨리기만 했으니까.

수연은 그의 시선을 피하며 말했다.

"오늘 맞으셨잖아요. 한 번만 봐드릴게요."

그녀의 말에 무진은 날렵하게 뻗은 눈썹을 찌푸렸다.

"그건 내가 싫은데."

그가 거부하자 수연도 미간에 주름이 잡혔다.

"어떻게 봐준다는데도 싫다고 하세요?"

"어떻게 맞은 게 면죄부가 됩니까?"

수연과 무진은 잠시 서로 말없이 노려보기만 했다. 날카롭고 단단하던 눈빛이 조금씩 깎이고 무뎌져서 결국 남은 건 떨림뿐이었다. 가늘게 떨리는 그녀의 눈동자가 반짝이는 유리구슬 같다고 무진은 생각했다.

그녀가 시선을 피하자 무진도 의자를 돌려 책상 앞에 앉았다. 커피가 그의 시선에 들어왔다.

"……이 커피."

"제가 준비한 거예요. 사장님, 제가 만든 커피는 잘 드셨잖아요."

무진은 손을 뻗어 커피 잔을 잡았다. 두 사람이 딴짓에 정신 팔린 동안 커피는 식어 있었다.

"따뜻한 커피로 다시 드릴까요?"

"아뇨. 이걸로 됐습니다."

그리운 맛이 담긴 커피였다. 그래서 마시기도 아까웠다.

태무진 사장이 커피를 바라만 보자 수연은 그가 이정희 과장 말대로 커피를 끊은 거라고 생각했다.

"이정희 과장님한테 제가 사장님 결혼식 신부 하는 거 말해도 될까요?"

억울한 일을 당한 그가 걱정되어서 온 것이었지만, 그 말을 꺼내고 보니 결혼식 문제로 이곳에 온 게 되었다.

태무진 사장이 고개를 들어 그녀를 보았다.

"마음대로 해요."

그 대답을 들으니 그한테는 여전히 결혼식이 귀찮은 일인 건가 싶었다. 그녀가 대신 맡아서 해주어 그가 홀가분하다면 수연은 기꺼이 그리할 수 있었다. 하지만 허전한 마음은 어쩔 수 없었다.

"그럼 전 할 말도 전했으니까 그만 가보겠습니다."

수연은 비서일 때처럼 배에 두 손을 올리고 정중하게 인사를 했다.

그녀가 비서처럼 구는 게 무진은 마음에 들지 않았다. 그래서였나 보다. 돌아서는 그녀의 등에 대고 굳이 하지 않아도 될 말을 꺼냈다.

"앞으로 또 계약 위반하게 될지도 모릅니다."

수연이 놀란 눈으로 돌아보았다. 태무진 사장은 언제나 말했다, 계약은 신성하니 신중하게 해야 한다고. 그런데 지금 본인 입으로 당당하게 계약 위반을 할 거라고 말하고 있었다.

사장님, 왜 이러세요?

"혹시 얼굴 말고 다른 곳도 맞으신 거예요?"

뇌출혈의 후유증에 인격 변화 같은 게 있을 수도 있었다.

그녀의 물음에 무진은 짧게 입꼬리를 올렸다.

"내가 이상해 보입니까?"

수연은 차마 그렇다고 고개를 끄덕일 수가 없었다.

"사장님이 평소랑 다르신 것 같아서……."

"내가 평소에 어떤데요?"

그야 차가운 완벽주의자였다.

"남을 지적하시면 하셨지, 본인이 지적당할 일은 절대 만들지 않으시죠."

"그건 비서 천수연이 본 보스일 뿐이고."

그녀는 보스인 그가 전부라고 여겼는데 그는 단지 일부라고 말하고 있었다. 당신은 나한테 정말 대단한 보스라고 오히려 그녀가 반박하고 싶을 정도였다. 하지만 차마 말대꾸하지 못하고 물끄러미 그의 얼굴을 바라보자, 태무진 사장도 그녀의 시선을 마주 보았다.

시간이 녹아들며 느려진 듯 찰나가 한없이 길었다.

마주친 눈빛은 여전히 차분했지만 서서히 끓어오르는 열점이 느껴졌다. 어떤 일렁임이 신비롭게 느껴지기도 했다.

그의 눈빛에 스민 열망을 훔쳐본 순간, 수연은 뺨 언저리가 붉어지며 결국 시선을 피하게 되었다. 두 사람 사이에 긴장감이 섞인 떨림이 흘렀다. 이곳은 분명 그녀가 업무 브리핑을 했던 그 사무실인데, 지금은 전혀 낯선 공간인 듯 느껴졌다.

방금 태무진 사장의 얼굴에서 전혀 다른 모습을 본 것만 같아서. 차가운 완벽주의자 뒤에 철저하게 숨겨져 있었던, 남자의 민낯을.

"그만 가보겠습니다."

수연은 떨림을 숨기며 다시 인사했다.

"잘 가요."

그의 목소리는 예전이나 지금이나 똑같이 담담했다.

도대체 뭐가 변한 걸까?

단지 그녀가 지금껏 몰랐을 뿐이라는 걸 수연은 짐작조차 못 했다.

사무실을 나온 그녀에게 이정희 과장이 다가와 물었다.

"이야기 잘했어?"

수연은 고개를 끄덕였다.

"결혼식 신부 제가 할게요."

이정희 과장은 안도한 표정을 지었다.

"그래, 정말 잘됐······."

그녀의 목에 시선이 닿은 이정희 과장은 잠시 멈칫했지만, 바로 표정을 갈무리하며 평소처럼 말했다.

"잘됐네. 그럼 앞으로 결혼식 이슈 생기면 전화할게."

"네."

수연은 머리가 복잡했기에 이정희 과장에게 인사하자마자 바로 사장실을 떠났다. 택시를 타고 집으로 가는 길에 수연은 차가운 창문에 이마를 기대고 멍하니 생각에 빠졌다.

잠결에 그녀를 안은 남자의 숨결, 계약 위반을 할 거라고 말하던 태무진 사장, 그리고 그 눈빛. 모든 걸 찬찬히 떠올릴수록 꼭 '앨리스'처럼 잠깐 '이상한 나라'에 다녀온 기분이었다.

오늘 그는 왜 그랬던 걸까?

그녀 마음대로 착각하고 싶어졌다. 아니, 정말 그럴 수도 있다는 기대감이 솟아났다.

어쩌면 태무진 사장은······.

수연은 고개를 저으며 그녀의 상상을 지웠다. 4년이나 모신 보스였다. 그녀는 그를 잘 알았다. 여자 한 명에 흔들리기에 그는 너무 차가운 완벽주의자였다. 보통 사람들이 쉽게 빠지는 유혹, 욕망, 사랑 같은 감정에 휘둘리는 태무진 사장은 도저히 상상이 되지 않았다. 그러니까 허튼 생각하지 말자고 몇 번이나 다짐하며 그녀는 집으로 향했다.

"도착했습니다."

택시 기사의 말에 수연은 퍼뜩 정신을 차렸다. 짧은 거리도 아니었건만 넋을 놓고 있느라 집에 도착한 줄도 전혀 몰랐다. 수연은 카드를 기사에게 내밀어 계산하고 택시에서 내렸다.

드르륵ㅡ.

현관의 중문을 열고 들어가자 오늘도 그녀를 반겨주는 이는 가정부 박 씨뿐이었다.

"저녁은?"

"먹었어요."

안 먹었지만 생각이 없었다. 뜨거운 물로 샤워하며 어지러운 머릿속을 깨끗하게 씻고 싶을 뿐이었다.

"어? 모기 물렸어?"

"네?"

수연이 의아하게 여기며 박 씨를 보자, 그녀가 손으로 수연의 목을 가리켰다.

"목에 빨간 자국."

수연은 서둘러 손으로 목덜미를 덮었다.

"아! 괜찮아요."

사무실에서 태무진 사장의 입술이 닿았던 순간을 떠올리자 얼굴이 빨갛게 달아올랐다.

"저 올라갈게요."

후다닥, 계단을 뛰어 올라가는 그녀의 뒷모습을 박 씨가 이상하다는 눈으로 쳐다보았다.

쾅—!

방문을 세게 닫고 들어오자마자 수연은 서둘러 거울 앞으로 달려갔다. 블라우스 깃을 젖히자 누군가가 남긴 흔적이 그녀의 하얀 목덜미에 선명하게 남아 있었다. 마치 인장처럼.

수연은 두 손으로 얼굴을 감싸고 침대 위로 쓰러졌다. 심장이 울렁대고 몸이 뜨거운 것이, 욕구 불만에 걸린 사람이 태무진 사장인지, 그녀인지 헷갈릴 지경이었다.

서이재 광고 진행을 맡긴 마케팅 팀장이 대표실로 찾아와서 어렵게 말을 꺼냈다.

"서이재 쪽이 대표님을 직접 만나야만 계약서에 사인하겠답니다."

그 비싼 광고료 맞춰주겠다고 했으면 됐지 요구 조건도 많다 싶었다.

설마 서이재가 그녀를 기억하는 건가? 수연은 아닐 거라고 생각하며 고개를 저었다. 그처럼 유명인이 방송국에서 한 번,

그것도 스치듯 본 여자를 어떻게 기억한단 말인가.

만나는 건 어려운 게 아닌데 하나 걸리는 게 있었다. 태무진 사장과의 계약서에 분명 이성과의 만남 금지 사항이 있었다.

그래도 이건 일과 관련된 거니 포함 안 되지 않을까?

괜히 찝찝함을 남기고 싶진 않아서 수연은 태무진 사장에게 미리 보고했다.

광고 계약 전에 서이재와 미팅이 있습니다.
일이니까 계약 위반 아니죠?

메시지를 보내놓고 그녀는 서류를 검토했다. 재고 관리가 만만치가 않았다. 어떻게 하면 효율적으로 할인 이벤트를 할 수 있을까 고민하고 있는데 그녀의 전화가 울렸다.

Rrrrrrrrr— Rrrrrrrrr—.

태무진 사장이었다. 직접 전화가 오니 반가운 마음에 그녀는 바로 전화를 받았다.

"여보세요."

[안 됩니다.]

받자마자 아주 단호하고 강경한 목소리가 들려왔다. 수연은 당황했지만 차분하게 상황을 설명했다.

"서이재 쪽이 대표를 만나야 사인하겠다고 해서요."

서이재는 그 정도 자존심은 충분히 세울 수 있는 명성과 커리어가 있었다. 그녀는 그렇게 생각했는데, 태무진 사장은 전혀 아니었나 보다.

[수작 걸지 말고 그냥 사인하라고 하세요.]

수, 수작?

"소개팅이 아니라 업무 미팅인데, 수작이라는 말은 좀……."

그녀는 죽어도 서이재 쪽에 그런 식으로 말할 수는 없었다.

그런데 태무진 사장은 농담이 아니었나 보다.

[그래서 서이재를 만나겠다는 겁니까?]

태무진 사장이 이 정도까지 나오는 걸 보니 아무래도 서이재한테 원한이 있는 게 분명했다.

"아뇨. 사장님이 싫으시면 서이재를 안 만나는 쪽으로 진행하겠습니다."

그녀도 태무진 사장이 싫어하는 사람을 좋게 생각할 수는 없었다. 이대로 서이재와 광고 계약을 할 수 없게 되어도 어쩔 수 없다고 생각했다. 어차피 태무진 사장의 도움이 아니었으면 꿈도 못 꾸었을 광고이니.

[정말입니까?]

그의 목소리가 평온해진 걸 느낄 수 있었다.

도대체 두 사람 사이에 무슨 원한이 있는 거지?

전혀 짐작이 안 되었다. 제발 한 여자를 두고 싸운 사이만 아니길 바랄 뿐이었다.

수연은 태무진 사장이 중국 출장 간 것을 이정희 과장의 전

화를 받고서야 알았다. 그의 비서일 때는 너무도 당연히 알았던 것들을 이젠 그가 말해주지 않으면 절대 알 수 없다는 게 어쩐지 좀 쓸쓸했다.

"그럼 사장님 언제 돌아오세요?"

[일요일 아침 비행기야.]

그때까지는 한국에 그가 없다는 사실이 공허하게 느껴졌다. 그러나 이정희 과장은 그녀가 공허할 틈을 주지 않았다.

[결혼식 하객은 회장실 전담이야. 그런데 신부 측 하객은 천 대표가 나한테 말하는 게 더 편하지 않을까 해서.]

본격적으로 결혼식 이야기가 나오니 살짝 현기증이 일었다.

"아시겠지만, 지금 저희 집 사정이……."

[잘 알지. 너무 많이 초대할 필요 없어. 천 대표가 꼭 초대하고 싶은 하객 명단 정리해서 나한테 줘.]

시작도 하기 전에 머리가 아파졌다. 이게 진짜 결혼이 아니라서 더 그런 것 같았다.

마음 같아서는 아무도 초대하고 싶지 않았다. 그러나 신부 하객이 없는 결혼식을 만들 수는 없었기에 누구든 초대하긴 해야 했다.

수연은 병원에 찾아가서 의식 없는 아버지에게 말했다.

"아버지, 저 결혼해요."

그 말을 하는데 눈물이 핑 돌았다. 결혼식은 가짜였지만, 결혼식이 끝나면 사람들은 그녀를 태무진 사장의 아내로 알게 될 것이다.

결혼식이 진짜였다면 그녀도 결혼한다는 말을 아버지한테 하면서 행복했겠지만, 결혼식이 끝나면 태무진 사장과 그녀는 완전히 남남이 되는 거였기에 아버지한테 아주 큰 잘못을 하는 것만 같았다. 아버지는 그녀가 제대로 된 결혼을 하길 진심으로 바라실 테니까.

그녀가 태무진 사장을 진심으로 사랑해서 하는 일이라는 말은 아버지 앞에서 면죄부가 될 수 없을 것 같았다.

"그 전에 아버지가 일어나면 정말 좋겠다."

그녀가 태무진 사장의 신부가 되는 걸 막을 수 있는 사람은 이 세상에 그녀의 아버지뿐이었다.

빡빡한 하루 일정을 끝내고 호텔 방에 온 무진은 넥타이 매듭에 손가락을 걸고 끌어내렸다. 창문 앞에 서자 상하이가 모두 내려다보였다. 좋은 풍경으로도 마음의 피로가 풀리지 않아서 무진은 핸드폰을 꺼냈다.

천수연 대표

전화를 하면 얼굴이 보고 싶어질 것 같아서 쉽게 통화 버튼을 누를 수가 없었다. 결국 무진은 다시 방 밖으로 나갔다. 출장에 같이 온 비서실장은 가족에게 줄 선물을 사러 나간다고 했으니 지금 신나게 쇼핑 중일 것이다.

나도 선물이나 살까?

해외 출장은 자주 다녔지만 선물을 사본 적은 한 번도 없었다. 그에게 가족이란 아버지뿐이었는데, 그럴 마음이 생길 리가 없었다.

그런데 지금 그에게는 아버지 말고도 결혼식을 할 신부가 있었다. 비록 가짜 신부이기는 했지만 무진은 그녀의 선물을 사고 싶었다. 그와 그녀가 정말 결혼하는 게 아니라고 해도, 그녀에 대한 그의 마음은 진심이었으니까.

무진은 호텔 직원에게 쇼핑할 수 있는 곳이 어디인지 물어보고 호텔을 빠져나왔다. 상하이의 밤거리는 낮보다 더 밝고 화려했다. 거리를 걷는 그에게 중국 사람들의 시선이 몰렸다 흩어지기를 반복했지만, 무진은 무슨 선물을 살지 고민하느라 알아채지 못했다.

아! 중국에서 유명한 가방을 사주자.

가방 회사 대표이니, 다른 나라의 가방도 알아두는 게 도움이 될 것이다. 결국 그는 선물을 고를 때조차 사업적으로 접근해버렸다. 무진은 수입 명품 브랜드가 아니라 중국 자체 브랜드 가방을 찾았다.

"어? 사장님!"

그런데 이 넓고 넓은 상하이의 가방 매장 앞에서 비서실장과 딱 마주쳐버렸다. 비서실장은 손에 쇼핑 가방을 들고 나오는 길이었고, 그는 막 들어가는 길이었다.

"혹시 저 찾으러 나오신 겁니까?"

비서실장의 얼굴은 사색이 되었다.

"아닙니다."

무진은 정색하고 대답했다.

그가 바보도 아니고 전화를 두고 왜 직접 찾아 나서겠는가.

"그럼 왜 여기?"

그 물음에 무진은 답변이 궁색해졌다. 선물을 사러 왔다는 말을 하는 게 그답지 않다는 건 무진이 가장 잘 알았다.

"가방이 필요해져서."

그 말에 비서실장은 더 이해가 안 간다는 표정을 지었다. 태무진 사장에게 왜 가방이 필요하단 말인가? 그의 곁을 항상 따라다니는 비서들이 살아 움직이는 가방이나 마찬가지인데. 여자들처럼 가방이 패션의 품격이 된다면 살 수도 있겠지만, 남자는 패션의 품격을 주로 손목시계로 따졌다.

"저한테 지시하셨으면 바로 사다 드렸을 텐데."

결국 그가 무슨 말을 해도 저 말 한마디로 변명은 무색해져 버렸다. 무진은 변명하기를 포기하고 솔직하게 말했다.

"내가 직접 사고 싶으니 괜찮습니다."

비서실장은 더 깜짝 놀랐다.

본인이 직접 사겠다고?

그리스 로마 신화가 꼭 보통 사람처럼 이야기하니까 정말 적응이 안 되었다.

"정말 혼자 괜찮으시겠습니까?"

아직 딸의 선물을 안 샀기에 비서실장도 빨리 장난감 파는 곳으로 가봐야 하는데 여기서 사장님과 마주쳐버려서 걸음이 쉽게 떨어지지 않았다.

"네, 각자 알아서 하는 거로 하죠."

무진이 가방 매장으로 들어가 버리자 비서실장은 갈등하다가 서둘러 딸 선물을 사려고 달려갔다.

"어서 오세요!"

짙은 화장에 붉은 치파오를 입은 중국 직원이 그에게로 다가왔다.

무진은 매장에 진열된 가방들을 눈으로 쓱 훑으며 말했다.

"여자 가방을 사고 싶은데."

직원은 그의 손에 반지가 없음을 확인하고 물었다.

"여자 친구 줄 선물?"

'여자 친구'라는 단어를 듣자마자 무진의 얼굴에 열기가 치솟았다.

"흠, 여기서 제일 잘 팔리는 가방으로 주십시오."

"노노. 여자 친구가 어떤 스타일?"

생각도 못 한 점원의 질문에 무진은 당황했지만 겉으로는 차분한 모습을 잃지 않고 말했다.

"그냥 잘 팔리는 가방 주면 됩니다."

천수연 대표의 목표도 가온 가방을 잘 파는 것이니, 중국에서 잘 팔리는 가방을 사 가야 했다. 그런데 그런 그의 생각이 틀려먹었다는 듯이 중국 직원의 목소리와 액션이 더 커졌다.

"여자들은 섬세해요. 그냥 잘 팔리는 가방, 절대 노노."

무진은 난감해졌다. 어째 팔찌 살 때보다도 더 어려운 것 같았다. 그땐 그의 취향으로 고르기만 하면 되었는데, 이번엔 그녀의 취향을 짐작해서 맞추어야 했다.

"그녀는……."

무진은 머릿속에 그녀를 떠올렸다.

커피 한 잔을 타도 진심으로 열심히 하던 비서 천수연을…… 순수하고 맑은 눈동자에 빛을 부숴놓은 듯했던 그녀의 미소를…… 그의 신부를 해줄 수 있어서 좋다고 말하던 따뜻하고 낭만적인 목소리를…….

그 모든 것을 더하면 남는 건 아름다움뿐이었다.

그 단어 말고는 생각나는 게 없었다.

"가방 회사 대표입니다. 그러니까 제일 잘 팔리는 가방으로 주세요."

그의 입에서 흘러나온 말은 결국 처음과 같았다. 가방 선물을 그녀에게 줄 때 그가 할 말이기도 했으니까.

그대의 아름다움을 생각하며 이 가방을 골랐어.

그 말은 생각만으로도 뇌가 녹는 것 같았다.

무진이 매장에서 가장 잘 팔리는 가방을 사서 나오는데 저 멀리서 비서실장이 헐레벌떡 뛰어오고 있었다. 딸 선물만 후다닥 사고 서둘러 돌아오는 길이었다.

"헉헉. 벌써 사신 겁니까?"

태무진 사장이 들고 있는 쇼핑 가방을 보고 비서실장은 낭

패스러운 표정을 지었다. 애써 서두른 보람이 없었다.

"가죠."

태무진 사장이 앞장서자 비서실장은 그 뒤를 따라갔다. 이제 호텔로 돌아가는구나 싶었는데, 태무진 사장은 가방 매장 옆에 있는 신발 매장으로 들어갔다.

여긴 또 왜?

태무진 사장의 행동에 의아해하던 비서실장은 그가 점원에게 하는 말을 듣고 더 크게 놀랐다.

"여자 구두 주십시오."

"사이즈는?"

태무진 사장이 그제야 비서실장을 돌아보았다.

"와이프 발 사이즈가 몇입니까?"

헉! 설마 우리 와이프 선물이라고?

도대체 사장님이 왜 이러는지 모르겠다고 생각하며 비서실장은 홀린 듯 대답했다.

"235입니다."

태무진 사장은 그 사이즈를 그대로 점원에게 말했다. 점원이 구두를 가지러 간 사이 비서실장이 몸 둘 바를 모르며 말했다.

"굳이 제 와이프 선물까지 안 사주셔도 되는데."

"아닙니다."

태무진 사장의 단호한 부정에 비서실장은 멍한 눈으로 그의 날렵한 옆얼굴을 보았다.

"그럼 제 와이프 사이즈는 왜?"

그야 발 크기가 비슷했으니까.

신발 매장에서도 여자 구두를 한 켤레 구매한 뒤 밖으로 나온 그는 바로 옆에 있는 의류 매장으로 향했다.

"20대 후반 여자 옷 사려고 하는데."

"사이즈가 어떻게 되나요?"

태무진 사장이 또 돌아보며 와이프 사이즈를 묻자 비서실장은 이제 좀 무서워졌다.

도대체 남의 와이프 사이즈를 몽땅 닮은 여자는 누구이며, 태무진 사장은 왜 미친 듯이 쇼핑을 해대는가!

그날 비서실장은 쇼핑의 무서움을 온몸으로 깨달았다.

일요일이 되자 수연은 평소에 출근할 때보다 더 일찍 일어나서 준비했다. 태무진 사장은 그녀한테 출장 간다는 것도 말하지 않았지만, 그녀는 마중을 나가기로 했다. 그가 깜짝 놀라는 모습을 보고 싶어서 일부러 전화 연락은 하지 않았다.

인천 공항에 도착한 수연은 입국장 앞에서 태무진 사장이 나오기를 기다렸다. 공항에서 하염없이 태무진 사장이 나타나길 기다리고 있으려니, 신입 비서일 때가 생각났다.

일이 서툴러서 밤낮없이 노력하던 시기라 항상 잠이 부족했었다. 공항 대기 중에 가만히 서 있으려니까 얼마나 졸리던지.

잠깐 의자에 앉아서 눈 좀 붙인다는 게 제대로 잠이 들어버렸었다. 눈을 떴을 때 그녀의 옆자리에 앉아 있는 태무진 사장을 발견하고 차라리 기절하고 싶다는 생각을 했었다. 그때 놀라웠던 건 근무 태만인 비서에게 태무진 사장이 아무 말도 안 했다는 것이었다. 오히려 그는…….

그때 입국장 문이 열리며 쏟아져 나오는 사람들 사이에서 머리 하나는 더 큰 태무진 사장이 바로 눈에 띄었다. 수연은 손을 들어 올려 흔들었다.

우뚝.

태무진 사장이 그녀를 발견하고 멈추어 섰다. 짐을 실은 카트를 끌고 뒤따라오던 비서실장도 태무진 사장을 따라 정지했다가 그녀를 발견하고 눈이 커졌다. 수연도 아차 싶었다. 비서실장이 같이 있다는 생각은 까맣게 못 했다.

어떻게 그걸 까먹을 수가 있나! 비서 짬밥이 몇 년인데!

"천 대리가 왜 여기 있어?"

"아! 공항에 친구 배웅하러 왔다가 우연히 봤어요."

정말 시원찮은 거짓말이었지만 비서실장은 웃으며 반갑다고 했고, 태무진 사장은 아무 말 없이 혼자 앞서 걸어갔다. 수연은 속으로 망했다고 생각하며 비서실장과 나란히 걸었다. 비서실장은 앞서 걷는 태무진 사장의 등을 살펴본 뒤 그녀에게 조심스럽게 말했다.

"사장님한테 여자가 있는 것 같아."

수연은 흠칫 어깨를 떨었다. 그리고 자기가 아닌 척 딴 곳을 보았다.

"사장님이 여자 선물을 엄청 사셨어."

수연의 눈이 커졌다.

차 안에서 수연은 옆에 앉은 태무진 사장의 얼굴을 힐끔거렸다. 그녀는 이미 팔찌를 받았다. 열렬히 연애하는 사이도 아닌데 또 그녀의 선물을 준비했을 것 같지 않았다.

설마 다른 여자 선물인가?

그리 의심하니 심장이 싸하게 식었다. 태무진 사장이 그럴 리 없다고 생각하고 싶었지만, 여자 선물을 왕창 사는 태무진 사장은 그녀가 알던 그의 모습이 아니었기에 확신이 안 섰다. 그녀는 속앓이만 하며 차마 묻지는 못하고 있는데 태무진 사장이 먼저 말했다.

"다른 여자는 없어요."

그녀가 놀란 눈으로 쳐다보자 태무진 사장이 그녀를 똑바로 보며 단호하게 마침표를 찍었다.

"필요도 없고."

수연은 그의 말에 얼떨떨함을 느끼며 물었다.

"그럼 여자 선물은 왜 사신 거예요?"

"결혼할 여자가 있으니까."

너무도 심플한 그의 대답에 수연의 얼굴이 달아올랐다. 계약서상의 결혼에 그가 그리 정성을 다할 줄은 정말 몰랐다.

"저는 사장님이 직접 선물을 샀다는 말에 너무 놀라서."

한눈에 반한 여자라도 나타났나 했다.

그녀를 바라보는 그의 눈빛이 가늘어졌다.

"내가 결혼식을 할 여자 따로, 만나는 여자 따로 둘 남자로 보였나 보죠?"

수연은 당황해서 고개를 세차게 저었다.

"아닙니다!"

하지만 이미 마음을 들킨 거나 마찬가지였다. 다행히 태무진 사장은 그녀를 더 이상 추궁하지 않았다. 수연은 다시 그를 흘끔거리기 시작했다. 그녀의 선물이었다는 걸 알게 되니, 이젠 어떤 선물인지 궁금해졌다.

설마 기분 상해서 안 주려는 건 아니겠지?

이번엔 결국 못 참고 수연은 태무진 사장에게 물었다.

"그런데 무슨 선물 사신 거예요?"

그 말에는 무진도 대답하기 곤란했다. 너무 많이 사서 그도 헷갈렸으니까. 처음엔 단지 가방 하나만 살 계획이었는데, 어쩌다 보니까 가방 하나를 그녀의 선물로 가득 채우고 말았다.

"이것저것."

그한테는 최선의 대답이었다. 그런데 그녀의 귀에는 대답하기 귀찮아하는 것처럼 들릴 뿐이었다. 아무래도 그한테 잘 보여야 할 필요가 있었다. 그래야 선물을 받아낼 수 있을 것 같았다.

"저 정말 잘할게요."

그녀가 결혼식에 대해 말하는 걸 알고 무진은 무심하게 받았다.

"굳이 노력할 필요 없어요."

"이건 사장님 결혼이에요."

"엄밀히 말하면 아버지 작품이죠."

태무진 사장이 태준석 회장에 대해 말하자 수연은 불현듯 깨달았다.

그래도 결혼인데 상견례는 있어야 하지 않을까?

"사장님, 결혼식 전에 저를 회장님께 소개할 생각은 있으세요?"

태준석 회장이 아는 것과, 태무진 사장이 그녀를 직접 태준석 회장에게 소개하는 건 천지 차이였다. 그런데 지금껏 태무진 사장이 결혼식에 대해 보인 태도를 생각하면 그럴 필요 없다고 할 것 같았다. 굳이 상견례 같은 귀찮은 과정까지 할 필요가 없다고 생각해도…….

"그럼 지금 우리 집 갈래요?"

태무진 사장의 말에 수연은 잠시 멍한 표정이 되었다.

"지금이요?"

그녀는 오늘 집을 나서면서 태무진 사장 마중만 할 계획이었는데, 갑자기 상견례를 하게 되었다. 처음엔 신부가 누군지도 몰랐던 이 결혼은 모든 게 예측 불허였다.

Chapter 11

좀 더 특별한 사이

　태준석 회장이 그녀를 반대할 리 없다는 걸 이미 알고 가는 자리인데도 수연은 긴장되었다. 저택 안에 들어선 그녀의 걸음이 느려지자 앞서 걷던 태무진 사장이 멈추어 서서 그녀를 돌아보았다. 수연은 서둘러 그의 옆까지 걸어갔다.

　"아버지가 천수연 대표를 홀대할 일은 없으니까 긴장하지 마요."

　그녀의 긴장을 느낀 듯 태무진 사장이 안심시켜주었다. 수연은 그의 얼굴을 올려다보았다. 사실은 이미 태준석 회장을 만나서 결혼에 관해 이야기를 나누었다고 그에게 솔직하게 이야기하고 싶었다. 말을 안 하는 것만으로도 태무진 사장을 속이는 것 같았으니까. 하지만 그럴 수가 없었다. 태무진 사장이 원하는 건 무사히 결혼식이 끝나는 것일 뿐이었으니까.

　그녀가 그 말을 하면 복잡해졌다. 모든 게 원점으로 돌아갈지도 몰랐다. 그녀가 입 다무는 게 과연 그를 위한 것인지, 그녀의 이기심인지 확신할 수가 없었다. 그를 위한 거라고 여겼던 신부 역할에 이젠 그녀의 욕심도 포함되어버린 것 같았다.

미리 전화를 받은 태준석 회장은 응접실에서 두 사람을 기다리고 있었다.

"다녀왔습니다."

"안녕하십니까, 회장님."

태준석 회장은 나란히 서서 인사하는 눈부신 선남선녀를 흐뭇한 눈으로 바라보았다. 죽은 아내가 그 어느 때보다 생각나는 순간이기도 했다.

그녀가 이 모습을 보았다면 얼마나 좋았을까. 그럼 그 아프고 힘들었던 기억이 보상받는 기분이었을 텐데.

감격한 태준석 회장과 달리 결혼할 신부를 소개하는 태무진의 목소리는 평소처럼 차분하고 담담했다.

"천수연 대표와 결혼식을 올릴 생각입니다."

태무진의 말을 들은 두 사람은 각기 다른 마음으로 벅찼다.

세상에! 내가 짝사랑하던 남자와 결혼식까지 올리게 되다니!

여보! 내가 드디어 해냈어!

"내가 우리 아들이 누구랑 결혼할지 정말 궁금했는데, 바로 옆에 연분이 있었구만."

태준석 회장은 세상 인자한 아버지의 얼굴로 그녀와 무진을 번갈아 보았다.

"천태진 대표의 상태는 변화가 없나?"

태준석 회장이 그녀의 아버지에 관해 묻자 분위기가 가라앉왔다.

"네, 아직은."

"결혼식 전에 깨어나면 참 좋겠구만."

그녀는 아무 말도 할 수가 없어서 고개를 숙였다. 갑자기 그녀가 엄청난 불효녀가 된 기분이었다. 아버지가 아파서 누워 계신데 그녀 멋대로 이런 결혼식을 하려 하고 있으니까.

무진이 바로 대화의 내용을 바꾸었다.

"신부 측의 사정도 있으니 신랑 측 하객은 반으로 줄여주세요."

그의 부탁에 태준석 회장은 강경하게 고개를 저었다.

"그건 안 된다."

왜 돈 쏟아부으며 결혼식을 하는 건데!

다 자랑하려고 하는 거였다.

"결혼식에 대한 모든 건 너희 두 사람에게 맡기마. 하지만! 하객만은 내가 전권을 가진다."

씨알도 안 먹힐 듯한 단호함이었다.

무진은 짧게 한숨을 내쉬며 그녀를 돌아보았다. 수연은 괜찮다는 뜻으로 살짝 미소를 지었다.

"내가 신부 측의 하객까지 맡아줄 수 있는데, 나한테 맡기련?"

수연은 화들짝 놀라며 고개를 저었다.

"아닙니다! 제가 책임지고 하겠습니다."

그래도 걱정이 되었는지 태준석 회장이 몇 마디를 더 꺼내려고 하자 무진이 바로 끼어들었다.

"식사하죠. 배고픈데."

'너도 배고픔을 느끼는 인간이었냐?'라는 눈으로 태준석 회장은 아들을 흘겨보았다.

세 사람은 자리를 옮겨 식탁 앞에 앉았다. 수연은 젓가락을 잡으며 젓가락질만 잘하면 오늘은 별문제 없을 거라고 생각했다. 그런데 그건 그녀의 오산이었다.

"결혼해서 아이들은 몇이나 나을 건가?"

"쿨럭!"

국 먹다가 사레가 들린 수연은 심하게 기침을 했다.

무진이 굳은 얼굴로 아버지를 타박했다.

"아직 결혼식도 안 끝났습니다. 그런 이야기는 하지 마세요."

그러나 태준석 회장이 보기에 두 사람에겐 결혼 생활에 대한 계획이 전혀 없는 것 같아 말을 할 수밖에 없었다.

"요즘은 속도위반 결혼도 전혀 흠이 아냐. 난 그런 거에 편견이 없는 사람이네, 천 대표."

수연은 손으로 입을 가렸지만 달아오른 얼굴을 완전히 가릴 수는 없었다.

"난 아들 하나면 충분하다고 생각했는데, 아니더라고. 아들 하나 딸 하나가 딱 좋아."

무진은 아버지의 입을 틀어막는 건 무리라고 생각되자 밥을 빨리 먹기 시작했다. 어서 빨리 이 자리를 벗어나는 것만이 살

길이었다.

무진은 식사가 끝나자마자 태준석 회장에게 말했다.

"천수연 대표는 병원에서 연락이 와서 그만 가봐야 한다고 합니다."

그녀도 처음 듣는 이야기라 수연은 놀란 눈으로 그를 쳐다보았다.

무진은 그녀에게 눈짓으로 '아무 말도 말라.'고 했다. 이렇게 안 하면 오늘 저녁까지 여기서 먹어야 했다. 그리고 태준석 회장은 그 시간 동안 태어나지도 않은 손자들 인생 계획까지 세울 사람이었다.

"저런! 병원 연락이면 빨리 가봐야지. 나쁜 소식은 아니어야 하는데 말이야."

수연은 고개를 저었다.

"큰일 아닙니다. 걱정하지 마세요."

태준석 회장에게 인사하고 태무진 사장과 같이 물러나면서 수연은 그를 나무랐다.

"그런 거짓말을 하면 어떡해요!"

"오늘은 이 정도로 충분해요."

그의 태도가 꼭 상견례가 귀찮은 사람처럼 느껴져서 수연은 시무룩해졌다.

무진은 그녀가 표정이 안 좋은 게 식사 자리에서 나왔던 이야기 때문인 줄 알고 말했다.

"아버지 이야기 마음에 담아두지 마요."

수연은 고개를 들어 그를 올려다보았다. 태무진 사장은 앞만 보고 걸어가며 빈틈없이 말했다.

"천수연 대표는 날 위해 결혼식만 해주면 됩니다. 그 뒤의 일은 내가 알아서 할 겁니다."

그녀도 이미 다 아는 이야기인데도 오늘은 그 말이 그가 단단하게 세운 벽처럼 느껴져서 마음이 무거웠다.

그 이상 욕심내면 안 된다는 거 잘 아는데.

태무진 사장도, 태준석 회장도 너무 진짜 결혼처럼 대해주니까, 그녀가 들떴나 보다.

"그럼 사장님도 저한테 잘해주지 마세요."

우뚝.

태무진 사장이 걸음을 멈추고 그녀를 돌아보았다. 수연은 바닥을 내려다보고 있었다.

"결혼식만 올리고 끝날 여자한테 줄 선물 같은 거 사지 마시라고요."

무진은 그 말에 심장이 따끔거렸지만 담담하게 말했다.

"난 결혼식 때문에 천수연 대표한테 잘해주는 게 아닌데."

그제야 수연이 고개를 들어 그를 올려다보았다. 마주친 태무진 사장의 눈빛은 진지하고 깊었다.

"결혼식은 그냥 스쳐 지나가는 해프닝이지만, 천수연 대표는 내가 평생 보고 살 사람입니다."

결혼식이 그들의 끝이 아니라는 말에 수연의 마음이 울컥했다. 하지만 그녀는 결혼식이 끝나면 지금처럼 그를 볼 수는 없을 것 같았다.

결혼식 날 고백하지 않고는 참을 수 없을 테니까.

결국 말해버리게 될 것이다, 그녀의 마음을.

그녀의 고백을 듣고도 그가 지금과 똑같이 말해줄 것 같지는 않았다.

"그럼 선물은 결혼식 끝나고 주세요."

그때도 그녀에게 주고 싶은 마음이 있다면.

"그건 안 되겠는데."

그의 단호한 거부에 수연은 충격을 받았다.

벌써 싫다고?

"모두 다음 데이트에 필요한 겁니다. 결혼식 지나서 주면 늦어요."

데이트라는 말에 수연은 잠시 멍해졌다. 결혼식까지만이라고 선 긋던 남자가 바로 데이트라고 하니 정신이 없었다.

"사장님한테 결혼식이 해프닝이면, 데이트는 뭔가요?"

그녀는 그의 마음을 어떻게든 확인하고 싶어서 물었다. 태무진 사장은 잠시 생각하는 듯하더니 진지하게 대답했다.

"내가 선택한 일."

결혼식은 그의 의지가 아니었다. 아버지가 벌려놓은 사고에 지금껏 끌려온 것이었다. 그래서 그한테는 인륜지대사라는 결혼식보다 데이트가 더 의미 있었다.

수연은 태무진 사장이 결혼식과 데이트를 대하는 태도가 상반된 게 그저 신기했다. 여기서 그에 대해 더 정확히 알려면 하나를 더 물어봐야 할 듯했다. 두 가지만으로는 부족했다.

"그럼 사장님한테……."

아직도 더 남았단 말인가.

무진은 짧게 한숨을 내쉬며 그녀를 내려다보았다. 이러다 아버지한테 들키겠다.

"욕구 불만은 뭔가요?"

무진의 눈이 천천히 커졌다.

"방금 뭐라고 한 겁니까?"

무진은 되물었다. 도저히 자신이 방금 들은 말을 그대로 믿을 수가 없었으니까. 그의 눈에는 한없이 순진하고 청순한 천수연이 그런 말을 썼을 리가 없다.

하지만 그녀는 그의 생각만큼 순진하지 않았다. 그녀도 이제 나이를 먹을 만큼 먹었으니까.

"그때 말씀하셨잖아요. 계약 위반할 수도 있다고. 그거 욕구 불만이라서 그런 거 아니에요?"

그게 그렇게 해석된단 말인가!

그런데 딱히 틀린 말도 아니라서 무진은 당황했다. 그녀에게 도저히 설명할 자신이 없었다, 사랑해서 욕구를 느끼는 것과 그냥 욕구 불만의 엄청난 차이를. 무진은 뜨겁게 달구어진 심장을 부여잡고 어렵게 입을 뗐다.

"그래서 기분 나빴습니까?"

와! 아니라고 부정 안 하네.

오늘 여러 가지 일이 있었지만 지금 이 순간이 가장 어메이징한 것 같았다. 태무진 사장이 숨기지 않았기에 수연도 솔직하게 아니라고 고개를 저었다.

"이제라도 그러시니 다행이죠."

다행이란 말에 무진은 현기증이 느껴졌다.

도대체 뭐가 다행이란 걸까?

"사장님은 그동안 너무 그쪽으로 욕구 없이 사셨어요. 사장님이 신부님 되실까 봐 걱정했어요."

그녀의 농담 같은 말도 무진은 심각한 표정으로 받아쳤다.

"난 불교입니다."

어느 종교든 수연은 그를 신에게 보내고 싶은 마음은 조금도 없었기에 다시 물었다.

"그래서 사장님한테 욕구 불만은 뭔가요?"

무진은 이 물음에 도대체 어떻게 대답해야 하는 건가 싶어서 미간에 주름이 잡혔다.

"진짜 듣고 싶습니까?"

그의 물음에 수연은 고개를 끄덕였다. 그래야 그녀는 결혼식과 데이트 사이에서 혼란스럽지 않을 수 있을 것 같았다.

태무진 사장이 고개를 숙였다. 그의 입술이 그녀의 얼굴 가까이 다가오자 수연의 눈이 커졌다. 피하지 못하고 서 있는데 그의 입술이 그녀의 귀 쪽으로 다가왔다. 그가 입을 연 순간

말보다 더운 숨결이 먼저 귀를 공격해서 소름이 쫙 돋아났다.

"다음 데이트 때 가르쳐줄게요."

태무진 사장은 그녀의 심장에 불티를 던지고 멀어졌다. 어느새 그는 위험한 소리는 한 적 없는 사람처럼 차분한 표정이었다.

"선물 가방은 트렁크에 있으니까 잊지 말고 꼭 가져가요."

수연은 알았다고 고개를 끄덕이고 운전기사가 열어준 차의 뒷좌석에 올라탔다.

정신이 몽롱했다. 사람에 홀린다는 게 이런 건가 보다. 태무진 사장에게 기가 훅 빨린 느낌이었다.

어쩐지 좀 무서워졌다. 그가 말하는 다음 데이트가. 첫 번째 데이트 때처럼 영화만 보고 어영부영 끝날 것 같지 않다는 예감이 강하게 들었다.

그녀를 태운 차가 집에 도착했을 때 운전기사는 트렁크에서 가방을 하나 꺼내서 그녀에게 주었다. 어디로 보나 여행 가방이었다. 이 안을 그녀에게 줄 선물로 가득 채웠다고 하니 웃음이 새어 나왔다.

"감사합니다."

태무진 사장에게 하지 못한 말을 운전기사에게 하고 그녀는 캐리어를 끌며 집으로 들어갔다.

"어? 여행 가게?"

그녀가 끌고 들어온 가방을 보고 박 씨는 물었다.

"아뇨. 선물 받은 거예요."

"가방 회사 대표한테 가방을 선물로 줬다고?"

박 씨가 이상하게 여기며 묻는 말에 그녀는 큰 소리로 웃으며 가방을 끌고 자신의 방으로 올라갔다. 수연은 방에 들어가자마자 씻지도 않고 바닥에 앉아서 가방부터 열어보았다. 안에 가득 든 여자 물건을 보고 입이 쩍 벌어졌다. 옷, 구두, 핸드백, 액세서리, 모자, 화장품까지 있었다.

"정말 이걸 다 사장님이 직접 샀다고?"

비서실장이 말해주지 않았다면 그녀는 절대 믿지 못했을 것이다. 수연은 구두부터 꺼내서 신어 보았다.

"딱 맞네."

그녀의 사이즈를 물어본 적도 없는데 어떻게 안 건가 싶었다. 수연은 놀라움을 금치 못하며 옷을 꺼냈다. 입기 전에 옷 사이즈부터 확인한 그녀는 한 가지 의구심이 들었다.

어떻게 사장님이 여자 사이즈를 이렇게 잘 알지?

설마 그녀의 예상보다 여자 경험이 많은 건가?

너무 완벽한 선물 때문에 새로운 의심이 들기 시작했다. 그런데 지금은 그런 의심보다 다른 게 더 신경 쓰였다. 도대체 언제 다음 데이트를 할 건지 그녀에게 말해주질 않은 것이다.

이게 일부러 밀당을 하는 건지, 까먹고 말을 안 한 건지.

전혀 모르겠으니까 더 애가 탔다. 그냥 그녀가 먼저 언제 데이트할 건지 물어보려고 핸드폰을 집어 들었다가도 내려놓기를 여러 번 했다. 그녀가 너무 조바심 내는 모습은 보이면 안 될 것 같았다.

썸 타는 사이도 아니고 결혼식 날짜까지 잡아놓은 사이였으니까, 여유롭고 우아하게……가 될 리가 없잖아!

썸도 안 타보고 결혼하게 되었는데!

그녀도 왜 자꾸 이리 욕심이 생기는지 모르겠다.

처음에는 결혼식 때문에 위기에 처한 태무진 사장을 도와줄 수 있다는 것만으로 다행이라고 생각했는데, 그 숭고한 마음이 어느새 죄다 탐욕이 가득한 욕심으로 바뀌었다.

이젠 태무진 사장이 그녀를 좀 더 여자로 봐줬으면 좋겠다.

좀 더 특별한 사이가 되고 싶었다.

아무래도 욕구 불만은 태무진 사장보다 그녀가 더 심한 것 같았다.

무진은 두 사람이 편하게 만날 시간이 일요일밖에 없었기에 당연히 일요일에 만나는 것이라고 생각하고 있었다. 그걸 그녀에게 제대로 말하지 않았다는 것도 인식하지 못한 채 일요일을 기다리며 전화로 목소리를 듣고 싶은 것도 꾹 참았다. 그녀의 시간을 너무 많이 빼앗으면 안 된다고 생각했으니까.

지금 그보다 더 바쁘게 살아야 할 사람은 그녀였다. 서이재 광고 건은 어찌 되고 있는지 궁금했지만, 큰 문제가 생겼다면 그녀가 먼저 그에게 말해줄 것이었다. 여전히 서이재는 거슬리긴 했지만, 그는 자신이 할 수 있는 최선을 다하면 된다고 애써 마음을 다스렸다.

"실장님은 부인이랑 결혼 전에 어딜 자주 다니셨습니까?"

비서실장은 이제 태무진 사장이 그의 와이프에 관해 묻기만 하면 괜히 무서워졌다. 아무리 태무진 사장이 곧 결혼할 몸이라고 해도 인간계를 넘어서 그리스 로마 신화급의 남자가 관심을 가지는데 어찌 안 무서울 수 있겠나. 태무진 사장은 절대 그럴 사람이 아니라고 믿지만 제발 그의 어린 아내에 대한 관심은 거두어주길 바랐다.

"사장님, 왜 자꾸 제 부인에 관해 물으시는 건지."

그야 지금 그의 주위에는 참고해서 물을 사람이 비서실장밖에 없었기 때문이었다. 연정우 대리한테 물을 수는 없지 않은가. 그에게서 비서실장보다 더 좋은 대답이 돌아올 수도 있겠지만 그건 그의 자존심이 허락하지 않았다.

"데이트 별로 안 하셨습니까?"

결혼 전에 엄청 따라다녔다고 들었는데, 데이트할 시간도 없이 급하게 결혼식부터 한 건가 싶었다.

"제발 제 부인에 관한 관심을 거두어주십시오."

비서실장이 그답지 않게 울 것 같은 얼굴로 사정하니 무진은 할 수 없이 데이트 정보 얻는 걸 포기할 수밖에 없었다. 비서실장이 시멘트를 바른 것처럼 창백한 안색으로 집무실을 나가버리자 무진은 인터넷 검색을 시작했다.

데이트하기 좋은 곳

엔터를 치자 수많은 사진이 화면을 꽉 채웠다. 사람들은 다들 데이트도 하고, 가족 여행도 가며 즐겁게 살고 있었다. 무진은 제삼자의 시선으로 사진들을 살펴보면서 그와 수연이 가기에 좋은 곳을 골랐다. 그 사람이 없는 시간에도 그 사람을 생각하며 무언가를 계획한다는 게 그를 들뜨게 했다. 업무 시간에 딴짓하는 것에 죄책감도 안 느껴질 정도로.

수연이 데이트 날짜를 알려줄 전화를 애타게 기다리는 줄도 모르고, 무진은 일주일 동안 시간 날 때마다 인터넷으로 데이트하기 좋은 장소를 찾았다.

내일 11시에 집으로 데리러 가겠습니다.

태무진 사장의 메시지가 온 건 토요일 저녁이었다. 수연은 그의 메시지를 읽고 또 읽었다.

데이트 날짜를 알려주는 걸 진짜 까먹은 것인지, 아니면 그녀는 그가 만나자고 할 때 무조건 만나야 하는 사람인 건지.

그의 메시지만으로는 남자의 속내를 알 수가 없었다. 그래서 수연은 기다리던 그의 메시지를 드디어 받았음에도 기분이 가라앉았다.

"차라리 전화라도 한 통 하던가."

그녀의 목소리가 닿기라도 한 건지 갑자기 그녀의 전화가 울리기 시작했다.

Rrrrrrrr— Rrrrrrrrrr—.

그녀는 고개를 번쩍 들며 발신자도 확인 안 하고 전화를 받았다.

"사장님?"

[…….]

핸드폰 안에서 응답이 없었다. 수연은 이상하게 여기며 그제야 발신자를 확인했다. 저장 안 된 번호가 찍혀 있었다.

어라? 누구지?

"누구세요?"

익숙한 듯 낯선 남자 목소리가 들려왔다.

[서이재입니다.]

그녀는 서둘러 상체를 꼿꼿하게 세웠다. 어떻게 번호를 알았느냐고 물어보려 했지만, 광고 관련 협의가 진행 중이니 광고주 전화번호를 알아내는 게 어려울 것 같지는 않다는 생각이 들었다.

하지만 보통 모델이 광고주에게 먼저 전화를 하나?

"왜 전화하셨죠?"

광고를 진행하는 담당자는 따로 있었다.

[천수연 대표님한테 꼭 물어봐야 할 게 있어서요.]

그래서 만나자고 한 건데, 그녀 쪽에서 피하니까 어쩔 수 없이 전화번호를 알아내어 연락한 것이었다.

[왜 전화 안 했어요? 그날 내가 사인이랑 전화번호 줬는데.]

서이재는 그게 궁금했는지 몰라도 수연한테는 의미 없는 일이었다.

"그 사인지는 그날 바로 서이재 씨 팬한테 드려서 저한테 없어요."

[하!]

그의 사인지를 다른 사람에게 줬다는 말이 우스웠는지 서이재는 짧게 웃음을 터트렸다.

[그건 정말 생각도 못했네요.]

"오해가 풀리셨으면 광고에만 신경 써주세요."

[그건 쉽지 않겠는데요.]

뭐야, 진짜 광고 거절하겠다고?

[오해는 풀렸는지 몰라도 이번엔 자존심이 상해서요.]

"그래서 제가 사과라도 하길 바라세요?"

그녀는 사과해줄 수 있었다. 그가 광고 모델만 해준다면.

[아뇨. 천 대표님이 사과할 일은 아니죠.]

그래도 수연은 긴장의 끈을 놓을 수가 없었다.

[제가 한번 노력해보죠.]

자존심이 상했다는 서이재의 목소리는 오히려 더 자신만만했다.

[천수연 대표를 제 팬으로 만들 때까지.]

그 말에 수연은 등골이 오싹해졌다. 어쩐지 스타가 팬에게 할 수 있는 말의 수위를 한참 넘어선 것 같았으니까.

그래서 그녀는 정중하고 대표스럽게 받아쳤다.

"가온 광고 찍어주시면 바로 팬이 되겠죠."

[그게 거짓말이면 뒷감당 힘드실 겁니다.]

'뒷감당'이라는 말에 2차로 소름이 돋았다.

"그럼 아닌 거로."

그녀가 바로 정정하자 서이재는 큰 소리로 웃었다.

[하하하하하.]

수연은 핸드폰을 귀에서 멀리 떼어놓았다.

"할 이야기 끝났으면 먼저 끊겠습니다."

그녀는 먼저 전화를 끊어버리고 핸드폰을 멀리 밀어버렸다.

하필 오늘 전화할 건 뭐란 말인가.

데이트 날짜를 제대로 알려주지 않은 것에 대해 그녀가 태무진 사장에게 서운해해야 하는데, 오히려 이 전화 때문에 그녀에게 비밀이 또 생겨버렸다.

서이재한테 전화가 왔다고 솔직하게 말해야 하나?

수연은 고개를 저었다. 그럼 데이트를 망칠 게 뻔했다. 절대 내일은 말할 수 없었다.

Rrrrrrrr— Rrrrrrrrr—.

또 전화가 울리자 수연은 크게 놀랐다. 설마 또 서이재인가 싶었는데, 멀리서 발신자를 확인하니 태무진 사장이었다. 결국 전화가 오긴 온 것이다. 하지만 수연은 기쁜 마음으로 그의 전화를 받을 수가 없었다. 이래서 남녀 관계는 타이밍이 중요하다고 하나 보다. 그와 그녀의 타이밍이 어긋나는 것 같아서 수연은 마음이 안 좋았다.

"여보세요."

그녀는 소심한 목소리로 전화를 받았다.

[내 메시지 못 받았습니까?]

그녀가 메시지를 받고도 답변을 주지 않아 답답해서 전화했나 보다.

그녀는 꼬박 일주일간 그의 연락을 기다렸는데, 그는 고작 몇십 분을 못 참고 전화했다고 생각하니 울컥했다.

"사장님도 늦게 연락하셨잖아요."

끝까지 티 안 낼 생각이었는데 결국 입에서 튀어나와버렸다, 서운한 마음이.

[내가 언제?]

"데이트 하루 전날에야 연락하는 게 어디 있어요."

[아!]

그가 당황한 듯 말이 끊겼다.

[난 당연히, 천수연 대표도 일요일이라고 생각할 줄 알았는데.]

텔레파시 하시나요!

[혹시 내 전화 많이 기다렸습니까?]

"아뇨!"

그녀의 부정은 1초도 안 걸려서 튀어나왔다. 거짓말하니 코가 길어지는 게 아니라 심장이 따끔거렸다.

[그럼 전혀 안 기다렸어요?]

"아뇨."

대답하는데 어쩐지 이 대화 패턴이 전에도 있었던 것 같은 기분이 들었다.

[난 일주일 내내 우리 데이트 장소를 알아봤습니다.]

생각도 못 한 말에 그녀의 눈이 커졌다.

[그러니까 용서해줘요. 연락 늦은 거.]

그녀의 심장이 간질거렸다. 처음으로 그가 보스가 아니라 그냥 남자처럼 느껴졌다. 이 순간만큼은 마치 그와 진짜 연애라도 하는 것 같았다. 너무 행복한 착각이라 깨고 싶지 않을 정도였다.

"그럼 우리 내일 어디 가요?"

[그건 내일 직접 가보면 알 겁니다.]

스포일러는 할 수 없다는 듯이 태무진 사장은 단호하게 말했다. 설마 완벽주의가 여기서도 튀어나올 줄은 몰랐다.

"그럼 내일 만나요."

우울했던 기분은 눈 녹듯이 사라지고 마냥 내일 데이트가 기대되었다. 누군가를 좋아하는 마음은 사계절보다 더 변덕스러웠다.

[네, 집으로 데리러 갈게요.]

문득 그가 태성에서 물었던 말이 떠올랐다.

— 떠날 겁니까?

그 질문을 할 때의 목소리는 건조하고 메말라 있었는데, 지금 그의 목소리는 다정하고 촉촉했다. 그녀의 착각이 아니었다. 분명 그때와 달라져 있었다. 그녀는 달라진 그의 목소리만큼 그의 마음 역시 달라져 있기를 희망했다.

전화를 끊은 뒤에도 무진은 2층의 불 켜진 방에서 눈을 떼지 못했다. 결국 그녀의 집 앞이라는 이야기는 끝까지 못 했다. 내일 온다는 사람이 너무 일찍 와버려서.

그래도 인형을 뽑던 날 그녀를 집에 바래다주고 그녀의 방에 불이 켜지길 기다리던 때보다는 많은 것이 달라져 있었다. 몸부림을 치니 태양과 달 사이, 불변의 거리가 가능성의 거리로 바뀌어갔다.

무진은 불이 환하게 켜진 그녀의 방에서 시선을 떼며 차 뒷좌석에 올라탔다.

"출발하죠."

내일이 되면 부디 그녀에게 좀 더 가까워질 수 있기를.

그도 희망했다.

chapter 12

키스

일요일 아침.

수연은 혹시 늦을까 봐 알람을 맞추어놓고 잤지만, 결국 알람보다 먼저 깨어나서 외출 준비를 했다.

태무진 사장이 데리러 오기로 한 11시까지는 아직 3시간이나 남아 있었다. 수연은 그가 선물해준 옷과 구두, 핸드백까지 모두 꺼내놓고 화장부터 했다. 흰 원피스에 맞추어서 화장도 내추럴한 느낌으로 분위기를 살렸다. 입술에만 화사한 핑크빛으로 포인트를 주어서 연핑크색 구두와도 잘 어울렸다.

다 차려입고 나니 태무진 사장의 마음속 그녀의 이미지가 어떤지 여실히 알 수 있었다. 그녀는 생긴 것과 달리 그렇게 여성스러운 편이 아니었는데, 거울 속 천수연은 천생 여자 느낌이었다. 차림새에 맞추어 긴 머리를 자연스럽게 풀었더니 더 그런 듯했다.

그래, 내가 오늘은 여자가 어떤 건지 제대로 보여주마.

수연은 마지막으로 핸드백을 집어 들고 시계를 보았다.

헐! 아직도 1시간이나 남았네.

정신없이 준비할 때는 시간 가는 줄 몰랐는데, 준비를 다 끝내고 나니 시간이 그리 더디게 갈 수 없었다.

전화해서 언제 올지 물어볼까?

수연은 고개를 저었다.

일주일도 잘 참고 기다렸는데, 고작 1시간을 못 기다려서 조바심을 내는 여자가 될 수는 없었다.

오늘 명심할 건 하나뿐이었다.

도도하게 행동하며 짝사랑을 들키지 않기.

괜히 태무진 사장의 사진을 몰래 찍다 걸리면 그게 무슨 창피인가. 그런 충동이 들어도 꾹 참아야 했다.

수연은 1층으로 내려가서 박 씨 아줌마에게 부탁했다.

"도시락 좀 싸주세요."

태무진 사장이 레스토랑 예약을 했을지도 모르지만, 날씨가 좋으니 밖에서 먹어도 좋을 것 같아서 우선 도시락을 싸서 들고 가보기로 했다.

"세상에! 그렇게 예쁘게 하고 어디 가? 설마 소개팅이야?"

박 씨는 한껏 꾸민 그녀의 모습을 보고 놀란 표정을 지었다.

수연은 수줍게 웃으며 물었다.

"저 괜찮아요?"

"너무 예뻐서 탈인데. 오늘 남자 조심해야겠다."

남자랑 데이트를 가는데 남자를 조심하라니.

참 난감한 충고였다.

무진은 11시에 딱 맞추어 도착하려고 노력했다. 여자들은 준비하는 데 시간이 오래 걸린다고 했으니까.

그도 오늘은 사업가처럼 보이는 건 원치 않았기에 풀 장착 슈트 대신 편한 느낌의 셔츠에 면바지로 가볍게 입었다. 하지만 아무리 가볍게 입어도 부유한 느낌은 사라지지 않았다. 요트를 타러 가는 것 같은 멋진 재벌남이었다.

무진은 뭔가 불만스러운 듯 거울을 쳐다보았다. 어디가 잘못된 건지 천천히 살피던 무진은 손을 올려 단정하게 넘겼던 앞머리를 가볍게 흩트렸다. 머리 스타일이 바뀐 것만으로도 청춘의 느낌이 물씬 났다. 이런다고 그녀와의 나이 차이가 줄어드는 건 아니었지만 그래도 1살이라도 차이가 덜 나 보이길 바랐다. 직장 상사 느낌은 더더욱 안 났으면 좋겠다.

무진은 방을 나서서 현관으로 걸어가다가 아버지의 시중을 들고 나오는 집사를 발견하고 그의 앞에서 멈추어 섰다.

"저 어떻습니까?"

얼마 전에 환갑을 넘긴 집사는 놀란 눈으로 그를 쳐다보았다. 그가 태어날 때부터 보아왔지만 이런 질문은 처음 받아보았으니까.

"좋아 보이십니다."

평소의 모습이 잘 벼려진 검처럼 빈틈이 없었다면 지금은 꼭 어디든 날아갈 것만 같은 향기로운 바람 같았다.

"나이 들어 보이진 않고요?"

아버지뻘의 집사에게 나이 타령을 하는 그의 모습에 집사는 웃음이 터질 뻔했다.

"남자는 진중한 멋이 있어야죠. 지금이 완벽합니다."

듣기 좋으라고 하는 말이라도 안심이 되었다.

무진은 기분 좋게 집사에게 다녀온다는 인사를 하고 현관으로 걸어갔다.

"바로 기사를 대기시키겠습니다."

"아뇨. 직접 운전합니다."

운전까지 본인이 한다는 말에 집사의 주름 진 얼굴에 미소가 걸렸다.

"결혼이 집안 경사가 맞긴 하네."

태준석 회장이 이번엔 무리수를 던진다고 생각했는데, 태무진 사장을 보니 그게 아니었나 보다.

그는 행복해 보였다.

마치 사랑에 빠진 남자처럼.

부우우웅ㅡ.

무진은 차를 끌고 수연의 집으로 향했다. 시간을 확인하니 11시 전에 도착할 수 있을 듯했다. 날씨까지 그를 도와주는지 아주 화창하고 하늘도 푸르렀다. 모든 게 다 갖추어졌다. 그러니까 오늘은 첫 데이트처럼 마무리가 흐지부지되는 일은 절대 없어야 했다.

무진은 각오를 다지며 선글라스를 꺼내 썼다.

딩동—.

초인종 소리가 들리자 수연은 서둘러 현관으로 달려갔다. 박 씨가 도시락 가방을 그녀에게 전해주며 당부했다.

"손까지만 허락해. 그 이상은 안 돼."

"아줌마!"

그녀의 얼굴이 발갛게 달아올랐다. 이미 태무진 사장은 그녀한테 키스 마크까지 남겼는데 손만 잡고 데이트가 끝나면 오히려 그녀가 실망할 것이었다. 그녀의 음탕한 욕망도 모르고 박 씨는 나가는 그녀에게 끝까지 충고했다. 수연은 어머니한테 말하듯이 박 씨에게 걱정 말라고 하고는 대문으로 향했다. 마지막으로 옷차림과 머리를 손으로 매만지는데 두근대는 심장이 밖으로 튀어나올 것 같았다.

멋모르고 했던 첫 데이트와는 비교가 안 되었다.

와아! 이러다 나 오늘 사고 치는 거 아냐?

박 씨가 걱정해야 할 사람은 아무래도 그녀가 아니라 남의 집 귀한 아들인 것 같았다.

덜컹—.

커다란 대문을 열고 밖으로 나가자 차 앞에 기대 서 있는 태무진 사장이 보였다. 딱 떨어지는 슈트가 아닌 것만으로도 수연은 깜짝 놀랐다. 진짜 데이트가 맞긴 맞나 보다.

오늘은 태무진 사장님이 아닌, 태무진 씨였다.

그녀가 나온 걸 보고 무진은 몸을 바로 세웠다. 머리부터 발끝까지 그가 사 온 선물로 완벽하게 채워진 그녀의 모습을 보니 심장에 불티가 튀며 달구어졌다. 어떤 경이로움이 그의 눈빛에 솟아올랐다. 결코 손에 잡히지 않던 환상이 현실이 되어 눈앞에 나타난 걸 보는 감탄이었다.

그가 말도 없이 너무 빤히 쳐다보니까 수연은 몸 둘 바를 모르게 되었다.

"사장님이 주신 선물들 다 저한테 잘 맞더라고요."

별거 아닌 말인데도 수연은 수줍어져서 손이 저절로 머리카락을 만지작거렸다.

"다행이네요."

그의 목소리는 평소보다 좀 더 허스키했다. 목 아래가 열감으로 가득 채워져서 무진도 자기 몸 상태가 좀 버거웠다. 아직 데이트는 제대로 시작도 못 했는데 처음부터 이러면 곤란했다.

"그런데 제 사이즈는 어떻게 아신 거예요?"

"비서실장한테 물어봤습니다."

"네? 한 실장님이 제 사이즈를 안다고요?"

수연은 그 말에 기겁했다.

무진은 자신이 말실수했다는 걸 깨닫고 바로 정정했다.

"한 실장 와이프랑 비슷해 보이기에."

그제야 완벽한 사이즈의 의문이 풀린 수연은 안도의 숨을 내쉬었다. 그 때문에 비서실장이 아주 무서운 일을 경험한 줄은 꿈에도 모르고.

"타요."

태무진 사장이 직접 조수석의 문을 열어주었다. 수연은 차로 걸어가서 문 앞에서 잠시 멈추어 그를 올려다보았다. 황금빛 햇살이 그의 머리카락에 걸려서 아름답게 반짝이고 있었다. 오늘 그는 한계 없이 멋있기만 했고, 그녀는 진짜 사고 칠 것 같았다.

"오늘 잘 부탁드려요."

그녀가 이상한 짓을 해도 도망치지 말라는 당부였다.

"나야말로."

짙은 눈빛이 부드럽게 휘며 눈웃음을 짓자 수연은 속으로 내적 비명을 질렀다.

꺄아아악! 웃었어!

옷 벗은 걸 봤을 때보다 더 흥분되었다. 하지만 그녀가 놀랄 일은 거기서 끝나지 않았다. 차를 타자마자 바로 그녀가 놀랄 일이 생겼다. 운전석에 앉은 태무진 사장이 선글라스를 꺼내 쓴 모습을 보고 그녀는 절로 입이 벌어졌다.

그녀가 뚫어지게 보는 시선을 느낀 그가 고개를 돌려 쳐다보았다.

"왜요?"

"서, 선글라스 쓴 모습 처음 봐서."

직접 운전하느라 쓴 것뿐이었기에 무진은 선글라스로 손을 뻗었다.

"이상하면 벗……."

"아뇨! 계속 쓰세요!"

그녀의 목소리가 너무 커서 이번엔 그가 놀랐다. 도도한 여자 콘셉트였는데 처음부터 망했다.

선글라스 쓴 모습이 저리 섹시할 줄 누가 상상이나 했겠나.

수연은 만회하기 위해서 그녀가 가져온 도시락을 언급했다.

"제가 도시락 싸 왔는데 혹시 점심 예약하셨어요?"

"아니, 저녁만 예약했으니 그걸로 점심 먹으면 되겠네요."

수연은 다행이라고 생각하며 입꼬리를 올렸다. 오늘은 뭔가 예감이 좋았다. 정말 데이트하기 좋은 날씨였고, 더군다나 옆에는 좋아하는 사람까지 있으니 더 바랄 게 무엇이 있겠는가.

빵— 빵—.

사고는 사람이 방심하는 순간 온다고 하던가.

잘 뚫리던 도로가 막히기 시작하더니 차가 완전히 멈추어 설 정도로 차가 밀리기 시작했다.

"앞에 사고가 났나 봐요."

잘 나가고 있었는데, 예기치 못한 사고 때문에 도로에서 시간을 허비하게 되자 무진은 답답해져서 선글라스도 벗어버렸다. 수연은 그가 또 차를 버리고 가자고 할까 봐 조심스럽게 말했다.

"오늘은 지하철 안 돼요."

그때는 출근 시간이라서 가장 빠른 지하철을 선택한 것이었다. 오늘 같은 날 그녀를 데리고 지하철을 탈 생각은 추호도 없었다.

"그럼 헬기를 부를까요?"

그의 말에 수연의 눈이 왕방울만 해졌다.

"네?"

그녀가 놀라는 모습을 보고 무진은 혼자 만족해했다.

"농담입니다."

그의 재산이 얼마인지 대충 알기에 수연에게는 전혀 농담으로 안 들렸다. 태성 그룹에는 정말 전용기도 있었다. 전용기는 활주로가 없어서 못 오지만 헬기를 하루 대여하는 건 아주 불가능한 이야기도 아니었다.

"하하하, 진짜 헬기가 오면 폼 나긴 하겠네요."

도로 한복판에서 영화 주인공이 되는 거였다.

그런데 장르가 재난물인지, 로맨스인지는 잘 모르겠다.

"그럼 불러야겠네."

그가 핸드폰으로 손을 뻗자 수연은 기겁하며 그의 팔을 붙잡아 막았다.

"부르지 마세요! 저도 농담이에요!"

당황한 그녀의 머리 위에서 그의 웃음소리가 터졌다. 수연은 고개를 들어 그의 얼굴을 보았다.

"하하하."

태무진 사장은 진짜 소리 내어서 웃고 있었다. 그제야 그가 또 농담한 거라는 걸 깨달았지만 그녀는 그의 웃는 모습에 시선이 빼앗겨서 속았다고 분통을 터트리지도 못했다. 그의 웃음소리가 햇살처럼 반짝이는 것만 같았다. 사람이 너무 아름다워서 또 한 번 넋이 빼앗겼다.

그녀가 너무 조용한 게 이상해서 무진이 고개를 돌려 그녀의 얼굴을 보았다. 두 사람의 시선이 가까운 곳에서 마주쳤다. 가늘게 떨리는 그녀의 갈색 눈동자를 보고 그의 얼굴에 퍼져 있던 웃음도 서서히 사라졌다. 오도 가도 못 하는 도로 위에서 마주친 눈빛은 마음이 다 보일 것만 같은 착각이 들 정도로 깊고 짙었다. 마치 눈앞의 이 사람도 자신과 똑같은 마음인 것만 같은 느낌.

그런데 그게 혼자만의 착각일 것 같아서 확인하기 두려웠다. 두 사람이 이리 마주 보기까지 아주 긴 시간이 걸렸다. 그랬기에 충동은 그들에게 금기가 되어버렸다. 신뢰와 노력으로 견고해진 서로의 관계를 찰나의 충동으로 무너뜨리게 된다면 죽을 때까지 후회하게 될 테니까.

하지만 언제까지고 이 터질 것 같은 마음을 혼자 끌어안고 살 수는 없었다. 한계점이 가까워져 오고 있었다.

"하아."

누구의 것인지 모를 숨소리가 힘겹게 흘러나왔다. 그리고 그의 얼굴이 가까이 다가왔다. 키스하려는 걸 느낀 수연은 온몸이 저릿해졌다. 코끝이 스치며 그가 고개를 옆으로 틀었다.

수연은 저절로 두 눈이 감겼다. 두 사람의 숨결이 먼저 섞였다. 곧 그의 입술이 닿을 거라는 아찔함에 정신이 혼미했다.

빵빵—.

그들의 차가 움직이지 않자 뒤에 있던 차들이 일제히 클랙슨을 울려댔다. 전쟁 피난이라도 가는 듯이 클랙슨 소리가 엄청났다. 두 사람은 서둘러 각자의 자리로 돌아갔다. 태무진 사장은 바로 차를 출발했다. 수연은 괜히 창밖의 풍경을 열심히 쳐다보았다. 해결 못 한 갈증이 어색한 침묵이 되어서 차 안을 답답하게 만들었다.

아직 데이트는 제대로 시작도 못 했다.

어떻게든 분위기를 바꾸어야 한다는 조급증에 두 사람의 말이 동시에 흘러나왔다.

"음악 들을래요?"

"과일 드실래요?"

둘 다 놀란 표정으로 서로를 쳐다보다 같이 웃고 말았다. 그제야 터질 것 같던 긴장감이 녹아내렸다. 지금은 차라리 그게 다행이었다. 그래야 데이트를 제대로 즐길 수 있을 테니까.

"서로가 고른 음악이 마음에 들면 과일 먹여주기, 어때요?"

그녀가 즉흥적으로 정한 게임에 무진도 고개를 끄덕였다. 여전히 도로는 시원하게 뚫릴 기미가 안 보이고, 이 차 안에서 그의 욕구 불만이 터지지 않게 하려면 뭐라도 해야 했다.

"사장님이 먼저 음악 고르세요."

무진은 별 고민 없이 클래식 음악을 틀었다. 그는 주로 가사 없는 음악을 들었다. 수연은 클래식 연주가 나오자마자 딸기를 집어서 자기 입에 넣었다.

"전 클래식 안 좋아해요."

예의상 그에게 딸기를 줄 만도 하건만 그냥 먹어버리는 그녀를 보고 무진은 눈을 좁혔다.

"그럼 천수연 대표가 골라봐요."

수연은 자신의 플레이리스트를 쭉 보다가 장범준 노래를 틀었다. '벚꽃엔딩'이 잔잔하게 차 안에 흘러나왔다.

무진은 잠깐 듣더니 딸기를 본인 입에 넣었다.

"왜요?"

데이트할 때 듣기 딱 좋은 음악인데!

"아직 벚꽃은 피지도 않았습니다."

수연은 음악적 낭만은 한 톨도 없는 그를 살짝 흘겨보았다.

"이번엔 사장님 차례예요."

태무진 사장은 이번엔 정말 신중하게 음악을 골랐다. 어째 재미로 하는 게임이 정말 치열해지고 있었다. 그가 플레이 버튼을 누르자 피아노 연주곡이 흘러나왔다.

클래식은 아니었다.

수연은 딸기를 포크로 찍으며 태무진 사장의 얼굴을 보았다. 그는 기대감 가득한 눈빛으로 그녀를 쳐다보고 있었다. 수연은 좋다는 듯이 씨익 웃고는 딸기를 그녀의 입에 넣었다.

무진은 대놓고 실망한 표정을 지었다.

"클래식 아닙니다."

"전 가사 없는 음악, 심심해서 별로예요."

그녀는 단지 사이좋게 과일을 나누어 먹으려고 하자고 한 게임인데, 아무래도 그러긴 이미 그른 것 같았다. 결국 과일은 각자 먹다가 끝나겠구나 생각하며 수연은 음악을 재생했다. 김광석의 노래가 흘러나왔다. 그녀의 아버지가 좋아하는 노래라서 병원에서 틀어드리곤 했던 노래였다.

태무진 사장은 노래의 반주만 듣고 딸기를 포크로 찍어서 그녀에게 처음으로 내밀었다. 수연은 놀라서 그를 쳐다보았다. 승부욕이 강한 태무진 사장이라 절대 안 줄 거라 생각했었다.

"우리 어머니가 좋아하던 노래예요."

그의 입에서 처음 나온 '어머니'란 단어가 참으로 낯설면서도 울컥했다.

"사장님 어머니는 좋은 분이셨어요?"

그녀한테 어머니라는 단어는 낯설고 거북한 말이었다. 어린 시절 어머니가 필요한 모든 순간에 그녀는 혼자였거나, 아버지가 그 자리를 대신했다. 그녀의 물음에 무진은 망설임 없이 대답했다.

"독실한 불교 신자셨죠."

그녀는 웃고 말았다.

"아! 그래서 사장님도 불교구나."

"어머니랑 절에 자주 다녔어요."

그땐 그게 어머니가 마음속 화를 푸는 방법이라는 걸 어린 그는 미처 몰랐었다. 그래도 눈치를 챘다면 어머니가 그들 곁에 좀 더 오래 있었을까 싶기도 했지만, 모든 게 후회로 남을 뿐이었다. 무진은 어머니 이야기는 더 하고 싶지 않았다.

오늘은 두 사람의 데이트 날이었으니까.

즐거운 이야기만 나누고 싶었다.

"그런데 이 딸기는 안 먹을 겁니까?"

그제야 태무진 사장이 내민 딸기를 안 먹은 걸 깨닫고 수연은 서둘러 입을 벌렸다.

"아!"

그녀가 입을 벌리자 이젠 그가 당황했다. 생각해보니 먹여주는 게임이었다. 그는 천천히 그녀의 입으로 딸기를 가져갔다. 부드러워 보이는 핑크색 입술이 그의 눈을 어지럽혔다. 그녀가 딸기를 앙, 물었을 때는 그의 심장이 물린 듯 따끔했다.

"먹여주니까 더 맛있어요."

그녀는 그의 상태도 모르고 해맑게 웃기까지 했다. 아무래도 그는 오늘 데이트가 끝날 때까지 못 참고 터질 것 같았다.

이건 불안함이 아니라 확신이었다.

태무진 사장이 일주일이나 데이트 장소를 찾았다고 해서 수연은 그가 그녀를 어디로 데려갈지 상상조차 안 되었다. 비행기를 타고 몰디브 같은 섬에 가서 하루 동안 럭셔리한 무인도 생활을 한다고 해도 참 낭만적일 것 같았다. 하지만 그러기에는 시간이 부족했다. 호텔 스위트룸에서 둘만의 고급스러운 파티를 해도 분위기가 넘칠 것 같았다. 수연이 상상하는 데이트는 드라마나 영화에 나왔을 법한 그런 데이트였다.

무진은 데이트 계획을 세울 때 이동 시간을 최소화하는 데 집중했다. 차 안에서 시간을 낭비하고 싶지 않았다. 그래서 그들은 서울에서 그리 멀리 가지 않았다. 장소를 고르는 기준은 그녀가 평소 안 가봤을 것 같은 곳이었다. 그러면서 두 사람이 여유롭게 시간을 즐길 수 있는 곳.

"와! 여기는……."

수연은 할 말을 잃은 눈으로 타임 슬립을 한 것만 같은 곳을 쳐다보았다.

민속촌이었다.

설마 민속촌에 데이트를 하러 올 줄이야. 진짜 상상조차 못 했다.

"사장님 이런 곳 좋아하셨어요?"

싫다기보다는 너무 뜻밖이라 놀랐다.

"나도 처음입니다."

처음인데 민속촌을 골랐다고?

"천수연 대표도 처음 아닙니까?"

"전 학교 다닐 때 소풍으로 왔었어요."

"아!"

그는 소풍은 전혀 예상 못 했다.

"그럼 나보다 더 잘 알겠네요."

어쩐지 실망한 듯한 그의 표정을 보고 수연은 웃음이 나오려고 했다.

"여기 한복도 빌려줘요. 우리 한복 입을까요?"

"음⋯⋯."

그 생각은 전혀 안 해봤다. 그는 단지 도시를 완벽하게 벗어나고 싶었다. 둘 다 회사 생각은 한 번도 하지 않을 수 있게. 그래서 조선 시대로 와버린 것이었다.

수연이 이끄는 대로 두 사람은 한복 대여점으로 제일 먼저 들어갔다. 수연은 태무진 사장이 입을 옷을 먼저 골라주었다.

"저는 공주 옷 입을 테니까 사장님은 호위 무사 옷 입으세요. 이거 입고 오늘 절 지켜주세요."

그녀는 좀 신난 듯 보였다. 그래서 무진은 조용히 옷을 받았다.

그가 일찍 옷을 갈아입고 나왔더니 그녀는 여전히 환복 중이었다.

"어머나! 세상에! 이 옷이 이렇게 잘 어울리시는 분은 처음 봐요!"

한복 대여점 직원이 너무 칭찬하는 게 거북해서 무진은 뒤로 물러났다.

"가게에 걸어놓을 사진 찍어도 될까요?"

"안 됩니다."

직원의 부탁을 단호하게 거절했다.

스르륵―.

그때 커튼이 젖히며 여자 탈의실에서 수연이 걸어 나왔다. 당의로 갈아입고 머리까지 댕기 머리를 한 그녀의 모습은 아침에 보았을 때와는 또 다른 느낌으로 단아하게 아름다웠다.

그녀도 그의 모습을 보고 감탄했다. 곤룡포를 입은 것도 아닌데 조선 시대 왕족 같았다. 그리 비쌀 리 없는 한복이 분명할 텐데 그가 입으니까 귀티가 흘러넘쳤다. 나중에 사진을 찍는 곳이 나오면 꼭 같이 사진을 찍어야겠다고 생각했다. 이런 귀한 사진은 오늘 아니면 절대 못 찍을 테니까.

"두 분 같이 사진 찍으시면 한복 대여비 안 받을게요."

어떻게든 사진을 남기고 싶었던 직원이 파격적인 제안을 했다. 마침 사진이 찍고 싶었던 그녀는 혹했는데, 태무진 사장은 1초의 망설임도 없이 냉정하게 잘라냈다.

"됐습니다."

원래 태무진 사장은 사진 찍는 걸 극도로 싫어했다. 그래도 데이트라서 한 장은 찍어줄 줄 알았는데 역시 무리인가 보다. 그녀도 차마 그에게 사진 찍자는 소리를 할 수가 없었다.

"나가죠."

그의 말에 수연은 작게 고개를 끄덕였다. 두 사람이 같이 밖으로 나와서 민속촌 안을 걷는데 옷 하나 바뀐 것만으로도 어색하면서 설렜다. 수연은 걸으면서 옆에서 걷는 태무진 사장을 힐끔힐끔 훔쳐보았다. 무사복을 입은 모습이 참으로 근사하고 늠름한 게, 한 폭의 동양화 같았다.

아무래도 몰래 사진을 찍어야겠다. 들키지만 않으면 괜찮겠지.

"우리 도시락 어디서 먹을까요?"

그와 같이 먹으려고 옷 갈아입은 뒤에도 끝까지 챙겨 들고 온 도시락이었다.

"저쪽에 정자가 있는 것 같던데. 거기로 가죠."

"음료는 따로 사야 할 것 같은데, 제가 사 올게요."

그녀는 그한테서 잠시 떨어진 틈에 사진 찍기를 시도할 작정이었다.

"내가 사 올 테니, 정자에 가 있어요."

태무진 사장이 움직이자 수연은 서둘러 핸드폰을 꺼내 카메라를 켰다. 그리고 그를 향해 렌즈를 들이미는데 하필 그때 그가 돌아보았다. 수연은 빠르게 핸드폰을 귀에 가져다 댔다.

"여보세요? 장 실장님?"

그가 쳐다보는 시선이 느껴져서 수연은 전화하는 척하면서 정자 쪽으로 걸어갔다. 잠시 걷다가 뒤를 보니 태무진 사장은 매점을 향해 걸어가고 있었다. 그녀는 서둘러 그를 쫓아갔다.

정면은 무리라도 옆모습이라도 찍고 말리라.

사진 한 장 찍는 것에 그녀는 온몸을 바쳐 진심이었다. 나무 뒤에 숨어서 사진 찍을 타이밍을 찾고 있는데 이상 현상이 발견되었다. 매점을 찾아서 걸어가는 태무진 사장의 뒤로 사방에 흩어져 있던 여자아이들이 점점 몰려들고 있었다. 태무진 사장이 아이들을 홀리는 피리를 분 것도 아닌데 말이다.

그도 이상한 느낌을 받았는지 걸음을 멈추고 뒤를 돌아보았다. 그의 뒤를 따르고 있는 여자아이들을 보고 흠칫 놀라는 모습을 보고 수연은 입술을 깨물었다. 아무래도 저 옷 탓인 것 같았다. 그가 평소처럼 슈트를 입고 있었다면 너무 근엄한 어른 포스 때문에 감히 접근을 못 했을 것이다.

그녀는 가서 그를 구해줄 생각은 하지 않고 핸드폰으로 그 장면을 찍기 시작했다. 태무진 사장은 잠시 곤란한 표정을 짓다가 그의 말이 통할 상대가 아니라고 생각했는지 휙 몸을 돌려 갑자기 뛰기 시작했다. 그가 달려가자 여자아이들도 비명을 지르며 그의 뒤를 쫓아갔다.

"꺄아아아악! 무사님!"

수연은 그 아수라장을 찍으며 혼자 배를 움켜잡고 웃어댔다.

무사님이래. 하하하하.

그녀는 태무진 사장과의 약속대로 정자에서 그를 기다렸다. 그는 한참 만에 양손에 음료수를 들고 나타났다. 수연은 아무 것도 못 본 척 그에게 물었다.

"오래 걸리셨네요. 무슨 일 있으셨어요?"

태무진 사장은 바로 고개를 저으며 그녀에게 사 온 음료수를 내밀었다.

　"아뇨. 매점에 사람이 많았습니다."

　수연은 웃지 않으려고 입술을 깨물었다.

　"전 혹시나 다른 여자가 사장님한테 추파라도 던졌나 했죠."

　그녀의 말에 태무진 사장의 어깨가 움찔했다. 여자가 아니라 여자아이 부대였다. 지금도 어딘가에서 튀어나올까 봐 살짝 불안했다.

　"누가 감히 나한테."

　센 척하는 그의 말에 수연은 마시던 음료수를 뿜을 뻔했다. 손으로 입가에 조금 흐른 음료수를 대충 닦는데 손수건이 다가와 그녀의 입술을 닦아주었다.

　실수인지, 고의인지 그의 손가락 끝이 입술에 닿았다.

　곱게 뻗은 그녀의 속눈썹이 잘게 떨렸다. 그가 바로 손을 떼었지만 수연은 발갛게 달아오른 얼굴을 손으로 감쌌다. 그녀가 몽롱한 상태에서 빠져나오지 못한 사이 무진은 도시락 뚜껑을 열어서 먹을 준비를 끝냈다. 그녀가 해야 했을 일은 그가 해버린 걸 깨닫고 수연은 흠칫 놀랐다. 아직도 그녀의 몸 안에는 비서 본능이 남아 있었나 보다. 데이트에서 수발을 못 들었다고 놀라다니.

　"맛있겠네요."

　그녀가 남자를 만나러 간다고 했더니 박 씨가 도시락을 아주 예쁘게 싸주었다.

"네, 많이 드세요."

태무진 사장은 바로 젓가락으로 작은 주먹밥을 집었다. 그런데 그때 그의 뒤로 여자아이 부대가 다시 나타났다.

수연은 흠칫 놀랐다. 무사님을 발견한 여자아이가 정확히 이쪽을 손으로 가리켰다. 이대로 저 여자아이들이 달려오면 오늘 데이트를 망칠 거라는 생각이 들자 그녀의 머리보다 몸이 먼저 움직였다. 태무진 사장에게 다가가 그의 입술에 그녀의 입술을 꾹 누른 것이다.

툭.

태무진 사장이 젓가락으로 잡고 있던 주먹밥이 아래로 떨어졌다.

"까아아악!"

그리고 여자아이들의 비명이 폭죽처럼 터졌다. 수연은 이 난장판 속에서도 그와 처음 한 입맞춤이 너무도 황홀했다.

무진은 얼이 빠진 상태였다. 그녀가 먼저 입을 맞출 것이라고는 단 0.1%도 생각해본 적이 없었으니까. 더군다나 여긴 사람들로 바글거리는 민속촌이었고, 그들은 막 밥을 먹으려고 하고 있었다. 이런 순간 그녀가 입을 맞출 거라고 누가 상상이나 할 수 있겠나.

수연은 바로 입을 떼고 멀어졌다. 그런데도 그의 입술에는 여전히 그녀의 감촉이 남아서 현기증이 났다. 뒤에서 사람들의 비명이 들려왔지만, 무진은 거기까지 신경 쓸 정신이 없었다. 그녀의 얼굴만 빤히 쳐다보았다. 갑자기 입을 맞추었으니 뭐라고 해명이라도 할 줄 알았는데 그녀는 아무 일도 없었던 사람처럼 주먹밥을 먹었다.

"드세요."

그 말을 하니, 그의 입술이 꼭 식사 전에 먹는 애피타이저가 된 것 같았다.

뭐라고 한마디 하고 싶은데 머리가 텅 비어서 뭐라고 해야 할지도 모르겠다. 우선은 먹는 게 좋겠다 싶어서 무진은 젓가락을 잡았다.

수연은 무진의 어깨 너머로 여자아이들이 실망과 배신감을 느끼며 뿔뿔이 흩어지는 걸 보고 안심했지만, 머릿속은 뒤죽박죽이었다. 태무진 사장이 아무 말 안 하는 게 다행이다, 싶으면서도 왜 아무런 반응이 없는 건가 싶기도 했다.

이 정도 입맞춤은 인사 정도라는 건가?

그럼 여자들이랑 키스 많이 해봤다는 거야?

어느새 또 의심이 스멀스멀 피어나 그녀는 그를 훔쳐보았다. 그때 무진의 시선도 그녀 쪽으로 향해 두 사람의 눈빛이 마주치자, 둘은 동시에 다른 쪽으로 고개를 돌렸다.

밥 먹는 동안 두 사람은 한마디도 하지 않았다.

내가 밥을 먹는 건지, 밥이 나를 먹는 건지 모를 식사였다.

무진이 사 온 음료수까지 다 마셔버리고 난 뒤 이젠 무슨 말이든 해야 할 타이밍이었다. 수연이 먼저 입을 열었다.

"이제 뭐 해요?"

키스.

이제 무진의 머릿속에는 그 생각밖에 없었다. 그러니까 왜 이런 곳에서 갑자기 입을 맞추나. 하지만 이곳은 첫 키스를 나누기에는 사람이 많아도 너무 많았다. 어서 빨리 다른 곳으로 이동해야겠다는 생각이 들었다.

"민속촌 구경하죠."

그의 말에 수연도 동의하며 고개를 끄덕였다.

고즈넉한 풍취의 한옥들을 구경하다 보니까 술렁이던 마음이 어느 정도 진정이 되었다.

"사장님은 한옥에서 살고 싶지 않으세요?"

"아뇨."

딱 잘라 부정하니 꼭 화난 사람처럼 느껴졌다. 수연은 고개를 돌려 태무진 사장의 얼굴을 올려다보았다. 그가 반대편을 보고 있어서 날렵한 턱이 더 부각되어 보였다.

설마 멋대로 입 맞춘 것 때문에 화난 건 아니겠지?

에이, 설마.

태무진 사장의 걸음은 무당집 앞에서 멈추었다.

"여기 점 봐주는 곳도 있군요."

그가 그녀를 내려다보며 물었다.

"점 보는 거 좋아합니까?"

"아뇨."

이번엔 그녀가 딱 잘라 부정했다.

무진은 살짝 당황했다. 사실 여기서 궁합을 보고 싶었기에, 민속촌 데이트를 고른 이유 중 하나이기도 했다.

"혹시 기독교?"

"무교예요."

"그럼 괜찮습니다."

뭐가 괜찮다는 건가 싶었는데, 태무진 사장이 갑자기 그녀의 손을 잡더니 무당집 안으로 들어갔다. 두 사람은 점을 봐주는 민속촌 직원 앞에 나란히 앉게 되었다. 무당 분장을 한 민속촌 직원이 두 사람을 보며 호들갑스럽게 말했다.

"하늘에서 내려온 선남선녀구만! 신선과 선녀가 만났으니까 어찌 천생연분이라고 아니할 수 있겠는가!"

수연은 장사꾼의 립서비스라고 생각했고, 무진은 매우 흡족했다.

"온 김에 궁합이나 보죠."

그들은 결혼식을 올릴 사이니까 궁합을 보는 게 이상한 건 아니었다. 무진은 자연스러웠다고 생각했다. 그런데 수연은 곤란한 표정을 지었다. 설마 싫은 건가 싶어서 무진은 심장이 움찔했다.

"저, 태어난 시간을 몰라요."

그녀에게 말해줄 사람도 없었다. 이혼한 어머니는 전화번호도 모르고, 아버지는 병원에 의식 없이 누워 계시고.

무진도 그녀의 말을 듣고 아차 싶었다. 그가 전혀 예상 못한 변수였다. 결국 모든 게 완벽한 데이트는 오늘도 틀린 건가 싶었는데 수연이 무당에게 물었다.

"태어난 시간 몰라도 궁합 볼 수 있나요?"

무당은 잠시 눈알을 굴리다가 바로 요란스럽게 부채를 흔들며 자신 있게 말했다.

"우리 장군님은 아주 영험한 분이시라 태어난 날만 봐도 궁합이 딱 나와."

확실히 민속촌 직원이구나 싶었다.

"그럼 봐주세요."

수연은 웃으며 말했고, 무진은 사기당한 기분이 들었다.

난 진짜 궁합을 보고 싶었다고!

무진은 찝찝한 마음으로 태어난 날을 무당에게 가르쳐주었다. 무당은 두 사람의 태어난 날을 보며 쌀알을 손으로 열심히 굴리다가 당황한 표정을 지었다.

"아이쿠야! 어떻게 둘 다 이렇게 나오냐?"

그저 월급을 받는 민속촌 직원인데도 무당 연기가 참 실감났다. 어차피 제대로 못 하는 거라면 그냥 좋은 말이라도 해주었으면 했다.

"왜요? 나쁜가요?"

수연이 걱정스럽게 물었다. 팔짱을 끼고 있는 무진의 얼굴에는 이미 불신이 가득했다. 무당은 두 사람의 얼굴을 번갈아 보며 신묘한 뜻이라도 있는 듯이 중얼거렸다.

"이걸 얼굴값 한다고 해야 하나."

이미 그 말부터 기분이 나빴다.

"둘 다 결혼 여러 번 할 팔자. 헉!"

태무진 사장이 순식간에 무당의 멱살을 움켜잡아서 수연도 깜짝 놀랐다.

"사장님! 폭력은 안 돼요!"

안이 소란스러워서 밖에서 대기하던 손님들까지 술렁였다. 수연은 겨우 태무진 사장을 무당한테서 떼어놓고 밖으로 나왔다. 하지만 무당집을 나와서도 태무진 사장의 표정은 여전히 안 좋았다. 수연은 그의 마음을 풀어주기 위해서 말했다.

"그냥 장난으로 보는 거니까 신경 쓰지 마세요."

"장난이면 그런 심한 말 들어도 괜찮습니까?"

아니긴 했다. 생각해보면 돈 받고 좋은 말을 해주려고 하지 일부러 나쁜 말을 할 것 같지는 않았다.

"그럼 설마 진짠가?"

그녀의 말에 그의 낯빛이 더 안 좋아졌다. 수연은 아차 싶어서 크게 웃었다.

"하하하. 저녁 예약한 곳은 어디예요? 거기로 갈까요?"

무진도 그러는 게 좋을 것 같아서 저녁 일정을 앞당기기로 하였다.

오늘 즐거웠다. 다신 보지 말자.

딱 그런 마음으로 민속촌을 떠났다.

"이제 어디로 가요?"

"바다로 나가죠."

응? 바다를 보러 가는 게 아니라 바다로 아예 나가자고?

태무진 사장이 그녀를 데리고 간 곳은 요트 선착장이었다. 두 번째 데이트 장소는 민속촌보다 럭셔리함은 백 배 정도 늘어났지만 놀라움은 덜했다. 아무래도 태무진 사장이 충분히 그럴 능력이 된다는 걸 잘 알고 있었기 때문인 것 같았다. 그런 의미에서 민속촌은 신의 한 수였다. 수연은 무사복을 입은 그가 여자아이 부대에게 쫓기는 영상을 무덤까지 가지고 갈 생각이었다. 우울할 때마다 보면 절로 기분이 풀릴 것이다.

"사장님, 요트는 안 타지 않으셨어요?"

그가 나가는 여러 모임 중에서도 요트 관련 모임은 없었다.

"요트에서 보는 석양이 아름답다고 해서."

그의 입에서 나온 '아름답다'는 단어는 그녀의 마음을 설레게 했다, 마치 주문처럼.

"오늘 저랑 데이트하려고 일부러 빌리신 거예요?"

"샀습니다."

"네?"

그녀가 기겁하자 무진은 웃었다. 또 농담이었다. 그녀의 반응이 좋으니까 자꾸 농담을 하게 되었다. 그답지 않게.

"아버지가 요트 클럽 회장이세요."

아! 태준석 회장을 까먹고 있었다. 모든 곳에 회장이라는 직함을 달지 않으면 성에 안 차는 분. 그런데 며느리는 회장 딸을 고집하지 않으니 참 신기하고 다행이었다.

"그럼 회장님은 이 요트 자주 타세요?"

"전혀."

그의 대답에 수연은 아깝다고 생각하며 서울의 아파트 한 채 값은 할 것 같은 고급스러운 요트를 쭉 훑었다.

두 사람이 요트에 오르자 요트는 곧 출항했다. 바다가 잔잔하고 요트가 커서 흔들림은 거의 느껴지지 않았다. 두 사람을 위한 품격 있는 만찬이 미리 준비되어 있었고, 뱃머리에서 보는 바다의 풍경은 웅장했다.

정말이지 너무 완벽해서 비현실처럼 느껴지는 요트 데이트였다. 민속촌은 조선 시대라서 비현실적이었는데, 요트는 너무 럭셔리해서 비현실적이었다. 그 중간 어디쯤 가장 현실적인 데이트를 그에게 경험하게 해주고 싶어서 수연은 말했다.

"사장님, 다음 데이트 장소는 제가 정할게요."

그녀의 말에 무진의 심장이 두근거렸다. 정말 두 사람이 연인이라도 된 것 같았다.

결혼이란 게 그리 대단한 것이었단 말인가?

그가 그녀에게 결혼식 신부를 해달라고 한 순간부터 그들의 관계는 드디어 보스와 비서의 틀에서 벗어나 여기까지 달려왔다. 무진에게 결혼식은 아버지가 저지른 사고일 뿐이었는데 말이다.

그런데 그 결혼식 때문에 그녀와 이리 가까워질 수 있었다고 생각하니 그는 처음으로 결혼에 대해 진지하게 생각하게 되었다. 그녀와 진짜 결혼을 하면 어떤 기분일지 상상하니 가슴속이 뜨겁게 요동치며 온몸의 피가 달구어졌다.

정말 욕심내도 되는 걸까?

내가, 너를.

그가 뜨거운 마음을 담고 그녀를 쳐다보자 수연은 바다 위로 부서지는 햇살보다 더 환하게 웃었다. 바람은 불지 않았다. 그럼에도 그의 마음에 바람이 느껴졌다. 무진은 그 바람에 자신의 운명을 맡겨버리고 싶었다. 어디로 흘러가든지 괜찮을 것만 같았다.

"그 말, 진심이었습니까?"

그의 진지한 물음에 수연은 눈을 키웠다.

"무슨?"

무진은 그녀에게 한 발 더 가까이 다가섰다. 가슴과 가슴이 닿을 듯한 긴장감에 수연의 심장이 쿵쿵 뛰어댔다.

"내 신부 하게 되어서 좋다는 말."

그가 그녀에게 처음 결혼식 신부를 해달라 말했을 때, 그녀가 해주었던 말이 무진은 지금껏 떨리고 뜨거웠다. 단지 그 말 한마디로 충분했었다. 모든 것을 보상받은 기분이었다.

"아! 그거……"

마치 그를 좋아하냐고 물어보는 것 같아서 수연의 얼굴이 붉게 달아올랐다. 덩달아 하늘도 붉게 물들어서 그녀의 온몸이 붉어졌다.

그의 얼굴에도 노을이 지며 아름다운 색으로 물들었다. 가장 비현실적인 건 태무진이라는 남자였다. 그는 우아하게 기품이 흘렀고, 몇 번이고 그녀를 구해주었고, 세상에서 가장 설레는 눈빛으로 그녀를 바라보았다.

어떻게 이런 남자가 그녀의 앞에 뚝 떨어지게 되었을까.

수연은 무서웠다, 이 모든 게 단지 한순간의 꿈일까 봐.

그녀는 힘겹게 숨을 삼킨 뒤 입을 열었다.

"사장님은 결혼식 뒤에 어떻게 하실 생각이세요?"

그들이 진짜 결혼할 사이처럼 굴 수 있는 건 결혼식까지였다. 그는 그 이후에는 그녀가 더 이상 필요 없다고 했다. 단지 이름뿐인 아내로 충분하다고. 그러니 그녀의 삶으로 돌아가도 된다고 했지만, 오히려 수연은 결혼식 뒤가 무서웠다. 그가 이제 쇼는 끝났다고 등을 보이며 떠날 것만 같아서.

무슨 생각을 하는지 알 수 없는 그의 깊은 눈빛이 그녀를 단단히 붙잡았다. 계속 마주 보고 있기 버거워서 그녀의 속눈썹이 파르르 떨리다가 아래로 떨어졌다. 심장이 아릿했다. 설렘과 아픔이 동시에 느껴졌다.

지독히도 낮은 그의 목소리가 그녀의 청각을 헤집었다.

"미안한데, 난 지금 키스하고 싶다는 생각밖에 안 나서."

짐승 같다고 욕해도 할 수 없었다. 지금 그의 눈에는 그녀의 입술밖에 안 보였다.

그의 커다란 손이 그녀의 뒷덜미를 잡더니 그대로 끌어당겼다. 더 이상의 망설임 없이, 더 이상의 인내도 없이. 그녀의 입술에 그가 부딪쳐왔다. 잠시 닿았을 뿐인 그녀의 입맞춤과는 차원이 다른 키스였다. 포개진 입술을 문지르고 빨아들이는 감각이 너무도 생생해서 정신이 하나도 없었다. 단지 입술만 닿았을 뿐인데 그에게 모든 걸 빼앗기는 것만 같은 아찔한 느낌에 수연은 그의 옷깃을 꽉 붙잡았다. 그의 나머지 손이 그녀의 허리에 닿더니 몸을 가깝게 밀착시켰다.

겹친 입술에서는 열기가 솟아나고, 맞닿은 가슴에서는 심장이 미친 듯이 뛰어대니 이성이 녹아내렸다. 그의 몸은 너무 단단하고, 그의 입술은 너무 뜨거웠다. 이렇게 온몸으로 강력한 남성 호르몬을 뿜어내는 존재를 4년이나 문제없이 보스로 모실 수 있었다니, 지금 생각하면 불가능한 일을 해낸 것이었다.

그건 그도 마찬가지였다는 듯이, 한번 시작한 키스를 결코 쉽게 멈추지 않았다. 고개를 틀어 각도를 바꾸며 이미 온통 그의 흔적이 남은 입술을 집어삼켰다.

휘몰아치는 키스에 그녀는 제대로 숨을 쉴 수가 없었다. 현기증이 올라오며 머릿속이 하얗게 점멸했다. 그한테 말하진 않았지만, 이건 그녀의 '첫 키스'였다. '첫 키스'를 '첫사랑' 남자와 할 수 있는 건 행운이지만, 첫 키스에서 호흡곤란으로 응급실에 실려 가기는 싫었다. 그래서 손으로 그의 가슴을 밀어내며 신호를 보냈다.

"하아."

그녀의 입술 위에서 그의 뜨거운 숨이 터졌다. 잠시 떨어진 틈에 그녀가 숨을 쉬려고 입을 벌렸는데, 그의 입술이 다시 부딪쳐오며 이번엔 안까지 깊숙이 파고들어 왔다. 달아오른 혀가 여린 점막을 샅샅이 훑어 내리는 감각에 뜨거운 소름이 빠르게 전신을 흘렀다.

그녀는 헐떡이며 그를 받아내는 게 전부였다. 기교나 여유 따위를 부릴 틈 같은 건 없었다. 사람은 이성의 동물 이전에 감각의 동물이라는 걸 처음으로 여실히 느낀 순간이었다. 세상의 모든 일이 무의미해지면서 오로지 이 불덩이 같은 감각만이 유일한 현실이 되었다.

서로의 입술을 섞고, 숨결을 얽고, 영혼이 탈탈 털렸다.

한참 만에 그의 입술이 떨어졌을 때 수연은 그의 품 안으로 힘없이 쓰러졌다. 무진은 늘어지는 그녀의 몸을 받아 안고는 그녀의 정수리에 얼굴을 묻었다. 그는 이제 자신을 믿을 수가 없어졌다. 키스 한 번에 이렇게 이성을 잃으면서 어떻게 결혼식을 끝내고 예전의 관계로 돌아갈 수 있을까.

불가능할 것 같았다.

영원히 그녀를 그의 옆에 두든가, 영원히 그녀를 보내든가.

이젠 두 가지 선택지만이 그에게 남아 있었다.

어쩌면 처음부터 그가 그 계약서의 내용을 지키는 건 말도 안 되는 일이었는지도 모르겠다. 그녀를 사랑하는데 어떻게 30분의 결혼식으로 모든 걸 끝낼 수 있겠나. 그럴 수 있을 것이라고 자신한 그가 오만했던 것이다.

"나, 계약 위반한 것 같은데."

그가 자진 신고했다. 그녀가 중간에 멈추라고 신호를 주었는데도 그는 멈추지 못하고 계속해버렸다. 그러니 분명 그녀는 기분이 나빴을 것이다. 확실한 계약 위반이었다.

수연은 힘에 부친 목소리로 속삭였다.

"우선 뭐 먹으면 안 될까요?"

이상하게도 키스 한 번에 그녀는 허기가 졌다. 아무래도 그가 그녀의 기를 다 뽑아갔나 보다.

두 사람은 만찬이 차려진 테이블에 마주 앉았다.

슥슥.

그녀는 진짜 배를 채우려고 스테이크를 열심히 썰었다. 고기 한 점을 입으로 가져가는데, 중간에 손이 멈추었다. 태무진 사장이 그녀의 얼굴만 빤히 쳐다보고 앉아 있으니 부담스러워서 고기를 씹을 수가 없었다.

"부탁인데, 그렇게 안 보시면 안 돼요?"

"내가 어떻게 봤는데요?"

뭔가 호시탐탐 기회를 노리는 육식 동물 같은 시선이었다. 그녀가 그 긴 시간 동안 전혀 눈치를 못 챌 정도로 태무진 사장이 잘 숨긴 건지, 아니면 키스를 한 남녀 사이는 다 이렇게 되는 건지, 경험이 미천해서 구분이 안 되었다.

"입술이 부어 있어서 자꾸 시선이 가네요."

"저만 그럴까요?"

그녀의 지적에 태무진 사장이 조용히 한 손으로 자기 입술을 가렸다. 수연은 그제야 피식 웃으며 고기를 입에 넣었다. 태무진 사장은 갈증이 나는지 와인 잔을 들어 올려 입으로 가져갔다.

"요트 위에서 식사하니까 낭만적이고 좋네요."

그는 여기가 요트 위인지, 땅 위인지 이젠 신경도 안 쓰였다. 속에서 아직 식지 않은 열기가 자꾸 솟구쳐서 참고 있느라 힘들었다.

"사장님이랑 데이트했던 여자들은 다 행복했겠어요."

그녀의 칭찬에 그는 갑자기 찬물을 뒤집어쓴 듯이 머리가 차가워졌다.

"내가 그런 데이트를 했으면 비서인 천수연이 몰랐을 리가 없을 텐데, 누구를 말하는 겁니까?"

그의 목소리가 차갑고 쌀쌀맞게 느껴지자 수연도 그의 눈치를 보게 되었다.

"제가 태성에 들어가기 전에."

적어도 한 명은 있지 않았겠나. 하여튼 그는 그녀보다 나이가 많은 매력적인 성인 남성이니까.

"제대로 알지도 못하는 걸 굳이 지금 말했어야 합니까?"

결국 그에게 야단을 맞은 수연은 고개를 숙이며 사과했다.

"죄송합니다."

무진은 고개를 옆으로 돌리며 눈썹을 짧게 찌푸렸다. 보스와 비서 타령 안 하려고 도시 근처에는 가지도 않았는데 결국 이 모양이다.

아무래도 벗어날 수가 없나 보다.

수연도 말실수한 것 같아서 조심하느라 말을 안 하니 두 사람 사이에 어색한 침묵이 흘렀다.

시간은 이제 밤이었다. 데이트를 끝내야 할 시간에 이렇게 되니 두 사람 모두 마음이 안 좋았다.

오늘 하루는 정말 특별했으니까.

이런 식으로 끝낼 수는 없었다.

"저는 첫 키스였어요."

"풉."

태무진 사장이 마시던 와인을 뿜어내자 이젠 수연이 뚱한 시선으로 그를 쳐다보게 되었다.

"부담되시나 봐요?"

그녀의 지적에 그는 손으로 입을 가리며 손사래를 쳤다.

"그러지 않으셔도 돼요. 요즘 시대에 첫 경험도 아니고, 첫 키스 정도는."

"쿨럭, 쿨럭."

태무진 사장이 거칠게 기침을 하기 시작했다. 설마 그녀가 첫 경험까지 바라는 것으로 착각해서 놀란 건가 싶어서 수연은 말했다.

"저도 첫 경험은 진짜 결혼할 남자랑 할 생각이에요."

"쿨럭."

태무진 사장이 고개를 틀어 그녀를 보았다. 거친 기침 탓인지 그의 눈가에 물기가 있었다. 촉촉한 눈빛이 우수에 젖은 듯 보였다. 이런 순간에도 그의 미모는 참을 수 없을 정도로 빼어났다.

수연은 와인 잔을 끌어다가 마셨다. 방금 한 말은 진심이었다. 그래야 할 것 같았다. 안 그럼 영원히 태무진이란 남자한테서 헤어 나오지 못할 것 같았으니까.

요트에서 내린 수연은 태무진 사장에게 말했다.

"우리 여기서 헤어져요."

당연히 집까지 태워다줄 생각이었던 무진은 당황했다.

"아까 일로 기분 상한 겁니까?"

회사였다면 당연한 일이겠지만, 지금은 데이트 중이었다.

"아뇨. 제가 말실수했어요. 저 같아도 데이트 중에 사장님이 다른 남자 이야기했으면 기분 나빴을 거예요."

"그런데 왜?"

태무진 사장을 올려다보며 수연은 예쁘게 웃었다.

"여기서 헤어져야 아쉽잖아요."

조금은 아쉬움이 남는 데이트였으면 좋겠다. 오늘 하루가 너무 완벽해서 앞으로 못 헤어 나올까 두려웠다. 매일이 오늘 같기만 바라게 될까 봐.

"그리고 저희 다음은 예복 맞출 때 만나요."

그게 언제인지 무진은 알지도 못했다. 결혼식에 내내 무관심했으니까. 유일하게 결혼식 날짜만 기억하고 있었다.

"그전에는 만나기 싫습니까?"

내일이 되면 바로 보고 싶을 텐데. 아니, 오늘 집에 도착하기도 전에 그녀가 생각날 게 분명했다.

"너무 많이 만나면 제가 힘들 것 같아요."

그녀는 솔직하게 말했다. 그를 더 많이 좋아하게 될까 봐 겁이 났다.

"진짜 결혼이 아니니까."

그녀의 자조적인 말에 그의 눈매가 일그러졌다. 그가 쳐놓은 덫에 그가 빠진 기분이었다.

"그럼 저 먼저 가볼게요."

수연은 고개를 숙여 정중하게 인사했다.

"오늘 정말 즐거웠습니다."

행복하다는 말을 생각할 필요도 없을 정도로 모든 게 너무 좋았다.

또각, 또각.

무진은 그에게 등을 보이고 걸어가는 그녀의 뒷모습을 멍하니 쳐다보았다. 오늘 하루의 끝이 이런 마무리일 줄은 그도 상상을 못 했다. 모든 게 괜찮았던 데이트라서 결과가 이렇다는 게 더 허무했다. 차라리 엉터리 같은 궁합 때문이라면, 그가 갑자기 차가운 보스처럼 굴었기 때문이라면 이해하고 포기했을 것이다. 단지 그들의 관계가 거래에 의한 결혼이기 때문이 라면 억울했다.

어째서 그들은 진짜 결혼을 할 수 없는 건가 싶었다. 아니, 할 수 있었다. 두 사람이 같이 쓴 계약서를 찢어버리고 그가 그녀에게 제대로 청혼을 한다면 껍데기뿐이었던 결혼식은 진 짜 결혼식으로 바뀔 수도 있었다. 그녀한테 이름만 남은 아내 가 아니라 평생 그의 옆에 있어줄 아내가 되어달라고 말할 생 각을 하는 것만으로도 무진의 심장이 쿵쿵 거세게 때려댔다. 온몸의 세포가 거세게 요동쳤다.

조금 전까지 그는 자신이 여인에게 청혼하며 구애할 수 있 는 사람이라는 것도 몰랐다. 진짜 청혼을 하는 건 거래를 제 안하는 것과는 천지 차이였다. 그녀도 저번처럼 쉽게 승낙할 수 없을 것이었다. 진짜 결혼은 두 사람만의 문제가 아니었으 니까. 그녀의 집안 사정, 그의 집안 관계, 모든 것을 복합적으 로 생각해야 했다. 하지만 그녀가 받아들일 수도 있잖은가. 그 의 데이트 신청을 받아주었듯이, 그의 키스를 받아주었듯이.

감정이라는 건 나눌수록 강해졌다. 그는 이제 그녀의 감정 에 희망이라는 걸 품게 되었다. 그리고 그 희망에 기대어 용기 내어 앞으로 나아갈 수 있었다.

월요일.

이정희 과장은 태무진 사장의 호출을 받고 긴장해서 집무실로 들어갔다. 언제나처럼 절도 있는 자세로 앉아 있는 태무진 사장은 아무 말이 없어도 존재 자체만으로도 위압감이 있었다. 그녀는 머릿속으로 자신이 실수한 게 있나 더듬어보았지만 딱히 없었다.

요즘 결혼식 문제는 천수연 대표의 등장으로 순항 중이었다. 그리고 결혼식 업무는 천수연 대표와 소통 중이었기에 태무진 사장에게는 따로 보고할 게 없었다. 딱히 본인이 듣고 싶어 하지도 않는 것 같았고.

태무진 사장이 월요일 아침부터 그녀를 따로 부를 만한 다른 업무가 뭐가 있나 생각하는데 태무진 사장이 물어왔다.

"예복 맞추는 날이 언제입니까?"

이정희 과장은 잠시 얼이 빠진 눈으로 그를 쳐다보기만 했다. 왜냐하면 그가 먼저 결혼식 스케줄을 물은 건 처음이었으니까. 결혼식 당일까지 그런 일은 없을 줄 알았다.

"왜 대답이 없습니까?"

그녀가 아무 말이 없자 태무진 사장의 목소리는 바로 얼음처럼 냉각되었다. 그의 갑작스러운 관심 때문에 대답을 머뭇거렸다고 솔직하게 말할 수는 없는 노릇이었다.

이정희 과장은 더듬거리며 대답했다.

"천수연 대표와 상의해서 한 달 뒤에……."

"한 달이라고요?"

태무진 사장의 목소리가 갑자기 높아지자 이정희 과장은 흠칫 놀라며 굳었다. 자신이 무슨 잘못을 한 건지 알 수가 없어서 더 무서웠다. 그런데 확실히 잘못하긴 한 것 같았다. 태무진 사장의 눈빛이 아주 살벌하게 변했으니까. 꼭 회의실에서 누구를 썰어버릴지 궁리할 때 보여주는 눈빛이었다. 그녀는 그한테 썰리고 싶지 않았다. 여기서 살아서 나가고 싶었다.

"너무 빠르면 좀 더 늦춰보도록……."

그녀는 당연히 태무진 사장이 예복을 맞추러 가기 싫어서 화를 낸 줄 알았다. 그런데 태무진 사장이 그녀의 말을 끊으며 단호히 말했다.

"다음 주로 스케줄 잡으세요."

이정희 과장은 자신이 잘못 들은 거라고 생각했다.

"다음 달이 아니라 다음 주 말씀입니까?"

태무진 사장의 차갑고 싸늘한 목소리가 그녀의 목을 노리며 날아왔다.

"안 되면 이번 주로 하고요."

"아닙니다. 다음 주에 예약 잡아놓겠습니다!"

세계적으로 이름을 날리고 있는 디자이너의 예약을 잡아야 해서 일주일 안에 가능할지 모르겠지만, 사장님이 하라면 하는 것이었다.

다음 주에 웨딩드레스와 턱시도를 대령하겠습니다.

chapter 13

프러포즈와 빵 끈

수연은 일하는 중에 이정희 과장의 전화를 받았다.

[사장님이 미쳤나 봐.]

"네?"

그녀가 너무 진심으로 말해서 수연도 깜짝 놀랐다.

[다음 주에 예복 맞추겠대. 본인 입으로 직접 말했어.]

수연은 입술을 깨물었다. 그녀가 예복을 맞출 때까지 보지 말자고 했더니 아예 예복을 맞추는 날짜를 앞당긴 걸 알고 웃음이 나올 뻔했다. 몰랐는데 태무진 사장, 은근히 귀엽다. 그걸 왜 전에는 전혀 몰랐을까 싶었다.

"그런데 그렇게 빨리 준비하는 게 가능해요?"

그녀는 알고 있었다, 웨딩드레스라는 게 하루 만에 뚝딱 만들어낼 수 없는 옷이라는 걸.

[당연히 불가능하지! 디자이너 선생님 지금 한국에 있지도 않아. 그래서 그날은 그냥 숍에 있는 걸로 입어보기로 했어. 천 대표가 양해 좀 해줘.]

어차피 태무진 사장은 전혀 모를 것이다. 예복 맞출 때 입는 옷과 결혼식 때 입는 옷이 달라져도.

"전 상관없어요."

[후, 천 대표라도 그리 말해주니 좀 살 것 같네. 사장님은 진짜 막무가내셨어. 갑자기 왜 그러시나 몰라.]

저 때문입니다. 제가 보고 싶은가 봐요.

수연은 손으로 입을 가리며 웃다가 돌연 슬픈 표정을 지었다. 어떻게 이런 게 가짜 결혼일 수 있는 건가 싶었다. 그녀 혼자만 태무진 사장을 좋아하며 애타 하는 것도 아닌데.

혹시 그녀가 먼저 가짜가 아닌 진짜로 결혼하고 싶다고 하면 그가 받아들여줄까?

하지만 진짜 결혼이라고 생각하자마자 병원에 계신 아버지가 떠올랐다. 어떻게 진짜 결혼을 아버지 허락도 없이 할 수 있을까.

그래서 마음이 우울해졌다. 지금 그녀의 처지는 행복한 결혼을 꿈꿀 때가 아닌 것이다. 그런데 태무진 사장 때문에 그런 것도 잊고 그저 사랑에 빠져서.

수연은 정신을 차리자고 자신에게 경고했다. 지금 그녀한테 첫 번째는 태무진 사장이 아니라 가온이 되어야 했다. 가온이 예전의 명성을 찾을 때까지라도, 가온에 아버지가 돌아오실 때까지만이라도 그녀는 자신의 행복을 뒤로 미룰 수밖에 없었다. 수연은 키폰을 눌러서 비서실에 말했다.

"마케팅 팀장 올라오라고 해요."

서이재 광고를 계획대로 진행하는 게 지금은 최선의 목표였다. 감정을 누르고 머리가 맑아지니 해야 할 일들이 차례로 떠올랐다.

비서실장은 아까부터 뒤통수가 따가웠다. 뒷자리에 앉아 있는 태무진 사장이 자꾸 그를 쳐다보는 것 같은 느낌이 들었다. 하지만 차마 먼저 물어볼 용기가 안 났다. 불길했으니까, 이번에도 또 그의 아내에 관해 물을까 봐.

그리고 비서실장의 예감은 정확했다. 무진은 비서실장에게 어떻게 프러포즈를 했기에 12살이나 어린 미모의 아내를 얻는 데 성공했는지 묻고 싶었다. 그와 수연은 딱 그 절반 차이 나니까 딱 그 절반 정도만 해도 성공 확률이 있지 않을까 싶었기 때문이었다. 무진은 프러포즈도 수학적으로 접근했다. 이미 처음부터 틀려먹은 생각이라는 걸 본인만 모르고 있었다. 그런데 비서실장이 부인에 관한 일은 묻지 말아달라고 간곡히 부탁했었기에 함부로 묻지 못하고 있었다.

그는 왜 아내에 대해 말하는 걸 거북해하는 걸까?

부부 싸움이라도 했나? 설마 이혼하나?

무진은 그게 온전히 자기 탓이라는 걸 모르고 멀쩡한 가정을 파탄 위기로 몰고 갔다. 비서실장에게 물어보지 않아도 하나는 확실히 알고 있었다. 제대로 된 프러포즈를 하려면 반지가 필요했다. 전에 수연에게 팔찌를 준 것도 그런 이유였다. 진짜 결혼은 아니었으니까 반지를 주어서는 안 될 것 같아서. 하지만 이번엔 진짜 결혼하자고 말할 거니까 꼭 반지여야 했다.

무진은 퇴근할 때 그녀의 팔찌를 샀던 주얼리 숍에 들렀다. 그래도 한 번 물건을 샀던 곳이라 처음처럼 어색하지 않았다.

"여자분 손가락 사이즈가 어떻게 되시나요?"

그런데 이번에도 사이즈가 필요했다. 무진은 욕을 삼켰다. 지금은 옆에 비서실장도 없었기에 물어볼 사람이 없었다.

"손가락 사이즈는 어떻게 아는 겁니까?"

그는 모른다고 솔직하게 말했다. 직원이 친절하게 가르쳐주었다.

"보통 남자분 새끼손가락 사이즈와 여자분 약지 사이즈가 같으세요."

하지만 잡았을 때 가녀렸던 그녀의 손을 생각하면 수연의 손가락은 더 작을 것 같았다. 무진이 자기 손을 내려다보며 말을 안 하자 직원이 다시 친절하게 말했다.

"잘 모르시겠으면, 여자분께 물어보시고……."

"그건 안 됩니다."

무진의 단호한 대답에 직원은 움찔했다. 뭔가 무조건 죄송하다고 말해야만 할 것 같은 포스였다.

직원은 마지막까지 친절함을 잃지 않으며 말했다.

"여자분 모르게 준비하시는 거라면 빵 끈 같은 걸로 여자분 손가락을 직접 재보셔도 되고요."

사이즈를 재려면 우선 빵을 먹으라는 소리인가 싶었다.

그는 반지를 사는 게 팔찌를 사는 것보다 더 어렵다고 생각하며 주얼리 숍에서 나왔다.

무진은 차에 타서 운전기사에게 말했다.

"빵집으로 가죠."

운전기사가 룸미러로 힐긋 그를 쳐다보았지만 군말 없이 근처 빵집으로 향했다. 무진이 빵집에 들어서자 가게에 있던 손님들과 직원들의 시선이 그에게 쏠렸다. 고급스러운 슈트를 입은 차가운 이미지의 남자는 동네 빵집과 너무 안 어울렸다. 마치 소인국에 잘못 온 걸리버 같기만 했다.

사람들이 어떤 시선으로 보건 말건 무진은 차분하게 매장을 돌아보며 빵 끈이 달린 빵을 찾았다. 식빵에 빵 끈이 달려 있었다. 원하는 걸 구한 무진은 편한 마음으로 아무 빵이나 골라잡았다. 완벽히 하려면 준비도 철저해야 했다.

　　야식을 좀 샀는데, 회사로 보내줄게요.

태무진 사장의 메시지를 받은 수연은 짧게 웃었다. 본인의 야식도 안 챙기던 사람이 남의 야식을 챙겨주다니. 사람이 이렇게 변해도 되는 건가 싶었다.

　　고맙습니다. 잘 먹을게요.

그때까지 그녀는 전혀 몰랐다. 야식을 보내준다는 게 본인이 직접 야식을 들고 오겠다는 소리인 줄은.

당연히 배달인 줄 알았지!

태무진 사장의 메시지가 오고 30분 뒤, 이 대리가 헐레벌떡 집무실로 들어와서 알렸다.

"지금 1층에 태성 태무진 사장님이 또 오셨답니다."

수연은 잠시 믿을 수 없다는 눈으로 이 대리를 쳐다보았다.

"진짜요?"

"네! 이번엔 연락도 없이 오셨어요."

연락을 했다, 단지 그녀가 눈치채지 못했을 뿐이지.

그녀가 야식을 먹겠다고 해서 회사까지 온 거라 수연은 태무진 사장에게 대표실 문을 열어주었다. 사무실에 들어온 그의 양손에는 커다란 빵 봉지가 하나씩 들려 있었다. 빵집을 털어온 듯했다.

"직원들과 나누어 드세요."

태무진 사장은 예의 바르게 비서들한테 빵 봉지 하나를 먼저 내밀었다. 이 대리는 몸 둘 바를 모르며 빵을 받았다.

"감사히 먹겠습니다."

이 대리의 태도만 보면 성은이 망극하다고 말하고 있는 듯했다.

"그럼 대표님한테 드릴 것도 준비해서 가져다드릴게요."

오 과장이 나머지 빵 봉지도 노리자 태무진 사장은 반사적으로 빵을 등 뒤로 숨겼다. 이 안에는 빵 끈이 있었다.

이 대리와 오 과장이 놀란 눈으로 그를 쳐다보았다.

지금 재벌 3세께서 빵 빼앗기기 싫다고 숨기신 겁니까?

"이건 내가 직접 하겠습니다."

'그러기에는 빵이 너무 많습니다.'

'그 빵 다 먹으면 저희 대표님 배 터져 죽어요.'

그러나 태무진 사장은 비서들의 간곡한 눈빛을 외면하고 직접 빵을 들고 집무실로 들어가버렸다.

이 대리와 오 과장은 난감한 시선을 교차했다.

"생각보다 서민적이라고 해야 하나."

"그런 거랑은 좀 다른 느낌인 것 같기도 하고."

집무실에서 기다리고 있던 수연은 태무진 사장이 커다란 빵 봉지를 직접 들고 들어오는 걸 보고 놀란 표정을 지었다.

"비서실에 맡기시면 되는데."

왜 그걸 직접 들고 오신 건가요?

"내가 직접 한다고 했습니다."

그렇게 말하며 태무진 사장은 테이블에 사 온 빵을 꺼내놓기 시작했다. 유독 눈에 띄는 건 식빵이었다.

누가 식빵을 야식으로 사 온단 말인가?

"설마 빵도 직접 고르셨어요?"

비서한테 맡겼다면 저런 센스 없는 빵을 샀을 리가 없다.

"네."

수연은 입술을 깨물었다. 앞으로 이런 식으로 회사에 찾아오지 말라고 경고하려고 했는데, 입술은 자꾸 실룩이며 눈치

없이 웃으려고 했다.

"그만 꺼내세요. 그것도 너무 많아요."

이 밤에 그 많은 빵을 어떻게 다 먹는단 말인가.

"그럼 두고두고 먹어요."

수연은 소파로 걸어와서 앉았다. 태무진 사장이 제일 먼저 식빵의 빵 끈을 푸는 걸 보고 진심으로 놀랐다.

"사장님 식빵 좋아하셨어요?"

그래서 산 거구나. 그녀의 안목이 짧았다. 야식 센스가 너무 없다고만 생각했으니까. 누군가는 야식으로 식빵을 즐길 수도 있는 거였다. 태무진 사장처럼 말이다.

"그나마 안 달아서."

그에게 필요한 건 단지 이 빵 끈일 뿐이라고 솔직하게 말할 수는 없었다.

"아! 사장님은 단 거 싫어하시죠."

그런데 그녀를 생각해서 빵을 사 온 것이라고 생각하니 마음이 따뜻해졌다.

"진짜 잘 먹을게요."

그녀가 웃으며 단팥빵을 먹으니 무진은 나름 보람을 느꼈다. 앞으로 자주 사 와야겠다고 생각하는데 수연이 그런 그의 생각을 읽기라도 한 듯이 말했다.

"그런데 앞으로 이러지 마세요."

그녀의 거절이 그의 가슴에 와서 쿡 박혔다.

"사장님 시중을 받는 비서가 된 기분이에요."

왜 부담스러워하는지 그도 바로 이해했다. 회사는 공적인 장소였고, 수연은 공적인 관계에서 거부한 것이었다. 키스를 나눈 남녀 사이가 아니라.

"내가 오는 게 싫으면 앞으로는 비서를 시키겠습니다."

싫은 건 절대 아니었지만 수연은 말하지 못하고 단팥빵을 한 입 더 먹었다. 그때 문이 열리며 이 대리가 우유를 내왔다.

"빵에는 우유가 잘 어울려서 우유로 가져오라고 했어요. 괜찮으시죠?"

태무진 사장은 괜찮다는 뜻으로 고개를 끄덕였다. 이 대리는 두 사람 앞에 우유를 놓아두고 바로 나갔다.

"빵을 우유에 찍어 먹으면 정말 고소해요."

무진은 먹는 대신 그녀를 향해 손을 내밀며 말했다.

"손 좀 줘봐요."

수연은 왜 그러느냐는 듯 그를 쳐다보았다. 태무진 사장의 손에는 아까부터 빵 끈이 들려 있었다. 그나마 좋아한다는 식빵에는 아직 손도 대지 않았다.

"어서."

그의 재촉에 수연은 할 수 없이 왼손을 그의 손 위에 올려놓았다.

뭐, 입술을 달라고 한 건 아니니까. 손 정도야.

태무진 사장은 그녀의 왼손 약지에 빵 끈을 감아서 끝을 돌돌 말아 빵 끈 반지를 만들었다. 수연은 생각도 못 한 그의 행동에 입이 벌어졌다. 평소에는 바로 쓰레기통에 버릴 빵 끈이 있는데, 태무진 사장이 그녀의 손가락에 반지를 만들어주니까 빵 끈조차도 특별해졌다. 그래서 심장이 두근두근거리는데, 태무진 사장이 바로 반지를 빼려고 하자 수연은 서둘러 손가락을 구부리며 막았다.

"왜 빼세요!"

당연히 손가락 사이즈를 알아보려고 감은 것뿐이니까.

"쓰레기니까 버려야죠."

무진은 진짜 계획을 들키지 않기 위해서 빵 끈을 쓰레기라고 했다.

"아니에요. 저는 좋아요. 제가 가질래요."

그녀의 말에 무진은 당황했다. 그가 가져가야 했다. 그래야 그녀의 손가락에 딱 맞는 프러포즈 반지를 살 수 있었다. 무진은 억지로 그녀의 손가락을 펴려고 하며 힘주어 말했다.

"더 좋은 반지로 사줄게요."

"아니에요. 저는 이게 딱 좋아요."

수연은 그의 손에 잡힌 손을 빼내려고 용을 쓰며 빵 끈 반지를 지키려고 했다. 무진은 어떻게든 그녀의 손가락에서 빵 끈 반지를 빼내려고 애썼다. 어쩌다 보니 빵 끈 반지를 사이에 두고 두 사람 사이에 실랑이가 벌어졌다. 그때 갑자기 예고도 없이 벌컥 문이 열리며 이 대리가 뛰어 들어왔다.

"대표님! 지금 인터넷에 가온이! 꺄악!"

대표님과 사장님이 손을 잡은 걸 본 어린 비서는 너무 놀라서 비명을 질렀고, 두 사람도 그대로 굳어버렸다.

이 대리는 허둥대며 사과했다.

"죄송합니다. 제가 노크를 해야 했는데."

그제야 태무진 사장은 손에 힘을 풀었다. 수연도 바로 손을 빼내었다.

"괜찮아요. 무슨 일이에요?"

그녀의 말에 이 대리는 퍼뜩 정신을 차리며 빠르게 말했다.

"서이재가 인터뷰에서 가온을 언급해서 지금 실시간 검색어에 우리 회사 이름이 떴습니다."

이 대리의 말에 수연은 깜짝 놀라고 무진의 얼굴은 굳어졌다. 두 사람의 상반된 표정에 이 대리는 눈치를 보게 되었다.

"서이재가 우리 회사에 대해서 뭐라고 말했는데요?"

"그게 인터뷰에서 가온 광고를 찍는다고 말한 게 기사에 나왔습니다."

서이재가 찍는 광고는 20개가 넘는 걸로 알고 있었다. 그런데 어떻게 말했기에 유독 가온만 갑자기 실시간 검색어에 뜬 건가 싶었다.

수연은 서이재 광고를 가능하게 만들어준 태무진 사장을 돌아보며 웃었다.

"서이재가 파급력이 세긴 한가 봐요. 아직 광고도 안 나왔는데 이 정도인 걸 보니까."

태무진 사장은 언제 다정하게 빵 끈 반지를 만들어주었냐는 듯이 어느새 북극 호랑이로 돌아와 있었다.

두 사람의 화제가 회사 이야기로 바뀌어서 그런 거라고 여긴 수연은 진지해졌다.

"금요일에 서이재 광고 촬영이에요."

"……기대됩니까?"

"음, 걱정되는 게 더 크겠죠."

그녀는 아직 섣불리 기대라는 걸 할 수가 없었다. 하루하루 걸음마를 하는 마음으로 가온의 대표 자리에 앉아 있었다.

"사장님, 잠깐만 계세요."

당장 할 일이 생겼다고 태무진 사장을 쫓아낼 수는 없었기에, 수연은 빠르게 일 처리를 하기로 작정하고 비서실로 갔다. 눈에 안 보이는 곳에서 바쁘게 굴어야 그가 눈치를 보지 않을 테니까.

집무실에 혼자 남은 무진은 자기 손을 내려다보았다. 결국 그녀의 손가락에서 빵 끈은 못 빼냈다.

그게 없으면 반지를 못 사는데…….

계약서를 찢어버리려고 했다. 그녀와 진짜 결혼을 하기 위해서. 그런데 서이재의 이름이 그들 사이에 또다시 불쑥 끼어든 순간 정신이 번쩍 들었다.

정말 계약서가 필요 없을까?

어떻게 자고 일어나면 바뀌는 마음에만 의지한단 말인가.

그럼 그는 말라죽을 게 뻔했다.

Rrrrrrrr— Rrrrrrrrr—.

책상에 놓아둔 그녀의 전화가 울리기 시작했다. 무진은 소파에서 일어나 책상 쪽으로 걸어갔다. 혼자 울리고 있는 그녀의 핸드폰 액정이 환하게 빛을 발하고 있었다.

010-5XX9-2YY1

무진은 서늘한 시선으로 발신 번호를 바라보았다. 연락처에 등록되어 있지도 않은 저 전화번호가 누구의 것인지 그는 알고 있었다. 서이재가 사인지에 적어서 준 전화번호를 그가 그녀의 손에서 빼앗아서 버렸으니까.

그런데도 이리 쉽게 서이재가 수연에게 연락할 수 있다는 게 싫었다. 받을 수도 없고 그렇다고 안 받는 것도 거슬리는 전화를 무진은 불쾌한 시선으로 바라보았다. 혼자서 울리던 전화는 그대로 끊기며 사무실은 정적에 휩싸였다.

달칵ㅡ.

수연이 문을 열고 들어갔을 때 태무진 사장은 책상 앞에 서 있었다.

"기다리게 해서 죄송해요."

"괜찮습니다."

그의 목소리는 단정하고 차분했다. 방금 질투로 분노했던 남자라는 건 전혀 모를 정도로.

가온이 기사에 실리게 된 건 서이재가 감성팔이를 했기 때

문이었다.

가온의 창업주가 불의의 교통사고로 혼수상태에 빠져, 어려워진 회사를 지키려고 노력하는 사람들이 안쓰러워 생판 찍어 본 적 없는 가방 회사와 광고 계약을 했다고 했다.

서이재가 그런 것에 마음이 움직였다는 걸 그녀조차 기사를 통해 알았다. 그래서 그게 과연 진실인지, 아니면 자신의 이미지를 위해 꾸며낸 말인지 잘 알 수가 없었다.

실시간 검색어에 있던 가온은 2시간 만에 사라졌지만, 그 일로 가온 직원들도 전부 서이재가 가온 광고를 찍게 되었다는 걸 알게 되었다.

"와! 우리 회사가 서이재를 광고 모델로 쓴다고? 완전 대박이네."

"그러게 말이야. 이제 보니 천수연 대표, 굉장하네. 그건 천태진 대표도 못 한 거잖아."

"이러다가 우리 회사 이전보다 더 잘나가는 거 아냐?"

천태진 대표가 사라진 가온에서 불안해하던 직원들이 오랜만에 긍정적인 분위기를 보이는 게 좋은 일이기는 했지만 수연은 순수하게 기뻐할 수가 없었다. 세상에 공짜는 없으니까.

서이재 광고에 대한 대가는 태무진 사장과의 결혼식이니 그건 기꺼이 받아들이겠는데, 이번 일의 대가는 어떤 식으로 치르게 될지 알 수가 없어서 불길했다.

그래도 고맙다는 인사는 해야 하나.

어쨌든 그 덕에 가온에 주문 전화가 늘어난 건 사실이었다.

아직 광고 촬영 전이니까 그때까지는 잘 지내는 게 좋을 것 같아서 수연은 서이재에게 먼저 전화를 걸었다.

[전에는 씹더니 이번엔 먼저 전화했네요?]

사람이 기껏 감사 전화했더니 처음부터 시비였다.

"죄송합니다. 그땐 손님이 계셔서 전화를 못 받았네요."

빵 배달을 온 태무진 사장이 혼자 사무실에 있을 때 서이재의 전화가 걸려 왔었다. 그리고 보니 비서실에 갔던 그녀가 사무실로 다시 돌아갔을 때, 그는 책상 앞에 서 있었다.

발신자 등록도 안 된 번호이니 누구인지 몰랐겠지.

그리 생각하면서도 마음이 썩 편치 않았다.

[나한테 고맙죠?]

이것도 먼저 말하니까 살짝 안 고마워졌다.

"좀 진중하지 못하시네요."

남자는 우리 사장님처럼 진중해야지.

[아티스트라 감정을 숨기지 못해요.]

확실히 태무진 사장과는 다른 타입의 남자였다. 너무 해맑게 말하니 신기할 정도였다.

"이번 일은 고맙다고 말씀드리려고 전화했어요. 가온에 도움이 많이 됐습니다."

그녀는 가온 대표로서 진지하고 정중하게 감사를 전했다.

[그럼 밥 한번 먹죠.]

서이재는 가볍게 수작을 걸어왔다. 그런 때에도 남자의 목소리는 청량음료처럼 시원하고 유쾌했다. 그는 분명 태어나서 지금껏 쭉 사랑만 받고 자란 사람일 것이다. 그래서 누구나 자신을 좋아할 거라고 확신하고 있었다.

"아! 그게 목적이셨군요."

[아! 탄로 났군요.]

"쿡."

이번엔 그녀도 웃고 말았다.

'헤프게 웃지 마!'

어딘가에서 그렇게 호통을 치는 태무진 사장의 목소리가 들리는 것만 같아서 수연은 움찔했다.

"귀한 광고 모델이시니 식사는 대접해드릴 수 있지만 둘만은 곤란합니다."

[그럼 단체로 먹죠. 전 매니저 데리고 나갈게요. 그쪽은 누구 데려올 겁니까?]

"저는 비서를 대동하고 가겠습니다."

업무라고 생각하면 당연히 비서와 함께 가야 했다.

[굿! 날짜와 시간은 나한테 맞춰줘요. 엄청 바빠서.]

"그렇게 바쁜데 굳이 저랑 만나 식사하셔야겠어요?"

[바쁘다고 밥 안 먹는 건 아니잖아요? 그럼 다음에는 얼굴 보고 대화하죠.]

뚝—.

서이재가 먼저 전화를 끊었다. 매우 깔끔한 수작이었다.

역시 이런 걸 많이 해봐서 능숙한 건가?

수연은 짧게 눈썹을 찌푸리다가 서이재에 대한 생각을 털어냈다. 그녀한테는 업무적인 만남일 뿐이었다. 그 이상도 그 이하도 아니었다.

무진은 주얼리 숍을 다시 찾아갔다. 손에 빵 끈을 들고.

"직접 잰 걸 가져오지는 못했고, 얼추 비슷하게 만들었는데 그래도 가능합니까?"

수천만 원짜리 명품을 온몸에 두른 남자가 빵 끈을 들고 열심히 설명하는 모습에 직원의 뺨이 붉게 달아올랐다. 그녀는 속으로 웃음을 삼켰다. 그냥 예시를 든 건데 진짜 빵 끈으로 사이즈를 재고 왔을 줄은 몰랐다.

오늘로 세 번째 방문이었다.

워낙 눈에 띄는 손님이었기에 그가 처음 가게 문을 열고 들어오던 순간까지 직원은 생생하게 기억하고 있었다. 세 번 모두 한 여자 때문인 것 같았다. 그 여자가 누구든지 직원은 그녀가 참 부러웠다.

"네, 괜찮습니다. 여자분들 손가락 사이즈가 그리 크게 차이 나는 건 아니니까요."

무진은 망가지지 않게 조심히 직원의 손에 빵 끈을 넘겼다. 어찌어찌 사이즈 문제는 해결했다. 이제 반지를 고를 차례였다. 세상에 하나뿐인 특별한 반지를 주고 싶었다.

Rrrrrrrrr— Rrrrrrrr—.

재킷에서 핸드폰을 꺼낸 무진은 발신자를 보고 뜨끔했다. 수연이었다. 전화로 그가 지금 무얼 하는지 알 수 있을 리도 없을 텐데 무진은 직원에게 말했다.

"다음에 오죠."

빵 끈을 돌려주며 상냥하게 인사하는 직원을 뒤로하고 무진은 숍에서 나와 전화를 받았다.

"여보세요."

[바쁘세요?]

"아닙니다, 말해요."

무진은 거리에 서서 그녀의 말에 집중했다.

[계약상 말씀드려야 할 것 같아서요. 저 서이재랑 식사 약속 잡았어요.]

그의 눈빛이 굳어졌다. 같이 밥 먹어도 괜찮은지 묻는 게 아니라 이미 밥을 먹기로 했다는 통보라는 게 그한테 더 충격이었다.

"계약 위반하는 거 알려주는 겁니까?"

그의 목소리가 사막의 모래처럼 서걱거렸다.

[둘만 먹는 게 아니라 그쪽 매니저랑 제 비서도 같이. 그러니까 공적으로 먹는 밥이요.]

"그쪽도 공적인 거 확실합니까?"

[그러니까 단체로 먹자는 거 아닐까요?]

그가 생각했던 것보다 더 용의주도한 놈이었다. 그 화려한 얼굴에 빛나는 미소를 풀장착하여 상대방의 경계심을 풀고 자신의 매력을 공작새의 날개처럼 활짝 펼치며 그녀를 포섭해 갈 놈의 모습이 그려져서 무진은 주먹을 꽉 움켜쥐었다.

[가온 대표가 가온 광고 모델을 쌩깔 수는 없잖아요.]

전에는 광고 계약 전이라 무시할 수 있었지만, 지금은 그럼 안 되었다. 그래서 그녀가 먼저 전화한 것이기도 했다. 가온의 대표로서 최소한의 예의는 지켜야 했으니까.

[사장님이 말씀하셨잖아요. 회사 일을 감정적으로 하지 말라고.]

그의 말이 부메랑이 되어 돌아와서 그를 옴짝달싹 못 하게 옭아맸다. 맞는 말이지만 그렇다고 마음이 아프지 않은 건 아니었다. 그래서 이제야 알았다. 가온 주식 때문에 그의 사무실에 찾아왔던 그녀가 그의 말에 얼마나 상처받았을지.

"이런 식으로 복수할 줄은 몰랐는데."

[네?]

무진은 주먹 쥔 손을 폈다. 그의 손안에서 찌그러진 빵 끈 반지를 보자 애잔한 마음이 들었다.

"밥은 먹어도 좋습니다."

[아! 허락하시는 거예요?]

"하지만 마음은 주지 마요."

[……]

그녀가 그를 유치하다고 생각해도 어쩔 수 없었다. 그도 사랑은 처음이니까 이보다 더 노련하게 하는 건 불가능했다.

Chapter 14

웨딩드레스

　드디어 서이재가 가온 광고를 찍는 날이었다. 가온의 위기가 이 광고 한 편으로 바뀔 수도 있었다. 그런데 이상하게도 수연은 아주 감격스럽지는 않았다. 아무래도 그녀의 힘이라기보다는 태무진 사장이 만들어낸 기적이라서 그런가 보다. 그녀뿐만 아니라 가온까지 태무진 사장에게 너무 큰 빚을 졌다.

　"오늘 서이재 씨 광고 촬영 현장은 안 가보십니까?"

　"클라이언트가 가면 더 부담만 되겠죠. 장 실장님이 저 대신 가주세요."

　장 실장은 알겠다고 고개를 끄덕였다.

　"그리고 광고 방영에 맞추어서 신제품을 출시하는 게 좋겠어요. 디자인 팀에 일정을 앞당길 수 있는지 알아봐 주세요."

　"네, 알겠습니다."

　그녀가 할 일은 어렵게 온 이 기회를 100%로 활용하는 것이었다.

　"백화점 쪽 미팅도 잡아주세요. 판매 수수료 확답을 받아내야겠어요."

그녀가 갑자기 일거리를 한꺼번에 던져주자 장 실장은 다이어리에 받아 적다가 그녀를 안심시켰다.

"조급해하실 필요 없으십니다. 잘하고 계세요."

장 실장의 칭찬에 수연은 쓴 미소를 지었다. 아버지만 깨어나면 정말 모든 게 괜찮아질 것 같았지만 이젠 거기에만 기대기에는 현실이 녹록지 않았다.

"황 전무가 무리해서 자금을 끌어모으고 있습니다."

기어코 태무진 사장의 주식을 웃돈을 주고 사려나 보다.

"황 전무를 자르는 게 가온에 더 좋은 일일까요? 아니면 더 큰 위기일까요?"

황 전무를 자르면 그를 따르던 무리까지 전부 시끄러울 것이다. 그러니 회사에는 더 큰 위기가 될 수도 있었다.

"나쁜 사람은 아닙니다."

자신이 대표가 되는 게 가온을 살리는 일이라고 굳건하게 믿고 있는 것인지도 몰랐다. 수연은 이럴 때 태무진 사장이 어떻게 했는지 생각해보았다.

"황 전무 쪽 사람들을 따로 만나봐야겠어요."

"어쩌시려고요?"

"흔들어봐야죠."

이번 서이재 광고 건으로 그녀를 보는 시선이 좀 달라졌으니까 효과가 있을 것이다.

"그리고 황 전무한테 은근히 홀리세요. 제가 접촉하는 거."

계략은 단순했다. 황 전무를 정신없게 만들 작정이었다. 냉정하게 자르기에는 그 정도로 나쁜 사람은 아니라는 것에 그녀도 장 실장의 의견에 동조했다. 황 전무의 목숨은 아버지가 깨어나실 때까지 연장이다.

장 실장이 광고 촬영 현장에 간다고 하자 이 대리도 서이재의 사인을 받고 싶다면서 따라갔다.

서이재는 스포트라이트를 받으며 사는 스타답게 현장의 분위기를 이끌며 광고 촬영을 하고 있었다. 이 대리는 황홀한 시선으로 촬영 중인 서이재를 바라보았다.

"진짜 꿈만 같아요. 우리 회사 광고를 서이재가 찍는다니."

마치 구박받던 가온이 서이재라는 왕자님의 선택을 받고 신데렐라가 된 느낌이었다. 한 편의 드라마였다.

장 실장은 이 대리보다는 진중한 시선으로 광고 촬영을 지켜보았다. 드라마도, 기적도 아니었다. 이 광고가 가능하게 된 데는 태무진 사장의 도움이 있었기 때문이라는 걸 그는 알고 있었다.

장 실장은 태무진 사장이 이리 전폭적으로 천수연 대표를 도와주는 게 달갑지만은 않았다. 세상에 공짜는 없으니까. 분명 남자의 사심이 들어갔을 것이다. 전 직장 상사가 해줄 수 있는 도움의 수위를 한참 넘어섰다.

아직도 병원에서 의식을 차리지 못하고 있는 천태진 대표를 생각하면 장 실장은 그냥 이대로 보고만 있어도 되는 건가 불안했다. 혹시라도 천수연 대표가 태무진 사장 때문에 상처받는 일이 생기면 아무것도 하지 않은 그의 책임일 것만 같았다. 그러니 단지 비서가 하기에는 주제넘은 짓인 줄 알지만 태무진 사장을 따로 만나봐야겠다고 생각했다.

촬영이 잠시 멈추었을 때 장 실장과 이 대리는 서이재를 만나러 갔다.

"가온 천수연 대표님의 비서입니다. 오늘 촬영, 잘 부탁드립니다."

달랑 비서만 온 걸 보고 서이재는 화려한 눈매의 꼬리를 살짝 올렸다.

"그쪽 대표님은 얼굴 뵙기 참 힘들군요."

몇 번이나 얼굴 볼 기회가 있었는데 한 번도 안 보여주니 오히려 오기가 생겼다. 반드시 한 번은 꼭 다시 만나야겠다는.

"서이재 씨, 사인 한 장만 부탁드려요."

이 대리는 싱글싱글 웃으며 서이재에게 사인지와 펜을 내밀었다. 서이재는 그 펜을 보자 방송국에서 천수연 대표가 당황하며 붙잡았던 것이 생각났다.

아버지가 쓰던 펜이라고 했던가.

그 말을 할 때 여자의 눈은 슬픔과 싸우고 있었다.

"천수연 대표 아버지는 가망이 없으신 건가요?"

서이재의 물음에 이 대리는 화들짝 놀라며 손을 내저었다.

"그런 재수 없는 말씀은 하시면 안 돼요. 부정 타요!"

서이재는 알았다고 고개를 끄덕이며 말을 바꾸었다.

"그럼 다른 걸 묻죠. 천수연 대표에게 남자가 있나요?"

이 대리는 뻣뻣하게 굳어버렸다. 왜냐하면 그녀는 보아버렸으니까, 사무실에서 두 손을 잡고 있던 두 사람을.

"그, 그런 건 왜 물어보세요?"

"아! 긴장하는 거 보니까 엄청 거물급인가 보죠?"

이 대리는 세차게 고개를 저었다.

"전 아무것도 몰라요. 진짜 못 봤어요!"

더 물으면 이 대리가 사표라도 써야 하는 것처럼 굴어서 서이재도 굳이 캐묻지 않았다.

흠, 남자가 있군.

방송국에서 그녀를 데리고 나가던 남자의 모습을 떠올렸다. 멀리서 봤지만 평범한 남자는 아니었다. 부유한 차림에 칼날 같은 분위기의 남자였다. 그런 부류의 남자는 보통 여자와의 사랑보다는 자신의 성공에 집착했다. 그러니 설령 두 사람이 진짜 깊은 사이라 해도 오래가지는 못할 거라고 생각했다.

"대표님한테 내가 광고 죽이게 찍어줄 테니까 고마우면 보답하라고 하세요."

서이재의 말에 이 대리는 눈을 동그랗게 떴다. 태성 태무진 사장에 슈퍼스타 서이재까지. 한 번에 나라를 2개 정복한 거나 마찬가지였다. 그녀라면 둘 중 누구를 선택할지 생각하는 것만으로도 머리가 터져버릴 것 같았다. 넘쳐도 너무 넘쳤다.

그래도 천수연 대표가 막 부럽고 그렇지는 않았다. 속 편하게 사는 게 제일이었으니까.

웨딩드레스를 입어야 하는 날이 다가오자 수연은 처음으로 다이어트라는 걸 하게 되었다. 굶는다는 건 정말 힘든 일이었다. 웨딩드레스를 입기 전날에는 아예 아무것도 안 먹었더니 그날 밤은 설렘이 아니라 배고픔 때문에 잠이 오지 않았다. 그녀는 과부가 허벅지를 찌르며 외로움을 참듯이 배고픔을 참으며 긴긴밤을 버텨냈다.

그래서 아침에 눈을 떴을 때 수연은 결심했다. 웨딩드레스 입고 나오자마자 떡볶이를 먹을 거라고. 그냥 떡볶이도 안 되었다. 서울에서 제일 맛있는 떡볶이를 먹어야만 했다.

수연은 머릿속에 불타오를 정도로 매운 떡볶이를 생각하며 드레스 숍으로 향했다.

숍에 도착했더니 약속된 시간보다 1시간이나 일찍 도착해 있었다. 이정희 과장과 태무진 사장은 분명 약속 시간에 딱 맞추어 도착할 거였다.

"일찍 오셨네요. 지금 다른 손님이 계셔서 기다리셔야 하는데 괜찮으시겠어요?"

안내를 맡은 직원의 상냥한 질문에 수연은 괜찮다고 고개를 끄덕였다.

"저는 드레스 구경하고 있을게요."

아무나 쉽게 예약조차 할 수 없는 드레스 숍이라 사람이라고는 직원들이 대부분이었다. 그들이 급하게 예약을 잡아서 다른 신혼부부와 타이트하게 시간이 겹친 것 같았다.

수연은 처음 와보는 드레스 숍을 신기한 눈으로 구경하며 다른 신부가 드레스를 입은 모습도 몰래 훔쳐보았다. 볼륨감 있는 몸매의 신부라 가슴이 아주 훌륭했다. 수연은 슬쩍 자기 가슴을 내려다보고는 한숨을 내쉬었다. 어째 살이 가슴에서만 다 빠진 것 같았다.

"자기, 나 어때?"

어? 저 목소리 들어본 적 있는데.

수연은 다시 고개를 돌려 이번엔 신부의 얼굴을 자세히 보았다. 그녀가 아는 얼굴에서 좀 달라지긴 했지만 분명 한소라였다. 대학교 다닐 때 유명했던 여학생이었다. 남의 남자 뺏는 걸로.

세상에, 그 한소라를 여기서 보게 되다니.

평생 한 남자에게 정착하기 위한 결혼과 한소라는 정말 안 어울렸기에 충격이었다. 수연은 한소라의 남편이 될 남자 쪽을 보았다. 남자는 너무 평범하게 생겨서 또 다른 의미로 놀라웠다. 역시 짚신도 제짝이 있는 건가 생각하고 있는데 한소라와 눈이 딱 마주쳤다. 한소라도 그녀를 알아본 듯이 눈이 살짝 커졌다.

"어머! 너 천수연 맞지?"

수연은 어색하게 웃는 것 말고는 할 수 있는 게 없었다.

"오랜만이야."

그녀는 한소라에게 다가가 정식으로 인사했다.

"어떻게 여기 있어? 여기, 아무나 예약할 수 없는 곳인데."

그러니까 한소라한테 그녀는 아무나 중 하나라는 뜻 같았다.

"결혼 축하해."

좋은 일을 앞둔 사람이니까 좋게 넘기기로 했다.

"인사해. 우리 신랑. 아버지가 서진 백화점 사장님이야."

한소라는 참 한결같았다. 남자를 고를 때의 기준이 아주 정확했다. 잠깐이나마 변했다고 생각한 건 그녀의 착각이었다. 수연은 신랑과 짧게 인사를 나누었다. 사람 좋아 보이는데 과연 한소라의 과거는 알고 결혼하는 건가 싶었다.

"너희 신랑은 뭐 해?"

한소라가 과시하듯이 자기 신랑의 팔짱을 끼고는 그녀에게 물었다. 수연은 뭐라고 대답해야 하나 난감했다.

"그냥 회사 다녀."

그녀의 말에 한소라는 입꼬리를 올리며 이겼다는 표정을 지었다.

"그럼 그 수준에 맞추어서 결혼식 준비해야지. 너 너무 신랑 등골 빼먹는 거 아니니?"

……등골…….

설마 이런 꾸중을 한소라한테서 듣게 될 줄이야.

마침 드레스 숍 직원이 와서 그녀에게 말했다.

"신부님, 신랑분이 도착하셨습니다."

"네? 벌써요?"

그녀는 배고파서 1시간 일찍 왔다지만, 태무진 사장은 왜 이렇게 일찍?

한소라는 그녀를 무시하는 듯한 시선으로 서 있다가 원장의 안내를 받으며 이쪽으로 걸어오는 태무진 사장을 발견하자마자 충격으로 눈동자가 얼어붙었다.

"진짜 저 남자가 네 신랑 맞아?"

설마 태무진 사장과 한소라가 예전에 알던 사이인가?

순간 그런 의심이 들 정도였다.

"일찍 왔네요."

그런데 태무진 사장이 평소와 다름없이 그녀에게 말을 거는 걸 보고 그건 그녀의 착각일 뿐이란 걸 알았다. 태무진 사장은 오로지 그녀만 보고 있었다. 옆에 섹시한 글래머 신부가 서 있건 말건.

"저희는 방해되지 않게 2층에서 기다리는 게 좋겠어요."

수연은 질투에 부르르 떠는 한소라한테서 벗어나고 싶어서 태무진 사장을 끌고 서둘러 그 자리를 떠났다. 한소라가 드레스 숍을 떠날 때까지 2층에서 움직이지 않을 생각이었는데 한소라가 떠나기 전에 일부러 2층까지 다시 찾아왔다. 그것도 신랑 없이 혼자만.

자기 옷을 입으니까 가슴이 더욱 풍만해 보이는 것이 이거야말로 진퇴양난, 피할 곳이 없었다.

"이렇게 만났으니 내 결혼식에 두 사람 초대할게."

수연은 전혀 가고 싶지 않았다.

"청첩장 보내드릴게요. 명함 주시겠어요?"

와! 이런 식으로 내 신랑의 명함을 따내는구나.

"그냥 나한테 보내면 돼."

수연이 서둘러 끼어들며 인터셉트하자 한소라가 짧게 그녀를 흘겨보다가 바로 웃었다.

"그래. 전화번호 알려줘."

한소라가 그녀에게 자기 핸드폰을 내밀었다.

"수연이랑은 어떻게 만나신 거예요?"

한소라가 태무진 사장에게 말을 거니 번호 찍는 수연의 손이 빨라졌다. 하여튼 틈을 주면 안 되었다.

"와인 바 오픈 파티에서 우연히 마주쳤습니다."

우뚝.

놀란 수연의 손이 멈추었다. 당연히 비서 면접이라고 말할 줄 알았는데, 태무진 사장도 정확히 기억하고 있었다.

그들이 처음 만났던 순간을, 그녀가 첫사랑에 빠진 그날을.

수연은 고개를 들어 태무진 사장을 올려다보았다. 그는 무심하게 앞만 보고 있었다.

"어머! 수연이는 얌전해서 당연히 맞선일 줄 알았는데, 너도 은근히 몸 잘 쓰는구나."

몸을 잘 쓴다는 말이 무슨 뜻인가 싶어서 그녀의 눈빛이 굳었다.

"대학교 때 수연이 엄청 인기 많았어요. 아마 따라다닌 남자가 한 트럭은 될 거예요."

말의 뉘앙스가 꼭 그녀가 만나고 다닌 남자가 한 트럭이라는 것처럼 들렸다. 한소라의 화려했던 대학 시절을 다 알고 있는 그녀로서는 기가 차서 말도 안 나왔다.

지금 누가 누구한테!

"가장 중요한 건 그녀와 결혼하는 남자가 나라는 거죠."

태무진 사장은 아직 그녀의 손에 들려 있는 한소라의 핸드폰을 잡아 빼서 한소라에게 돌려주며 차가운 눈빛과 견고한 목소리로 말했다.

"우리 결혼식에는 초대 못 하겠네요. 아무나 초대할 수 없는 자리라."

아무나로 전락한 한소라의 얼굴이 창백하게 질렸다.

무진은 그녀의 손을 잡고 계단으로 걸어갔다. 이제 그녀가 웨딩드레스를 입어볼 시간이었다. 무진은 이 순간이 기대되어서 3일이나 잠을 설쳤다.

"저 파티장에서 만난 거 기억하세요?"

계단을 내려가는 동안 수연이 그에게 물었다.

"고등학교 졸업장 받자마자 술 마시러 온 거 말입니까?"

그땐 몰랐는데, 나중에 그녀의 나이를 알고 짐작하게 되었다. 어른이 되자마자 신나서 한 일탈이라는 걸.

수연의 얼굴이 새빨갛게 달아올랐다. 면접에서도 그가 아는 척을 안 했기에 당연히 기억 못 하는 줄 알았다.

"저는 당연히 기억 못 하시는 줄 알고."

"내가 기억 못 하는 거랑 기억하는 거랑 차이가 있습니까?"

태무진 사장이 고개를 돌리며 진지하게 묻자 수연은 뇌가 지글지글 익는 기분이었다.

"있죠."

그들의 사이가 좀 더 운명적인 사이가 되는 건데, 단지 비서와 보스 사이가 아니라.

"그때 사장님 눈에 전 어땠는데요?"

그때 어린 그녀의 눈에 그는 세상에서 가장 완벽한 어른 남자였다.

"철없고, 눈치 없고."

역시 두 사람이 동시에 서로에게 반하는 일은 '로미오와 줄리엣'에서만 가능한가 보다.

"유난히 신경 쓰이던 애송이 아가씨."

응?

그녀가 눈을 키우며 그를 보는데 드레스 숍 직원과 플래너가 다가와서 그녀를 드레스가 있는 곳으로 데려갔다. 수연이 고개를 돌려 태무진 사장 쪽을 보자 플래너가 안심시켰다.

"드레스 입고 다시 만나시면 돼요. 신부님은 마음에 드는 웨딩드레스 골라주세요."

그녀는 지금 웨딩드레스보다 태무진 사장의 말이 더 신경 쓰였다.

아까 그 말 무슨 뜻이에요?

내가 신경 쓰였다는 그 말.

설마 사장님도 나한테…….

그 뒤로는 웨딩드레스를 고르고 갈아입고, 드레스에 맞는 헤어와 메이크업까지 받느라 생각이라는 걸 할 수가 없었다. 시간이 너무 오래 걸려서 밖에서 기다리던 태무진 사장이 먼저 가버리지 않았을까 걱정되었다.

태어나 처음 입어보는 웨딩드레스는 단순한 옷이 아니라 다른 신비한 존재인 것만 같았다. 그녀가 웨딩드레스를 입는 순간 새로운 여인으로 다시 태어나는 기분이었다. 퀸 네크라인의 품격 있는 웨딩드레스는 그녀를 더욱 우아하고 고혹적으로 보이게 해주었다. 드레스에 촘촘히 박힌 비즈 장식은 조명을 받아서 별처럼 반짝였다.

"어머나! 피부가 희고 고우셔서 웨딩드레스 입으니까 더 빛이 나세요."

립서비스인 걸 알지만 그녀도 오늘만큼은 아름다움이란 것에 흠뻑 취하고 싶었다. 이런 천사의 날개 같은 드레스를 입고도 아름답지 않다면 그건 너무도 가혹한 일이었다. 커튼 밖으로 나간 직원이 태무진 사장에게 하는 말이 들려왔다.

"신랑님, 이제 신부님 나오십니다."

두근, 두근, 두근.

커튼 뒤에 서 있는 그녀의 심장이 100미터 달리기를 한 듯이 숨차게 뛰어댔다. 설령 이게 결혼식 쇼일 뿐이라고 해도 그의 눈에 아름답게 보이고 싶은 그녀의 마음은 진짜였다. 그의 입에서 아름답다는 말을 다시 한번 듣고 싶었다. 그럼 그들은 정말 운명이 될 수 있을 것도 같았다.

촤르르르르르—.

두꺼운 커튼이 양옆으로 펼쳐지면서 드레스를 입고 서 있는 그녀한테 핀 조명이 집중되었다. 그녀는 무대 위의 주인공이었다. 이 공간에 있는 모든 것이 그녀를 빛내주기 위해 존재했다. 지금 이 순간 가짜인 것은 아무것도 없었다.

수연은 천천히 고개를 들어 떨리는 눈으로 저 앞에 서 있는 태무진 사장을 바라보았다. 우아하게 뻗은 그의 두 눈이 찌를 듯이 그녀를 쳐다보고 있었다. 그의 얼굴에서 웃음기라고는 찾아볼 수가 없어서 수연의 심장이 묵직하게 내려앉았다.

별로인가?

그녀는 웨딩드레스를 입은 자기 모습을 보고 웃어주는 그의 얼굴을 상상했었다. 좀 더 다정하고 감정적인 모습을.

그는 팔짱 끼고 있던 팔을 느릿하게 풀며 천천히 그녀가 서 있는 공간으로 걸어왔다.

뚜벅뚜벅.

절도 있는 그의 구둣발 소리 외에는 아무 소리도 들리지 않았다. 직원들과 이정희 과장까지도 긴장한 시선으로 그의 반응을 살피고 있었다. 이 순간의 주인공은 분명 웨딩드레스를 입은 신부인데, 이 공간을 압도하고 있는 건 아직 박수도 치지 않은 무정한 신랑이었다. 그녀의 앞까지 걸어온 그가 짙은 속눈썹 아래, 타오르는 검은 눈빛으로 깊게 그녀의 얼굴을 응시하였다. 수연은 겨우 용기를 내어서 물었다.

"이상해요?"

그의 눈동자에 빛이 녹아들며 일렁임이 번졌다. 전율 같은 감동에 마비되었던 얼굴 근육이 그제야 움직였다. 무진은 입꼬리를 올리며 마음을 쏟아냈다.

"아름답습니다."

드디어 그의 입에서 그 말을 다시 들은 수연의 마음속에 따뜻한 감동이 밀려왔다. 이제야 믿을 수 있었다.

— 나의 비서 천수연은…… 아름다웠지.

그날 밤 엘리베이터에서 그녀가 들었던 말이 환청이 아니라는 걸.

— 유난히 신경 쓰이던 애송이 아가씨.

그녀와의 첫 만남까지 기억하는 태무진 사장도 어쩌면 처음부터 그녀를 단지 비서로만 생각하지 않았을지도 모른다고 생각하니 심장이 동동동 뛰어댔다. 그들이 결혼식을 하게 된 것도 어쩌다 그녀가 선택된 게 아니라 필연적이었을 수도 있다고 생각하니 수연은 이 순간이 더 소중하고 특별하게 느껴졌다.

태무진 사장이 그녀의 왼손을 들어 올리며 나직하게 속삭였다.

"여기 반지만 끼면 완벽하겠네요."

왜 그녀는 가짜 결혼이라는 것에 얽매였을까 싶었다. 태무진 사장은 한 번도 그녀를 가짜 신부로 대한 적이 없는데.

이정희 과장은 좀 떨어진 거리에서 두 사람을 바라보며 속으로 많이 놀라고 있었다. 저게 어떻게 비서와 보스 사이라고 할 수 있단 말인가. 완벽한 연인의 모습이었다. 태무진 사장이 여자 앞에서 저리 무장 해제되는 모습은 생전 처음 보았다. 항상 그리스 로마 신화 속 존재처럼 느껴지던 보스가 지금은 피와 마음이 몸속에 흐르는 사람 같았다.

설마 서로 예전부터 좋아하던 사이였던 거야?

아니, 그랬다면 태무진 사장이 맞선을 보러 다녔을 리가 없었다. 그리고 그 맞선 스케줄은 천수연이 직접 잡았었다. 그러니 수연이 태성에 다닐 땐 아무 사이도 아니었던 게 확실했다.

진짜 무서운 건 태준석 회장이었다. 결국 회장님의 선택이 옳았다는 것이었으니까. 남들에게 보여주기식이 될 줄 알았던 결혼식이 진짜 상대를 찾아내어서 완벽해져버렸다.

닭이 먼저인지, 알이 먼저인지.

태준석 회장의 선택이 먼저였는지, 두 사람의 마음이 먼저였는지.

진짜 모를 일이었다.

"신부님이 웨딩 촬영 때 입으실 드레스는 지금 입은 것보다 더 우아하고 품위가 넘칠 겁니다. 그 드레스를 입으면 신부님이 정말 여왕님 같으실 거예요. 태성 그룹 황태자와 결혼하시니 당연히 그렇게 보이서야죠."

원장님이 마음이 급했는지 분위기 좋은 두 사람 사이에 끼어들어서 드레스에 대한 설명을 장황하게 늘어놓았다. 태무진 사장이 눈동자만 움직여 차갑게 쳐다보자 그제야 원장의 입이 다물어졌다. 서늘한 눈빛에서 북극의 찬바람이 느껴졌다.

꼬르륵.

잠시 적막이 흐른 그 순간, 그녀의 배에서 흘러나온 소리는 너무 선명하게 들렸다. 수연은 흠칫 놀라서 두 손으로 배를 눌렀다. 태무진 사장도 놀란 눈으로 그녀를 쳐다보았다. 그녀는 자기가 아닌 척 고개를 돌려 다른 곳을 보았지만, 모두가 그녀만 쳐다보고 있었다. 정확히는 그녀의 배를.

"오늘은 이만하죠."

태무진 사장의 한마디로 드레스 가봉은 끝이 났다. 이 찰나의 순간, 예쁘게 보이겠다고 며칠을 배고픔과 싸웠다고 생각하니 수연은 살짝 허탈해졌다. 그래도 태무진 사장에게 아름답다는 말을 들었으니 값어치가 있는 다이어트였다.

드레스 숍을 나와서 태무진 사장은 이정희 과장에게 말했다.

"난 천수연 대표랑 식사하고 들어갈 테니까 먼저 회사로 들어가요."

"네, 알겠습니다."

이정희 과장은 바로 그 명령을 따랐지만 수연은 당황했다.

"아니요! 안 돼요!"

그녀의 강한 거부에 두 사람은 놀란 눈으로 수연을 쳐다보았다. 태무진 사장은 마음이 좀 상했고, 이정희 과장은 좀 의아했다.

드레스 숍에서 둘이 분위기 좋아 죽더니만 왜 같이 밥 먹는 건 거부하는 건가?

"저 매운 떡볶이 먹을 거거든요."

오늘만은 메뉴를 양보할 수 없었다. 그러니 태무진 사장을 과감하게 포기하리라.

"사장님 매운 거 안 드시잖아요."

그는 위장이 약한 편이었다. 무리하거나 스트레스를 받으면 어김없이 위경련이 와서 사장실에 위장약이 상비되어 있었다. 그래서 평소에도 간이 세지 않은 음식들만 먹었다.

'흠, 드레스 가봉한 날 무슨 떡볶이야.'

이정희 과장이 복화술로 그녀를 타박했지만 며칠을 쫄쫄 굶은 수연에게 지금 죽어도 먹고 싶은 음식은 떡볶이였다.

"제가 지금 떡볶이를 너무 먹고 싶어서."

그녀는 간절한 표정으로 두 사람에게 호소했다.

그대들이 배고픔에 허덕이며 잠 못 든 밤을 아시냐고.

그녀는 어젯밤 그랬으니 오늘 첫 끼는 무조건 떡볶이였다.

"나도 그거 먹을 수 있습니다."

태무진 사장의 말에 이정희 과장이 경악한 눈으로 쳐다보았다. 수연도 당황스러웠다.

"사장님이 떡볶이를요?"

그게 무엇인지 본 적은 있느냐는 질문에 가까웠다. 태무진 사장이 고개를 끄덕였다.

"먹고 응급실 가실 수도 있어요."

위장에 피를 철철 흘리며.

"그럼 물에 헹궈서 먹죠."

이 정도까지 하는데 제발 데려가라!

이정희 과장은 태무진 사장의 등 뒤에서 격하게 손짓했다. 수연은 할 수 없이 고개를 끄덕였다.

"그럼…… 같이 가요."

그래서 태무진 사장과 떡볶이를 먹으러 가게 되었다. 참으로 난감하게도.

그녀가 운전기사에게 떡볶이집 위치까지 정확하게 알려주자 태무진 사장은 놀란 눈으로 수연을 쳐다보았다.

"떡볶이 먹는데 그리 멀리까지 간다고요?"

태무진 사장이 앞에 무음 처리한 말은 분명 '고작'일 것이다.

"세상에서 제일 맛있는 떡볶이를 먹어야 하니까."

그녀는 진지하게 그들이 지금 먹으러 가는 떡볶이는 그냥 떡볶이가 아니라 하나의 작품이라고 설명하려다가 태무진 사장의 눈을 보고 포기했다. 절대 이해 못 할 눈빛이었다. 원래 먹는 것에 전혀 관심이 없는 사람이었다. 그래서 음식에 관해서는 한 번도 지적이란 걸 받은 적이 없었다. 커피도 어찌 보면 그녀 자신과의 싸움이었다. 아마 태무진 사장은 그녀가 어떤 커피를 주건 관심도 없었을 것이다.

"제가 지금 36시간째 공복이거든요. 그러니까 맛없는 걸 먹으면 화가 날 거예요."

"앞으로 그런 식으로 굶지 마요. 몸만 상하니까."

그녀가 굶고 싶어서 굶은 게 아니라 굶을 수밖에 없어서 굶은 거라고 설명하고 싶었으나 이번에도 태무진 사장은 이해하지 못할 것 같아서 설명을 포기했다. 이렇게 자꾸 설명을 포기하게 되니 그와 그녀가 참 다르다는 걸 새삼 깨닫게 되었다.

수연은 태무진 사장을 이해하고 싶어서 물었다.

"사장님은 일하는 거 말고 즐거웠던 일이 있으세요?"

그녀의 갑작스러운 물음에 태무진 사장은 별 고민 없이 대답했다.

"데이트."

생각 외로 그런 걸 좋아했나 보다.

"그럼 연애 취향이신데 왜 평소에 연애를 안 하셨어요?"

그녀의 물음에 태무진 사장이 뭔가가 마음에 안 든다는 듯이 눈썹을 구겼다.

왜 그러지? 방금 본인 입으로 좋아한다면서요.

"다른 여자랑 하는 데이트 말고."

그의 말을 곱씹어보던 수연의 뺨 언저리에 열기가 오르며 발갛게 익었다.

"하하하. 제가 좀 재밌죠?"

그녀는 웃으며 쑥스러운 분위기를 넘어가 보려고 했는데 태무진 사장은 끝까지 진지했다.

"그런 이유는 아닙니다."

수연은 부끄러워서 더 자세히 물을 수가 없었다. 그래서 창쪽으로 고개를 돌려버렸다. 다행히 태무진 사장도 더 설명하지 않았다.

차는 1시간이나 달려서 그녀가 원하는 떡볶이집에 도착하였다. 수연은 운전기사에게 부탁했다.

"가게에서 멀리 떨어져서 세워주세요."

태무진 사장이 '왜 그러냐?'는 눈으로 쳐다보았다. 그는 아무렇지 않을지 몰라도 그녀는 떡볶이집 앞에서 이 벤츠에서 당당히 내릴 수가 없었다, 사람들이 다 쳐다볼 게 뻔했으니까.

그녀가 그리 관심 안 받으려고 노력했지만 태무진 사장을 옆에 달고 분식집 앞에 간 순간, 그런 노력은 물거품이 되었다.

사람들은 떡볶이집과 전혀 안 어울리는 태무진 사장을 외계인 보듯 보았고, 그는 떡볶이집 앞에서 대기하며 기다리는 손님들을 얼떨떨한 시선으로 쳐다보았다.

유명한 떡볶이집답게 가게 밖에서 대기 중인 손님이 꽤 있었다. 무엇보다 용암처럼 끓고 있는 떡볶이는 정말 매워 보여서, 아직 먹지도 않았는데 벌써부터 위가 쓰린 느낌이었다. 하지만 수연은 떡볶이를 보며 입맛을 다시고 있었다. 저리 황홀한 시선으로 쳐다보니 질투가 느껴질 정도였다.

이젠 하다 하다 떡볶이까지.

무진은 다른 곳으로 시선을 돌리며 거기까진 가지 말자고 다짐했다.

"여기가 서울에서 제일 유명한 떡볶이집이라서 손님이 많아요."

딱 봐도 그래 보였다. 좁은 분식집 안에서 다닥다닥 붙어서 먹고 있는 모습을 보니 무진은 절로 답답해졌다, 곧 그도 저 사이에 끼어서 먹어야 하기에. 이번엔 정말 난이도가 높아 보였다.

"저 안에서 먹기 불편하시면 포장해 가실래요?"

"그럴까요?"

그가 바로 받자 수연은 그럴 줄 알았다는 표정을 지었다.

"사장님은 여기 별로시죠?"

"아닙니다."

그는 바로 고개를 저으며 안 그런 척했지만 수연은 속지 않았다. 그래도 서운하지는 않았다. 그녀에게 맞추어주려고 노력하는 모습이 보였으니까. 그래서 수연도 그를 위해서 열심히 떡볶이를 젓고 있는 분식집 아줌마에게 다가가 포장도 기다려야 하느냐고 물어보았다. 포장은 바로 음식을 받아서 갈 수 있어서 오히려 더 다행이었다. 그녀는 빨리 먹는 게 가장 중요했으니까. 그녀는 가장 매운 떡볶이랑 튀김을 고른 뒤 태무진 사장이 무난히 먹을 수 있는 김밥과 어묵을 따로 샀다.

두 사람은 포장한 음식을 들고 다시 차로 돌아왔다. 차에서 기다리고 있던 운전기사는 그들이 가져온 음식을 보고 처음으로 불안한 눈빛을 지었다.

설마 이 신성한 차 안에서 떡볶이를 먹으려는 건 아니겠지.

운전기사도 그건 감당이 안 될 것 같았다.

"근처 공원으로 가주세요."

그녀의 부탁에 운전기사는 바로 차를 출발했다. 분식집에서 10분 정도 거리에 공원이 있었다. 평일 오후라서인지 공원에는 운동하는 사람 몇 명 빼고 한산했다. 두 사람은 공원 벤치에 사 온 음식을 펼쳐놓았다.

어쩌다 보니 데이트처럼 되어버렸다. 하지만 무진은 먹고 다시 회사로 돌아가야 했다. 이별의 시간이 정해진 짧은 데이트라서 같이 있는 시간이 더 행복했다. 그는 이 행복을 좀 더 만끽하고 싶은데, 수연의 눈에는 더 이상 그가 안 보이는 듯했다. 오로지 떡볶이 포장을 뜯는 것에만 집중하고 있었다.

그래도 먹기 전에 그를 챙겨주는 말을 한마디 하긴 했다.

"사장님은 김밥이랑 어묵을 드세요. 떡볶이는 제가 먹을게요."

그녀는 바로 시뻘건 떡볶이를 집어서 입에 넣었다. 오랜만에 맵고 단맛을 느낀 혀는 황홀할 지경이었다. 그녀가 진심으로 맛있는 표정을 짓는 걸 보고 무진은 왠지 목울대가 간지럽다는 느낌을 받았다.

"공복에 매운 거 먹으면 안 좋을 텐데."

"괜찮아요."

내일 피똥을 싸게 되더라도 지금 이 순간 떡볶이는 너무 맛있기만 했다. 떡볶이를 먹는 것에 너무 집중하느라 태무진 사장이 그녀가 먹는 모습만 지켜보고 있다는 것도 눈치채지 못했다.

무진은 이제 떡볶이 때문에 더 붉어진 그녀의 입술밖에 안 보였다. 하지만 지금 키스하면 분명 그녀가 당황하고 싫어할 게 분명했다. 명분이 필요했다. 나라의 왕을 끌어내릴 때도 꼭 필요한 게 명분이었고, 떡볶이를 먹는 여인에게 입 맞출 때도 꼭 필요한 게 명분이었다. 그리고 혼자 애타며 참고 있던 그에게 명분을 던져준 건 오늘 영 친해지기 힘들었던 떡볶이였다.

"입가에 묻었어요."

그의 지적에 수연은 서둘러 닦을 티슈를 찾았는데 그녀의 얼굴 위로 짙은 그림자가 졌다. 어느새 다가온 태무진 사장의 얼굴이 바로 코앞에 있었다. 섬세하고 수려한 이목구비가 너무 가까이 있어서 수연의 눈이 커졌다.

할짝.

그의 입술 사이에서 나온 선분홍 혀가 그녀의 입가를 가볍게 핥고 멀어졌다. 수연은 멍해졌다.

이건 입맞춤도 아니고 뭐지?

그런데 크게 당황한 건 무진도 마찬가지였다. 떡볶이 소스가 아주 조금 혀에 묻었을 뿐인데도 타는 듯이 매웠다. 그는 서둘러 물로 입을 헹구고 그녀가 먹고 있는 떡볶이를 낚아채듯이 집어 들었다.

태무진 사장이 떡볶이를 가져가버리자 수연은 퍼뜩 정신을 차렸다.

"앗! 저 아직 다 안 먹었어요."

"이렇게 매운 건 조금만 먹어요."

"안 돼요. 주세요! 사장님!"

그녀는 떡볶이를 지키려고 했지만 태무진 사장은 떡볶이를 악마의 음식 취급하며 그녀가 더 이상 먹지 못하게 했다.

앞으로 떡볶이를 먹을 때는 절대 그와 함께 오지 않을 거라고 다짐했다.

떡볶이는 둘이 다정하게 먹는 것보다 혼자 입술 뜨거워질 때까지 먹는 게 제일 행복했다.

chapter 15

스캔들

태무진 사장이 떡볶이를 못 먹게 해서 헤어질 때의 분위기는 별로 좋지 않았다.

"저는 알아서 갈 수 있으니까 그만 회사로 가세요."

무진은 그녀의 표정이 떨떠름한 게 신경 쓰였지만 그래도 떡볶이는 너무 매웠다. 그걸 공복에 다 먹으면 몸이 멀쩡할 리가 없었다.

"어디로 갑니까?"

"병원이요."

"회사는?"

"오늘 연차 썼어요."

드레스 가봉이 언제 끝날지 알 수 없었으니까.

병원에 간다는 건 오늘 그녀에게 특별히 급한 일은 없단 뜻이었다. 그래서 무진은 나름 용기를 내어서 물었다.

"그럼 퇴근 시간에 다시 만날까요?"

"저녁에 사장단 미팅 있으시잖아요."

그녀가 그의 스케줄을 읊자 태무진 사장의 표정도 안 좋아졌다.

"이정희 과장한테 들은 겁니까?"

어째 분위기가 회사로 돌아가서 이정희 과장을 문책할 느낌이라서 수연은 고개를 저었다.

"그럼 연정우 대리입니까?"

태무진 사장의 표정이 더 안 좋아졌다. 수연은 더 필사적으로 도리도리를 했다.

"그럼 비서실장이네요."

결국 누군가 하나는 걸려야 끝나는 질문이었다.

"지금은 제가 사장님 스케줄을 알면 안 되나요?"

"안 됩니다."

우와! 얄짤 없네.

서운해지려고 했지만, 회사 일이니 당연하기도 했다. 어쨌든 그녀는 이제 외부인이었으니까. 그의 스케줄에서 그녀가 공유할 수 있는 건 결혼식 관련 일정뿐이었다.

그녀는 고개를 숙이고 선 채로 서운한 티를 내지 않으려고 했는데, 그가 그녀한테 한 발 가까이 다가섰다. 반질거리는 그의 구두가 그녀의 눈에 들어왔다.

이런 품위 넘치는 구두를 신는 남자를 떡볶이집에 데려가다니.

그녀가 오늘 정말 말도 안 되는 짓을 한 것 같았다.

"그럼 천수연 대표가 보고 싶어서 일정이 없다고 거짓말할 때 티가 날 테니까."

수연은 천천히 고개를 들어 그를 올려다보았다. 그녀의 눈동자가 방금 그 말이 진심인지 알아보듯이 그의 표정과 눈빛을 조심스럽게 살폈다. 분명 그녀가 알던 태무진 사장과 똑같은 얼굴이었다.

단정하고 건조한 얼굴은 쉽사리 감정을 드러내지 않았다. 견고한 눈빛 속에 어떤 일렁임이 보이는 듯도 했지만 그녀가 완벽하게 알아채기에는 그의 절제력이 너무 뛰어났다. 그래서 방금 그녀가 들은 말을 저 입으로 했다는 게 쉽게 믿기지 않았다. 이건 아름답다고 말했던 것보다 더 놀라웠다.

그녀는 자신 없는 목소리로 그에게 다시 물었다.

"정말…… 제가 보고 싶으세요?"

그의 입에서 답을 듣기도 전에 떨림이 손끝까지 퍼졌다. 세차게 뛰는 맥박이 온몸을 휘저었다. 아까 먹은 매운 떡볶이가 안에서 불꽃이 된 건지 몸이 뜨거워졌다.

태무진 사장의 얼굴이 가까이 다가왔다. 그녀는 꼴깍, 침을 삼키며 점점 거리를 좁히는 그를 바라만 보았다. 우아하게 뻗은 콧날과 단정한 입술이 스치듯이 그녀에게 닿았을 때 그가 속삭였다.

"언제나."

그녀는 숨 막히게 아찔해져서 두 눈이 저절로 감겼다.

그녀도 그에게 하고 싶은 말이 있는데 지금은 목소리를 잃은 인어 공주라도 된 것처럼 목소리가 나오지 않았다.

부드럽게 닿은 입술이 생크림처럼 그녀의 입술 위에서 녹아 내렸다.

그는 천천히 느릿하게 그녀의 아랫입술과 윗입술을 번갈아 가며 물고 더듬다가 깊게 빨아들였다. 그의 감질나는 키스가 시간까지 느리게 녹이는 것만 같았다. 심장이 물 위에 나온 물고기처럼 파닥거리며 숨차 했다.

"하아."

서로의 숨결이 섞이며 키스의 농도가 더욱 짙어졌다.

오늘은 정식 데이트도 아니었고, 그는 당장 회사로 돌아가야 했다. 그러니 여기서 멈추어야 한다고 이성은 생각하고 있었지만 몸은 더 뜨겁게 상대방을 갈구했다.

무진은 어렵게 그녀한테서 떨어졌다.

"난 회사로 갈 겁니다."

아직 키스의 여운이 깊게 남은 수연은 고개만 끄덕였다.

"미안한데 병원까지 데려다줄 시간은 없겠네요."

"괜찮아요. 택시 타면 돼요."

그들이 공식적으로 다음에 만날 스케줄은 웨딩 촬영이었다.

"아직도 나랑 자주 만나는 건 싫습니까?"

그녀가 전에 말했었다. 그를 자주 만나면 힘들 것 같다고.

수연은 태무진 사장의 얼굴을 가만히 바라보다가 웃으며 고개를 저었다.

"아뇨. 안 그런 거 같아요."

그녀의 대답에 무진의 눈도 부드럽게 휘어졌다. 그의 따뜻한 눈웃음에 수연은 시선을 빼앗겼다.

이렇게도 웃을 수 있는 사람이라는 걸 참 오랜 시간이 걸려서야 알게 되었다.

"저도 사장님 파티에서 마주친 거 기억해요."

그도 기억하고 있었다는 걸 오늘 알고, 마음이 벅찼었다.

"저 사실 태성 면접 간 거……."

당신을 다시 만나고 싶어서였다고 이제라도 솔직하게 말하고 싶었다.

Rrrrrrrr— Rrrrrrrrr—.

그 순간 태무진 사장의 전화가 울려댔다. 분명 그가 회사에 너무 안 오자 스케줄이 꼬여서 비서실에서 걸어오는 전화일 것이다.

수연은 다시 업무 모드로 돌아와서 그에게 말했다.

"사장님, 그만 회사로 들어가 보세요."

그들한테는 앞으로 시간이 많으니까 아쉬워하지 않기로 했다. 태무진 사장은 통화 버튼을 누르며 그녀에게 말했다.

"내가 전화할게요."

수연은 고개를 끄덕였다. 태무진 사장은 잠깐 그녀의 얼굴을 바라보다가 몸을 돌려 걸어가며 통화했다.

"지금 들어갈 겁니다. 회의에는 늦지 않게 도착할 거예요."

순식간에 태무진 사장이 되어버리는 그의 모습을 바라보던 수연은 한숨을 쉬며 중얼거렸다.

"난 아버지 보러 가야겠네."

그녀가 병실 문을 열고 들어갔을 때 아버지를 보러 먼저 와 있는 사람이 있었다. 장 실장이었다.

"어? 여기 계셨어요?"

장 실장은 그녀를 보며 잔잔한 미소를 지었다.

"오랜만에 얼굴 뵙고 싶어서 왔습니다."

수연은 병상으로 걸어와서 장 실장의 옆에 섰다.

"이제 아버지 얼굴 보고 싶어 하는 사람은 장 실장님뿐인 거 같아요."

"그럴 리가요."

말없이 천태진 대표의 얼굴을 바라보던 장 실장이 조심스럽게 말을 꺼냈다.

"혹시 오늘 연차 내신 것에 태무진 사장이랑 관련이 있습니까?"

수연은 흠칫 놀라서 장 실장을 돌아보았다.

"아! 그게……."

장 실장에게 거짓말을 하고 싶지는 않았다. 결국 결혼식에 대해 말을 해야 했다. 끝까지 비밀로 할 수는 없었다.

"저 태무진 사장님이랑 결혼해요."

수연이 처음으로 고백한 말에 장 실장은 진심으로 충격받은 표정을 지었다.

"그게 무슨! 설마, 벌써 결혼식 날짜도 결정됐다는 겁니까?"

정확히는 결혼식 날짜가 제일 먼저 결정되었고, 그녀가 신부로 결정된 건 한참 뒤의 일이었다.

"저 사장님 사랑해요."

2연타로 날아온 충격적인 말에 장 실장은 아예 할 말을 잃어버렸다.

"그래서 고민 없이 결정한 거였어요."

장 실장은 무거운 목소리로 수연에게 물었다.

"그럼 서이재 광고가 결혼의 대가인 겁니까?"

수연은 고개를 저었다.

"그런 거 아니에요. 사장님은 단지……."

단지 뭘까.

그녀는 말을 이어 나갈 수 없었다.

그들 사이에 가장 명확한 건 계약서였다. 그 계약서대로라면 결혼식의 대가가 서이재의 광고였다. 하지만 그게 전부가 아니라는 걸 태무진 사장은 분명 그녀에게 보여주었다.

"사장님도 절 많이 아껴주세요."

관심이 있으니까 신경을 쓰는 거겠지.

마음이 있으니까 보고 싶다는 것이리라.

열정이 있으니까 그녀에게 키스했겠지.

그의 말과 행동에서 그렇게 느꼈다. 그래서 그럴 거라고 믿었다.

그런 거겠지?

그녀의 착각이 아닐 것이다.

자기 말에 확신을 못 하는 그녀의 눈빛을 보며 장 실장은 한숨을 삼켰다. 천태진 대표도 참석할 수 없는 결혼식에, 대가까지 주고받은 결혼이라는 게 석연치 않았지만, 수연이 태무진 사장을 사랑한다고 하니 무작정 반대할 수도 없는 노릇이었다.

"꼭 해야만 하는 결혼이라면 천태진 대표님께서 깨어난 뒤에 할 수는 없는 겁니까?"

장 실장의 말에 수연은 울 것 같은 표정을 지었다. 무리라는 건 그녀의 표정만 보고도 알 수 있었다.

"제가 너무하다고 생각하세요?"

그녀의 물음에 장 실장은 고개를 저었다.

"대표님이야 당연히 아버지가 깨어나신 뒤에 결혼하고 싶으시겠죠."

그녀의 마음을 배려해주지 않는 태성 쪽이 나쁜 거라는 속내가 담긴 장 실장의 말에 수연은 입술을 깨물었다. 나쁜 신랑이 된 태무진 사장을 대신해서 변명하고 싶은데 어떤 말을 해야 할지 감조차 안 왔다.

결국 아무 말도 못 한 수연은 태무진 사장과 장 실장, 심지어 아버지한테까지 죄스러운 감정을 느끼게 되었다.

"서이재 쪽에서 일요일에 점심 식사하자고 연락이 왔습니다. 괜찮으시겠습니까?"

일요일은 그녀가 태무진 사장을 편하게 만날 수 있는 유일한 날이었지만 수연은 안 된다고 할 수 없었다. 서이재의 스케줄에 맞추어주겠다고 그녀가 약속했었으니까.

수연은 열없이 고개를 끄덕였다.

"네. 나갈게요."

웨딩드레스를 입고 와서 한껏 들떴던 기분이 장 실장과의 대화로 거품이 터지듯이 푹 가라앉았다.

평범한 결혼이 아니라는 건 그녀도 알고 있었다. 아버지가 저렇게 누워 계시는데 그녀 혼자 행복한 결혼을 할 수 없다는 것도. 하지만 그녀가 여기서 못 한다고 하면 태무진 사장은 정말 힘들어졌다.

결국 그녀는 결혼식을 하든 안 하든 계속 마음의 짐을 덜 수 없었다. 그렇다고 결혼식이 끝나면 마음이 편해질 것 같지도 않았다.

지금의 행복이 깨질까 겁이 나서 태무진 사장과 아직 결혼식 후의 이야기를 제대로 못 했다.

어쩌면 서로 주고받는 게 확실한, 단지 계약 결혼이기만 했다면 이리 고민할 일도 없었을 것이다.

수연은 아버지의 수척한 얼굴을 바라보며 그날 밤늦게까지 고민하게 되었다.

Rrrrrrrrr— Rrrrrrrrr—.

전화벨 소리가 울리자 옷을 갈아입던 수연은 서둘러 핸드폰이 있는 곳으로 달려갔다. 전화한다고 했던 태무진 사장의 전화인 줄 알았는데, 발신자에는 '김정숙'이 찍혀 있었다. 수연은 실망감을 숨기지 못한 표정으로 통화 버튼을 눌렀다. 김정숙이 먼저 그녀에게 전화할 줄은 몰랐다.

"여보세요?"

[서이재 광고 찍게 된 거 축하해.]

"아! 고마워."

축하해주려고 일부러 전화까지 주다니, 예전과 달리 인맥 관리에 부지런하다고 생각하는데 그 순간 김정숙이 말했다.

[그런데 너 결혼해?]

수연은 머리가 쭈뼛 서는 기분이었다. 그녀는 자신이 결혼한다는 말을 장 실장한테만 했는데 김정숙이 어떻게 아는 건가 싶었다.

"네가 그걸 어떻게 알아?"

[한소라가 너 결혼하는 남자 알아보고 다니더라.]

이젠 남의 남친이 아니라 남의 신랑이라도 빼앗으려는 건가. 도대체 무슨 생각으로 사는 건지 무서울 지경이었다.

[나 만나러 왔을 때는 청첩장 주는 거 아니라고 했잖아.]

"그 뒤에 결정된 일이야."

그때는 그녀도 태무진 사장의 결혼식 신부가 될 줄은 꿈에도 상상하지 못했었다.

[거물인가 보지? 한소라가 저리 안달 난 걸 보니까.]

"한소라도 결혼해. 걔는 도대체 무슨 생각인 거지?"

[누구든 제일 잘난 남자 차지하고 싶은 심보지.]

제삼자인 김정숙의 말이 가장 객관적인 팩트인 것 같았다. 설령 한소라가 태무진 사장이 누군지 알아낸다고 해도 그가 한소라 같은 여자에게 흔들릴 거라는 염려는 하지 않았다. 태무진 사장이 지금껏 수많은 잘난 여자를 까는 걸 옆에서 다 봤으니까. 그렇게 생각하니 태무진 사장이 왜 그녀를 좋아하는지 궁금해졌다.

설마 진짜 나의 착각인가?

그녀는 다시 불안해졌다.

[그리고 너희 오빠 가출했다고 해서 내가 좀 알아봤어.]

부탁도 하지 않았는데 수민을 찾아봤다는 말에 수연은 정말 감격했다.

"고마워."

[부산 쪽에서 본 사람이 있다는 것 같더라고. 내가 촬영 때문에 다음 주에 부산 가니까 한번 찾아볼게.]

"아! 그럼 나도 시간 되면 내려갈게."

[확실한 건 아냐.]

그래도 그녀의 오빠를 찾는 일인데 남한테만 맡겨둘 수는 없었다. 김정숙과의 전화를 끊은 수연은 다음 주 스케줄을 살펴보며 부산 갈 시간을 만들어보았다.

그녀의 시선이 다시 핸드폰으로 향했다. 전화한다고 말한 태무진 사장한테는 2일째 전화가 없었다.

이 남자, 지구에 있는 게 맞긴 하겠지?

이리 연락이 없으니 지구에서 그의 존재가 사라진 듯한 적막함이 들었다. 태무진이란 사람이 없는 지구를 잠시 생각해 보았는데 너무 무서웠다. 지구의 산소가 반은 순식간에 없어져 버린 듯 막막하고 숨 막혔다. 산소가 부족할 정도라면 그녀가 먼저 전화해야 했지만, 남자의 마음을 확인해보고 싶은 마음에 기다리게 되었다.

이런 게 바로 밀당인가요.

그럼 난 미는 쪽인가? 당기는 쪽인가?

모르겠다. 샤워나 해야겠어.

그녀는 생각을 포기하고 씻으러 들어갔다.

쏴아아아아아아.

딴생각을 안 하기 위해서 열심히 씻고 나왔더니 핸드폰에 부재중 통화가 찍혀 있었다. 태무진 사장이었다. 기다릴 때는 안 하고 하필 샤워하는 시간을 골라서 전화하다니. 그것도 재주라고 생각하며 수연은 통화 버튼을 눌렀다.

Rrrrrrrrr— Rrrrrrrrr—.

달칵—.

아직 핸드폰을 손에 들고 있었던 듯 태무진 사장은 바로 전화를 받았다.

[바쁜가요?]

샤워하느라 전화를 못 받았다고 말할 수는 없었다.

"사장님이 바쁘신 줄 알았어요. 전화한다고 말하고 연락이 없어서."

슬쩍 그의 탓으로 넘겨버렸다. 자연스러웠다고 수연은 혼자 만족했다.

[계속 일이 늦게 끝났습니다. 밤늦게 전화하면 안 될 거 같아서.]

"돼요."

[네?]

아차! 씻기 전에 밀당한다고 해놓고 씻고 나와서 홀라당 잊어버렸다.

"저 늦게 자니까."

[그럼 일찍 자요.]

그녀보다 태무진 사장이 더 밀당의 고수 같았다.

이야, 전화한다는 말은 안 하네.

"그런데 전화로 하실 말씀이 뭐였어요?"

[……]

"……."

그녀는 밀당이 아니라 그냥 눈치가 없는 것 같았다.

그냥 전화한 거잖아! 그걸 왜 물어본 거야!

"저 다음 주에 부산 가요."

그녀는 서둘러 분위기를 바꾸기 위해서 스케줄표에 크게 써놓은 부산행에 대해 말했다.

[부산은 왜?]

"방송국 다니는 대학 동기가 거기서 오빠를 본 사람이 있다고 해서. 오빠 찾으러요."

[설마 부산에서 직접 찾겠다고요?]

'넌 부산이 동네인 줄 아니?'라고 말하는 태무진 사장의 목소리가 환청처럼 들리는 것 같았지만, 수연은 씩씩하게 말했다.

"핏줄의 끌림이라는 게 있잖아요."

근거도 없는 헛소리에 태무진 사장은 아예 대꾸조차 안 했다. 왜 이리 낭만적인 분위기를 만드는 게 힘든 건가 싶었다. 수연은 머리를 흔들며 '난 망했어.'라고 자책하고 있는데, 핸드폰 안에서 태무진 사장이 말했다.

[그럼 천수연과 나 사이에도 끌림이 있나요?]

태무진 사장은 고수가 확실했다. 그녀가 망친 분위기를 단 한마디로 로맨틱하게 바꾸어놓았다.

"당연히 있죠."

무려 운명의 끌림이다.

[그럼 내가 지금 어디 있을지 맞혀봐요.]

엥?

[못 맞히면 부산 가지 마요.]

운명이 그녀에게 말을 걸어왔다.

'이제부터 게임을 시작하지.'

[제가 몇 번 만에 맞히면 되는데요?]

그녀의 물음에 무진은 짧게 입꼬리를 올렸다.

그는 그녀가 절대 못 맞출 거라고 생각했다.

"포기하고 싶을 때까지 해봐요."

[벌써 잊으셨나 본데, 저 사장님 비서 출신이에요.]

그가 회사에서 나와 어딜 가는지 훤히 꿰뚫고 있다는 뜻이었다.

"그걸 어떻게 잊습니까?"

다시 그때로 돌아가자고 하면 싫지만, 그래도 결코 잊고 싶지는 않은 시간이었다.

[목요일이잖아요. 포커 모임 가셨죠?]

"안 간 지 몇 주 됐습니다."

[아! 그럼 혹시 회사?]

"아뇨."

[집에 가는 차 안?]

"아뇨."

[중요한 약속 있어서 레스토랑?]

"아뇨."

순식간에 오답을 4개나 쏟아낸 수연은 잠시 말이 없었다. 무진은 여전히 느긋했다.

"벌써 포기입니까?"

[아뇨! 생각 중이었어요.]

그녀도 오기가 생겼는지 목소리 톤이 처음보다 올라가 있었다.

[아! 출장 가시는구나. 공항이시죠?]

"출장은 이달 말입니다."

이번에도 아니라고 하자 수연은 진짜 자신의 상상이 맞는 게 아닌가 걱정되어서 조심스럽게 그에게 물었다.

[지구에 계신 건 맞죠?]

그녀의 엉뚱한 질문에 무진의 입 밖으로 웃음이 터졌다.

"하하하."

[그렇게 웃는 거 보니 태무진 사장님이 아닌 거 아닌가요?]

그녀의 끝도 없는 의심에 무진은 쉽게 웃음을 멈출 수가 없었다.

"서울입니다."

그렇게 힌트를 주며 무진은 손안의 벨벳 상자를 따뜻한 시선으로 쳐다보았다. 프러포즈 반지를 사러 주얼리 숍에 왔다.

그걸 그녀가 어떻게 맞히겠나. 불가능했다.

하지만 그가 이 반지를 그녀에게 주었을 때는 모든 게 가능해졌으면 좋겠다.

"일요일에 시간 괜찮아요?"

반지까지 샀으니 가능한 한 빨리 그녀에게 그의 마음을 고백하고 싶었다. 그런데 수연의 대답이 바로 나오지 않았다.

"그날도 바쁩니까?"

바빠도 그에게 시간을 내주었으면 좋겠다. 몇 년이나 말하지 못한 마음이지만, 그 마음을 그녀한테 전하는 건 딱 10분이면 되었다.

핸드폰 안에서 그녀의 난감한 목소리가 들려왔다.

[아! 그날 서이재 씨랑 식사 약속이 있어요.]

무진은 반지가 든 상자를 꾹 움켜잡았다. 적어도 지금은 그 이름을 결코 듣고 싶지 않았다. 하지만 그녀에게 화를 낼 수도 없었다. 회사 일 때문에 만나는 거라는 걸 이미 알고 있었으니까. 그렇다고 추락하는 마음을 붙잡는 것도 쉽지 않았다.

"……그렇군요."

그가 더 이상 말을 하지 않으니 수연이 서둘러 덧붙였다.

[저녁에 보실래요? 서이재 씨랑은 점심 약속이라.]

무진의 입가에 쓴 웃음이 지어졌다. 그녀의 하루를 다른 남자와 나누어야 하는 날 프러포즈 반지를 줄 수는 없었다.

"아뇨. 다음에 보죠."

무진은 천천히 핸드폰을 귀에서 떼어 아래로 내렸다. 그대로 통화 종료 버튼을 누르려고 했는데 핸드폰 안에서 수연의 목소리가 들려왔다.

[사장님, 그럼 지금 만나실래요?]

무진은 다시 핸드폰을 귀에 가져다 댔다.

"내 입을 통해 내가 있는 곳을 알아낼 생각은 말아요. 안 통하니까."

그들은 방금까지 부산을 걸고 내기를 했었다. 그가 있는 곳을 맞히기로.

[아뇨. 그게 아니라, 저는 단지…….]

그는 서이재 때문에 그녀를 나무라지도 않고, 추궁하지도 않았는데 수연은 어느새 잘못한 사람처럼 말하고 있었다. 그건 그가 원한 게 절대 아니었다.

"난 괜찮으니까 천수연 대표가 서이재를 만나고 난 다음에 만나죠. 그때 중요하게 할 이야기가 있어요."

사실 전혀 괜찮지 않았지만 오늘까지는 괜찮은 척하기로 했다. 그녀의 앞에서 그의 마음을 숨긴 게 이번이 처음도 아니었다. 하지만 이 반지를 그녀에게 주고 난 뒤에는 마음을 속이는 일은 두 번 다시 하고 싶지 않았다.

서이재가 채식주의라고 해서 신경 써서 비건 식당을 예약했다. 그녀는 장 실장과 함께 식사 자리에 나갔다.

"광고 TV 송출은 다음 주부터인가요?"

"네."

"반응이 좋아야 할 텐데."

"그럴 겁니다. 걱정 마세요."

먼저 도착한 두 사람은 가온 광고 이야기를 나누며 서이재가 오길 기다렸다.

"일요일인데 태무진 사장님은 안 만나나요?"

장 실장의 물음에 수연은 목요일에 그와 했던 통화를 떠올렸다. 태무진 사장이 서이재에 대해 특별한 이야기를 한 건 없지만 뭔가 내내 마음에 걸리는 통화였다.

"제가 서이재랑 식사하는 거, 태무진 사장님은 기분 나쁠 수도 있을까요?"

그녀의 물음에 장 실장은 담담히 의견을 말했다.

"일이라고 해도 서이재는 인기가 많은 남자 배우니까 신경이 쓰이기는 하겠죠."

"하지만 태무진 사장님인데요."

그렇게 잘난 남자가 왜 남을 신경 쓰겠느냐는 그녀의 반박에 장 실장은 한숨 섞인 미소를 지었다. 사랑한다더니 진짜 콩깍지가 씌었나 보다.

"그럼 반대로 생각해보세요. 태무진 사장이 광고 때문에 여자 모델과 식사하면 대표님은 기분이 어떻겠습니까?"

그녀는 바로 얼굴을 찌푸렸다. 상상 속의 그 여자 모델이 어떻게 태무진 사장을 유혹할지도 다 그려졌다.

"저는 생각보다 질투심이 많은가 봐요."

"대표님만 그런 게 아니라 누군가를 좋아하는 사람이라면 다 그렇습니다."

그러니까 태무진 사장이 서이재를 질투한다면 그녀를 좋아한다는 말이었다.

— 중요하게 할 이야기가 있어요.

도대체 무슨 이야기일까?

갑자기 마음이 조급해졌다. 어서 빨리 태무진 사장을 만나고 싶어졌다. 그때 레스토랑 입구에서 여인들의 감탄 소리가 들려왔다. 연예인의 등장은 눈에 보이지 않아도 주위의 바뀐 분위기만으로도 알 수 있었다.

"아! 도착했나 보네요."

곧 서이재가 매니저와 함께 등장했다. 화려한 이목구비의 서이재는 구김 없이 밝은 느낌이라서 대중 속에 있을 때 더 눈에 띄는 것 같았다. 역시 스타는 스타였다.

"드디어 보네요, 천수연 대표님."

서이재는 반갑게 그녀에게 인사했다. 직접 만나는 건 방송국 이후 처음이기는 했다. 수연은 정중하게 감사 인사를 했다.

"광고 잘 찍어주셔서 감사합니다."

"그게 내 일이니까, 잘해드려야죠."

서이재는 스타라고 자존심을 세우며 말하는 법이 없었다. 그의 성공이 꼭 그의 화려한 외모 때문만은 아니라는 느낌이 들었다.

"참! 그날 내가 찍은 드라마 봤어요?"

벌써 오래전의 일을 서이재가 먼저 물어왔다. 수연은 난감한 표정을 지으며 고개를 저었다.

"죄송해요. 제가 정신없이 살다 보니 드라마 볼 시간이 없었어요."

"와! 그거 꼭 봤어야 했는데. 그거 방송 탄 날 시청자 게시판 폭발했어요. 제 연기 미쳤다고."

"그런 말을 본인 입으로 잘하시네요."

"대표님이 저에 대해 영 모르는 거 같아서요."

"알 만큼은 아니까 광고 모델로 썼겠죠."

"그럼 내가 나온 영화나 드라마 본 거 있어요?"

"네."

"뭐가 제일 마음에 드는데요?"

순식간에 이어진 두 사람의 대화에 다른 사람은 낄 틈이 없었다. 장 실장과 매니저는 비슷한 표정으로 두 사람을 바라보았다.

"저한테 서이재 씨의 최고 작품은 가온 광고가 되겠네요."

그녀의 말에 서이재가 소리 내어서 웃었다.

"하하하하."

시원하고 맑은 웃음소리였다. 그 웃음소리를 들으니까 수연은 전화로 들었던 태무진 사장의 웃음소리가 떠올랐다.

벨벳으로 감싸듯이 매끄럽고 은은한 웃음소리.

웃을 때조차 자신을 절제하는 남자.

서이재가 매일 저렇게 웃고 살았던 사람이라면, 태무진 사장은 단 한 번도 그렇게 소리 내어 웃어본 적이 없는 사람이었다. 그런 그를 그녀가 웃게 했다고 생각하니 수연의 입꼬리도 위로 올라갔다.

태무진 사장은 일요일 저녁 약속을 거절했지만, 그녀는 결국 못 참고 서이재와 헤어지자마자 태무진 사장에게 전화를 걸었다.

[고객님이 전화를 받지 않아서 음성 사서함으로…….]

허락하지 않은 만남은 용납할 수 없다는 듯이 그는 전화를 받지 않았다. 태무진 사장이 전화를 받지 않아도 오늘 그가 어디 있을지 수연은 대충 짐작할 수 있었다. 그는 체력 관리를 철저하게 하고 있어서 일요일에 주로 테니스 모임에 나가서 테니스를 쳤다. 그는 골프보다는 테니스를 더 즐겼다.

그래도 허락도 받지 않고 찾아가는 건 망설여졌다.

"싫어할 거 같은데."

태무진 사장 혼자 있는 자리도 아니고 다른 사람과 함께 있는 곳이었다. 정식으로 소개받지도 않은 그녀가 불쑥 나타나는 건 아무리 생각해도 예의 없는 행동이었다. 하지만 이대로 그냥 집에 돌아가는 건 더 싫었다. 그래서 수연은 결심했다. 변장해서 몰래 가기로. 멀리서 그가 테니스 치는 걸 훔쳐보다가 돌아오는 것이다.

수연은 자신의 대담한 계획이 아주 마음에 들어서 서둘러 선글라스와 스카프를 사러 달려갔다. 그녀의 신났던 걸음이 멈춘 곳은 피트니스 클럽 입구에서였다. 어마어마한 가격의 회원권이 있어야 입장 가능한 곳답게 입구부터 궁전처럼 웅장하고 고급스러웠다.

수연은 유일한 재벌 친구인 인영에게 전화를 걸었다. 그녀를 와인 바 오픈 파티에 데리고 갔던 그 친구였다.

"너 혹시 XX피트니스 클럽 회원이니?"

[응. 왜? 너도 거기서 운동하게?]

"아니, 난 오늘만 들어가면 되거든. 네 이름 대면 들어갈 수 있을까?"

[왜 오늘만 들어가면 되는데? 이유 말 안 해주면 안 빌려줄 거야.]

아기를 키우느라 바깥 활동이 뜸했던 인영은 집요하게 물어왔다.

"태무진 사장님 훔쳐보러 가."

그녀의 솔직한 말에 인영은 핸드폰 반대편에서 웃어댔다.

[세상에! 너도 징하다. 아직도야? 20대를 통째로 그 남자 때문에 날리고도 포기가 안 돼?]

"좋은 걸 어떡해."

[그래, 내가 졌다. 너는 진정한 사랑이야. 어서 훔쳐보러 가.]

인영의 응원을 받으며 그녀는 피트니스 클럽 입성에 성공했다. 테니스 코트까지는 어렵지 않게 찾아갈 수 있었다.

팡—!

테니스 라켓이 시원하게 공을 때리는 소리가 그녀의 심장을 울렸다.

수연은 부푼 기대감을 안고 코트 관람석 쪽으로 들어섰다.

"꺄아악! 파이팅!"

응원하는 여자들의 목소리가 제일 먼저 귀에 꽂혀 왔다. 설마 여자들이 있을 줄은 몰랐던 수연은 멈칫했다. 수연은 관중석 구석에서 처음 보는 여자들에게 질투의 눈총을 보내다가 태무진 사장이 공을 시원하게 때리는 걸 보고 그쪽으로 시선을 돌렸다.

테니스복을 입은 그는 슈트 안에 가리고 다녔던 탄탄한 몸을 그대로 과시하고 있었다.

그가 달릴 때마다 그의 큰 몸을 단단히 지탱하는 허벅지 근육이 움직이는 모양새를 수연은 오늘 처음 보았다. 그가 운동을 열심히 한 보람이 있는 것 같았다. 운동선수 부럽지 않을 훌륭한 다리였다.

훌륭한 게 다리뿐이겠는가. 라켓을 거침없이 휘두르는 팔과 상체는 탄력이 넘쳤다.

생동감 있게 움직이는 그의 몸은 섹시했다. 남자의 타오르는 에너지가 먼 관중석에 있는 그녀한테까지 전해질 정도로 뜨거웠다.

와! 일만 전투적으로 하는 줄 알았더니 운동도 전투적으로 하네.

탕—!

태무진 사장이 진짜 테니스 선수처럼 힘껏 스매싱을 날리자 관중석에 있던 여자들의 비명도 같이 터졌다. 수연은 다시 여자들을 불타오르는 눈으로 노려보았다.

나도 응원하고 싶다고!

"내가 오늘 여자도 데려왔는데 꼭 날 이겨 먹어야 했냐!"

문수호는 탈의실에 들어오자마자 태무진에게 불만을 토해냈다. 무진은 땀으로 흠뻑 젖은 옷을 벗으며 차갑게 말했다.

"다신 데려오지 마. 시끄러워 죽겠으니까."

안 그래도 기분 별로인 날이었는데, 시끄러운 소리 때문에 땀에 흠뻑 젖을 때까지 운동해도 전혀 개운해지지 않았다.

"여자도 없이 사내새끼랑 무슨 재미로 경기를 해."

문수호는 자기 세계가 확고하니 무진은 자신을 탓하게 되었다. 운동하고 싶다는 문수호에게 테니스를 추천한 그의 잘못이었다.

"그런데 선글라스 쓰고 얼굴 가리고 있던 수상한 여자는 내가 데려온 사람이 아니었는데, 누구였지? 파파라치인가?"

무진은 전혀 관심이 없었기에 옷을 다 벗자마자 씻기 위해 샤워실로 향했다.

"그런데 너처럼 몸 만들려면 테니스 얼마나 쳐야 하는 거야?"

그래도 수다쟁이 문수호 때문에 짜증나서 수연과 서이재에 대해서는 많이 생각하지 않을 수 있었다.

무진은 씻고 나온 뒤에야 핸드폰을 확인했다. 부재중 통화에 수연이 있는 걸 보고 무진은 그녀에게 전화하기 위해서 서둘러 탈의실 문으로 걸어갔다. 하지만 문을 열자마자 밖에서 기다리는 여자들을 발견하고 바로 문을 닫았다. 무진은 고개를 돌려 옷을 입고 있는 문수호를 노려보았다.

"넌 한 번에 세 명이랑 데이트가 가능해?"

무진은 그게 제일 이해가 안 되었다.

"데이트가 아니라 썸. 썸은 몇 명이든 다 가능해."

경찰에 신고해버릴까.

순간 그런 욕구가 생겼다.

무진은 할 수 없이 탈의실 안에서 수연에게 전화했다.

Rrrrrrrrr— Rrrrrrrrr—.

달칵—.

[여보세요.]

수연의 목소리를 들으니 그래도 꽉 막혔던 속이 조금은 풀리는 것 같았다. 그런데 핸드폰 안에서 수연의 목소리 말고도 들어본 적 있는 여자들의 하이톤 목소리가 들려왔다.

이거 분명…….

"꺅! 태무진 너무 멋있지 않아?"

"내가 먼저 찍었어. 절대 손대지 마."

"그런 게 어디 있어. 먼저 자빠뜨리는 쪽이 임자지."

수연은 응원단 여자들이 옹기종기 모여 태무진 사장에 대해 이야기하는 걸 옆에서 흘겨보며 속으로 욕하다가 그의 전화를 받았다.

그녀는 몸을 돌려 걸어가며 전화 통화를 했다.

[지금 어딥니까?]

태무진 사장이 물어오자 그녀는 그가 했던 장난이 생각나서 똑같이 따라했다.

"맞혀보세요. 제가 어디 있을까요?"

하하하하. 절대 못 맞힌다.

그녀가 그를 훔쳐보러 왔다고 상상이나 하겠나.

그녀는 자신만만하게 손을 허리에 올렸는데 태무진 사장이 고민도 없이 말했다.

[내 앞에.]

응?

그러고 보니 시끄럽던 여자들 목소리가 어느새 조용해져 있었다. 수연은 천천히 고개를 돌려 뒤를 보았다. 막 씻고 나와서 청량한 느낌이 물씬 풍기는 태무진 사장이 그녀를 향해 걸어오고 있었다. 수연은 어색하게 웃으며 훔쳐본 걸 끝까지 안 들키려고 애썼다.

"아! 이런 우연이."

우뚝.

어느새 그녀의 앞까지 온 태무진 사장이 그녀에게 직접 말했다.

"아니, 운명인 걸로 하죠."

그는 농담을 진담처럼 하는 재주가 있었다. 그래서 그녀는 또 속절없이 설렜다.

"사장님은 운명까지 결정권을 가지고 계시네요. 역시 타고난 보스세요."

그녀가 농담으로 받아도 무진은 실망하지 않았다. 이젠 그가 그리 믿으면 정말 그렇게 될 것도 같았으니까.

수연은 솟구치는 입꼬리를 억지로 누르며 태무진 사장의 뒤쪽을 보았다. 태무진 사장과 테니스를 쳤던 남자와 여자들이 두 사람을 주시하고 있었다.

"사람들이 보고 있어요, 사장님."

수연은 스카프로 더 꽁꽁 그녀의 얼굴을 숨겼다. 선글라스를 안 벗어서 천만다행이었다.

"그럼 가요. 사람들 없는 곳으로."

태무진 사장은 쿨하다 못해 냉정할 정도로 단칼에 모임 사람들을 버리고 그녀와 함께 피트니스 클럽을 나왔다. 대기하고 있던 운전기사는 수상하게 얼굴을 가리고 있는 그녀를 보고 살짝 당황했다.

수연은 차에 올라타서야 선글라스와 스카프를 벗어 얼굴을 드러냈다.

"사장님이 전화를 안 받으셔서 할 수 없이⋯⋯."

훔쳐보러 왔다는 말까지 솔직하게 할 수는 없어서 말끝을 얼버무렸다. 다행히 태무진 사장도 그녀의 수상한 차림에 대해서는 깊게 캐묻지 않았다.

"난 운동해서 배고픈데 천수연 대표는 아니겠네요."

"저도 배고파요."

뇌를 거치기 전에 말이 먼저 나온 것 같았다. 그런데 뻔히 서이재와 점심 식사한 걸 알 텐데 이리 말하니까 딱 거짓말처럼 들렸다. 그래서 수연은 서둘러 변명했다.

"비건 식당에서 점심을 먹었더니 별로 못 먹었어요."

그녀의 말을 듣고 무진은 바로 식사 메뉴를 정했다.

"그럼 고기 먹으러 가야겠네."

수연은 좋다고 고개를 끄덕였다.

"천수연 대표는 채식보다 육식이 더 좋습니까?"

"네."

그녀의 대답에 태무진 사장이 매우 흡족한 표정을 지었다. 회사 일을 할 때는 결코 보지 못한 표정이었다.

만족이란 걸 모르던 보스를 만족하게 할 수 있는 게 고기였다니. 수연은 4년 동안 그 쉬운 걸 몰랐다는 게 아주 억울해졌다.

두 사람은 곧장 한우를 먹으러 갔다.

그녀는 점심을 먹고 2시간 만에 먹는 저녁이었다. 입에서 녹는 한우는 배가 안 고파도 맛있게 먹을 수 있는 음식이었다. 그래서 디저트라고 생각하기로 했다.

한우 디저트라니. 새로운 경험이기는 했다.

식당 직원이 한우를 구워서 먹기 좋은 크기로 잘라주었다.

"많이 배고프시죠? 드세요."

그렇게 격하게 운동을 했으니 배가 안 고플 리가 없었다.

"천수연 대표 먼저 먹어요."

서로 먼저 먹으라고 미루느라 최고급 한우 고기가 식어갔다. 태무진 사장이 결단을 내리듯이 젓가락으로 한우를 한 점

잡아서 그녀의 입에 가져다주었다.

갑자기 먹여주기 스킬이라니.

당황스러웠지만 처음도 아니었기에 수연은 민망함을 참으며 입을 벌렸다. 입 안으로 고기가 들어왔다. 조심스럽게 이로 씹었더니 부드러운 육향이 입 안에 진하게 퍼졌다.

"진짜 맛있어요. 어서 드세요."

그제야 태무진 사장도 고기를 한 점 집어서 입 안에 넣었다. 그가 먹는 모습을 보니 그녀도 안심이 되었다. 태무진 사장은 정말 배가 고팠던 듯이 평소보다 더 잘 먹었다. 엄마가 자식 입에 음식 들어가는 것만 봐도 배가 부르다는 말이 무슨 뜻인지 알 수 있었다. 잘 먹는 모습을 보니 아주 배가 불렀다.

"테니스 치는 거 재미있으세요?"

그녀의 질문에 태무진 사장이 건조하게 말했다.

"체력 키우려고 하는 겁니다."

과중한 업무량을 감당하려면 체력은 필수였다.

"관중석에 있던 수상한 여자가 내 신부인 줄 알았다면 더 잘했을 텐데."

생각도 못 한 그의 말에 그녀는 멍한 표정을 지으며 무진을 쳐다보았다.

"거기서 어떻게 더 잘할 수 있는데요?"

그녀의 순수한 호기심에 태무진 사장은 웃음을 터트렸다. 빛을 품고 부드럽게 접히는 눈웃음은 전혀 북극 호랑이 같지 않았다. 꼭 소년처럼 느껴지기까지 했다. 열정과 순정만이 가득한.

수연은 갑자기 궁금해져서 물었다.

"오늘 저 만나면 뭐 하시려고 했어요?"

그가 먼저 시간이 있느냐고 물었었다. 그녀의 물음에 태무진 사장의 뺨 언저리가 붉게 달아올랐다. 숨차게 운동할 때도 저 정도로 얼굴색이 변하지는 않았기에 수연은 의아한 표정을 지었다.

"오늘 만날 줄 모르고 안 가지고 나왔습니다."

"네? 뭘요?"

그녀를 위해 무언가를 준비했던 건가?

그게 도대체 무엇일까 궁금했다.

"다음에 만나면 가르쳐줄게요."

오늘은 안 가르쳐준다는 말에 수연은 조급함이 생겼다.

"그냥 오늘 가르쳐주시면 안 돼요?"

그녀가 졸라도 태무진 사장은 단 0.1초의 망설임도 없이 고개를 저었다.

"오늘은 안 됩니다."

단호함이 방탄유리 수준이었다. 괜히 오기가 생긴 수연은 태무진 사장의 앞에 있던 접시를 집어서 가져와버렸다.

"말씀 안 해주시면 이 고기 제가 다 먹을 거예요."

하지만 그녀의 협박은 씨알도 안 먹혔다.

"다 먹어요. 더 시켜줄까요?"

오히려 그녀만 망했다. 진짜 배불렀기에.

만약 다음에 태무진 사장이 가져온 물건이 시시한 것이라면 마음껏 비웃어주리라고 수연은 속으로 혼자 다짐했다.

하지만 그럴 일은 결코 없을 것이었다. 그건 절대 시시할 수 없는 물건이었으니까.

무진은 워커홀릭이었기에 일요일보다 월요일이 더 편했었다, 지금까지는. 그런데 그도 일요일이 기다려지는 평범한 직장인이 되어버렸다. 이번 주 일요일에 수연에게 정식으로 프러포즈할 생각을 하니 평소보다 일하면서 딴생각을 자주 하게 되었다.

"……장님."

멀리서 누군가 부르는 소리를 느낀 무진은 고개를 들었다. 지금은 회의 중이었고, 사람들이 일제히 그를 쳐다보고 있다는 걸 느낀 무진은 당황했다. 하지만 겉으로는 빈틈없는 단정한 표정으로 차분하게 질문했다.

"물산은 매출 하락에 대한 대책이 이게 전부입니까?"

모두 그가 딴생각한 게 아니라 물산의 대책 마련이 미진해서 언짢은 것이라고 생각했다. 그 뒤에는 별 탈 없이 회의를 끝내고 사장실로 돌아왔다.

똑똑.

"들어와요."

문이 열리고 이정희 과장이 집무실 안으로 들어왔다. 이정희 과장이 그에게 보고할 내용은 결혼식과 관련된 일일 것이기에 바짝 조였던 정신을 조금 풀었다. 이정희 과장은 회사에서 그와 천수연의 사이를 아는 유일한 사람이었다. 차라리 이정희 과장에게 프러포즈에 관해 물어볼까 생각하고 있는데 그녀가 무거운 표정으로 입을 열었다.

"회장실에서 나온 사진입니다. 사장님이 꼭 보셔야 할 거 같아서요."

이정희 과장이 내민 사진을 본 무진은 한동안 아무 말도 할 수가 없었다.

서이재와 수연이 함께 찍힌 사진이었다. 같이 식사 테이블에 마주 앉아 있는 걸 보니 서이재와 점심 약속 있다던 그날 찍힌 게 분명했다. 그 자리에 있던 사람은 4명이었다. 그런데 사진은 일부러 두 사람만 잡히게 찍었다.

조작된 스캔들 사진이었다.

그걸 뻔히 알면서도 무진은 심장이 아주 날카로운 걸로 깊숙이 찔린 듯했다. 서이재가 크게 웃고 있었고, 수연도 입가에 미소를 짓고 있었다. 그렇게 웃고 있는 두 사람은 정말 잘 어울리는 연인처럼 보였다. 이 사진 한 장만 보면 사람들은 그리 믿을 것이었다.

그녀가 웃는다. 그가 아닌 다른 남자의 앞에서.

"제가 이 사진을 보여드리는 건 천수연 대표를 의심하는 게 아니라, 회장실이 걱정되어서요. 지금 천수연 대표를 지켜줄 사람은 사장님밖에 없습니다."

이정희 과장은 드레스 숍에 갔을 때의 두 사람의 모습을 떠올렸다. 그때 두 사람의 모습이야말로 몰래 찍은 이 사진 한 장보다 더 명확한 진실이었다. 호감이 있는 건 서이재와 천수연이 아니라 태무진 사장과 천수연이었다.

하지만 회장실에서 그걸 알 리가 없었다. 태준석 회장은 자기 며느리로 점찍은 여자가 연예인과 스캔들 사진이 찍힌 걸 아주 불쾌하게 생각하고 있을 거였다.

"사장님?"

태무진 사장이 아무 말을 하지 않아서 이정희 과장은 더 불안해졌다. 설마 그가 이 사진을 보고 그녀를 의심하는 건가 싶어서.

Rrrrrrrrr— Rrrrrrrrr—.

태무진 사장의 핸드폰이 울려댔다. 발신자에는 '가온 장 실장'이라고 찍혀 있었다. 전화번호를 알려준 뒤 한 번도 먼저 전화를 건 적이 없던 천수연의 최측근이 하필 오늘 전화를 걸어 온 것이다.

무진은 천천히 핸드폰을 집어 들어 통화 버튼을 눌렀다.

"네, 태무진입니다."

[가온 장 실장입니다.]

차분한 그의 목소리와 달리 장 실장의 목소리에는 떨림이 섞여 있었다.

"압니다. 말씀하세요."

[태무진 사장님과 저희 대표님 결혼 이야기 들었습니다. 그래서 이리 전화드리는 겁니다.]

무진은 사진에서 시선을 돌려 창밖을 보았다. 이정희 과장은 등을 보인 태무진 사장을 복잡한 눈으로 바라보았다.

[대표님이 태준석 회장님 부름을 받고 나갔습니다. 알고 계셨습니까?]

"아뇨. 지금 처음 들었습니다."

그 이유는 방금 이정희 과장이 알려주었다.

[우리 대표님과 정말 결혼할 마음이 있으시다면 아무 일 없게 해주십시오. 무례한 줄 알지만 천태진 대표님을 대신해서 말씀드리는 겁니다.]

장 실장은 병원에 있는 천태진 대표를 대신해서 수연의 아버지 노릇을 진심으로 하고 있었다.

"네, 그럴 테니 걱정하지 마십시오."

[그럼 믿고 전화 끊겠습니다.]

뚝―.

전화가 끊기자 무진은 무미건조한 목소리로 이정희 과장에게 지시했다.

"지금 회장님 어디 계신지 알아봐요."

"네, 알겠습니다."

이정희 과장은 바로 대답하고 서둘러 집무실을 나갔다.

혼자 남은 무진은 손을 뻗어 사진을 움켜잡았다. 그의 손안에서 사진이 사정없이 구겨졌다.

이정희 과장이 장소를 알아내자마자 무진은 바로 태준석 회장이 천수연을 만나고 있는 '태궁'으로 향했다.

그는 수연에게 화낼 생각이 없었다. 그 사진을 보고 마음에 상처를 입었지만 수연에게 화난 건 아니었다. 그녀의 탓이 아니었으니까. 그저 상황이 복잡하게 얽힌 것뿐이었다.

파파라치는 단지 서이재 스캔들 사진으로 돈을 벌려 했을 테고, 하필이면 스캔들 상대가 태준석 회장의 아들과 결혼 이야기가 오가고 있었기에 수연한테까지 불똥이 튄 것이었다. 그만 아니었어도 그저 해프닝으로 끝났을 가짜 사진이었다. 그러니 오히려 그가 그녀에게 사과해야 할 상황이었다.

'태궁'은 겉으로 보기에는 평범한 한정식집 같았지만 일반 손님은 받지 않았다. 특별한 손님을 위한 만찬만 준비하기에 마치 텅 빈 듯 고요하기만 하였다.

태준석 회장이 아직도 이곳을 찾는 이유는 단 하나였다. 이곳에서 할아버지에게 처음으로 인정을 받았기 때문이다. 무진 역시 젊은 나이에 사장 자리에 오르던 날 아버지가 이곳에서 술을 사주셨다. 그리고 수연은 오늘 이곳에서 처음으로 시아버지의 권위를 느끼게 될 것이었다.

문 앞을 지키고 있던 회장실 이재경 비서실장과 보디가드는 갑자기 나타난 그를 보고 당혹감을 감추지 못했다.

무진은 손을 들어서 안에 고하려는 이재경 비서실장을 말렸다. 이재경 비서실장은 난감한 표정을 지었지만 그의 지시를 무시할 수도 없었기에 조용히 뒤로 물러났다.

"난 많은 걸 바란 게 아니네, 천수연 대표."

평소와 달리 근엄한 아버지의 목소리가 문이 닫힌 방 안에서 들려왔다.

"단지 우리 무진이 마음에 들면 그걸로 족하다고 생각했어. 그게 그리 큰 욕심이었나?"

무진은 문으로 손을 뻗었다. 이제 그가 들어가서 아버지의 넋두리를 끝낼 시간이었다.

"천수연 대표가 다른 남자와 이런 사진이나 찍힐 줄 알았다면 나는 천수연 대표에게 내 아들과 결혼해달라고 부탁하지도 않았을 거네."

그의 손이 허공에서 멈칫했다.

뭘 부탁했다고?

무진은 충격으로 두 눈이 얼어붙었다.

수연이 그의 결혼식 신부가 되어주기로 한 게 아버지의 부탁 때문이라는 걸 안 순간, 한없이 아름답게 느껴졌던 것들이 무참히 무너져 내렸다.

〈2권에 계속〉

완전무결한 웨딩 1

초판 1쇄 인쇄 2023년 6월 31일
초판 1쇄 발행 2023년 7월 17일

지은이 이여운 ㅣ 펴낸이 강성욱 ㅣ 책임 기획 전주예 ㅣ 기획 편집 이진영 손효은 강채림
디자인 김한솔 ㅣ 교정 서진영 손효은
펴낸곳 테라스북 ㅣ 등록 제 2022-000073호
주소 (04799) 서울특별시 성동구 아차산로 17길 26, 301호 (성수동2가, 규장각빌딩)
전화 070-4794-5826 ㅣ 팩스 0505-911-5826
블로그 https://blog.naver.com/terracebook ㅣ 전자우편 terracebook@naver.com
ISBN 979-11-6728-328-3 (04810)
ISBN 979-11-6728-327-6 (SET)